AUTORA BEST-SELLER DO *USA TODAY*

MEGHAN QUINN

Café, Amor e Highlanders

Editora Charme

Esta edição foi feita dentro das normas criadas originalmente pela Amazon Publishing, www.apub.com, em colaboração com Sandra Bruna Agencia Literaria.

1ª Impressão 2025

Produção Editorial - Editora Charme
Design da Capa - Caroline Johnson
Adaptação de capa e Produção Gráfica - Verônica Góes
Tradução - Daniela Toledo
Preparação e Revisão - Equipe Charme

CIP-BRASIL. CATALOGAÇÃO NA PUBLICAÇÃO
SINDICATO NACIONAL DOS EDITORES DE LIVROS, RJ

Q64c

Quinn, Meghan
Café, amor e highlanders / Meghan Quinn ; tradução Daniela Toledo. - 1. ed. - Campinas [SP] : Charme, 2025.
380 p. ; 22 cm.

Tradução de: The highland fling
ISBN 9786559332014

1. Romance americano. I. Toledo, Daniela. II. Título.

CDD: 813
25-97589.0 CDU: 82-31(73)

Meri Gleice Rodrigues de Souza - Bibliotecária - CRB-7/6439

Editora Charme

www.editoracharme.com.br

AUTORA BEST-SELLER DO *USA TODAY*

MEGHAN QUINN

Café, Amor e Highlanders

Tradução - Daniela Toledo

Editora Charme

Para minha sogra, Sue, e a irmã dela, Wendy, por sempre postarem uns artigos bem esquisitos nas redes sociais. Vocês são a inspiração para este livro.

Prólogo

BONNIE

— O que raios você está fazendo aqui?

Um gritinho de susto escapa da minha boca.

Meus braços se agitam.

Minhas pernas me lançam a uns bons sessenta centímetros no ar — pelo menos, é o que parece.

A caneca que eu estava segurando escorrega dos meus dedos e se estilhaça no chão enquanto um par de olhos verdes ferozes encontra os meus.

Ai, meu Deus... é esta a sensação de estar a segundos da própria morte.

Kilt McRabugêncio.

Vestindo apenas uma calça jeans desabotoada, caída na cintura, e com uma intricada tatuagem do clã MacGregor que cobre seu peitoral direito e desce por seu braço, ele parece absolutamente ameaçador.

Já o vi assim antes.

Ele é o Kilt McRabugêncio, afinal. Conhecido por ser mais carrancudo do que sorridente.

Mas hoje seu jeito assassino está em outro nível.

Como se ele fosse mesmo puxar o gatilho e vir com toda a sua fúria escocesa para cima de mim.

— Olha...

— Não venha com mentiras para cima de mim, Bonnie.

Esse sotaque escocês ronrona nos meus ouvidos, deixa minhas pernas bambas e implora para que eu arranque minha blusa e exponha meu peito arfante.

Olha só os meus peitos, grandão. Pode possuí-los o quanto quiser.

— E então...? — ele pressiona, cruzando os braços sobre o impecável e musculoso peitoral.

Será que está mesmo esperando uma resposta?

Quando ele mesmo mal está vestido.

Com o cabelo despenteado.

Lábios úmidos...

Meu bom Deus, as coisas saíram do controle. Não consigo nem processar um pensamento coerente sem sexualizar o homem parado bem na minha frente.

É tudo culpa dele.

Como é que uma garota consegue fazer alguma coisa quando tem um escocês gostoso desfilando — bem, na verdade não desfilando, está mais para se exibindo —, isso aí, quando se tem um escocês gostoso e *se exibindo* por aí sem camisa, mostrando sua perfeita proporção mamilo-peitoral?

É quase impossível.

É culpa dele. É tudo culpa dele.

Bem... acho que se vamos ficar apontando dedos, também gostaria de culpar minha melhor amiga, Dakota, que me enfiou nessa confusão.

Vamos morar na Escócia.

Por seis meses.

Vamos tirar você dessa sua rotina.

Encontrar a felicidade nas Highlands.

Esta empreitada de seis meses não tem feito nada além de me dar a certeza do quanto estou com tesão, porque em vez de aproveitar a linda cultura deste país, só consigo pensar em arrancar cada kilt que cruza meu caminho e ver se há cueca por baixo.

Sou uma safada pervertida.

E isso me enfiou em uma encrenca.

Encrenca das grandes. Era para eu ter ficado aqui só por seis meses. Era para eu esquecer o término brutal com meu ex-namorado, ignorar o fato de que fui demitida pela terceira vez em três anos e admitir que não tenho nenhum futuro.

Em vez disso...

Eu me apeguei absurdamente a um bode chamado Fergus.

Investi emocionalmente em uma cidade conhecida pelos turistas por sua Pedra da Castração, usada pela Rainha Serpente. E me apaixonei pelo homem que, no momento, está me encarando, esperando por uma resposta.

Se vou ter que dar uma resposta, é melhor começar lá do início.

No momento em que Dakota me emprestou o notebook dela para me mostrar um post.

Um post que mudaria minha vida para sempre...

Capítulo 1

BONNIE

Consumo de bolo hoje: *uma fatia... hum, duas...* tá bom, *CINCO, CINCO FATIAS GRANDES.*

Demitida de: *um emprego, num total de três empregos em três anos. Que conquista brilhantemente terrível.*

Ordem de despejo: *uma,* e *não é porque não paguei as contas, mas porque transformamos um quarto em dois... ilegalmente. Opa!*

Dias desde o último orgasmo induzido por um homem: *sessenta e cinco, e nem foi um orgasmo bom, só um espasmo de gratificação. Um espasmozinho. Nem chegou a ser uma pulsação de prazer.*

Status do relacionamento: pé *na bunda* e *dolorosamente chafurdando em autopiedade. Valeu, Harry.*

Isto aqui, meus amigos, é a triste vida de uma garota. Divirtam-se.

— Estamos fodidas — choramingo, afundando na almofada macia de veludo do nosso sofá velho. — Por que fui comer todo o bolo? Bolo deixaria as coisas bem melhores agora.

— Porque a sua vida está um caos.

Dakota Dalton.

A mãezona feroz que dividia o apartamento de um quarto comigo, minha melhor amiga desde que eu tinha 9 anos e que pode ser persuadida com qualquer tipo de bolo, assim como eu. Ela está toda trabalhada no seu estilo Meg Ryan, em *Kate & Leopold,* com seu cabelo loiro na altura dos ombros e a atitude durona.

Ela é o meu porto seguro.

A razão para eu não estar deitada no chão do banheiro, fazendo redemoinhos e mais redemoinhos de papel higiênico — este é o estado atual da minha saúde mental.

— Como você pode ficar aí no Facebook, sabendo que vamos ser despejadas em algumas semanas?

— Álcool — Dakota diz, levando um copo cor-de-rosa de plástico à boca e bebendo o conteúdo.

— É tudo culpa minha.

— Como assim, culpa sua? — Dakota pergunta, parando em um meme engraçado de um Bob Esponja doentio servindo comida.

— Eu não agrego coisas positivas ao mundo. É a punição de Deus. — Ergo o punho no ar. — Vou melhorar, ouviu só? Não vou mais comer o bolo inteiro. Vou dar dois terços de cada bolo que eu fizer para Dakota e ficar só com um terço. Isso é amor. "Divida o pão de cada dia..." ou algo assim. — Suplicando, continuo: — E... e eu vou me dedicar. Usar este cérebro que Você me deu para maximizar meu potencial. Não vou mais sair com caras como Harry. Caras que só querem uma coisa: o pecado da carne. — Esfrego as têmporas, esperando e rezando para que qualquer tipo de energia vinda de cima me dê alguma ideia de como sair desta situação. — E estou mesmo pensando em mandar currículos. Não sei se quero continuar sendo assistente pessoal. Não é tão glamuroso quanto pensei que fosse; é impossível ficar levando roupa para lavagem a seco tantas vezes sem pirar. Mas vou encontrar alguma coisa para fazer. Nessa semana mesmo eu vou, hum... vou fazer um teste vocacional. Isso, perfeito. Vou fazer um teste. Vários, na verdade. Vou fazer cinco... não, dez. Dez parece ser um bom número. Você gosta de dez... Dez Mandamentos e tal. — Sorrio para o cara lá de cima. — Vou fazer dez testes vocacionais, e então vou me candidatar para os empregos que melhor se encaixarem. Vou fazer alguma coisa da vida.

— Quando foi que Anita teve filho? — Dakota indaga, completamente alheia à minha súplica.

— Você acha que eu deveria acrescentar alguma coisa? — sussurro de canto de boca.

— Hein? Ah, hã... — Ela dá uma batidinha no queixo. — Talvez alguma coisa sobre o cabelo Dele.

— Eu não sei como é o cabelo de Deus. Você sabe?

— Hã... branco e esvoaçante?

Olho para o teto rachado.

— E o seu cabelo é... magnífico. Você usa essência de ervas?

— Acho que Ele não precisa tomar banho — Dakota diz, clicando em uma foto do bebê de Anita para ver melhor. — E com certeza Ele não usa essência de ervas.

— E por que não? — pergunto, me endireitando e olhando para minha amiga.

— Porque Ele é Deus. Por que usar essência de ervas quando Ele criou o Paul Mitchell?

Boa.

— Qual você acha que é o cheiro Dele?

— De raios e algodão — Dakota responde, sonhadora.

— Ele não é Zeus.

— Mas poderia... — Dakota se endireita. Suas costas ficam rígidas, ela fica boquiaberta e com os olhos arregalados.

Pressentindo que alguma coisa imensa está para acontecer, junto as mãos.

— Será que Ele... escutou a gente?

Dakota balança a cabeça.

— Não, mas saca só isso aqui. — Ela vira o notebook para mim, e meus olhos encontram um artigo compartilhado pela sua tia maluca, Wendy, uma compartilhadora frenética de coisas esquisitas nas redes sociais. Já imaginou por que a gente acaba do nada assistindo a um vídeo de um caubói das antigas ensinando como fazer *huevos rancheros* em uma tampa enferrujada de lata de lixo? É por causa de pessoas como a tia Wendy.

Tentando fazer meu cérebro embriagado entrar em foco, leio o post em voz alta:

— Procura-se ajudantes. Procura-se dois amigos para administrar uma pequena cafeteria em Corsekelly, na Escócia, por seis meses. Não é necessário ter experiência, todas as despesas serão pagas, incluindo acomodações. Os candidatos precisam ser proativos e amar as Highlands escocesas. — Olho para minha melhor amiga, com as sobrancelhas arqueadas. — Você não pode estar falando sério.

— Eu amo as Highlands.

— Por acaso você sabe onde ficam as Highlands?

— Na Escócia.

— Em que parte da Escócia?

— Nas... Highlands.

Revirando os olhos, empurro o notebook de volta para o colo dela.

— Você está bêbada.

— Já esqueceu o resultado do seu teste genético, Bonnie? Dizia que você é um dezesseis avos escocesa. Não quer visitar as terras dos seus queridos ancestrais?

Aponto um dedo acusador para ela.

— Não ouse usar os meus ancestrais. Você sabe que eu adoro uma árvore genealógica completa.

— Vamos, essa é a oportunidade perfeita.

— Dakota. — Balanço a cabeça. — Você está mesmo falando sério? Está pedindo para a gente se candidatar para um trabalho na *Escócia*?

Ela fica séria, e mesmo que seus olhos estejam vidrados por causa da tequila, olha para as próprias mãos.

— Sei que já faz um ano desde que Isabella terminou comigo, mas está sendo difícil virar a página.

Ah...

Eu me inclino um pouquinho para ver a expressão perturbada no rosto da minha amiga. Pode ser que não tenha a ver comigo... mas com ela.

Isabella foi a primeira namorada de Dakota.

Isso mesmo. PRIMEIRA. NAMORADA.

Isabella foi a garota que ajudou Dakota a finalmente se identificar consigo mesma.

E aí Isabella foi embora e partiu o coração de Dakota.

Primeiro amor já é bem difícil.

Mas um primeiro amor que também mostra que você é gay... é outro nível.

— Entendo. — Estendo o braço e aperto sua mão. — Não consigo nem imaginar como deve ser se apaixonar e perder tudo isso.

— Tem sido difícil. — Ela dá uma olhada para a tela do computador, move o cursor sobre "Candidatar-se" e clica no link.

— O que você está fazendo? — pergunto, começando a entrar em pânico por ela estar mesmo falando sério quanto a isso.

— Me candidatando.

— Dakota...

— Você não fica empolgada? Vamos administrar uma cafeteria na Escócia! — ela diz enquanto digita o nome para se candidatar.

Nossa, tá bom. Já ouvi falar de colapsos nervosos depois de términos difíceis, mas nunca vi um desse tipo antes.

Preciso prosseguir com cautela.

— Ah, querida. — Eu a puxo para um abraço. — Você está iludida. Acho que é melhor se deitar um pouco e eu te trago um pedaço de bolo. Posso fazer um pedido on-line e conseguir algo cheio de açúcar para você em uns vinte e cinco a trinta minutos.

— Eu não estou iludida…

— Shhh — sussurro em seu ouvido enquanto a empurro de volta para o sofá. — Pobrezinha. Eu deveria ter visto os sinais. Perder o emprego me fez ser uma amiga negligente, mas agora estou prestando atenção. — Pego seu queixo e a forço a me encarar. — Estou te notando, Dakota. — Dou um tapinha em seu ombro. — Agora, deita aí enquanto peço o bolo, e a gente pode tentar descobrir como vamos dar conta de tudo isso. Não se preocupe… vamos manter esse colapso nervoso só entre a gente.

— Eu não estou tendo um colapso nervoso.

— Ah, querida. — Estremeço. — É isso o que todo mundo fala quando está tendo um colapso nervoso.

Pegando minhas bochechas, Dakota me puxa para bem pertinho de seu rosto, com seu hálito fresco de tequila.

— Eu não estou tendo um colapso nervoso. Vamos ficar na Escócia por seis meses e vamos cuidar de uma cafeteria em uma cidadezinha chamada Corsekelly.

Com cuidado, afasto suas mãos do meu rosto.

— Sério, acho que você perdeu o juízo e está me assustando um pouco. Não sei o que fazer… devo ligar para os seus pais? Porque está me parecendo o momento certo para ligar para eles.

Dakota põe o computador na mesa de centro e se vira para mim, a frustração gravada em seu rosto. Pelo visto, ela consegue ficar sóbria em um piscar de olhos, porque está me encarando com olhos nítidos e sérios.

— O momento é perfeito para nós duas. Você não tem emprego…

— Estou bem ciente do meu status de desempregada.

— Vamos ser despejadas.

— Assumo toda a responsabilidade por isso.

— E nós duas precisamos de uma mudança — ela diz, com a voz ficando suave. — Não consigo pensar em nada melhor do que ir para a Escócia durante o verão.

— E o seu emprego?

— Você sabe que posso fazer design gráfico de lá.

É verdade. Ela só aluga um escritório para que não fique presa no nosso apartamento mofado, tentando sentir a onda de criatividade enquanto desenha belas imagens no seu tablet para vários influenciadores de redes sociais. Ela é bem paga, é autodidata e pode fazer isso de qualquer lugar.

Se eu fosse uma artista como ela… aí todos os nossos problemas estariam resolvidos e não teríamos que conversar sobre nos mudar para um lugar do outro lado do mundo. Infelizmente, nunca descobri no que sou boa. Meio que estava esperando que Los Angeles fosse me ajudar com isso, mas só me ensinou que as celebridades são bem peculiares com seus cafés.

Coço a lateral da cabeça.

— Mas a gente não sabe nada sobre a Escócia.

— A gente também não sabia muito sobre Los Angeles, e mesmo assim viemos para cá.

Pois é. E olhe só o que isso fez por mim. O rosto descontente dos meus pais passa pela minha mente. Nunca vou esquecer o olhar que me deram quando falei que não ia para a faculdade e que, em vez disso, correria atrás de um sonho na "indústria dos negócios", na esperança de conseguir abrir meu caminho como uma produtora de eventos ou "algo divertido do tipo". Sim, usei essas palavras.

— Hã, a gente pegou a estrada 15 de Hemet. Não tivemos que pegar um voo para outro país — digo. — E, no fim, nada de bom veio com essa grande mudança.

Ela assente, compreensiva, mas ainda assim solta um longo suspiro quando seus ombros caem. Uma postura de derrota, se é que já vi uma.

— Eu preciso disso, Bonnie. Preciso dessa aventura, qualquer coisa que me tire daqui, que me leve para longe das lembranças. Sei que fugir não é a resposta para os meus problemas, mas só quero uma chance para respirar, pelo menos.

Eu a analiso. A vulnerabilidade brilha na armadura durona que ela usa todos os dias.

— Aconteceu alguma coisa?

Ela morde o lábio inferior.

— Naquele dia que você foi demitida, eu vi a Isabella... com a nova namorada dela.

— Como é? — quase grito. — E você não me contou?

— Porque você tinha sido demitida. Precisava de mim, então segurei a barra, mas isso está me matando. Elas estão tão felizes... — Seu lábio treme, então me movo rápido e a puxo para um abraço.

— Shhh, está tudo bem. — Fecho os olhos com força e engulo o ataque de palavrões que quero usar contra Isabella. Esfrego as costas de Dakota e meus olhos vão para o notebook aberto. — Você quer mesmo ir para a Escócia? — pergunto, ainda em negação que isso seja pra valer.

Dakota se afasta e enxuga os olhos.

— Eu preciso muito disso, Bonnie, e acho que você também. Vamos tirar você dessa sua rotina e encontrar a felicidade nas Highlands. Essa é a nossa chance de recomeçar, fazer alguma coisa diferente, e só viver livre por alguns meses.

— Então está mesmo falando sério? Quer se mudar para a Escócia por seis meses e administrar uma cafeteria, mesmo que a gente não saiba nada sobre café?

Ela me cutuca de brincadeira.

— Você sabe sobre café, tem pegado café nos últimos três anos. Além do mais, aprendeu como mexer naquela máquina de espresso quando trabalhou para a Lisa. Você estava preparando todos os tipos de drinques, no fim.

— E fazer um pedido errado de café foi a desculpa que ela usou para me demitir.

Pois é, fiz um pedido errado de café. Foi vergonhoso, para dizer o mínimo. Mas Daloria Day — a queridinha da América — estava atrás de algum motivo para me demitir. A gente não se dava bem.

Ela abana a mão para mim.

— É só uma questão de semântica. — Ela balança meu braço. — Vamos. As acomodações já estão preparadas, emprego garantido por seis meses e uma promessa de aventura. Me diz que topa.

Malditos sejam esses grandes olhos azuis que estão me encarando.

Eu quero fazer isso por ela, mas... há um pedacinho de medo tentando ocupar todo o espaço do fundo da minha mente.

Eu me mudei para Los Angeles, e ainda não me encontrei.

E agora eu poderia me mudar para a Escócia... para me encontrar. E por que seria diferente? É só mais um risco que, provavelmente, não vai valer a pena. Não queria nada além de provar que meus pais estavam errados, assim como as cinco universidades para as quais me candidatei no meu último ano de ensino médio. Eu queria mostrar o meu valor para todos eles, queria mostrar meu potencial. Mas tudo o que fiz foi provar para o mundo que sou dispensável.

Será que vai ser a mesma coisa na Escócia?

Olho para Dakota enquanto ela murmura:

— Por favor.

Ai, merda.

Que tudo vá à merda.

Pode ser que a gente nem seja escolhida... não há garantias.

— Eu topo — digo, sorrindo.

E foi assim que fui parar na Escócia por seis meses. História engraçada, hein?

Bem, obrigada por ler sobre tudo isso, ou assim espero...

O quê?

Debruça

E o escocês gostoso?

E a Pedra da Castração?

E o tal do Fergus?

Bem, se quer mesmo saber, acho que posso contar o resto da história. Mas prepare o coração, porque vai ser uma aventura e tanto.

Capítulo 2

BONNIE

Consumo de bolo hoje: *nenhum, e, sério, acho que não vou conseguir funcionar direito.*

Ofertas de trabalho aceitas: *uma, e tenho pouco ou quase nenhuma experiência nisso.*

Dias desde o último orgasmo induzido por um homem: *Setenta; e eu tirei teia de aranha das minhas partes íntimas hoje de manhã.*

Residência atual: *Escócia, aparentemente.*

É isso o que eles chamam de tomar uma decisão por impulso. Espero que *eu não me arrependa.*

— Sem chance de eu dirigir isso aí — digo, cruzando os braços. — A grande ideia foi sua, então você dirige.

Cercada por prédios de pedra que parecem ter saído direto de *Mary Poppins*, Dakota e eu estamos paradas bem em frente ao nosso carro alugado, com quatro malas grandes ao nosso lado e uma corda na mão. Carros passam apressados por nós, enchendo as charmosas — apesar de estreitas — ruas da cidade de Inverness. Não há uma única árvore à vista, só parede após parede de cimento e pedra, mas a arquitetura espetacular está me deixando boquiaberta — e nunca pensei muito sobre arquitetura até este exato momento.

Mas mesmo que estejamos cercadas por toda essa magnificência, isso não anula a coisa estacionada bem na nossa frente.

Um MINI Cooper.

Nosso meio de transporte.

Um MINI Cooper verde, bem pequeninho mesmo.

Em geral, um veículo tão pequeninho não seria um problema — são até fofos —, mas não quando temos seis meses em bagagens para levar e 300 quilômetros de estrada pelas montanhas.

Mas sem estresse. A empresa de aluguel de carros providenciou cordas para prendermos nossas malas no teto.

Ah, e caso você ainda não saiba, os escoceses também dirigem na outra mão... e do outro lado do carro.

— Por favor, Bonnie, mal estou me aguentando.

Minha linda melhor amiga que teve essa ideia brilhante de viajar para o outro lado do mundo para vender café para desconhecidos se esqueceu de um pequeno detalhe: ela sempre passa mal em viagens. Ela passou o voo inteiro com a cabeça enfiada em um saco, enquanto fiquei esfregando suas costas e rezando a Jesus para que ela não vomitasse na minha perna.

— Não dá para a gente chamar um Uber ou algo assim? — pergunto.

— Não, esse é o carro que Finella e Stuart arrumaram para a gente. Além do mais, acho que o Uber não vai até Corsekelly. A cidade é bem pequena.

— Esse carro só pode ser uma piada, Dakota. — Aponto para ele. — E você espera que eu dirija pelas estradas sinuosas e com ventos fortes com noventa quilos de mala, usando a outra mão?

— Você nunca foi de fugir de um desafio. — Ela tenta sorrir, mas é custoso. — Eles estão esperando a gente em algumas horas.

Suspiro e dou a volta pelo carro.

— Teria sido mais hospitaleiro se eles tivessem vindo buscar a gente. — Baixo os bancos de trás e enfio uma mala ali. Ergo outra e a enfio ali também. Quando me dou conta de que só vai caber isso, sinto um leve suor na nuca.

Ai, merda. Me viro para Dakota. — Agora a gente vai ter que usar a corda, né?

Ela olha para o grosso tecido trançado em sua mão.

— Bem... acho que sim?

— Tá bom, que seja. Vamos só prendê-las aí.

Juntas, levantamos a primeira mala até o topo e então a segunda. Como é que vamos...?

— E aí, *lass, tão precisan* de uma mãozinha? — uma voz profunda diz atrás de nós.

Hã... quê?

Eu me viro e vejo um homem alto, com cabelo ruivo brilhante no topo da cabeça e emoldurando seu rosto da orelha até o queixo. Ele exibe um sorriso charmoso e um kilt tentador. O que eu não daria para sentir um ventinho bem ao estilo Marilyn Monroe neste exato momento...

— Hum... desculpa, mas não entendi o que você falou.

— Arre, são americanas. Fiquem de boa, *tão* em boas mãos.

Pisca

Limpa o ouvido mentalmente

Pisca de novo

— Você me disse que eles falavam a nossa língua aqui — sibilo para Dakota.

— E falam. — Ela parece tão tensa quanto eu.

Tirando a corda da minha mão, o cara da empresa de aluguel de carros dá a volta como um ninja, amarrando as malas e prendendo-as melhor do que eu poderia ter feito. Se eu tivesse feito isso, Dakota teria que passar a primeira semana na Escócia nua.

Batendo as mãos uma na outra, ele dá uma olhada no próprio trabalho e então se vira para nós.

— Isso deve dar conta. *Pronde cês* vão?

Ai, meu Deus, não consigo entender nada do que ele diz. Ele está falando a nossa língua. Dá para reconhecer algumas palavras. Elas estão lá, e ele age como se eu devesse entender o que está dizendo, mas não estou conseguindo traduzir.

O suor desce pelo meu pescoço.

Os cantos dos meus lábios ficam achatados e eu estremeço.

— Desculpa. Estamos com um pouquinho de *jet lag*. Você pode repetir?

Ele dá uma risadinha e põe as mãos na cintura enquanto balança nos calcanhares. Pelo menos ele é um homem alegre.

— Pronde. Cês. Vão.

Pronde.

Pronde.

Pra... onde.

PARA ONDE!

Minha nossa.

— Para onde a gente está indo? — quase grito, me sentindo como se tivesse respondido certo uma pergunta de milhões.

O que é "eu não estou entendendo nada do que esse homem está dizendo"?

— Isso. — Ele assente.

Tudo bem, sei muito bem o que "isso" significa. Cara, agora a gente está pegando o jeito.

— Corsekelly — digo.

— Arre. Tão indo pra *vê* a Pedra do Bilau?

Lá se vão as esperanças.

— Pedra do Bilau? — pergunto.

— Isso, Bilau. — Ele dá um tapinha na virilha e então impulsiona a pélvis na nossa direção. — Bilau.

— Bilau?

— Isso.

Tapinha. Impulso.

Bilau... Bilau... hum, ficando sem ideias aqui.

— Sabe como é. Bilau. — Tapinha. Impulso. — Bilau. — Tapinha. Impulso.

Meu Deus, o que está rolando?

Agarro o braço de Dakota.

— Ele está dando tapinhas na virilha. Será que quer pagamento?

— Bilau — ele diz devagar e então coça a nuca. — Ah, é, americanos dizem "pênis".

Bilau é pênis?

Então ele está esperando pagamento carnal. Meu bom Deus, que ousado.

Preciso tirar a gente dessa enrascada, e rápido.

— Sim, senhor. Estamos cientes de que você tem um pênis — deixo escapar. — Tenho certeza de que é bem resistente, dada a sua habilidade de prender malas no teto do carro, mas se está atrás desse tipo de pagamento, lamento, porque nós duas somos lésbicas. Namoradas, na verdade. Esta aqui é a minha namorada. — Seguro o braço de Dakota com ainda mais força. — Seja lá do que você está a fim, seríamos péssimas. Mãos desajeitadas e sem saber como usar a boca, sabe.

Ele passa a mão pelo rosto.

— Pedra... do Pênis — ele pronuncia com dificuldade.

Bem, aí está, pessoal: ele está tentando comunicar que está ereto.

Seu pênis está duro feito pedra. E isso com certeza não é nada embaraçoso

— Meu Deus — sussurro para Dakota. — Eles são ousados por aqui, hein? — Me virando de volta para ele, digo: — Parabéns pela sua ereção, senhor. É uma conquista e tanto no meio de uma cidade. — Dou um aperto de mão forte nele. Solidária. — Continue com o ótimo trabalho...

— A Pedra da Castração — Dakota diz... finalmente, apesar de estar encurvada e toda fora de si, graças ao voo. — Ele não está com tesão, só está falando da Pedra da Castração.

— Isso. — Ele dá uma piscadela para Dakota.

Tudo bem, agora estou mesmo perdida.

— Explico no carro. — Ela se endireita, mas ainda parecendo enjoada. — Conseguimos um emprego na cafeteria em Corsekelly — ela explica para o nosso cavaleiro em tartã de lã.

— São vocês, duas mocinhas? Eu vi a propaganda, sabe. — Ele ri. — Precisam da direção para chegar lá?

— Direção. — Agora eu *consegui* entender.

— Você pode escrever? — pergunto. Não deve haver problema com a escrita.

— Claro. — Ele solta mais uma risadinha.

Enfio a mão na mochila e entrego meu caderno e caneta para ele.

Enquanto está escrevendo, ele diz:

— Cautela nas estradas. Elas são um tiquinho apertadas.

Tiquinho. *Ri*

Ele me entrega o papel.

— Só seguir a A82 pra A887. Siga as placas para o lago Duich. — Ele dá uma piscadela. — Boa sorte.

— Você entendeu? — pergunto a Dakota.

— Estava esperando que você tivesse entendido.

— Tá tudo no papel. — Ele nos leva até o carro e abre as portas para nós. Quando as fecha, entrega as pontas da corda. — Segurem firme. — Mais uma piscadela e então ele se vai.

Com uma das mãos agarrando a corda que está prendendo a mala e a outra segurando as orientações no papel, olho para Dakota.

— Hã, essa corda não está presa?

Ela dá uma olhada para a ponta em sua mão.

— Parece que não.

— Bem, vai ser divertido.

— Ai, meu Deus, vão bater em mim! — grito enquanto dirijo pela rua, com uma das mãos no volante e a outra agarrada com força à nossa confiável corda.

— É só ficar na sua pista que eles não vão fazer isso. — Que pista? As ruas de Inverness são minúsculas. As marcações estão desbotadas, algumas fazem ziguezague e os prédios de pedra estão quase sobre a gente, não oferecendo quase nenhuma visibilidade.

Podem até ser bonitos, mas, meu bom Deus, não ajudam em nada a experiência de direção.

— Eles estão vindo atrás de mim. Sabem que não pertenço a este lugar.

— É só prestar atenção! — Dakota grita, agarrando o painel com uma das mãos e a corda com a outra.

— Estou prestando! — grito de volta, enquanto os carros passam voando por nós pelo outro lado. — A gente vai morreeeeeer!

— O que raios está escrito aí? — pergunto, colocando a cabeça para fora da janela enquanto tento ler a placa. Ainda presas na cidade.

Ainda sendo atacadas pelo tráfego maluco.

Ainda tentando descobrir por que não há árvores!

— Para alguém que está com medo de bater, você deveria estar mais preocupada em manter a cabeça dentro do carro — Dakota diz, com a voz cheia de medo.

— Não consigo ver... esse para-brisa é tão pequeno.

— Vire à direita. O Google Maps está dizendo para virar à direita.

— Acho que preciso virar à esquerda.

— Estou dizendo para virar à direita.

— E eu acho que você está errada...

— Para de me olhar com essa cara. Já pedi desculpa — eu disse, sentindo o calor do olhar irritado de Dakota.

— Você vai escutar agora? — Dakota pergunta, ainda pálida pelos dez minutos que passamos no acostamento da estrada para que ela pudesse vomitar. Minha virada à esquerda acabou em uma descida assustadora que nos deixou cara a cara com um ônibus de turismo.

— Vou. — Dou a ela um sorriso charmoso.

— Permaneça nessa pista e não vire a menos que eu diga isso.

— Sim, senhora, capitã — respondo com um sorriso que não ajuda em nada o tom esverdeado das bochechas de Dakota.

Que ela não vomite no carro, por favor.

— A gente VAI MORREEEEER — grito pelo que parece ser a décima vez à medida que nos fundimos ao círculo interno de uma rotatória.

— AHHH! — Dakota agita os braços, segurando a corda, enquanto fazemos curvas sobre duas rodas.

(Não é bem assim, mas é o que parece.)

— Mãe de Deus, que labirinto dos infernos é esse? — grito para fora da janela enquanto outro carro passa por nós.

— Estamos andando em círculo nas tetas do diabo — Dakota choraminga. — É o que a gente está fazendo.

— Caramba, a gente dirigia em Los Angeles. A gente consegue.

— A corda está escorregando — Dakota grita.

— Pelo amor de Deus, não solte. Segura firme, Dakota. A gente consegue. — Com um grito, dou seta e torço pelo melhor.

Dez minutos depois...

— Me avise quando terminar — digo, segurando as duas cordas enquanto Dakota sai pela lateral do carro. — Rotatórias foram feitas para partir o coração dos turistas. — Olho para o céu cinzento e nebuloso. — Já entendi, Escócia. Já entendi a sua bruxaria.

— Então... — Quebro o silêncio que caiu sobre nosso carro enquanto percorremos tranquilamente as estradas sinuosas da Escócia. A vista ficou muito mais verde, encontrei as árvores, e em vez de prédios que dificultam a direção, estamos encantadas com as montanhas e as ovelhas que vez ou outra pontilham os campos. — Foi divertido.

— Por que você ficou buzinando tanto? — Dakota pergunta, fraca e muito provavelmente desidratada.

— Parecia ser o meu único mecanismo de defesa.

— Nunca vi o seu maxilar ficar tão tenso como daquele jeito. — Ela fixa o olhar no para-brisa. — Os palavrões que você disse. Bem... criativos.

— Parece que as rotatórias me fazem virar um ogro. — Pigarreio, sentindo a rouquidão causada pelos gritos tremendos que soltei enquanto percorria aquela estrada de três pistas dos infernos.

— Acho que jamais vou conseguir esquecer o que aconteceu lá.

— Faz sentido — digo, baixinho. — E entendo. É um lado meu que acho que ninguém estava esperando conhecer, incluindo eu mesma. Mas, caramba, a gente conseguiu. A gente está agarrando a Escócia à unha.

— Não faz sentido — Dakota fala, olhando para a natureza deslumbrante e as montanhas escarpadas. Sombras escuras das nuvens iminentes lá em cima acrescentam uma sensação mítica que não dá para encontrar na nebulosa Califórnia.

— É tipo "agarrar o touro à unha", só que... ah, esquece. Então, sobre aquela coisa da Pedra do Bilau. Achei que ele estava pedindo... pagamento quando começou a dar aqueles tapinhas na virilha.

— Os escoceses não são neandertais, Bonnie. Eles falam a nossa língua.

— Aquilo lá *não* era a nossa língua.

— Algumas pessoas têm sotaque mais forte do que as outras. Quando falei com a Finella ao telefone ontem, ela tinha um sotaque bem bonito, fácil de entender. Não tive problema nenhum para conversar com ela.

— Que alívio. Foi ela que falou para você sobre a Pedra do Bilau?

— Não, li sobre isso quando estava pesquisando sobre Corsekelly. — O tom verde que estava no rosto de Dakota agora voltou para um tom normal, que bom. — Parece que a cidade é conhecida por isso. E também por causa de um bode.

— Tá bom. Que tal falar mais sobre a Pedra do Bilau.

— Sabe aquela série, *Coroas de Ferro*?

— Aquela cheia de incesto e estupro? — pergunto.

— Isso, aquela que você não teve estômago para assistir, aí a gente mudou para *Jane the Virgin*.

— Eu me casaria com o Rojelio sem nem pensar duas vezes. Adoro um romance latino.

— Até eu pensaria em me casar com o Rojelio. — Dakota ri.

— Por causa daquelas cestas de presente do Rojelio, né?

Ela aperta o peito com a mão livre.

— Ele é tão atencioso com elas. Enfim, *Coroas de Ferro* bombou quando a Rainha Serpente...

— Aff, ela era assustadora. Sou muito a favor de empoderamento feminino, de arrasar com aquela coroa, mas ela ficava mostrando aquela língua de serpente para as pessoas. Eu não achava aquilo legal, não.

— E castrou o futuro noivo dela.

— Espera aí... como é?

— Agora está prestando atenção, é? — Assinto. — Parece que ele a traiu com uma camareira, aí ela fez questão de que ele aprendesse a lição. A Rainha Serpente o levou para uma caverna que tem uma laje de pedra plana bem no meio. Ela o prendeu lá com o bagulho de fora e aí... *poof*, lá se foi o bilau dele.

Solto uma risadinha.

— Ah, saquei o que você fez aí, e gostei. "Bilau". Você acha que as garotas escocesas fazem cócegas na ponta e falam com o bilau como se fosse um animal? "Quem foi um bom bilau hoje? É, você mesmo, você, sim."

— Por que você é assim?

— Não faço ideia. — Nós duas rimos. — Então, Pedra do Pênis, hein? Fascinante. Nossa nova casa é famosa por causa de uma pedra da castração. Estou curtindo. Então, a série *Corroas de Ferro* foi filmada na Escócia?

— Sim, todinha. Vi que Corsekelly tem até uma placa dedicada à Pedra do Pênis.

— Eu ficaria chocada se não tivesse. — Seguro o volante com um pouco de força. — Meu Instagram vai bombar.

Capítulo 3

BONNIE

Número de rotatórias em que ficamos presas: *uma... por dez minutos.*

Número de vezes que Dakota vomitou: *faltariam dedos para contar.*

Número de interações com escoceses: *uma, e ainda estou tentando entender o que ele estava tentando dizer para a gente.*

*Se um escocês dá um tapinha na virilha, ele pode estar só querendo dizer que "*bilau*" significa "pênis", não que quer pagamento sexual por um favor.*

BEM-VINDO A CORSEKELLY – LAR DO FERGUS

MORADA DA GRANDE PEDRA DO BILAU

POPULAÇÃO: 360

— Que placa, hein? — digo quando voltamos para o carro depois de tirar uma foto em frente à placa de Corsekelly, que até que é bem grande para uma cidadezinha. — "Pedra do Bilau" soa bem mais agradável que "Pedra do Pênis". Parece até que é uma pedra da sorte ou algo assim, talvez se esfregarmos a bochecha nela, vamos ter boa sorte para os anos seguintes.

— Você está confundindo com a Pedra da Eloquência, e a gente tem que beijá-la — Dakota diz, colocando o cinto de segurança e agarrando a corda, que já deve ter formado uma marca permanente nas nossas mãos. — Se você beijar essa pedra, vai acabar pegando herpes.

— Quê? Você acha que as pessoas colocam o pênis nela?

— Hã... sim. Está cheio de fotos por toda a internet de caras na caverna, refazendo a cena com as esposas, com o bilau de fora e tudo mais.

— Eca, quem quer ver uma coisa dessas?

Dakota dá de ombros.

— A *Coroas de Ferro* tem a maior base de fãs do mundo. As pessoas fazem coisas malucas.

— É, mas para um cara fingir que vai ter o pênis cortado, é preciso ter muita confiança na esposa, e é melhor não a tirar do sério antes da foto. Só um escorregão e, pronto, o bagulho já era.

Ligo o carro e vou para a estreita estrada pavimentada que nos leva para além dos penhascos cobertos de ardósia e desce o vale de Corsekelly.

Ai, meu Deus.

As árvores à margem da estrada se separam e somos recebidas por uma vasta extensão de água cintilante, emoldurada por belas montanhas, salpicadas de verde e pontilhadas por grandes pedras de ardósia. É mesmo lindo aqui.

Um novo capítulo está bem à nossa frente.

Novas oportunidades.

Novas pessoas — tomara que pessoas legais.

Novas aventuras.

Já posso até sentir: a mudança que estou fazendo, a confiança que esta decisão está incutindo em mim. Pode ser exatamente do que nós duas precisamos.

— Aí está a cidade — Dakota diz, apontando para um punhado de prédios de barro branco.

— E cadê o resto dela? — pergunto ao nos aproximarmos.

— É isso. É bem pequena mesmo.

Acho que nunca vi uma cidade tão pequena. Não passa de vinte prédios às margens da via principal da cidade, que corre ao longo da borda do rio e é apropriadamente chamada de Corsekelly Lane.

Voltados para o lago Duich, os prédios são feitos de barro branco, decorados com paredes de pedra e realçados por exibições coloridas de flores sazonais penduradas em ganchos de ferro fundido. Comparados às casas nos Estados Unidos, eles não são nem um pouco grandes, e as janelas e portas parecem pequenas demais para um adulto, mas são charmosos, pitorescos e me dão a sensação de ter entrado em uma fantasia.

Compactos e carismáticos.

— Essa cidade parece mais um ponto de parada do que um lugar para morar — digo para Dakota, que está ocupada olhando pela janela, analisando Corsekelly assim como eu.

— Mas não há nada turístico por aqui além do ônibus de turismo parado na frente... do que eu acho que é um hotel. Parece legal. Vai dar a sensação de que estamos escondidas.

— É verdade. — Assinto. — Adoro as placas de madeira penduradas em todas as portas. — Dirigindo bem devagar, eu as leio em voz alta. — CASTELO DE FERGIE. O ALMIRANTE. TAVERNA CASCO DO BODE, aposto que não cheira tão bem. — Nós duas rimos, e eu nos conduzo pela rua pavimentada com pedras. — MERCADO DO MOINHO, CESTO DE LINHO E BOLHAS, BOMBA DE GASOLINA DO PARLAN, CONFEITARIAZINHA MURDACH, CAFÉ... espera, *café*? Aquela... aquela "cafeteria"? — pergunto, fazendo careta ao parar em um prédio sem graça.

Emoldurada em barro branco como o resto da cidade, suas únicas características distintivas são uma porta vermelha e uma placa logo acima que diz CAFÉ. Duas mesas de piquenique desgastadas estão dispostas sob cada janela com moldura vermelha, mas esse é o único charme.

Hã, trocamos Los Angeles por isso?

Parece que uma simples lufada de vento seria capaz de destruir aquela porta.

Cadê o charme?

Cadê as placas fofas de madeira?

Cadê o xadrez? Não deveria haver alguma coisa xadrez ali?

Pelo amor de Deus, cadê o xadrez?

— Sim, é — Dakota confirma, nem mesmo perturbada.

— Nossa, eles sabem mesmo como fazer propaganda, hein? — Solto uma risadinha. — Cadê o nome fofo?

— Eles são diretos. É admirável. Finella disse que tem um estacionamento logo na esquina, onde a gente vai ficar.

— Beleza. — Viro a esquina e sigo por uma rua de cascalho que nos leva para baixo da copa das árvores. — Estamos indo pelo caminho certo? — pergunto quando a rua fica cada vez mais estreita.

— Acho que sim. Ela disse que o chalé fica logo depois das árvores.

Sem dirigir a mais do que vinte quilômetros por hora, vamos aos solavancos pela rua para enfim chegarmos a uma casinha de barro branco com telhado de palha.

— Será que a gente dirigiu para dentro de um filme da Disney e eu nem notei? — pergunto.

Um telhado de palha... um telhado de palha legítimo e de verdade. Acho que a última vez que vi um desses foi em *Branca de Neve e os Sete Anões*.

E... aquilo ali é um...?

— Ah, não. — Balanço a cabeça, apontando para o poço bem ao lado da casa. — Esse lugar não tem encanamento? Eu não me inscrevi para ter que buscar água para tomar banho.

— Tem todas as comodidades de que vamos precisar — Dakota diz, abrindo a porta do carro.

Agarro seu braço e a mantenho no lugar.

— Quando você diz "comodidades", isso inclui água encanada, né?

— Sim — ela fala, exasperada. — Você está agindo como se o nosso voo tivesse sido uma espécie de máquina do tempo que levou a gente de volta para a Idade Média.

— Foi mal por eu estar assustada por um teto de palha e um poço, mas é uma preocupação legítima. Você deu uma olhada no posto de gasolina lá atrás? Nem sei se funciona.

— É uma bomba de gasolina, e funciona. Aqui não é Los Angeles, Bonnie, e você devia se lembrar disso. É só um jeito mais simples de viver. Relaxe e aproveite o ritmo desacelerado.

Ela tem razão. Antes de fazer suposições, eu deveria mesmo tentar conhecer o lugar primeiro.

Estou aqui pela aventura.

Estou aqui para descobrir o que quero fazer da vida.

E fazer prejulgamentos não vai me levar a lugar nenhum.

— Tem razão. Desculpa. — Solto um suspiro profundo. — A viagem foi longa, e a minha mão está dolorida de ter que ficar segurando a corda. Prometo que quando comer alguma coisa, vou me sentir melhor.

Assim que saímos do carro, a porta da frente do chalé se abre, e uma mulher baixinha que parece ter uns sessenta e poucos anos aparece. Ela tem cabelo castanho-escuro, salpicado de fios prateados, e um avental amarrado na cintura.

— Você deve ser Dakota — ela diz, vindo com um sorriso acolhedor.

Dakota tinha razão, era um sotaque bem bonito, e fácil de entender.

Graças a Deus.

— É tão bom finalmente conhecer você, Finella. — Dakota abraça a mulher e então me apresenta. — Esta é a minha melhor amiga, Bonnie.

— Oi, Bonnie, que nome lindo. Significa "bonita" aqui na Escócia e parece combinar muito bem com você. — Ela me olha de cima a baixo com um sorriso gentil.

— Ah, obrigada. Já me disseram que sou um dezesseis avos escocesa. — Sorrio.

— É mesmo? — Ela ergue a sobrancelha. — Que coisa boa.

Sinto uma onda de orgulho por estar na terra dos meus ancestrais.

— É bom estar em casa, onde meus ancestrais moraram. Dá para sentir a presença deles de verdade. — Quando dou uma olhada em Finella, pego um sorrisinho minúsculo em seus lábios. Tudo bem, pode ser que eu seja só um dezesseis avos escocesa, mas isso já é alguma coisa. Respiro fundo. — É um prazer conhecer você, Finella. Não consigo parar de notar o quanto é verde aqui. É um alívio ter toda essa natureza em volta depois de ter vindo de um lugar todo de concreto.

— Aqui é lindo. — Ela põe as mãos na cintura, e um sorriso irônico aparece em seus lábios. — Vamos ficar com saudade, mas estamos animados de embarcar no nosso muito necessário mochilão.

Mochilão?

Como assim?

— Entrem, entrem — ela diz. — Vamos conversar mais lá dentro. Vocês devem estar com fome. Fritei alguns haggis com um pouco de tatties e neeps. — Ela pega nossas mãos e nos leva para dentro do chalé. Assim que entramos na nossa nova casa, fico chocada com o quanto é espaçosa. À direita há uma lareira de pedra e uma moldura de madeira em forma de coração com um fogão de ferro fundido no meio. E dois sofás vermelhos de frente um para o outro e de cada lado da sala de paredes brancas, com uma mesa de centro de carvalho.

À esquerda fica uma pequena cozinha compacta, equipada com fogão de duas bocas, frigobar e pia. Armários minúsculos, e em vez de portas embaixo da pia, é fechada por uma cortina xadrez branca e vermelha. *Tudo bem, até que é fofo*. Nos fundos fica uma porta aberta que dá acesso a uma escada estreita. Não há fotos nas paredes e nenhuma decoração. O resto do espaço é tomado por uma mesa para duas pessoas, empilhada com pratos de comida. Pitoresco, mas só um pouquinho.

Um grande avanço comparado ao apartamento de um quarto, com janelas gradeadas e teto rachado em Los Angeles, isso com certeza.

— Espero que vocês gostem do lugar — Finella diz, com o peito estufado em orgulho.

— É muito fofo — elogio.

— Perfeito — Dakota acrescenta.

— Só tem um quarto no andar de baixo e um no de cima. O banheiro é logo na esquina. Mantemos um balde perto do banheiro, e se vocês fizerem o número dois, pedimos para que usem o balde para ajudar a descarga.

Dou uma olhada em Dakota, cujos olhos estão arregalados com humor. Seguro o riso, sem querer ser grosseira. Mas qual é... um balde no banheiro?

Pois é... *fofo*.

— Tem comida na geladeira — Finella continua. — Não sei bem do que vocês gostam, meninas, mas tem o básico. O Mercado do Moinho é logo descendo a rua. Shona já sabe da chegada de vocês, então ela pode mostrar o lugar e pedir qualquer coisa de que precisarem.

— Shona é a dona? — pergunta.

— Isso. — Finella nos faz sentar à mesa e serve a comida. Bolas de alguma coisa frita que devem ser haggis... ou seja lá o que isso é... e duas coisas que parecem amassadas. Tatties e neeps, imagino. — Todo mundo aqui em Corsekelly sabe que vocês viriam. A cidade é bastante acolhedora para os recém-chegados, e já prometeram para mim e para Stuart que vão cuidar muito bem de vocês duas enquanto estivermos fora.

— Obrigada — Dakota fala, dando uma garfada. Pego meu garfo também, mas espero até ela experimentar a comida primeiro. Quando ela não parece hesitar, me dou o sinal verde para comer. — Está delicioso, Finella. — Tatties e neeps são amassados e com um toque do sabor de noz-moscada. Peculiar, mas delicioso. E o haggis tem uma textura de aveia com um toque de pimenta e linguiça esfarelada.

Acho que dá para me acostumar com isso.

— Obrigada. É uma antiga receita de família. A favorita do meu Rowan.

Rowan. É o nome de alguém?

— Vocês não vão vê-lo muito por aí — Finella continua. — Anda bem ocupado sendo o faz-tudo da cidade.

Então é mesmo o nome de alguém.

— Rowan é o seu filho? — pergunto.

— Isso, é sim. É um rapaz robusto, embora um pouquinho rabugento e reservado. Mas ele sonha com uma loira. Ainda mais uma bonita. — Ela mexe as sobrancelhas, e sinto o rosto queimar.

— Ouviu, Bonnie? *Robusto* — Dakota diz com um sorriso.

— Alguma de vocês está namorando? — Finella pergunta.

— Nós duas estamos solteiras — Dakota responde.

— É mesmo? — Seu sorriso se alarga.

— Mas não estou pronta para namorar — Dakota fala às pressas. — Tive um término bem difícil com a minha namorada um ano atrás. Ainda estou lambendo as feridas.

— Arre, você gosta das moças, é? Devia conhecer Isla Murdach, ela administra a Confeitariazinha Murdach. Acho que ela ia gostar de você.

Agora é a vez de Dakota ficar vermelha. Dou uma cutucada nela com o pé por baixo da mesa.

— Ouviu só? Ela ia gostar de você.

— Não estou atrás de namoro.

— Nem eu — digo às pressas. Quem sabe como é esse Rowan... tenho quase certeza de que não vou querer nada com ele. Toda essa coisa de rabugento não combina comigo.

— Então, o que vocês vieram fazer aqui nas Highlands? Na inscrição de vocês dizia que procuravam aventura. — Finella analisa nós duas. — Mas vejo sombras nos seus lindos olhos. Tem mais coisa aí.

— Um descanso — Dakota confessa. — Um descanso de tudo. — E sei exatamente ao que ela está se referindo. Ela precisa de um descanso das lembranças, da chance de acabar encontrando a ex. Precisa pôr as ideias no lugar.

Assim como eu.

— Um momento para respirar — completo. — Para tentar descobrir o que fazer da minha vida.

Finella sorri e junta as mãos.

— Então Corsekelly é o lugar perfeito para vocês duas.

O cascalho estala sob nossos sapatos, enquanto Dakota e eu seguimos Finella pela rua arborizada até a cafeteria. Está garoando e levanto o capuz do meu moletom.

— Não se preocupe com a chuva, não, *lass* — Finella diz. — É uma dádiva aqui na Escócia. Aproveite.

Bem, se é esse o caso, tiro o capuz e deixo as gotículas de água se espalharem sobre a minha cabeça e meu rosto. Já que vou ficar aqui pelos próximos seis meses, deveria mesmo viver como os nativos.

— Aqui está — Finella anuncia enquanto dobramos a esquina e nos aproximamos da cafeteria. — Pode não ser bonita do lado de fora, mas lá dentro é bem quentinho. — Ela abre a porta e, para minha surpresa, a loja está completamente vazia… ninguém trabalhando, nem uma alma viva no lugar.

Ainda mais chocante: o lugar praticamente não tem móveis.

Duas mesas, cada uma com duas cadeiras, estão postas aleatoriamente no meio do lugar, parecendo que foram esculpidas por uma criança de dez anos. Não há decoração nas paredes, e o velho piso de madeira está grudento e revestido de sujeira. À esquerda há uma vitrine de guloseimas vazia, e atrás do balcão estão duas garrafas térmicas.

Não há máquina de espresso.

Nem um cardápio chique.

Só… café.

Humm…

— Nós abrimos às dez e fechamos às quatro.

— Vocês abrem às dez? — Como é que podem abrir às dez quando eu tinha que pegar café às seis da manhã?

— Isso, não tem muita atividade na área antes das dez. A maioria dos negócios aqui abre às nove e fecha antes das seis, tirando o Castelo de Fergie, o bar. O Almirante, nosso restaurante local, fecha às seis nos dias de semana e às sete nos fins de semana, então se vocês estiverem a fim... Como é que vocês americanas chamam, mesmo? De "jantar", façam questão de planejar de antemão. O Castelo de Fergie tem algumas comidas genéricas de bar, mas pode ficar bem lotado quando toda a cidade fecha e todo mundo se reúne lá para tomar uísque.

— Nossa, tudo bem. Bom saber — digo, assim que meu estômago dá uma estranha embrulhada à menção de comida. *Ai*. Não foi uma boa sensação.

— Fechamos aos domingos, quase toda a cidade fecha. Os ônibus turísticos não vêm para cá aos domingos, então a gente tira o dia de folga, com exceção do bar. Hamish sempre abre o bar.

— Os ônibus turísticos passam por aqui? — pergunto, enquanto Dakota anda pelo pequeno espaço, com braços cruzados, analisando nosso novo trabalho. Não há dúvidas de que ela vai conseguir dar conta de seu trabalho de designer enquanto estiver aqui. Pela aparência das duas garrafas térmicas, parece que eu também vou conseguir uma folguinha.

— Passam. Por causa da Pedra do Bilau. Temos muito orgulho dela, na verdade. A Shona lá do mercado faz camisetas com a Pedra do Bilau. "Eu beijei a Pedra do Bilau", é o que vem escrito. Muito esperta. Eu e Stuart temos um conjunto combinando.

É, vou precisar de uma dessas.

— Adoro uma boa camiseta de pênis. — Dakota me cutuca com o cotovelo. Olho para ela e dou de ombros. — O que foi? Gosto mesmo.

— Vocês já viram *Coroas de Ferro*? — Finella pergunta.

Estou prestes a responder quando meu estômago embrulha. Um suor instantâneo surge na minha nuca.

Hã, isso não parece nada bom.

Nada mesmo.

Pode ser que tenhamos um problema aqui.

— Eu já — Dakota diz. — Ainda não cheguei na parte da Pedra do Bilau. Mal posso esperar.

— É emocionante. Eles mostram o bilau dele mesmo, sabiam? O ator não teve dublê. Devo dizer que o sir Richard MacLain é bem-dotado. É uma pena que tiveram que fingir a castração dele. — Finella suspira e vai até o balcão. — É bem simples aqui. Café preto e descafeinado. Também temos chocolate quente para as crianças. Faz um tempo que não servimos comida. Stuart costumava assar bolos, mas ele diminuiu um pouco o ritmo. — Finella fica quieta, enquanto meu estômago embrulha, ecoando pela pequena cafeteria.

Tanto Dakota quanto Finella se viram para mim, com as sobrancelhas levantadas.

Sorrio sem jeito.

— Acho que alguma coisa não me desceu bem, sabe.

— Deve ser mesmo. — Finella me olha de cima a baixo. — Você é alérgica a pulmões de ovelha?

— Hã... não que eu saiba.

— Coração? Fígado? Estômago?

— Não... por quê? — Engulo em seco, o medo fazendo minha nuca coçar.

— Arre, é isso que é haggis, moça.

A bile sobe pela minha garganta, e torço para não deixar tudo escapar bem ali, no meio do chão sujo e empoeirado.

— Estômago de ovelha? — pergunto, baixinho.

— Isso, e fígado, coração e pulmões. Muito gostoso.

Ai, *DEUS*.

Sorrindo com educação, dou um passo para trás.

— Acho que vou voltar para o chalé, sabe, e, hã... — Solto um arroto e rezo aos céus para que eu consiga segurar. — Vou tomar um banho. Tirar a sujeira do aeroporto.

Finella me decifra muito bem.

— Tudo bem, lembre-se de usar o balde d'água. — Ela me dá uma piscadela.

— Aprenda o básico, Dakota — digo, indicando o lugar com o dedo antes de sair a passo rápido até o chalé.

— Pergunte antes de comer de agora em diante — falo para mim mesma no espelho.

Vou poupar os detalhes. Vamos apenas dizer que deixei minha marca aqui na Escócia.

Com *jet lag*, de banho tomado e pronta para a cama, escovo meu longo cabelo loiro e passo um pouco de creme de pentear nos fios para ajeitar meus cachos naturais. Depois de escovar os dentes — duas vezes —, me enrolo na toalha branca que estava no banheiro e respiro fundo assim que a porta da frente abre e fecha.

Dakota.

Ela vai se ver comigo.

Foi ela que fez toda a pesquisa — ela deveria ter me alertado sobre haggis.

Com o pouco de força que ainda me resta, escancaro a porta do banheiro, ando firme até a cozinha e acabo encontrando um homem imponente recostado na pia, comendo uma das bolas de haggis.

— Ai, meu Deus! — grito, segurando a toalha com ainda mais força ao redor do corpo. De canto de olho, vejo uma vassoura e a pego, empunhando-a contra ele. — Não ouse dar nem mais um passo.

Ele nem liga.

Ainda recostado na bancada, com a bola de haggis nas mãos, ele me encara.

— Quem raios é você?

Bem, faça o que quiser de mim. Esse homem tem a voz mais deliciosa que já ouvi.

Com um timbre potente, o *r* fluído e uma forte dose de masculinidade. É estranho dizer isso, mas a voz dele basicamente diz: *Eu trabalho com as mãos e sei muito bem como usá-las.*

Estou tentada a descansar a cabeça em seu peito e pedir para ele falar, só para que eu possa sentir a vibração de sua voz pelo meu corpo, mas me dou conta de que isso é apenas o cansaço falando.

Saio do meu devaneio induzido pelo escocês e empunho a vassoura.

— Não é da sua conta. Você é um invasor. Se não sair daqui em três segundos, vou chamar a Finella.

— Tá bom, quando você fizer isso, diga para ela que o haggis está seco. — Ele enfia o resto da bola na boca e mastiga. Nenhum sorriso nem humor no seu rosto, só carranca em geral.

— Isso foi bem grosseiro.

— Mas é a verdade. — Ele limpa as mãos. — Você é uma turista.

— Como eu disse, não é da sua conta. Sugiro que saia antes que eu faça bom uso desta vassoura.

— Você vai me varrer para fora? Quero ver tentar com esses bracinhos aí.

Como ele é terrivelmente desagradável.

— Não faça julgamentos precipitados. Posso dar um soco bem forte. Eu poderia acabar com você. — Ergo o punho no ar, mas logo me retraio ao notar o leve tremor.

Posso estar agindo como durona, mas sei muito bem quando sou derrotada em tamanho e força.

O desconhecido cruza os braços sobre o peito musculoso e me analisa, seus olhos diabólicos e verdes percorrendo meu corpo. A sensação é de que seus olhos são como esponjas, absorvendo cada pedacinho meu até que eu esteja toda seca.

Inquieta e exposta, embora nunca tenha recuado, tento dar a ele o mesmo tratamento, mas isso só faz as minhas pernas ficarem bambas.

Ele está vestindo calça jeans escura, com a bainha logo acima de suas botas marrons. A calça está justa em torno de suas coxas grossas, e sua camiseta verde-militar não faz nada para esconder os músculos proeminentes por baixo do tecido. Nem as mangas tentam disfarçar as rochas que são seus bíceps ou seus ombros esculpidos. Mas o que está chamando mesmo a atenção dos meus olhos é a tatuagem intrincadamente pintada que circula seu pulso como um relógio e sobe pelo braço, mergulhando por baixo da manga. E isso é só o corpo dele. Seu rosto é outra história. Linhas fortes contornam seu queixo quadrado e seu cabelo castanho está mais curto nas laterais, com uma leve ondulação nos fios mais longos no topo. Seus olhos verde-musgo profundos estão me penetrando mais do que Harry na última vez que fizemos sexo.

Minha nossa...

— Já acabou aí? — ele pergunta, me tirando do devaneio e me trazendo de volta ao meu modo defensivo.

— Eu devia perguntar a mesma coisa — digo, aproximando-me e brandindo a vassoura.

— Nada que eu já não tenha visto antes — ele responde com tanto tédio na voz que me faz ficar um pouco ofendida.

— Você é sem educação — retruco.

— Pois é.

Tudo bem... pelo menos concordamos nisso...

— É melhor você sair daqui antes que eu chame a polícia.

— Tá bom, e qual é o número para chamar a polícia? — ele desafia com um brilho triunfante nos olhos, embora seus lábios permaneçam retos, inalterados.

— Hã, o 911?

— Turistas idiotas — murmura, balançando a cabeça. Ele se afasta do balcão e seu peito esbarra nas cerdas da vassoura. — Vá se vestir e saia daqui. Tenho certeza de que Finella não vai querer que você fique aqui mais do que deveria.

— É para eu ficar por seis meses — retruco.

Uma sobrancelha se ergue bem alto.

— Como é?

— Seis meses — repito, estufando o peito, feliz que minha toalha ainda não tenha se soltado. — Vou ficar aqui neste chalé, então, se você puder sair, seria...

— Como assim você vai ficar por aqui por seis meses?

— Por que você é tão intrometido?

Seu peito pressiona com mais força as cerdas. *Mantenha-se firme, Bonnie, não deixe que ele intimide você.*

— Porque Finella é a minha mãe, e eu quero saber por que você vai ficar no chalé dela.

Ai.

Meu.

Deus.

Esse é o Rowan?

Bem, Finella não estava contando nenhuma fábula sobre o filho. Robusto *de verdade*.

E um pouquinho rabugento.

É, não... bem rabugento, pela forma como suas sobrancelhas ficaram aguçadas enquanto ele me encara.

— Você deve ser o Rowan — digo, ainda nos separando com a vassoura. Menos por proteção e mais por orgulho... e para ter certeza de que não vou lamber o bíceps dele ou coisa assim.

Porque, caramba, esses bíceps...

Pois é, robustos... muito, muito robustos.

Não, não importa que ele seja um marombeiro gostoso; ele está sendo babaca. *Mantenha-se firme.*

— E você é...

— Bonnie — respondo. — Bonnie St. James. Sou um dezesseis avos escocesa.

— Tá bom. — Ele me olha de cima a baixo com irritação, queimando minha pele com os olhos. — E por que você vai ficar aqui por seis meses?

— Eu e minha melhor amiga estamos aqui para tomar conta da cafeteria enquanto os seus pais estão de férias. É sério que você não falou com eles? Ou só sabe criticar a comida da sua mãe?

Suas sobrancelhas se erguem, mas logo voltam para o lugar quando ele se afasta da vassoura e leva a mão ao queixo, me analisando um pouco mais.

Espera... ele não sabia mesmo que os pais vão sair de férias? Que estranho. Não seria algo que contariam para ele?

— Você não viu o anúncio? — pergunto.

— Vi — ele responde, calmo. Calmo até demais. — Só não sabia que a vaga tinha sido ocupada.

— Pois foi. Por mim e pela Dakota.

— Aham. — Ele me lança outro olhar, como se estivesse me avaliando para uma luta.

Eu sou orgulhosa, mas na certa se ele me desse um peteleco, poderia me arremessar até o lago, com a toalha balançando ao vento como um sinal branco de rendição.

— Pare com isso. — Eu o cutuco com a vassoura.

Estagnado. Imperturbável. Ele nem mesmo pisca.

— Parar com o quê?

— Ficar me secando assim.

— Vai por mim, *lass*, se eu estivesse te secando, você saberia.

Meu Deus, como ele é... grosseiro.

— Ouvi dizer que os escoceses são muito hospitaleiros, parece que não é o caso com você.

— Nunca fui de bajular.

Irritada, eu o cutuco mais uma vez com a vassoura.

— A menos que você tenha mais alguma coisa para dizer, pode ir agora.

Passando a mão no queixo de novo, ele se afasta da vassoura e, sem dizer nada, sai pisando duro para fora do chalé. A porta se fecha. Abaixo a vassoura e solto um longo suspiro. Pela janela da cozinha, tenho um vislumbre de sua figura alta se afastando.

Ele não faz bem o tipo dos romances históricos?

O escocês de tirar o fôlego.

O gostoso das Highlands.

Kilt arrasa-corações.

Ainda bem que, de acordo com Finella, ele não dá muito as caras.

Tomara que essa seja a única interação que vou ter com ele pelos próximos seis meses, porque não consigo nem imaginar ter que lidar com aquela atitude grosseira durante toda a viagem. Ele estava transbordando negatividade — pelo menos foi a sensação que tive —, e eu estou no meu novo caminho, em busca de um propósito. Não posso ser dominada pelo temperamento do escocês.

Nada disso, este é o começo de algo novo, e não vai envolver o Rowan McMusculoso.

Capítulo 4

ROWAN

Não quero fazer isso.

É tão bobo.

Não dá para me forçar.

Você só pode estar de brincadeira...

Tá bom.

Encontro com uma americana: *um.*

Pais pouco comunicativos: *dois.*

Autora irritante que me obriga a fazer umas merdas inúteis que não estou a fim: *uma.*

Pronto... feliz agora?

Porra, só podem estar de sacanagem comigo.

Quando é que eles estavam planejando me contar que encontraram alguém para tomar conta da cafeteria?

E para quê?

Passo a mão pelo cabelo e faço a curva para a casa dos meus pais, que fica encostada em uma montanha. Quando o prédio de pedra branca fica à vista, estaciono minha caminhonete e fico olhando para a casa.

Onde eles estavam com a cabeça?

Hamish, lá do bar, foi quem perguntou sobre o anúncio que meus pais fizeram e a atenção mundial que recebeu. E eu não tinha ideia sobre esse anúncio. E isso por si só já foi bem constrangedor, mas não saber que eles de fato encontraram duas moças para tomar conta do café? Isso já é ridículo pra caralho.

Assim que a raiva toma conta de mim, deixando meus ombros e pescoço tensos, passo pela porta da casa pitoresca deles. Ao som dos meus passos, meus pais se assustam no sofá de couro da sala e seus corpos batem um contra o outro. O iPad que eles estavam segurando cai no chão com um baque.

— Meu Deus, Rowan, que susto. — Minha mãe pressiona uma das mãos no peito e outra na perna do meu pai.

Bato a porta com força.

— Quando é que vocês iam me contar?

— Contar o quê? — pergunta minha mãe, fingindo inocência, mas sei muito bem que esses seus olhinhos castanho-claros escondem algo calculado.

— Sobre as duas americanas.

— Ah, você as conheceu? Bonnie é muito bonita, não é?

— Quando é que vocês iam me contar? — repito, ignorando-a.

Meu pai baixa os óculos para o nariz, seu corpo em geral forte murchando por baixo da camisa de tartã. Os últimos meses têm sido alarmantes, para dizer o mínimo. Houve uma notável redução da massa muscular do meu pai, dos seus níveis de energia e consumo de comida. Ele mal tem tocado as comidas que tanto amava. Até recusou uns biscoitos Empire algumas semanas atrás, o que me alertou que havia alguma coisa acontecendo. Outro dia, perguntei para minha mãe se o papai estava bem, e ela disse que estava tudo bem, só com uma dieta saudável, e era por isso que ele tinha perdido tanto peso. Mas não parece ser só perda de peso… ele parece frágil.

— Amanhã, antes de irmos viajar — ele diz com sua voz autoritária.

Cresci com essa voz tagarelando sem parar no meu ouvido, me moldando para ser o homem que ele queria que eu fosse, um homem de quem ele pudesse ter orgulho.

Forte.

Um homem que pode cuidar da própria casa.

Um homem que tem orgulho de sua herança e do nome de sua família.

E, sim, eu tenho orgulho de onde vim, da minha herança e do nome da minha família, mas quero muito mais da vida. Eu *preciso* de muito mais da vida, e ainda não consegui uma rota alternativa para o que o meu pai tem planejado para mim.

— Vocês vão amanhã? Então... vocês só iam arrumar as malas e partir sem nem se despedir direito?

— Nós íamos nos despedir — minha mãe diz, levantando-se do sofá e vindo para a entrada, onde estou parado feito pedra. Ela dá um tapinha na minha bochecha. — Você comeu?

Ela só pode estar de brincadeira.

— Mãe, eu nem sei por que vocês vão viajar, para início de conversa. Tem caroço nesse angu.

— Não tem, não. Vamos sair de férias. É só isso que você precisa saber.

— Não, eu preciso saber para onde vocês vão. E se acontecer alguma emergência? Vocês vão levar os celulares ou vão simplesmente sumir?

— Não seja bobo, claro que levaremos nossos celulares. — Minha mãe vai para a cozinha, onde começa a me servir um prato.

Eu me viro para o meu pai.

— Foi plano seu manter tudo em segredo?

É sabido na cidade que não me dou tão bem assim com meu pai. Temos as nossas desavenças, nossas diferenças e ideias sobre como meu futuro deveria ser. Quero focar no meu ofício, ir embora de Corsekelly, encontrar meu próprio caminho, meu próprio futuro. E meu pai... bem, ele diz que não quer nem saber de partida e alega abandono da família e da cidade que teve um enorme papel na minha vida.

Desrespeitoso.

Irresponsável.

Doloroso.

Todas as palavras que meu pai usou quando eu o confrontava sobre a minha decisão. E enquanto ele expressava seu desgosto pela mera ideia de eu partir, vi dor em seus olhos. Crua e verdadeira.

Pedi para ele a verdade do porquê a minha partida seria tão dolorosa — dolorosa de verdade.

Ele mascarou, não quis discutir mais e me lembrou de tudo o que já perdemos enquanto família.

Adivinha quem venceu a discussão sobre o que devo fazer da vida? Só posso dizer que permanecer em Corsekelly como o faz-tudo da cidade, indo de casa em casa, trocando torneiras, limpando calhas e até mesmo cortando grama, não foi ideia minha. Mas era isso que meu pai queria. E depois de tudo o que aconteceu... bem, vamos apenas dizer que devo a ele. Vou deixar por isso mesmo.

— Não levante a voz para mim — ele diz, remexendo-se no sofá e fazendo careta ao mesmo tempo.

Alguns meses atrás, meu pai parou de trabalhar na cafeteria, deixando todo o trabalho para a minha mãe. Ele insistiu em tirar umas férias muito necessárias depois de trinta anos servindo café para os nativos e turistas. Mas minha mãe não conseguiu dar conta com a demanda de cozinhar e servir os clientes. O café definhou sem ele.

— Não estou levantando a voz — digo, levantando a voz. — Só estou tentando entender tudo isso. — Encaro meu pai, sério. — Você está doente e não vai me contar?

— Não — ele retruca, ríspido, levantando-se do sofá e indo para a cozinha, onde minha mãe entrega um prato para ele. — Só queremos tirar férias e não precisamos discutir essa decisão com você.

Passo a língua nos dentes, engolindo a raiva.

— Tudo bem, mas eu gostaria que vocês me respeitassem o suficiente para me contar sobre os seus planos. Eu sou filho de vocês, afinal.

Enquanto a tensão cresce entre mim e meu pai, minha mãe vai logo colocando um prato na minha mão.

— Sente, coma e vamos contar tudo sobre a nossa viagem.

Mantendo os olhos no meu pai, pego o prato e encontro um lugar à mesa na cozinha.

Mãos trêmulas.

Pele pálida.

Olhos fundos.

Seja lá o que eles estão prestes a me contar, sei que tem muito mais aí do que estão alegando.

— Já era hora — Lachlan, um dos meus dois melhores amigos, diz quando entro no bar que está meio cheio. — Eu e Leith já estávamos ficando cansados de olhar um para o outro.

— Que surpresa, considerando o quanto vocês dois são narcisistas. — Me sento à mesa alta que eles escolheram.

Leith e Lachlan Murdach.

Gêmeos idênticos e proprietários orgulhosos da Cesto de Linho e Bolhas, a lavanderia da cidade. E também têm se tornado incrivelmente famosos na internet por causa dos vídeos de treinos que eles têm postado todos os domingos. Vestindo kilt e nada mais, eles usam o terreno escocês para os treinos. Troncos para o supino, pedras para flexões, cercas para o treino de cardio — com censura por baixo do kilt, é claro. Eu já vi a versão não editada e quase vomitei. Eles acharam que seria divertido não usar cueca naquele dia.

Não dá para esquecer o bilau de outro cara balançando.

— Você parece mais irritado hoje — Leith diz, me dando um copo de uísque. — Tem a ver com as duas americanas que chegaram à cidade?

Abaixo o copo de uísque e o ponho na mesa, sem dar a satisfação da minha resposta para eles.

— Acho que sim — Lachlan fala. — Dizem por aí que são loiras e bonitas.

"Bonita" é eufemismo.

Bonnie.

Olhos de um azul-gelo que jamais vi antes me analisaram, me devoraram, em uma inspecionada lenta. O cabelo loiro-platinado caía sobre os ombros e abaixo dos seios fartos, que mal cabiam naquela toalha.

E a arrogância que ela exalava... a mulher estava seminua e usando uma vassoura como arma, mas ainda assim era orgulhosa, teimosa, determinada. Eu não estava preparado para a onda de interesse que envolveu meus membros e se afundou nos meus ossos. Nem estava preparado para a sensação inebriante que percorreu meu corpo quando os olhos dela encontraram os meus.

Mas assim que ela mencionou a partida iminente dos meus pais, eu logo me distraí de sua beleza e fiquei em alerta. Como ela podia saber mais sobre eles do que eu?

Uma desconhecida.

— Você já as conheceu? — Leith pergunta, parecendo animado até demais.

— Uma delas — digo, desejando não ter bebido todo o uísque.

— E...

Dou de ombros.

— É, dá para o gasto.

Jogando a cabeça para trás, Leith solta uma risada desagradável e empurra meu ombro.

— Não acredito.

Pois é, nem eu.

Ignorando, passo a mão no rosto.

— Vocês sabiam que os meus pais vão ficar fora por seis meses?

— Já imaginava — Lachlan diz. — Era o que dizia o anúncio. Você não leu?

Pelo visto, não bem o bastante.

— Eles vão para a Europa — digo. — Vão viajar de um país para o outro de trem. — Pelo menos foi o que me contaram. Giro o copo entre as mãos, recordando os detalhes vagos que consegui arrancar deles.

Ainda dá para sentir o silêncio palpável na casa dos meus pais enquanto jantávamos juntos, os garfos tilintando na louça, o peso que pairava sobre todos nós, a verdade não dita do que está de fato acontecendo na família. Estamos desmoronando. Faz anos que estamos desmoronando e ninguém está disposto a intervir e dar um jeito nas coisas.

Depois de toda essa merda de mochilão, sei que não vai rolar.

— Então você não vai com eles? — Lachlan pergunta.

— Não — retruco. — Estou irritado por eles não terem me contado até a noite passada que estavam planejando viajar. — Dou uma olhada pelo bar, me certificando de que ninguém está prestando atenção na nossa conversa antes de baixar a voz. — Ficaram sabendo de alguma coisa por aí sobre a saúde do meu pai?

— Não — Lachlan responde.

— Por quê? — Leith indaga, ficando sério. — Está preocupado com ele?

— É que ele não está parecendo normal. Parece fraco, frágil. Minha mãe diz que ele está de dieta, mas não acredito nisso. Ele não sai mais para andar pela cidade. Mas Deus o livre de falar sobre isso. O homem prefere morrer com o peito estufado a me contar sobre qualquer coisa que ele possa ter.

— Parece que ele perdeu peso — Lachlan comenta. — Mas só achei que estava de dieta, como a sua mãe disse. Apesar que faz tempo que não o vejo no bar ou lá no Almirante.

Pois é. Outro sinal de alerta.

Meu pai ama esta cidade, ama todo mundo que mora aqui e adora conversar com o máximo de pessoas possível.

Eu sou o exato oposto.

— Meu Deus. — Suspiro assim que Isla, irmã mais nova de Lachlan e Leith, se aproxima da mesa. — Oi, Isla.

Ela serve outra rodada de drinques e se senta à mesa com a gente.

— Vi a sua mãe hoje, Rowan. Ela me contou tudo sobre a nova lésbica na cidade.

Caramba.

Graças a Deus a Isla está sorrindo. Minha mãe é sincera pra caralho e não tem filtro. Assim fica difícil morar em cidade pequena.

— Disse que eu devia ir lá conhecê-la. Chamar ela para sair.

— Uma das americanas é lésbica? — Leith pergunta.

— É, bem, de acordo com Finella. Ela disse que Dakota, esse é o nome dela, está se recuperando de um término difícil.

— Imagino quão sem noção foi essa conversa — digo, balançando a cabeça.

— Não tão sem noção quanto a conversa que tivemos depois que ela descobriu que eu era gay. Próximo. — Ela dá uma piscadela.

— A outra também é lésbica? — Leith indaga, parecendo ansioso demais com essa perspectiva.

— Bonnie — falo, olhando para o copo. — O nome dela é Bonnie St. James.

A mesa fica em silêncio enquanto os três Murdach me observam.

— Arre, será que você já conhece essa Bonnie? — Isla pergunta.

Dou um golinho no uísque, mas mal deixo o líquido umedecer meus lábios.

— Encontrei ela lá no chalé.

— E...? — Leith insiste. — Dá para elaborar?

Dou outro gole.

— Ela tentou me atacar com uma vassoura, mas mal me atingiu. Uma coisinha minúscula.

— Todo mundo é minúsculo comparado com você — Isla ressalta.

— Está pensando em chamá-la para sair? — Lachlan indaga.

— Não — respondo, e estou falando sério. Sim, os olhos dela são diferentes de tudo que já vi, e por trás da raiva dela, das sobrancelhas franzidas, pude ver um sorriso levíssimo, mas não tenho nenhum interesse em me envolver com uma americana, muito menos uma que vai ficar aqui só por um tempo. — Ela vai administrar o café, não vou nem cruzar com ela.

— Você já esqueceu a cidade onde mora? — Lachlan questiona. — Eu ficaria chocado se você não a visse pelo menos uma vez por dia.

— Vai por mim, eu sempre dou um jeito de sumir nessa cidade.

— Aham. — Leith ri. — Aposto dez pratas que ela vai ser a primeira coisa que você vai ver amanhã.

Capítulo 5

BONNIE

Consumo de bolo: *nenhum, e estou passando por uma crise de abstinência.*

Novo trabalho: *um — não é o que eu quero fazer da vida, mas vai servir por enquanto.*

Dias desde o último orgasmo induzido por um homem: *Setenta e dois, mas meus sonhos foram bem safados na noite passada.*

Escocês atraente, mas grosseiro: *um, e infelizmente ele foi a estrela dos meus sonhos safados.*

Tarefas: *uma, fazer bolo hoje.*

— A Escócia fica na superfície do sol? — Levo as mãos aos olhos. — A gente está no sol, Dakota? — grito.

— Fiz café — ela chama, sua voz viajando para o segundo andar até o meu quarto, que parece mais um loft, já que não há porta e o teto é inclinado dos dois lados, quase não me dando espaço suficiente para ficar de pé.

A perspectiva de cafeína me tira da cama.

Na última noite, depois que Dakota chegou em casa após ter passado todos os detalhes da cafeteria com Finella, contei para ela tudo sobre Rowan e a grosseria dele.

Ele era bonito?, ela perguntou.

Era musculoso?

Era robusto como Finella disse?

Que nada, respondi. *Pode até ser, se você curtir o tipo escocês robusto.*

Depois de Dakota me inteirar com alguns detalhes sobre a nossa estadia, decidimos que eu ficaria com o quarto de cima. Dakota ficou com o de baixo. Tem um pouquinho mais de espaço que o meu, mas é porque ela tem que dormir em uma cama de solteiro, enquanto eu vou dormir em uma de casal.

Meus olhos sem dúvida estão vermelhos agora por conta da exaustão. Mal preguei os olhos na noite passada, mesmo tendo ido cedo para a cama — só fiquei me revirando, tentando ficar confortável numa cama estranha, num chalé estranho, num país estranho.

Devo estar com um pouquinho de saudade de casa.

Protejo os olhos enquanto desço a escada e vou até a cafeteira.

— Por que está tão claro assim...? — Faço uma pausa e meus olhos param no relógio da cafeteira. — Como assim? Ainda são quatro e quinze da manhã?

— Sim — Dakota murmura de um dos sofás vermelhos.

— Que tipo de pegadinha o sol está tentando me pregar agora? — Encho minha xícara e acrescento um pouco de açúcar.

— O verão na Escócia significa dias mais longos. Você não notou que ainda estava claro quando a gente foi dormir?

— Achei que a gente estava indo para a cama mais cedo.

— A gente foi para a cama às dez, ontem — Dakota diz, olhando pela janela.

— Como é? — resmungo. — Meu bom Deus, onde foi que eu vim parar? Sotaques, bucho de ovelha, baldes d'água para o banheiro, sol interminável. Acho que meu corpo não está pronto para tudo isso.

— Vai melhorar, assim que você passar mais dias aqui. É só um pouquinho de choque cultural a princípio.

— Um pouquinho? — reajo, me sentando no sofá de frente para ela. — Um escocês me viu de toalha ontem e nem ligou quando eu o empurrei com uma vassoura. Tem alguma coisa esquisita com as pessoas aqui.

— Ele deve estar pensando a mesma coisa dos americanos, já que você tentou se defender com uma vassoura.

— Isso não é ser esquisita, é só ser inovadora. — Beberico o café. — O que a gente vai fazer pelas próximas seis horas até ter que abrir o café?

— Explorar? Comer alguma coisa?

— Hã. Terra chamando Dakota, nada aqui abre antes das nove.

— Ah, é. — Ela coça a lateral da cabeça. — Cara, me esqueci desse detalhe. Hã, a gente podia dar uma olhada na Pedra do Pênis.

— Ah, pois é, uma aventura para ir conhecer a uma Pedra do Pênis às seis da manhã... não é exatamente o que eu gostaria de fazer.

— Tem comida aqui, vi alguns muffins em um dos armários. A gente pode embrulhá-los e sair para uma caminhada ao redor do lago, fazer um piquenique no café da manhã.

A internet é, na melhor das hipóteses, de péssima qualidade; não há TV no chalé e o nosso único entretenimento é uma estante cheia de romances em que pretendo dar uma olhada enquanto estiver aqui, mas meus olhos estão irritados demais para ler no momento.

Então um piquenique junto ao lago parece bom.

— Tá bom, vou lá me trocar.

— Vai mesmo? — Dakota parece surpresa.

— Vou. — Assinto e me levanto, dando outro gole no café.

Vou lá para cima, onde pego uma legging e uma camiseta de manga comprida. Eu as visto às pressas antes de prender o cabelo em um coque bagunçado — um visual que na certa vou adotar por conta das mudanças climáticas. Não faz sentido arrumar o cabelo se vai ficar chovendo o tempo todo. Calço os tênis de caminhada e então desço as escadas. Dakota está colocando o café em copos térmicos.

— Você já embrulhou os muffins? — pergunto.

— Ainda não. Eles estão no armário sobre a geladeira. Acho que tem maçãs na geladeira também.

— Perfeito. — Dakota trouxe sua mochila de caminhada, então a enchemos e saímos para o ar fresco da manhã.

A tranquilidade nos recebe. Não parece haver brisa no ar, mas há uma sensação refrescante que penetra nos meus ossos e me desperta mais rápido que café. O canto dos pássaros nos rodeia, enquanto uma leve neblina se eleva do chão e gotas de orvalho da chuva da noite passada se agarram a cada folha de grama.

Tranquilo.

Sereno.

Exatamente do que eu precisava.

— Que lindo — sussurro, com a impressão de que se eu falasse mais alto poderia acordar a cidade inteira, mesmo estando escondidas no nosso pequeno bosque.

— Acho que nunca experimentei algo assim antes — Dakota sussurra em resposta. Ela estende o braço, pega minha mão e pressiona nossas palmas. — Obrigada por ter vindo comigo, Bonnie.

Me virando para ela, também abro um sorriso agradecido e a puxo para um abraço.

— Obrigada por ter se candidatado bêbada para esse emprego para nós duas.

Ela dá uma risadinha e se afasta.

— Parece que a gente não vai ter nenhum problema com o café. — Começamos pelo caminho de cascalho, enquanto o sol espreita através das folhas, fazendo com que esta experiência pareça um sonho de verdade. — Pedi ajuda quanto à moeda usada aqui. Finella fez uma pequena planilha para a gente entender o valor de cada conta e moeda.

— Ai, caramba, me esqueci completamente do dinheiro. É muito difícil?

Dakota balança a cabeça.

— Finella fez um ótimo trabalho explicando tudo. Posso te mostrar depois.

— Eles vão viajar hoje?

— Vão — Dakota diz enquanto nos aproximamos da cidade. — Quando a gente estava se despedindo ontem, ela disse que o café está nas nossas mãos e que confia na gente.

— Acho que é um bom sinal. — Assim que alcançamos a Corsekelly Lane, nós duas olhamos para a esquerda, então para a direita. As casas de pedra estão silenciosas, as ruas, vazias. Uma cidade fantasma. Nem uma alma viva desperta além de nós. Um forte contraste com Los Angeles, onde o tempo não parece parar, mas se move com a velocidade da luz.

À nossa frente está o lago Duich e o sol cintila em minúsculas ondulações de água. Ao longe estão os picos pontiagudos das Highlands, decorados de verde e salpicados de sempre-vivas, a vista perfeita para um horário mortalmente cedo.

— Quer ir até aquela margem ali? — Dakota sugere, apontando. — A gente pode se sentar nas pedras, aí as nossas bundas não vão acabar molhadas da grama.

— É uma ótima ideia. É tão úmido aqui, bem diferente da Califórnia. Vou ter que me lembrar disso quando estiver andando por aí.

Encontramos duas pedras planas que estão bem na beira do lago e nos sentamos. Dakota divide o nosso café da manhã, e juntas observamos a água ondular ao sol, batendo logo abaixo dos nossos pés.

Ficamos quietas por um instante, só aproveitando os muffins e a natureza, até que minha mente começa a dar voltas, refletindo sobre os últimos anos da minha vida.

Nunca fui uma aluna brilhante, e não foi por falta de tentativa. Eu só... não conseguia. Nunca me destaquei em nenhuma matéria, e me acomodei com as notas medianas durante todo o ensino médio, que não me levaram para a faculdade.

Os altos acadêmicos não estavam atrás de alguém mediano.

Estavam atrás de alguém como a Dakota. Notas perfeitas. Presidente do clube de arte e de xadrez — bastante inteligente. A garota já participava de aulas on-line da faculdade durante o ensino médio, pelo amor de Deus. E é bem engraçado que ela logo se deu conta de que a faculdade seria uma perda de tempo assim que encontrou um nicho no ramo de marketing nas redes sociais. Ela é bem paga, vive recebendo trabalho, construiu um portifólio fenomenal e continua crescendo.

Eu queria ir para a faculdade. Meus pais não sabiam disso. Eles nunca ficaram sabendo das minhas candidaturas, e eu fazia questão de pegar as correspondências antes deles. Queria que fosse uma surpresa. Para mostrar que mesmo que ficassem no meu pé para que eu melhorasse as notas, eu poderia fazer coisas por conta própria e ir para a faculdade, me formar em administração e ser uma produtora de eventos. Mas sempre que eu pegava as correspondências, era recebida com recusas.

A cada recusa, a cada carta de uma universidade dizendo que lamentava muito, foi ficando muito claro que meus pais tinham razão — eu não conseguiria.

Tive que sair da casa, para longe do rosto decepcionado deles. Mais uma vez, eu os deixei na mão.

Los Angeles prometia, mas eu ainda era mediana. Nunca me destaquei de verdade.

— Não imaginei que as coisas seriam assim — disse, baixinho.

— Você quer dizer vir parar aqui na Escócia do nada?

Dou uma risadinha e balanço a cabeça.

— Bem, por essa eu não estava esperando, mas também não estava esperando ser colocada numa situação em que vir parar na Escócia fosse a minha única chance de dar um jeito na vida. — Solto um suspiro e me apoio em uma das mãos, inclinando a cabeça para o céu. — Tenho 24 anos e ainda não fiz muita coisa. Estava tão certa de que sabia o que queria fazer. Me mudar para Los Angeles, fazer conexões, começar a trabalhar como produtora de eventos... — Que piada. Três vezes assistente pessoal com nada para exibir além de saber onde fica cada Starbucks em Hollywood. Patético. — Pelo menos você é boa em design gráfico, pode muito bem fazer isso em qualquer lugar. Mas não sei quem eu sou de verdade. — Lágrimas brotam nos meus olhos. Minha garganta fica apertada, enquanto a desesperança me domina, uma nuvem escura pronta para a precipitação.

— O seu trabalho não te define como pessoa, Bonnie.

— Mas ele pode dar propósito. Faz um tempo que sinto que não tenho propósito, desde... Caramba, acho que nunca cheguei a ter um propósito. Nunca me senti genuinamente necessária. Até mesmo com Harry, ele nunca precisou de mim de verdade. E sei que eu também não precisava dele, mas aquele término foi doloroso, porque foi outro golpe na minha autoestima, outra coisa que me fez ficar imaginando que talvez... talvez eu não tenha tanta importância.

— Pare com isso — Dakota diz, estendendo o braço e pegando a minha mão. — Você é importante para mim. Desde aquele dia em que me ajudou a acabar com Tijuana e Theresa na quadra de handball. — Bufo. — Mas, sério, Bonnie, você é muito importante. Eu preciso de você. Se não fosse por você, não sei como eu estaria depois do meu término com a Isabella. E mesmo antes disso, você foi... você é a minha outra metade. A gente se completa, e pode ser que não se sinta importante, mas você é muito importante para mim.

E é a gota d'água para mim. Minhas lágrimas transbordam, e solto um choro baixo. Dakota me puxa mais para perto, passando o braço ao redor dos meus ombros, e me aperta com força.

— Você não vê o quanto é valiosa para mim? — Dakota pergunta, enquanto tento controlar as emoções. — Como falei, eu jamais teria conseguido superar o meu término com Isabella sem você. Você tem sido a minha confidente, minha rocha, minha risada, minha diversão. Eu nao te escolhi como melhor amiga só porque está na minha vida pelo que parece uma eternidade, eu te escolhi porque posso contar com você, porque eu preciso de você... sempre precisei.

E é a deixa para mais lágrimas.

Droga, Dakota.

— Você sabe que valorizo a nossa amizade, não sabe? — pergunto, enxugando as lágrimas.

— Sei, sim.

— Ela também tem me ajudado durante todos os momentos difíceis, e tenho orgulho de termos conseguido superar todos os altos e baixos.

— Mas...? — Dakota diz com uma risadinha.

— Não parece ser o suficiente, e eu não quero que isso pareça cruel...

— Entendo o que está tentando dizer. Você precisa de mais na vida. Tem um propósito por trás da nossa amizade, mas você também quer um propósito individual. Você quer ter a sensação de conquistar alguma coisa.

— Isso. E eu não faço ideia do que seja. Achei que me mudar para Los Angeles e trabalhar perto das celebridades despertaria algo dentro de mim, mas olhando em retrospectiva para aqueles anos, nada me fisgou, nada me trouxe empolgação. E os trabalhos de assistente pessoal não foram só tarefas banais, também fiz algumas coisas divertidas, mas esses pequenos momentos nunca representaram o que eu pensei que queria fazer.

— Ser produtora de eventos?

Assinto.

— É, estou até pensando nisso agora... Será que quero mesmo organizar festas? Ou será que eu era só boa em participar delas no ensino médio?

— Você era a alma da festa — Dakota fala com um sorriso quando olho para ela.

— E olha só aonde isso me levou. — Trago os joelhos para o peito e envolvo a canela com os braços. — As pessoas da nossa idade pelo menos têm uma noção do que querem fazer da vida agora. Eu ainda estou perdida.

— Não é verdade. Elas podem até ter empregos e graduações, mas muita gente da nossa idade não está fazendo o que queria fazer. Estão trabalhando só para pagar as contas. Você tem uma oportunidade única para refletir de verdade e descobrir quem quer ser.

— Não sei nem por onde começar. Minha autoestima está lá embaixo. Sei que eu tentei rir disso tudo, fazer piadas sobre a minha situação, mas só passei um dia aqui e já deu para ver que a nossa vida em ritmo acelerado foi uma distração. Estamos rodeadas de tranquilidade e beleza, e tudo o que isso tem feito é trazer todos os meus medos para a minha mente. E se eu nunca conseguir ser alguma coisa? E se eu nunca atingir todo o meu potencial?

Dakota se remexe na pedra enquanto tira um fiapo da calça. Ela está esperando para responder. Dakota é sempre atenciosa e perspicaz. Não sai falando bobagens, e quando precisa ser franca comigo, ela é. Não há amortecedores na nossa amizade, só amor puro uma pela outra, e honestidade.

— Como você define uma vida bem-sucedida? Um trabalho tem tanta importância assim para você? É assim que acha que vai conseguir encontrar um propósito?

— Assim vou ter algo pelo que lutar, algo que vai me desafiar.

Ela assente devagar.

— Sabe de uma coisa? Às vezes acho que ficamos presos à ideia de que os nossos trabalhos podem nos fazer ou destruir enquanto seres humanos, quando não é esse o caso. O trabalho é um meio de ganhar dinheiro e se sustentar. Acho que são os relacionamentos que cultivamos, a energia que entregamos ao mundo, que definem a gente. Você poderia ser uma bilionária com todas as riquezas do mundo, mas isso não significa que a sua vida foi rica de verdade. Acho que nós duas temos sorte, porque temos uma à outra, uma amizade verdadeira que resistiu ao teste do tempo, ainda mais durante os nossos anos de hormônios à flor da pele. — Nós duas damos risada. — Somos exemplos de mulheres que ajudam uma à outra, e, para mim, isso é que é poder.

— É, é mesmo — digo, sentindo-me um pouco mais leve. — Mas por que será que eu ainda sinto como se estivesse deixando alguma coisa passar?

— Porque está mesmo, e vai levar tempo para descobrir o que é, mas enquanto estiver aqui, com toda essa beleza em volta, você devia tentar encontrar a peça que falta no quebra-cabeça.

— Tem razão. — Suspiro e mais uma vez me apoio na mão, esticando as pernas. — Você acha que esta viagem vai mudar a gente?

— A gente, tipo, a nossa amizade? Nunca. Mas a gente como indivíduo? Tomara.

Ela descansa a cabeça no meu ombro e eu descanso a cabeça nela também, deixando que os pássaros preencham o silêncio com suas canções matinais.

Torço para que Dakota esteja certa.

— É, elas estão mortas — uma voz diz enquanto algo rijo e duro me cutuca no ombro.

— Devemos chamar a polícia? Procurar um médico?

Cutuca.

Cutuca.

Cutuca.

— O que você está fazendo? — murmuro, me mexendo e sentindo um milhão de agulhas perfurarem minhas costas.

Ai, meu Deus, minha bunda está dormente.

— Arre, ela está viva — alguém grita. — E a outra?

O sol está brilhando lá em cima quando tento abrir os olhos. Levantando uma das mãos na frente do rosto, bloqueio os raios intensos e entreabro as pálpebras. Dakota está deitada ao meu lado, com a cabeça no meu colo.

— Dakota. — Eu me sento e a chacoalho de leve.

— Hum...

— Acorda. A gente acabou dormindo nas pedras.

— O quê? — Ela também tenta abrir os olhos, mas deve ter percebido, assim como eu, que a Escócia fica na superfície do sol. — Ai, Deus, por que está tão claro aqui? — Ela se senta e pisca para os nossos arredores.

Faço o mesmo.

O conteúdo da nossa mochila está espalhado nas pedras, junto aos nossos corpos. Nossos copos térmicos de café foram jogados para o lado, e nossos pés balançam sobre a água, implorando para serem arrastados.

— Que horas são?

— Dez e um quarto — as vozes acima respondem.

— Dez e um quarto? — pergunto, minha mente está um caos. — Como assim? Um quarto de dez? Metade? Cinco da manhã? Meu bom Deus, é assim tão claro às cinco da manhã?

— Não. Dez e um quarto.

Finalmente me viro e vejo duas mulheres mais velhas debruçadas sobre nós. Ambas têm cabelo ruivo e expressões preocupadas idênticas.

— Desculpa, mas não sei o que isso significa.

— As americanas — uma das mulheres zomba.

— É, e elas são *bonny*, não são? Bonitas.

— Bonnie? Sim, sou eu. E quem são vocês?

— E cheias de si também. — Elas riem ao mesmo tempo e estendem os braços, nos dando uma mãozinha. — Me chamo Innis e administro a pousada daqui. Esta é a Shona, ela é a dona do Mercado do Moinho.

— É um prazer conhecer vocês — digo, me endireitando o quanto posso, mesmo que não consiga sentir meu traseiro. — Esta é Dakota, e eu me chamo Bonnie.

— Ah, *Bonny* é o seu nome? — Innis pergunta. — Claro. É um prazer conhecer vocês. Vocês são escocesas?

— Um dezesseis avos — respondo, estufando o peito. Vejo Innis e Shona trocarem um rápido olhar divertido.

— Bem, então a cafeteria está em boas mãos, mesmo que vocês estejam atrasadas para abri-la.

— *Como é*? — eu e Dakota falamos ao mesmo tempo.

— São dez e um quarto — Shona diz. — Fomos pegar um café, mas notamos que estava fechada, aí vimos dois corpos sem vida aqui nas pedras e decidimos investigar. Achamos que vocês estavam mortas.

— Como assim "dez e um quarto"? — Dakota pergunta, parecendo em pânico.

— Dez e quinze.

— Ai, meu Deus — nós duas dizemos. Pegamos nossas coisas às pressas e saímos correndo para a cafeteria, mas não antes de agradecer às senhoras. Elas apenas riem para nós enquanto nos apressamos pela estrada de tijolo cinza direto para o café, onde…

Ai, droga.

Parado com imponência, com braços cruzados sobre a camisa xadrez vermelha e preta, está ninguém mais, ninguém menos que Rowan MacGregor, que descobri ser seu sobrenome.

Seus olhos estão semicerrados, nós corremos na direção dele, e sei que estou prestes a encontrar uma tempestade de mau humor.

— Pegando leve no trabalho? — ele pergunta.

Levo um momento para recuperar o fôlego enquanto ele me olha.

— A gente estava tomando café da manhã no lago e acabou dormindo nas pedras. — Aperto minhas costas doloridas. — Não era nossa intenção.

— Meus pais confiaram em vocês para tomarem conta da cafeteria deles enquanto estiverem fora, e é assim que vocês agem no primeiro dia?

— Desculpa — Dakota pede, correndo para o meu lado. — A gente não tinha intenção de atrasar. Só estamos cansadas e com *jet lag*, e a canção dos pássaros e o som da água batendo foram relaxantes, e a gente não conseguiu aguentar. — Aí está ela, divagando. Ela pegou isso de mim.

Rowan olha de cima a baixo para Dakota, mas não parece a mesma análise intensa que ele me deu ontem, enquanto eu estava empunhando uma vassoura.

— E quem é você?

— Dakota. — Ela estende a mão, mas ele não a pega. Aff, ele é grosseiro pra caramba.

— Você deve ser Rowan.

— Sou. E você deve ser a responsável.

— Como assim? — pergunto, com as mãos na cintura. — Eu sou responsável.

Seus olhos intimidantes pulam na minha direção por um breve segundo antes de voltarem a focar em Dakota.

— Minha mãe e meu pai me pediram para dar uma passada aqui no café hoje para ver se vocês duas têm tudo de que precisam. Para a minha surpresa, vocês nem estavam aqui.

— Não foi de propósito. A gente jamais faria essa desfeita com os seus pais — digo.

Seus olhos permanecem fixos em Dakota.

— Eu não sou babá. Falei para os meus pais que não ia ficar cuidando de vocês duas, mas parece que vou ter que fazer isso, a julgar pelo primeiro dia.

— Não, não vai, não — Dakota diz, usando sua melhor voz de mãe. — Foi um erro bobo. Prometo que vamos fazer melhor.

— A gente não tem que provar nada para ele. — Cruzo os braços.

— Bonnie — Dakota me repreende.

Rowan muda de um pé para o outro à nossa frente, com as mãos indo para a cintura, desafiando-nos.

— O que foi? Ele está sendo grosseiro. Foi um erro bobo. Ele não precisa ser cruel quanto a isso. Já vi tudo das técnicas de intimidação dele. A forma como ele fica empertigado com as "lass" — digo no meu melhor sotaque escocês. — Já vi tudo, Rowan. — Movo dois dedos para perto dos olhos e aponto para os dele, mas ele não recua, nem mesmo pisca. — Não vou deixar você ficar intimidando a gente. Não, senhor. — Passo por ele, esbarrando o ombro no dele, e a pedra que é seu braço faz meu ombro recuar enquanto eu avanço. — Agora, se você nos der licença, temos que fazer café. Vamos, Dakota.

Por trás, ouço Dakota dizer:

— Desculpa. Não vai acontecer de novo.

Pela janela da frente, vejo Rowan se afastar com raiva.

— Você não tem que lamber as botas dele — falo assim que Dakota entra e a porta se fecha.

— Ele é o filho de Stuart e Finella. Acho que não custa nada ser legal.

— Por quê? Ele não está sendo legal com a gente.

— E se a gente precisar de ajuda com alguma coisa? Ele é o faz-tudo, não é?

— Vamos ficar bem. O que pode dar errado?

Dakota vai para trás do balcão e começa a pôr café moído na cafeteira.

— Esses prédios são centenários, sem dúvida as coisas podem dar errado, ainda mais quando você joga palavras assim para o universo. Está pedindo para acontecer.

— Qual é. Temos toda a sorte do nosso lado, lembra? Vamos esfregar o rosto na Pedra do Pênis. É a sorte de que vamos precisar.

— Mais uma vez, essa não é a Pedra da Eloquência. Essa daí foi onde o pau de um homem foi cortado.

— Pelas *mulheres* — declaro, levantando o punho. — Vai por mim, a gente vai se sair muito bem.

— Por que eu deixo você abrir a boca? — Dakota pergunta, pressionando a mão no rosto enquanto olha para a torneira da cozinha, que está ligada e completamente seca.

— Está dizendo que eu azarei a gente, é? — indago, rezando para os altos céus que eu não tenha feito isso.

— Sei lá. Você vai e tira o faz-tudo do sério, aí depois de um longo dia tedioso no café, a gente volta para casa e não tem água quando havia água hoje mais cedo e ontem.

Suspiro e me viro na direção de Dakota.

— Ai, meu Deus, você acha que foi sabotagem? — Começo a zanzar pelo chalé, cheirando o ar, passando os dedos pelas superfícies. — Dá para sentir o cheiro dele. Ele esteve aqui.

— Não dá para sentir o cheiro dele.

— Dá, sim — insisto.

— Então qual é o cheiro dele?

— De kilt — respondo, sem nem pensar direito.

— Você nunca sentiu o cheiro de um kilt.

— Mentira — digo, passando o nariz nas costas do sofá... credo, mofo. — No último outono, a Banho e Cuidados Corporais vendeu uma vela chamada Kilt Escocês. É esse o cheiro do Rowan.

— Você está maluca.

— Ah, é? Ou será que decifrei o código desse homem?

— Você pirou. — Suspirando, Dakota pega o celular e abre a lista de contatos.

— Acho que ligar para o seu pai não vai ajudar a gente agora. Não sei se ele sabe muito sobre encanamento escocês.

— Não vou ligar para o meu pai. — Ela leva o celular à orelha. — Vou ligar para Rowan.

— Você tem o número dele? Quando foi que conseguiu?

— Finella me deu, caso a gente precisasse de alguma coisa.

Ah, faz sentido.

Espera... ela está mesmo ligando para ele.

— Não, você não pode ligar para ele. É isso o que ele quer que você faça. A gente pode dar um jeito por conta própria. — Corro para o banheiro, pego o balde d'água e vou logo para o poço do chalé.

Agora, verdade seja dita, nunca vi um poço pessoalmente, mas já os vi sendo usados várias vezes nos seriados de TV e nos filmes, e quando digo "várias", na certa foram nos filmes da Disney, mas não é esse o ponto. Aquelas mulheres duronas sabiam exatamente o que estavam fazendo quando buscavam água.

Me agacho ao lado do pequeno poço de pedra, inclino a cabeça por baixo do telhado de palha e espio pelo buraco.

Preto feito breu.

— Olá? — chamo, só para checar que não há nenhum troll ou gremlin espreitando lá embaixo. Os escoceses são conhecidos por suas fábulas e histórias, então, sabe como é, só me certificando. — Alguém em casa? —

pergunto, rindo comigo mesma.

Quando não há resposta, interpreto como a chance para usar o balde.

— Viu só? A gente não precisa dele — murmuro para mim mesma. — Podemos pegar a nossa própria água. — Não é o ideal, e, sim, jurei que ia precisar de encanamento moderno assim que pusemos os pés no chalé, mas hoje peguei a essência da Escócia. Dormir nas pedras do lago, *ha*!, faz isso com a gente.

Puxo a corda que está presa a um sistema de polias e a prendo com força na alça do balde. Me certifico de puxá-lo algumas vezes para testar que está bem seguro. Não posso perder o nosso balde do banheiro.

Assim que sinto que está pronto, deixo o balde balançar sobre o poço antes de agarrar a manivela da polia e girá-la. O balde abaixa alguns centímetros.

— Aha! — grito, olhando por sobre o ombro para o chalé, e vejo Dakota na janela da frente, com o celular ainda na orelha. — Olha só, Dakota, estou pegando água para a gente. Tira uma foto minha para o Instagram.

Giro a manivela mais um pouquinho e fico maravilhada com a suavidade com que o balde está abaixando. É como se eu tivesse nascido para isso.

— Não vai demorar para a gente tomar banho — grito, mesmo que a ideia de ter que fazer isso várias vezes para encher a banheira não seja nada atraente.

Aff, e pensar que as famílias costumavam dividir a água do banho. Não consigo nem imaginar a quantidade de células mortas boiando.

Dakota e eu somos próximas... mas não *tão* próximas assim.

— Acabei de desligar a... Bonnie, o que você está fazendo? — Dakota pergunta atrás de mim.

Faço uma pausa no trabalho e viro o pescoço, lançando um sorriso para ela.

— Não me ouviu? Estou pegando água para a gente. Não precisamos que o Kilt McRabugêncio venha aqui e salve o dia. Somos sobreviventes, a gente dá conta.

— A sua forma de sobrevivência é o Uber Eats.

— É preciso uma mulher inteligente para saber onde conseguir as melhores comidas, quentinhas e por um bom preço. — Dou um tapinha na lateral da cabeça. — Ligue de novo para o Kilt e fala para ele que estamos bem.

— Não vou ligar de novo, e por que você está o chamando assim? Você não o viu usando kilt. E nem sabe se ele tem um.

— Tá bom, não vamos ser ingênuas — digo, baixando o balde ainda mais fundo. — Ele tem cheiro de kilt, é rabugento e... sei lá, o "gêncio" tem uma sonoridade legal. Kilt McRabugêncio, hein. — Franzo a testa, sentindo uma mexida na corda. — Acho que acabei de atingir alguma coisa.

— Como assim acabou...?

Um grito estridente preenche o ar, e antes que eu possa olhar pela borda para avaliar o que atingiu o balde, uma massa de escuridão sai do poço, direto para mim.

Eu me jogo no chão enquanto o que parecem ser centenas de morcegos saem do poço como uma onda da fúria de Deus e caem sobre nós.

Agora, só há uma maneira de descrever o som que escapa da minha boca, enquanto a asa de um morcego me atinge na testa: o grito de guerra de um porco no cio quando o fazendeiro rouba seu cocho bem debaixo de seu nariz.

É selvagem.

É perturbador.

É diferente de tudo que já ouvi sair dos meus lábios.

E não é só um grito.

São vários.

— *Ahhhh!... iaaa iaaa... aaaaahhh bababa ahhh iaaa.*

Oinc.

(Não é bem assim, mas a esta altura, um *oinc* não me surpreenderia.)

— Eles estão me comendo viva! — grito para Dakota, que não está em nenhum lugar à vista. — Eles querem o meu cérebro, estão implorando pelo doce suco da minha inteligência. — Golpeio o ar antes de tentar rastejar pelo chão. Essa tática falha miseravelmente, enquanto morcego após morcego mergulha sobre mim. — Eu só queria água. Não me matem por querer ficar hidratada. Ahhhh!

Ainda gritando, cubro o rosto com as mãos, decidindo que é assim que morrerei. Então, para o meu horror, um morcego gigante me pega pela calça e me levanta do chão.

— Não me leve para o seu covil. Por favor, não estou preparada para o Drácula. Eu tenho sangue do diabo nas veias, vai fazer você ficar doente. Sangue com infusão de alho. Tanto alho. Por favor, me poupe. Poupe a minha vida.

— Cala a boca, porra — uma profunda voz escocesa ordena.

Tiro as mãos dos olhos, olho para cima e vejo Rowan me carregando para a casa e então me jogando pela porta, que ele logo fecha ao passar, já que também entra. Me levanto do chão. Meu cabelo loiro está um caos despenteado — ou morcegado —, espalhado na minha testa, chicoteando meu rosto e emaranhado em nós.

Me endireito e levanto o queixo antes de tirar uma mecha de cabelo dos olhos.

— Eu tinha tudo sob controle aqui.

Dakota está ao lado, cobrindo a boca e dando tantos risinhos que dá para ver seus ombros balançando com a risada abafada.

Ela vai ouvir sobre o meu descontentamento com a sua reação mais tarde, ah, se vai. Mas, agora, tenho que lidar com um escocês.

— Não tinha, não — ele retruca. — Você parecia um cavalo tendo a perna arrancada.

Hum... esse seria outro jeito preciso para descrever os sons que escaparam da minha boca.

— Ah, foi mal por expressar o meu desconforto enquanto um milhão de morcegos tentaram se enfiar no meu cabelo e me levar para o mestre deles. Da próxima vez, vou fazer questão de rir e ser mais feminina.

— Não custaria nada — ele diz, e sua resposta me faz querer muito, muito *mesmo* dar um chute na canela dele.

— Por que você é sempre tão rabugento? Está com o kilt enfiado no cu, é?

Ele olha para a calça jeans que está usando e de volta para mim.

— Eu não estou usando um kilt.

— É uma metáfora.

— É, e também seria uma metáfora se eu perguntasse se o seu chapéu de caubói apertou um pouco demais os seus miolos?

— Nem todos os americanos usam chapéu de caubói.

— E isso dá razão para ele — Dakota fala de canto de boca. Dou uma olhada nela com os olhos semicerrados. Ela parece estar se divertindo até demais, só assistindo a esta interação.

— Isso é irrelevante — digo, ajeitando a blusa. — A gente não precisa da sua ajuda. Estamos muito bem usando a água do poço. Agora, se você puder dar o fora...

— Faz anos que aquele poço secou.

Bufando e frustrada, aponto na direção do poço.

— Então para que tê-lo aqui? Para colecionar morcegos? Para que pessoas desavisadas pensem que estão prestando um serviço ao buscar água?

— Faz parte da decoração. Minha mãe diz que acrescenta um charme para os turistas como você.

Bem, Finella tem razão quanto a isso. Com certeza completa o visual do chalé de conto de fadas no bosque com telhado de palha.

Mas em termos de conveniência, pode causar muita confusão.

— E também está escrito no livro de visitantes, se você ler. — Ele indica um fichário na mesa de centro.

— Acabei dormindo sobre umas pedras irregulares no meio de uma cidade estranha hoje de manhã — digo, pondo a mão na cintura. — Acha mesmo que tenho energia para dar conta de um manual da casa?

— Seria uma coisa responsável, mas, arre, você não é a responsável, é?

Me viro para Dakota e aponto o dedo para Rowan.

— Falei que ele era grosseiro. Grosseiro, rabugento, malvado e... tem cheiro de kilt. Sério, dá uma fungada nele.

— E kilt tem cheiro de quê? — ele pergunta, com os braços ainda cruzados sobre a montanha que é seu peito.

— Da droga de uma vela da Banho e Cuidados Corporais. Sério, qual é a de vocês, galera? — Indo na direção dos sofás, jogo as mãos no ar e então desabo ali, onde me sento de maneira petulante.

— Ela está cansada e precisa de um banho — Dakota fala, assumindo o papel de pacificadora. — A gente ficaria agradecida se você pudesse checar a água.

— Claro — Rowan diz. Dá para sentir seu olhar em mim, mas nem dou atenção para ele. Não, senhor, pode olhar o quanto quiser. Vou manter os olhos fixos neste fiapinho preto que caiu na minha calça. Eu o pego e o giro entre os dedos.

O fiapo aqui é firme.

Há tantas pequenas diferenças entre a Escócia e os Estados Unidos. Na certa, é assim que vai ser pelos próximos seis meses: descobrir todas essas deliciosas diferenças culturais.

— Você está girando cocô de morcego entre os dedos — Rowan comenta ao andar até a porta.

— Como é? — solto um gritinho, jogando no chão.

— Pois é, está por toda a sua roupa. Eu trocaria, se fosse você.

— Ai, meu Deus! — grito enquanto subo correndo as escadas até o meu quarto.

Capítulo 6

ROWAN

Número de americanas indisciplinadas salvas de morcegos: *uma.*

Ver Bonnie se debatendo no chão: *foi impagável.*

— O que você ainda está fazendo aqui? — Bonnie indaga, saindo do banheiro com uma toalha enrolada na cabeça.

Em toda a minha vida, nunca vi nada tão hilário quanto Bonnie sendo atacada por morcegos na frente do chalé. Eu estava bem na esquina quando Dakota ligou e então ouvi os gritos reveladores dos morcegos. Sabia que haveria encrenca para além das árvores.

E então lá estava Bonnie, rolando pelo chão, gritando e soltando coisas como *Não bebam o meu sangue, é americano — vocês vão achar azedo demais.*

Com o senso de humor me dominando, eu a ergui pela calça e a levei para dentro da casa. Como a coisinha leve que é, ela pensou que eu era a droga de um morcego a carregando. Meu Deus, essa moça.

— Desentupindo os canos — Dakota responde do sofá. — De acordo com Kilt McRabugêncio, faz alguns meses que o chalé não recebe um morador, o que significa que os canos ainda estão se acostumando a serem usados outra vez.

Kilt McRabugêncio?

— Dakota — Bonnie sibila. — Não fale assim bem na frente dele. É um apelido só nos bastidores.

— Bem, agora já não é mais — Dakota diz com uma risadinha. Ela é bem legal. Relaxada. Não parece ficar toda eriçada como a amiga. Enquanto eu arrumava os canos, Dakota trabalhava no computador. Ela me disse que é designer, o que me parece bem legal. Sempre gostei de usar a veia criativa.

Me levanto da minha posição agachada debaixo da pia e limpo as mãos.

— Agora tudo deve estar em ordem.

Dakota põe o computador de lado.

— Obrigada. A gente agradece muito. Não é, Bonnie?

— É, claro, tanto faz. — Bonnie revira os olhos.

Resmungo uma série de palavrões escoceses bem baixinho enquanto pego minhas coisas. Teimosa. Ela é teimosa pra caralho.

— Quer ficar para o jantar? — Dakota oferece.

— Dakota — Bonnie sibila.

— O que foi? — ela retruca como se eu não estivesse presente. — Ele consertou o encanamento, aí você não precisa mais ficar com cheiro de lago e merda de morcego.

— Aqui vai uma dica: na Escócia, nós chamamos o jantar de ceia. — Vejo Bonnie revirando os olhos antes de voltar a olhar para Dakota. — De qualquer forma, o que vocês vão comer? — pergunto, só para tirar Bonnie do sério.

— Hã... — Dakota se levanta do sofá e vai para a cozinha, onde vasculha a despensa vazia. — A gente pode pedir alguma coisa.

— Ah, é mesmo? — indago. — E de onde vocês vão pedir às oito da noite?

— Aff, esqueci que tudo fecha por aqui. Bem, a gente pode ir rapidinho ao mercado e...

— Fechado — interrompo.

— Bem... a gente... hã... Bonnie, pega o bolo de caixa que você trouxe. A gente pode assar rapidinho e comer.

— Ah, de jeito nenhum. Ele não é digno de uma das minhas misturas de bolo.

Engulo a risada que borbulha em mim. Com os olhos fixos na sua cintura para baixo, falo:

— Não estou nem um pouco interessado na sua mistura... de bolo.

— Ouviu só? — Bonnie pergunta para Dakota, apontando para mim de novo. — Ele está querendo dizer a minha vagina.

— Meu Deus, Bonnie! Não está, não!

— Que nada, não estava, não. Estava falando da sua *precheca*.

— Aff, piorou. — Ela bate o pé.

— Você sabe o que é *precheca*? — pergunto.

Ela abre a boca, mas para, fechando-a. E então:

— O que é *precheca*?

— Vagina.

— Aff. — Ela bufa. — Você é irritante. — Ela vira a cabeça, desenrola a toalha e a põe na cadeira antes de pegar o cabelo molhado com as mãos, torcendo-o e prendendo-o com uma faixa. Da sala, ela anuncia: — Vou para o bar. Imagino que seja o único lugar aberto agora, não é?

— Você está me perguntando?

— Infelizmente.

— É, o Fergie está aberto.

— Então está decidido. — Ela pega a carteira e vai até a porta, entreabrindo-a. Provavelmente para ver se os morcegos ainda estão por aí. Ela faz uma pausa por alguns instantes antes de sair pela porta, fechando-a ao passar.

Dakota suspira alto e se vira para mim.

— Ela costuma ser muito mais agradável.

— É difícil acreditar.

— Acho que você só a pegou em dias ruins, mas deve ser porque ela te acha gostoso.

— Ela falou isso para você? — pergunto, um pouco chocado.

— Não. — Dakota balança a cabeça. — Mas conheço a minha amiga, e pelo jeito como te devora com os olhos, ela pelo menos te acha atraente, mesmo que não consiga suportar a sua personalidade.

Solto uma risadinha e passo a mão pelo cabelo. Dá para imaginar?

Viver com a americana teimosa?

Jamais.

— Como é que eu ia saber que ele viria junto? — Bonnie pergunta, segurando uma cerveja enquanto olha para mim do alto.

Vou dar um pouco de mérito para a garota: ela está bebendo cerveja escura. Não dá para ter certeza de qual, mas é preciso ter um paladar especial para beber cerveja em um bar escocês.

— Seja gentil — Dakota pede, sentando-se.

Por alguma razão, faço o mesmo. Talvez por causa da insistência de Dakota, ou talvez porque eu seja masoquista. De qualquer forma, já dá para prever uma refeição desconfortável. Isso com certeza.

— Como funciona? — Dakota pergunta, pegando o cardápio da mesa. — Nossa, três opções. Está bem. — Ela ri. — O que você sugere?

— Peça peixe e batatas. Não dá para errar com esse pedido.

— Perfeito. Tem algum atendente por aqui...?

— Vou pedir lá no balcão. O que você quer beber?

— Água está bom para mim. Não estou precisando afogar a tristeza como a Bonnie aqui.

No momento, Bonnie vira a cerveja e toma um grande gole, deixando um bigode de espuma ao longo de seu lábio.

Com um sorriso, me levanto da cadeira e vou até o balcão, onde Hamish está enchendo um copo. Conheço o homem desde que eu era um moleque. Mais novo que meu pai, mas mais velho que eu, ele assumiu o Castelo de Fergie quando seu pai se aposentou e entregou o estabelecimento. Agora, Hamish e sua esposa tomam conta do lugar, mantendo um cardápio simples todos os dias e o pessoal feliz com seus drinques intermináveis.

— Três peixes, uma cerveja Wolf para mim e uma água.

Ele assente e começa a servir. Então vê as garotas atrás de mim e seus olhos se arregalam de interesse.

— As americanas?

— É.

— Bem que Leith e Lachlan falaram.

— Falaram o quê?

Ele me entrega a cerveja e pega a água.

— Que você não ia conseguir ficar longe.

— O encanamento delas não estava funcionando. O que eu deveria fazer? Não atender o telefone?

— Que nada, você precisa ajudar. — Ele me entrega a água. — Mas sair para comer com as moças, *isso* você não precisava ter feito. — Ele dá uma piscadela e exibe um sorriso sugestivo ao se virar. — Vou fazer o seu pedido.

Eu o ignoro, volto para a mesa e entrego a água de Dakota, decidindo se devo ou não me sentar. Ficaria estranho se eu não fizesse isso a esta altura. Mas Hamish tem razão; eu não precisava me juntar a elas, mas queria ver o quanto consigo tirar Bonnie do sério.

— Obrigada — Dakota diz, levantando a água e tomando um gole. Ela olha para a minha cerveja. — Qual você pegou?

— A Wolf. — Dou um gole e deixo os sabores de malte assentarem na língua. — Cai muito bem com o peixe e as batatas.

— Não foi isso que você pediu? — Dakota pergunta para a Bonnie.

— É, o nome me chamou atenção — Bonnie responde com sotaque escocês exagerado.

— Que péssima atriz.

— Não sei, não. Acho que mandei bem. — Ela beberica a cerveja e, por um instante, acho que noto um brilho humorístico em seus olhos, mas ela desvia o olhar antes que eu possa avaliá-lo.

— Tudo bem, minhas *lass*! — Ouço a voz de Leith gritar atrás de mim antes que sua mão pouse no meu ombro.

Que maravilha.

— Eu e Isla pensamos que te encontraríamos aqui, mas não achei que fosse ver você com duas moças adoráveis. — Ele se inclina para Bonnie e Dakota e sussurra: — O grandão aqui é meio que um solitário.

Bonnie estende a mão de imediato.

— Me chamo Bonnie, e já posso dizer que vamos ser melhores amigos. Senta aqui do meu lado.

Leith pega a mão dela.

— Leith. E é um prazer conhecer você. Esta é a minha irmã, Isla. — Ele se senta ao lado de Bonnie, que parece feliz até demais, e Isla se senta ao meu lado. Dá para ver que ela está tímida, pela maneira como se inclina um pouco mais para perto de mim e curva os ombros.

Então decido fazer as apresentações para ela.

— Isla, estas são Bonnie e Dakota. Elas estão tomando conta do café enquanto meus pais estão fazendo mochilão.

Ela sorri.

— É um prazer conhecer vocês. — Quando ela faz contato visual com Dakota, as duas se voltam rápido para suas bebidas e as levam à boca.

— Então, Leith, me conte todos os detalhes sórdidos sobre Rowan. — Bonnie aponta o polegar para mim. — Como foi que vocês se conheceram?

— Melhores amigos desde que éramos moleques — Leith diz. Ele sorri para mim, e eu conheço esse sorriso. Está prestes a me tirar do sério como qualquer bom amigo faria. Embora isso possa valer para nós dois, e eu tenho muito mais segredos sórdidos dele.

— Ah, então você o conhece muito bem. Ele sempre foi assim tão rabugento?

— Sempre. — Ele aponta o dedo para a minha testa. — Viu só aquela ruga entre os olhos dele? Está ali desde que ele tinha cinco anos.

— Não deixe que ele te engane — Isla se intromete, dando um aperto no meu ombro. — Rowan pode até ser rabugento, mas tem um coração de ouro.

— É mesmo? — Bonnie pergunta. — Ainda tenho que ver esse coração de ouro aí.

— Mas já viu, quando eu te peguei pela calça e te levei para o chalé.

— Você me jogou no chão.

— Aonde essa história vai levar? — Leith esfrega as mãos.

— A bobona aqui pensou que podia pegar água do poço, mas em vez disso, invocou uma onda de morcegos. Eu cheguei bem quando eles estavam... como foi que você disse, Bonnie? Tentando sugar o seu sangue?

— E estavam mesmo. Até senti as presas.

Reviro os olhos.

— Eu cuidei disso.

— Me jogou como se eu fosse um trapo.

— De nada. — Dou um gole na cerveja e aponto na direção dela.

Leith olha para nós.

— Sou só eu, ou alguém mais está sentindo uma tensão sexual entre vocês?

— Não. — Dakota levanta a mão. — Tenho sentido isso pelas últimas duas horas.

Isla sorri para ela.

— Também estou sentindo. Está praticamente vibrando deles.

Com um sorriso malicioso, Bonnie inclina a cabeça para o lado.

— Você me acha atraente, Kilt?

Sem perder o ritmo, respondo:

— Se eu achasse o Monstro do Lago Ness atraente, então, sim.

Bonnie semicerra os olhos.

Leith bate palmas e ri, enquanto Dakota e Isla soltam risadinhas e dão um gole em suas bebidas.

— Bem, caso esteja se perguntando sobre o que eu penso, você é bem repugnante também — ela retruca.

— Eu não estava me perguntando — digo, só para tirá-la ainda mais do sério, apesar de não dar a mínima para o que ela acha.

— Até agora, o que tem sido o maior choque cultural para vocês? — Isla pergunta para Dakota e Bonnie, embora esteja olhando para Dakota.

Entre nós cinco, dividimos três grandes pratos de peixe e batatas, enquanto a banda tem tocado uma música folclórica nos fundos do bar, criando o clima. E, caramba, estou de bom humor. Não sei se é por causa da quarta cerveja, do violino alegre nos fundos ou porque estou rodeado de amigos, mas estou me divertindo pra caramba. Não tem nada a ver com a loira sentada de frente para mim ou a forma como ela gira os dedos no ar em um movimento de dança que afirma ser totalmente americano, ou com o fato de que ela trocou de lugar com Dakota, quando Leith estava perguntando sobre design gráfico, então agora posso sentir o seu perfume floral enquanto ela está bem ao meu lado.

Nada disso.

Não mesmo.

É a cerveja.

Com certeza é a cerveja.

Seu ombro esbarra no meu, e eu engulo em seco ao sentir o cheiro de seu xampu.

Meu Deus, que cheiro delicioso.

— O maior choque cultural? — Dakota pergunta, bebendo cerveja agora, seu copo de água há muito esquecido. — Deve ser que nada fica aberto. A gente está tão acostumada a ter tudo na palma das mãos. As lojas ficam abertas vinte e quatro horas todos os dias, inclusive restaurantes, e em Los Angeles tem tantos tipos de comida diferentes que fica até difícil escolher.

— E a luz do dia — Bonnie diz, balançando no ritmo da música. — Eu não esperava que aqui fosse tão ensolarado assim o tempo todo. Às quatro da manhã já parecia às nove.

— Nossos dias de verão são longos, mas é legal, já que fechamos às cinco, pelo menos a maioria de nós — Isla diz. — A gente consegue aproveitar o verão.

— Tem alguma trilha por aqui?

— Várias — Leith responde. — Muitas atividades ao ar livre. Aos domingos, quando tudo estiver fechado, a gente pode planejar uma caminhada até o Castelo de Corsekelly. Está meio que em ruínas, mas é um ótimo lugar para um piquenique.

— A gente adora ficar lá em cima — Isla acrescenta.

— Lá em cima onde? — Ouço Lachlan dizer enquanto ele se aproxima da mesa e para logo atrás de Leith.

Bonnie agarra meu braço e balança.

— Puta merda, quantas cervejas eu já bebi? — Ela pisca. — Mais alguém está vendo dois Leiths?

— É o meu irmão gêmeo, Lachlan — Leith diz, rindo.

— Dois de você? — Bonnie me olha de cima a baixo. — Tem dois de *você* também? O outro é mais legal?

— Só um. — Dou um gole na cerveja. — Você não aguentaria dois de mim.

— É, essas devem ser Bonnie e Dakota. — Lachlan sorri. — Já dá para ver que Rowan está a fim da Bonnie.

Meu Deus.

— Pelo que me lembro, ele comparou o meu nível de beleza ao do Monstro do Lago Ness — Bonnie diz. — Acho que "a fim" não é a expressão certa.

— Rowan sabe bem como conquistar o coração de uma moça.

Maldito babaca, não sabe como ficar de boca fechada.

Sem outra palavra, vou até os fundos do bar, passo por algumas pessoas, que me dão um aceno com a cabeça, e vou direto para canto; o banheiro está vazio. Me alivio rápido e lavo as mãos. Quando saio, vejo Lachlan dançando perto da banda com a Bonnie.

Faço uma pausa por um instante, analisando-a. Seu longo cabelo loiro esvoaça sobre os ombros, soltos da faixa que usava uma hora antes. A música da nossa banda local preenche os pequenos limites do bar, com o violino no centro do palco. Seu sorriso contagioso vai de orelha a orelha enquanto ela dança no ritmo, usando seus dedos finos para guiar os movimentos.

Ela parece feliz.

Relaxada...

Tudo o que eu não estou sentindo ao ficar aqui parado, olhando para ela, dando-me conta de que aquela garota na minha frente está chamando a minha atenção.

Droga, não só chamando a minha atenção, mas me fazendo pensar em coisas idiotas como *qual é o gosto dos lábios dela?*

Ela dá um empurrãozinho de brincadeira em Lachlan, e os dois riem. Ele pega as mãos dela e a gira. Todos os olhos estão neles, e se eu já não soubesse, diria que Lachlan está tentando me provocar, lançando um sorriso na minha direção quando termina de girá-la.

Bem, não vai funcionar.

Não estou interessado.

Mas mesmo pensando assim, o ciúme faz minha nuca arrepiar.

Mas ciúme de quê?

De eles estarem se divertindo?

Ou do fato de que são as mãos de Lachlan que estão sobre as de Bonnie e não as minhas?

De qualquer forma, não deveria importar — esta é a minha chance de ir embora.

Vou para a mesa assim que Bonnie é lançada na minha direção, girando para longe de Lachlan, o riso escapando de seus lábios. Ela rodopia e tropeça. O medo me preenche quando ela agita os braços, ainda rindo, e por instinto, estendo a mão e a pego antes que ela bata a cabeça na mesa.

Com seu peso leve nos meus braços, ela olha para mim, surpresa, e então a coisa mais louca acontece.

Ela sorri para mim.

E antes que eu me dê conta, ela se endireita e pega minhas mãos, puxando-me para a pista de dança.

— O que você está fazendo? — pergunto, sentindo o corpo todo rijo feito uma tábua.

— Dançando. Você não dança, Kilt?

— Não.

— Mentira. — Ainda segurando minhas mãos, ela me força a dançar ao girar por baixo do meu braço e se mover para lá e para cá.

Sinto todos os olhares em mim. Cada pessoa no bar sabe que eu estou tão fora da minha zona de conforto que fico até surpreso de que não estejam pegando o celular para gravar a rara ocasião em que estou na pista de dança.

— Bonnie, eu não...

Ela agarra minha cintura, e meu rosto queima quando ela me balança para lá e para cá.

— Caramba, o seu quadril é duro feito pedra. Você está escondendo a verdadeira Pedra do Bilau aí dentro, é?

Mova as mãos um pouquinho mais para perto e vai saber exatamente o que é ser duro.

— Relaxa. Deve ser por isso que é tão rabugento, você não se solta. Achei que com um pouquinho de cerveja, você ficaria mais disposto a mexer os quadris. — Ela me vira de lado e me cutuca assim que eu me movo mais para o lado, e, sem querer, ela me cutuca bem na bunda. — Ai, Senhor, cutuquei o seu traseiro. — Rindo, ela envolve a boca e diz: — Perdão, meu bom senhor, mas... será que isso despertou as coisas aí?

Eeee... ela está bêbada.

A Bonnie sóbria jamais me faria perguntas sobre as coisas terem "despertado", muito menos dançaria comigo.

Me curvando, eu a pego e a jogo sobre o ombro.

— O que... me coloca no chão, agora. Eu ordeno!

— Já passou da hora para você — respondo, levando-a para a mesa, onde Dakota acabou de pagar a conta.

— Você não manda em mim. Sou uma mulher adulta. Eu tomo as minhas próprias decisões.

Dakota se despede rápido de todo mundo antes de vir atrás de mim para fora do bar.

— Dakota, diga para essa fera das Highlands me colocar no chão agora.

— Está na hora de ir para a cama, Bonnie — Dakota diz, e fico agradecido por ela concordar comigo.

— Eu estava só começando a me divertir — ela choraminga.

— Você estava cutucando a bunda do Rowan.

— Foi sem querer — ela reclama, ainda pendurada no meu ombro, enquanto sigo pela rua, o sol finalmente se pondo no horizonte. Ela não é pesada, mas ainda assim fico agradecido que o bar do Fergie fica perto da cafeteria, e logo estaremos virando na esquina de cascalho. — Você viu como eu estava dançando. Ele não balançava os quadris. Eu só estava despertando.

— Você vai ficar dolorida amanhã se não dormir um pouco — Dakota fala. — A gente não pode se atrasar de novo.

Faço uma pausa.

— Arre, quer que eu te deixe lá nas pedras para você capotar? Parece que você dormiu muito bem lá.

— Você é um babaca — Bonnie murmura e Dakota ri.

Isso põe um sorriso no meu rosto.

Tiro a camisa e a jogo no cesto. Descalço as botas, guardo no lugar e depois retiro as meias. Ao sair do meu quarto, dou uma rápida olhada no espelho e noto o quanto meu cabelo está despenteado.

Não foi por eu ficar passando a mão nele.

Não, foi um presentinho da Bonnie. Assim que ficou claro que eu não a colocaria no chão até que ela estivesse na cama, ela decidiu bagunçar meu cabelo, puxando todas as pontas.

— Toma isso, e isso, e isso — ela ficou dizendo sem parar enquanto mergulhava os dedos pelos fios grossos.

Caramba, que sensação boa pra caralho.

Ela achou que estava me irritando, mas, na verdade, eu queria que ela continuasse fazendo aquilo. E foi quando soube que eu devia estar meio bêbado também.

Vou até a cozinha, pego um copo que mantenho perto da pia, encho-o com água da torneira e bebo, então volto a encher.

Ligado demais para cogitar dormir, saio pela porta da frente, o ar noturno enchendo meu peito de vida enquanto ando até o galpão. Grilos cantam ao longe, e a luz que vem da porta da frente ilumina meu caminho enquanto meus pés descalços vão avançando.

Devagar, destranco a porta do galpão e a abro. Acendo a luz que instalei alguns meses atrás quando me dei conta de que trabalho melhor à noite.

Meu espaço pequeno, mas aconchegante, ganha vida com a luz logo acesa, e no mesmo instante me faz relaxar. Estantes de projetos de secagem, potes meio esmaltados e produtos finalizados cobrem as paredes. Minha fornalha, que troquei ano passado depois que a minha primeira quebrou, fica no canto. E então há a roda, meu lugar de consolo.

Tem sido um dia longo pra caralho de reparos aqui e ali antes de uma rápida despedida dos meus pais. Não ganhei mais do que um abraço da minha mãe e um grunhido do meu pai. Depois disso, ajudei alguns dos nossos mais antigos residentes com tarefas servis, e então ajudei Bonnie e Dakota, é claro. Estou exausto, mas ao mesmo tempo empolgado.

Me sento, ponho o copo na mesa, mergulho as mãos na água, e então pego um pedaço de argila. Posiciono-a na roda de oleira, onde começo a girá-la, deixando escapar as bolhas de ar. A sensação da argila nos meus dedos acalma minha alma agitada, me dando a chance de clarear a mente e só respirar. Ligo a roda e aos poucos começo a mover as mãos sobre a argila. Em geral, escuto música enquanto faço isso, mas os sons noturnos são filtrados através do galpão, e eu me solto.

Minha irritação com meus pais e a evasão deles é levada embora.

A irritação de ter que fazer um trabalho que odeio, só para apaziguar meu pai movido pelo dever, desaparece.

A angústia de não viver a vida que eu quero, pouco a pouco, some.

O horror do meu passado desaparece.

E tudo o que resta são minhas mãos, a argila... e Bonnie.

Porra.

Aqueles olhos, aquela atitude, aquele sorriso.

Mergulho os dedos no meio da argila, formando um buraco.

Sua ousadia, seu raciocínio rápido, sua vontade de dançar comigo.

Meus dentes puxam o canto da boca enquanto eu arredondo a argila de novo.

Ela é orgulhosa, como eu. Defensiva, como eu. Teimosa... como eu.

Pressiono o polegar, desfrutando da sensação da argila deslizando pela minha pele e formando outra tigela.

Acho que encontrei meu par — e ela está embrulhada em um pacote minúsculo, agressivo e totalmente americano.

Capítulo 7

BONNIE

Consumo de bolo hoje: *nenhum, mas isso está para mudar.*

Dias desde o último orgasmo induzido por um homem: *Setenta e três? Setenta e quatro? E contando.*

Ressacas: *uma enorme ressaca de rachar a cabeça.*

Escoceses irritantes que tratam mulheres como se fossem sacos de batata: *um, mas, meu Deus, o cheiro dele é tão bom. Como um kilt muito sexy e cheio de feromônios.*

Não faço ideia do que eles colocam na cerveja daqui, mas, caramba, o negócio é forte. Será que cutuquei uma bunda na noite passada?

— Você está andando rápido demais, e as minhas retinas estão sangrando. — Protejo os olhos do sol enquanto Dakota me arrasta pela rua de pedra, para longe da cafeteria. — Exijo saber para onde você está me levando. — Em vez de responder, ela faz uma pausa abrupta diante de uma porta azul-petróleo.

Pisco para a porta, lutando para enxergar alguma coisa nessa maldita luz do sol — achei que a Escócia era toda chuvas e nuvens; está mais para um monte de cocô —, e Dakota abre a porta e me empurra para dentro. Tropeço numa sala com o aroma mais doce que já senti na vida.

Duas embalagens de bolo estão ao lado do balcão intricadamente esculpido — um brasão do clã Murdach estampado no meio. Do outro lado do espaço belamente revestido de madeira há uma bancada alta presa à parede com assentos para quem quiser comer na confeitaria. Não há muita decoração, mas não há necessidade, dadas as mísulas de madeira tingidas nos cantos e o teto em ripas de madeira.

Fofo.

— Oi, meninas. — Ergo o olhar e vejo Isla vindo na nossa direção, com um avental preso ao redor da cintura e uma toalha nas mãos. — Como vocês estão?

Isla também é uma fofa. Fofa pra caramba. Cabelo ruivo vibrante roça seus ombros, e ela tem aquele olhar determinado, que é destacado com um toque de rímel. Um leve respingo de sardas decora seu nariz, e um minúsculo piercing no nariz brilha à luz.

Quando ela apareceu na noite passada e Rowan nos apresentou, observei a reação de Dakota — bochechas coradas e um leve sorriso — e soube que minha melhor amiga estava com uma quedinha.

Não a culpo. Isla é de parar o trânsito e tem um doce sotaque. Cada palavra que sai da sua boca é como uma melodia.

E, mais importante, ela é dona de uma confeitaria, o que significa...

— Boooooolo — gemo como uma mulher em busca de água no deserto.

Isla ri.

— Tão bom assim, hein?

Dakota põe a mão nas minhas costas.

— Precisamos de um pouco de estímulo para esta garota aqui antes de irmos para o café.

Por que a confeitaria está aberta antes do café, eu não faço ideia, mas sou muito grata a isso.

— Acho que posso ajudar nisso. — Ela vai para trás do balcão perto das embalagens de bolo. — Vocês querem bolo? Ou café da manhã?

— Os dois — Dakota responde, e eu vou até a vitrine. Um lado está preenchido pelo que parecem ser Hot Pockets, e o outro contém uma infinidade de doces e guloseimas. Flutuo para esse lado.

— Bem, temos algumas tortas para o café da manhã. Todas levam ovos, e aí a gente adiciona coisas diferentes como espinafre, bacon, haggis.

Levanto a mão.

— Haggis, *não, por favor...* Haggis, *não.*

Isla ri.

— Tudo bem, leva tempo para gostar.

— E aquele bolo? — pergunto, apontando para um pão redondo com amêndoas como decoração no topo.

— Aquele é o bolo Dundee. Uma especialidade escocesa. Até fiquei em segundo lugar nos Jogos das Highlands com o meu. Foi a primeira vez que fizeram uma competição de bolo Dundee, em geral só fazem de shortbread, tradicionais biscoitos amanteigados escoceses, e eu fiquei em terceiro.

— Caramba, que incrível — Dakota reage. — Se é esse o caso, vamos ter que experimentar os dois.

— Espera aí — digo e levanto uma sobrancelha para Isla. — O que tem nesse bolo Dundee?

Ela sorri.

— É uma versão muito mais saborosa do bolo de frutas dos Estados Unidos. E é feito com groselhas, sultanas, que são uvas brancas, e amêndoas.

Cutuco o queixo.

— É, acho que vou gostar. Pode embrulhar para viagem.

— E os biscoitos amanteigados?

Dakota assente.

— E duas tortas para o café da manhã de ovo e espinafre. A gente também precisa de proteína.

— Eu preciso de bolo primeiro. Juro que a abstinência é real.

Enquanto ela embrulha tudo, Isla pergunta:

— Vocês se divertiram na noite passada?

Dakota se recosta no balcão, assumindo o controle da conversa, e se não estivesse com tanta ressaca, eu dificultaria as coisas para ela, provocaria como uma boa amiga, mas dou um tempo para a garota. Além disso, é legal vê-la sair da zona de conforto.

— Sim. A música deu todo um clima.

— Você deveria ter dançado.

— Ainda não tinha bebido o suficiente para ir até a pista de dança.

— Isso não te impediu antes — murmuro. Dakota me lança um olhar, e eu me debruço no balcão. *Seja legal*, me repreendo em silêncio. *Ela está com o dinheiro para comprar o bolo.*

— Deixa para uma próxima noite, então — Isla diz, enquanto Dakota lhe entrega o cartão de crédito. — Nada disso, vamos abrir uma conta para você.

— Ah, uma conta, gostei — me animo, enquanto Isla entrega uma sacola de papel cheia das nossas delícias para Dakota.

— Não deixa a Bonnie adicionar nada na conta ou abra uma só para ela. — Dakota olha bem nos olhos de Isla. — Ouviu? Se der esse privilégio, ela vai acabar com a gente. A obsessão dela por bolo chega a ser uma loucura.

— Ha, como se você não tivesse o mesmo problema. — Aponto o polegar para Dakota. — Ama bolo... mas é obcecada por *muffins*. — Dou uma piscadela, e Dakota me cutuca na barriga com o cotovelo.

Tudo bem, mereci.

Isla abre um sorriso brincalhão e dá uma piscadela.

— Também sou bem obcecada por *muffins*.

E, ai, meu Deus, a forma como Isla olha para a minha amiga... juro pelo bolo Dundee que sinto um friozinho gostoso na barriga.

As bochechas de Dakota ficam coradas, e ela se atrapalha com a sacola ao andar de costas até a porta.

— É, muffins... aham — ela diz, pigarreando, e *aguenta, coração*, ela está tão nervosa. — Muffins são bons.

— Ainda mais quando a gente lambe, né? — falo, a esta altura, só para colocar lenha na fogueira. Já enfiamos o pé na jaca mesmo.

— É mesmo — Isla concorda, rindo, enquanto começa a limpar o balcão. — Tenham um bom dia, moças.

— Você também, Isla. — Aceno para ela e pego no braço de Dakota, conduzindo-a para a rua.

Ela está calada enquanto caminhamos para o café, mas assim que entramos e a porta se fecha, ela vem para cima de mim.

— O que foi aquilo?

— O que foi o quê? — Pego a sacola dela e a coloco em uma das duas mesas da loja, me sentando em uma das cadeiras combinando. Nem me dou o trabalho de seguir quaisquer modos, mergulho na sacola e tiro dali o bolo Dundee. Corto um pedaço e o enfio na boca. — Puta merda, que delícia. — O sabor da amêndoa roça minha língua, seguido por notas de laranja e passas. — Quer um pedaço? — Estendo o bolo redondo para ela, mas ela só fica me encarando.

— Aquilo foi humilhante, Bonnie. *Lamber* muffins? Será que você não poderia ser mais óbvia?

— Eu poderia ter dito lamber vaginas, mas mantive o tom elegante. — Dou outra mordida enquanto me derreto ali mesmo. Acho que vou ter um caso de amor com o bolo Dundee enquanto estiver aqui.

— Aquilo não foi elegante. — Ela pressiona a mão na testa e começa a andar de um lado para o outro. — Meu Deus, o que será que ela está pensando de mim?

— Ela deve estar pensando "quando vou poder chamar aquela loira durona para um encontro"?

— Ela não estava pensando nisso.

— Hum, estava, sim, na certa. Pela forma como ficou te olhando na noite passada e a conversa divertida hoje, ah, pode ter certeza, senhora, ela está pensando quando vai poder te chamar para sair.

Dakota para e põe as mãos na cintura.

— Você acha mesmo? — Um sorriso minúsculo brinca em seus lábios. E, meu Deus, senti saudade desse sorriso travesso, o que mostra o quanto ela está animada, apesar de seus melhores esforços para esconder isso. Faz um tempo que não o vejo, desde quando Isabella partiu o seu coração.

— Acho. É só uma questão de tempo até ela aparecer e chamar a minha linda melhor amiga para sair. — Estendo um pedaço de bolo Dundee e, desta vez, ela o aceita. — Falando sério, a Isla é uma escocesa gostosa.

As bochechas de Dakota ficam coradas, e ela se senta ao meu lado.

— Ela é linda mesmo, não é?

— Demais. As sardas dela são fofas.

— Gosto muito das sardas dela — Dakota diz, empolgada. — E da voz dela.

— Ah, olha só para você, toda apaixonada.

— Não estou apaixonada, só... — Ela dá de ombros, e eu empurro seu ombro.

— Você está apaixonada e está curtindo. É uma coisa boa.

— E se ela me chamar mesmo para sair?

— Hum, você aceita e vai. Só pode estar de sacanagem, né, Dakota? Você precisa disso. Mesmo que seja só um caso de férias. Você se colocou nessa posição de nada de romance desde que Isabella terminou com você, mas já está na hora de sair por aí e se abrir para as novas possibilidades. O primeiro encontro depois de um término é importante. No mínimo, vai te colocar para jogo, e é isso que eu quero ver, a minha garota feliz.

— É, eu sei. — Ela suspira e dá uma mordida no bolo. — Ela é muito bonita mesmo.

— De parar o trânsito — digo, jogando migalhas na boca enquanto inclino a cabeça para trás.

— Quer saber? Vou fazer da sua vida um inferno sempre que Rowan estiver por perto, depois de toda aquela cena lá na confeitaria.

— O quê? Por quê? As circunstâncias são completamente diferentes. — Me levanto da mesa, vou até as duas garrafas térmicas e começo a fazer café. Não faço ideia de como este lugar ainda está aberto oferecendo só duas opções. — Eu não gosto do Rowan, mas você gosta da Isla.

— Ah, tenha dó. — Dakota bufa. — Não venha me dizer que não o acha atraente.

— Tipo, sim, ele é todo musculoso e um colírio para os olhos. É claro. Mas isso é tudo. Para gostar de alguém, a gente precisa ter conexão, e a única coisa que nos conecta é a teimosia.

— Escreva o que eu digo, acho que vocês dois vão ficar juntos… várias vezes antes de a gente ir embora.

— Ha! Nunca. Não estou interessada. Além do mais, não estou aqui para ficar com ninguém, estou aqui para encontrar a minha paixão.

— Talvez a sua paixão seja o Kilt McRabugêncio, e você nem se deu conta disso ainda.

Duvido.

— Aquele é o terceiro ônibus turístico que veio para Corsekelly hoje? — pergunto, me levantando da cadeira. Vou até a porta aberta e observo os turistas, que nem olham na nossa direção. — Por que eles não passam aqui para tomar café? Será que só vieram por causa da Pedra do Pênis?

— É esquisito que a gente não tenha visto ninguém hoje além dos poucos moradores. — Dakota franze a testa. — Assim como ontem. Me deixa inquieta. A placa diz em bom tom CAFÉ. O dia está chuvoso, por que será que eles não querem algo para se aquecer?

— É o que estou dizendo. — Jogo as mãos para o ar e volto para dentro da loja, onde me sento a uma das mesas irregulares. — Acho que não consigo aguentar seis meses desse tédio. Pelo menos você consegue fazer o seu trabalho. Eu só fico aqui respondendo aos testes vocacionais, que acabaram sendo mais deprimentes do que qualquer outra coisa.

— Qual é o resultado deles? — Dakota pergunta, fechando o notebook.

— Que tenho ótimas habilidades de organização e que deveria ser assistente.

— Aff, que cruel.

— Nem me fale. É a última coisa que quero ouvir hoje. — Resmungando, afundo na cadeira e olho ao redor do espaço sombrio. — Finella é uma senhora legal e tudo mais, mas será que não dava para acrescentar um pouco de charme ao lugar? Qualquer coisa para animar essas paredes brancas e sem graça. Olha só para essas mesas, é como se tivessem sido feitas por alguém que acabou de aprender a usar um martelo. E o piso, tipo...

— Béééééééééé!

— Mãe de Deus! — grito, segurando o peito, e meus olhos se voltam para a porta. Solto um suspiro. Um bode está parado na soleira. *Que porra*...

— Béééééééééé! — ele grita de novo, me fazendo saltar da cadeira e cair direto no chão com um baque.

— Besta de Satã — xingo, levantando-me e segurando uma das cadeiras velhas na minha frente. — Por que ele faz um som parecido com o de um humano? — Empunho a cadeira na direção do bode. — Para trás. Para trás. Iiiiaaa. Iiiiaaa.

Mas o bode não se move. Apenas grita de novo, desta vez com um gemidinho, e verdade seja dita, o som me faz ficar noventa por cento assustada e dez por cento com tesão.

Ele entra na loja, e eu recuo para a parede, com a cadeira na frente, pronta para qualquer movimento repentino.

— Faça alguma coisa, Dakota. Ele quer se comunicar com a gente.

Dakota está em cima do balcão, envolvendo as pernas com os braços.

— O que você quer que eu faça?

— Fale com ele, veja o que ele quer.

— Você acha que eu desenvolvi poderes mágicos de falar com um bode da noite para o dia?

— Quem sabe? — digo, balindo para ele agora, mas ele só entra mais fundo na loja. — Ai, meu Deus, ele vai fazer disso um hábito. Assustar americanas com seus gritos. Dá para sentir.

— Fico imaginando se ele é o Fergus — Dakota diz.

— Que Fergus?

— O bode da cidade. Séculos atrás, durante uma das revoltas escocesas, Corsekelly estava prestes a ser atacada quando um bode veio gritando na cidade, acordando todo mundo. Eles conseguiram escapar antes que fossem mortos e então reconstruíram Corsekelly depois que os inimigos queimaram seus lares. Fergus é o descendente direto desse bode herói. Você não viu a estátua de bode lá na praça da cidade?

— Não, eu estava tentando dirigir no lado errado da estrada quando a gente chegou. Não estava admirando a paisagem. — Pouco a pouco vou me aproximando de Dakota, mantendo a cadeira empunhada como uma barreira. — Então você está me dizendo que esse bode é idolatrado aqui na cidade?

— Considerando que vários negócios carregam o nome do bode, eu diria que sim.

— O que significa que a gente precisa lidar com essa extração com cuidado. Já entendi. Bem, você dará uma ótima voluntária. Os animais gostam mais de você; conseguem sentir a sua habilidade de se conectar com eles.

— Desde quando?

— Desde aquela vez que o peixinho-dourado seguiu o seu dedo.

— Ele estava tentando *comer* o meu dedo.

— Não importa, o peixinho-dourado achou que você era boa o suficiente para comer. Então vá em frente, não fique nervosa. Tenho certeza...

— Fergus, meu rapaz, aí está você — Lachlan chama, entrando no café, seguido de perto por Leith. Sem camisa e vestindo kilts combinando, os dois fazem carinho no bode e então notam nossa expressão horrorizada. — Certo, moças. Tudo bem aí?

— Elas parecem com medo do Fergus — Leith diz, fazendo carinho na nuca do bode, agora quieto.

— Com medo de um bodezinho de nada?

Com cuidado, volto a cadeira para o chão, sem querer provocar a besta.

— Ele assustou a gente com esse barulho todo.

Lachlan e Leith riem, e eu observo sem vergonha alguma enquanto seus peitorais musculosos e abdomens definidos saltam. Os Murdach têm genes ótimos, isso com certeza.

— É, ele sabe mesmo como se anunciar. — Leith dá tapinhas nas costas de Fergus. — Mas ele vem de uma linhagem impecável que salvou esta cidade. Estaríamos perdidos sem ele. Lá em 2001, a vida do pai dele foi ameaçada pelo surto de febre aftosa, mas ainda bem que não se espalhou pelas Highlands. Só que a gente ficou nervoso, causou uns estragos na agricultura inglesa.

— Bem, que bom — digo, enquanto Dakota desce do balcão.

— Querem café? — ela oferece, agindo como se não tivesse ficado aterrorizada por um animal de fazenda.

Leith levanta a mão.

— A gente está prestes a fazer uns vídeos de treino para os nossos seguidores. Mas valeu. Só paramos para pegar o Fergus, ele é a celebridade dos nossos vídeos, e ver se vocês, *lasses*, querem fazer trilha com a gente no domingo. Piquenique no Castelo de Corsekelly, como eu falei lá no bar.

— Vídeos de treino? — pergunto.

— É, treinos. O Treinando com Kilt — Lachlan conta. — Se vocês virem a gente andando pela cidade carregando toras e agindo feito bobos, é para os nossos vídeos de treino. A gente vende pacotes de treinos acompanhados de kilts, e já conseguimos uma sólida base de fãs. E isso me faz lembrar, Dakota, será que a gente pode alugar esse seu cérebro para alguns trabalhos para o nosso site?

— Claro. Quando vocês quiserem. A gente não está tão... ocupada por aqui.

— O café nunca fica muito cheio. Uma pena. — Leith suspira. — Stuart dava o sangue por esse café.

— Era diferente antes de Stuart parar? — indago, surpresa.

— Era. Stuart vendia uns pãezinhos amanteigados com geleia caseira. Acabava tudo ao meio-dia. Era assim, café simples, amanteigados e sua clássica hora da história. A coisa se espalhou, e os ônibus turísticos vinham por ele. Ele construiu uma vida muito feliz. Aí se aposentou, e Finella não conseguiu dar conta. Que bom que eles estão de férias. Estavam precisando.

— Pãezinhos amanteigados? Quais? — pergunto.

— Hum, tipo um croissant achatado — Leith responde. — É difícil encontrar os tradicionais amanteigados. Precisam ser feitos com manteiga e banha, mas quem produz em massa começou a usar óleo de palma, e não ficam a mesma coisa.

— Parecem ótimos.

— Eles têm uma cara horrível. Vários escoceses os chamam de "amanteigados atropelados", porque parecem que foram atropelados por um carro, mas toste um com um pouco de geleia, e vai por mim, você acaba no paraíso.

— É uma pena que ele não faça mais.

Leith suspira e dá uma outra olhada na cafeteria.

— Lembra quando este lugar costumava ficar cheio? Quem sabe quando Finella voltar, ela não estará com o ânimo renovado?

— Tomara — Lachlan concorda e então bate palmas, fazendo Fergus soltar outro grito. Os rapazes riem, enquanto eu e Dakota apertamos o peito. — Então, domingo... topam fazer trilha, *lasses*?

Olho para Dakota, que sorri e dá de ombros.

— Claro — digo. — A gente não tem outra coisa para fazer. Devo levar alguma coisa?

— Isla vai levar a comida. Só tragam água. Encontro vocês às dez e meia na confeitaria. — Lachlan acena para nós e então os dois se vão.

Assim que eles estão fora de alcance, me viro para Dakota e abro um sorriso brincalhão.

— Ouviu só? *Isla* vai levar a comida. Quem sabe ela não deixa você provar o muffin dela?

— Vê se cresce. — Dakota joga um guardanapo amassado em mim.

— O que você está fazendo? — Dakota indaga, fechando a porta do chalé.

— Maldita massa! — exclamo. Caio de volta para o chão da cozinha e me sento de pernas cruzadas, com as mãos estendidas para que eu não coma nada da mistura de manteiga e banha que está endurecida nelas.

— Hã... o que está rolando?

— Estou tentando fazer pãezinhos amanteigados — conto, prestes a ter um ataque.

— Foi por isso que você quis vir embora mais cedo?

— Foi — respondo, exasperada. — Encontrei uma receita simples na internet, fui até o mercado, onde Shona me ajudou a pegar os ingredientes, e aí voltei para cá, confiante que você seria recebida com pãezinhos frescos e quentinhos. — Aponto na direção da pilha de massa derretida no balcão. — Mas já é a minha terceira tentativa, e, sério, acho que dá para jogar tudo lá no poço.

— Por que você está tentando fazer pãezinhos amanteigados?

— Sei lá. O jeito que Lachlan e Leith falaram deles, achei que seria divertido fazer algo caseiro, sabe? Faço bolo de caixa o tempo todo, por que não tentar algo novo?

— Bonnie. — Ela se aproxima e se agacha para ficarmos cara a cara. — Você sabe que eu te amo, mas bolo de caixa é bem diferente de uma massa caseira.

— Faço duas camadas de bolo de caixa. Isso é especial *e* desafiador.

— Sim, mas basta você medir direitinho e mexer. Não exige fermento ou qualquer outra gosma que esteja nas suas mãos.

Fico cabisbaixa.

— Tem sido um pouquinho mais difícil.

— Não me diga. — Ela esfrega com ternura o meu ombro. — Mas é bem legal que você esteja tentando fazer algo novo.

— É, acho que é algo novo. — Começo a me animar. — Ei, olha só para mim, saindo da minha zona de conforto.

— Estou muito orgulhosa de você.

Me levanto e olho para a bagunça no balcão.

— Quer saber, acho que vou fazer disso a minha missão. Vou virar mestre em pãezinhos amanteigados enquanto estiver aqui. E vou levar de volta para os Estados Unidos e abrir um trailer de pãezinhos amanteigados, com geleia caseira de groselhas. E as pessoas de todo o país vão vir ao meu trailer e pedir para eu passar manteiga nos amanteigados, e aí os sets de filmagens vão ficar sabendo e vão contratar o meu trailer para alimentar a equipe deles, e quando os babacas que me demitiram vierem ao meu trailer, vou falar que acabou tudo e que quem sabe se eles não tivessem sido tão grosseiros comigo, eu faria alguns extras para eles.

— Nossa, passou um bom tempo pensando nisso, hein? — Dakota ri.

— Não, só surgiu do nada.

— Você é ridícula, mas eu te amo.

Vou até a massa no balcão e a cutuco.

— Ela continua derretendo e não sei por quê, mas vou descobrir. Quem sabe consigo levar um pouco para o piquenique no domingo? Fazer uma surpresinha para todo mundo.

— Acho que eles vão gostar.

— Tudo bem — digo, me sentindo renovada. Posso fazer isso. Só preciso canalizar as minhas habilidades internas de confeiteira.

No domingo, vou ter uma ótima surpresa para os nossos amigos.

— Como está indo? — Dakota pergunta, saindo do seu quarto, com uma tigela vazia nas mãos.

— Os amanteigados podem ir para o inferno.

— Tão bem assim, hein?

— Não é de admirar que os escoceses os chamem de "amanteigados atropelados". É onde eles pertencem, junto com todas as outras carcaças solitárias. Eu sou um fracasso.

Olho para a minha criação. Amassada como uma panqueca, com manteiga saindo pelos lados, é bem desagradável aos olhos.

— Não desista, Bonnie. Sei que você consegue.

— O seu entusiasmo só está me irritando.

— Tá bom. Você falhou na vida.

Olho para minha melhor amiga, com a testa franzida.

— Ei, qual é, agora foi cruel.

— É tudo por amor, querida.

— Ai, meu Deus, Bonnie, o chalé está pegando fogo? — Dakota diz, correndo até a porta da frente, ainda segurando as chaves depois de ter fechado a cafeteria. Ela abana a mão na frente do rosto, espalhando a fumaça.

— Não — resmungo, me sentindo derrotada, sentada no chão com as costas apoiadas na geladeira, e uma luva de forno em uma das mãos. — Não, só os pãezinhos amanteigados que estão em chamas.

Ela tosse e pega um livro, então tenta abanar a fumaça para fora do chalé.

— O que foi?

— Acho que usei banha demais. Alguma coisa pingou e queimou no forno, e aí veio toda essa fumaça. Acho que é um sinal. A manteiga e a banha não me querem por perto.

— E como foi que você se saiu?

Me levanto e levo a assadeira para ela. Solidificados em uma enorme meleca, os "pãezinhos amanteigados" estão mais uma vez derretidos e queimados. Na certa, parece que foram atropelados, mas não do jeito charmoso que Lachlan e Leith disseram.

— Hum... não parecem muito apetitosos.

— Valeu por esfregar na minha cara.

— Continue tentando. — Ela dá um tapinha no meu ombro. — Faça dos pãezinhos a sua missão de vida.

Hum...

— Você acha que eles respondem a uma boa e velha chicotada? Ainda não tentei.

— Não dá para saber até tentar. — Dakota ri.

— Estou prestes a me tornar a senhora deles. Palavra-chave... "pedra do bilau".

Capítulo 8

ROWAN

Autoras que eu não suporto e me obrigam a fazer isso:
uma.

Mal posso esperar para um muito necessário descanso daquele tornado loiro que chegou com tudo na minha vida. Além disso, estou desesperado, torcendo para que Shona reabasteça os doces Curly Wurlys lá no mercado.

— O que vocês estão esperando? — pergunto, olhando para o grupo e ajeitando a mochila nas costas. — Todo mundo já está aqui.

Lachlan, Leith e Isla trocam olhares. Em um piscar de olhos, sei que os Murdach planejaram alguma coisa e agora estão tentando decidir quem vai me contar.

— Sua vez — Leith diz para Lachlan. — Eu já contei para ele sobre Hamish e a tomada perto da pia que ele precisava consertar.

Lachlan olha para Isla.

— Eu contei para ele que Fergus tinha feito cocô nos sapatos dele.

— Não foi ideia minha. — Isla cruza os braços.

Leith resmunga e se vira para Lachlan.

— Pedra, papel, tesoura. Quem ganhar sete de nove. O perdedor conta para ele.

— Sete de nove? Que absurdo! — Isla exclama. — Melhor de três.

— Quem perder agora conta, ou vou acabar com vocês — falo, ficando irritado.

— Até eu? — Isla pergunta, com inocência em seus olhos geralmente de aço.

— É, até você.

— Tá bom. — Leith e Lachlan estendem as mãos. Eles contam e Leith ganha com pedra.

Lachlan resmunga e abre a boca para fazer a confissão quando uma voz atrás de mim grita:

— Chegamos.

Eu me viro e vejo Dakota e Bonnie se aproximando, carregando garrafas d'água na lateral. Quando Bonnie olha para mim, vejo meus pensamentos refletidos em sua expressão.

O que ela *está fazendo aqui?*

O que ele *está fazendo aqui?*

— Foi mal pelo atraso — Dakota diz. — Bonnie perdeu um dos sapatos e a gente não estava conseguindo achar. De alguma forma acabou na cama dela. — Ela exibe um sorriso para Isla.

— Vocês chegaram bem na hora — Isla fala, indo até Dakota e abraçando-a. Vejo a surpresa no rosto de Dakota se suavizar para alegria. Isla logo abraça Bonnie também e pigarreia. — A gente só estava conversando. Já que vocês, *lasses*, são novas por aqui, vamos fazer duplas.

Hã, a gente não discutiu isso.

— Leith e Lachlan vão guiar o caminho — Isla continua. — Dakota, você pode fazer dupla comigo e vamos logo em seguida, já que o terreno é meio rochoso. E, Bonnie, você pode ir com Rowan. Ele é robusto, aí se você escorregar, é só segurar qualquer músculo dele.

— Incluindo o que está por baixo da calça — Leith diz, e Isla dá um tapinha na nuca dele.

— Não dê ouvidos a ele. — Encostados na confeitaria estão dois bastões de caminhada. Isla entrega um para cada garota. — Isso deve ajudar durante as partes íngremes. Vai ser desafiador, mas prometo que vai valer a pena, ainda mais porque eu trouxe biscoitos fresquinhos para quando a gente chegar ao castelo.

— Parece ótimo — Dakota responde, parecendo bem mais empolgada do que Bonnie, que está me encarando enquanto segura o bastão.

Que conveniente que eu tenha que fazer dupla com Bonnie. Esta situação está com cheiro de amigos intrometidos e que querem dar uma de espertinhos.

— Leith e Lachlan, podem ir. — Isla acena para os irmãos.

Eles vão na frente, e nós entramos na fila por um beco entre os prédios de pedra, dois a dois, como um rebanho de vacas peludas abrindo caminho em direção ao castelo.

A princípio, Bonnie e eu não dizemos nada um para o outro.

É constrangedor.

Desconfortável.

E não é como planejei passar meu domingo.

Enquanto isso, Leith e Lachlan estão rindo à frente, e Dakota e Isla parecem estar concentradas em uma conversa.

Assim que saímos da cidade e começamos a trilha que leva ao castelo, começo a sentir Bonnie roçando em mim e resmungando baixinho. Ignorando, continuo a caminhada, pelo menos tentando curtir o silêncio. Até que…

— Dá para você parar de monopolizar a trilha com esse seu corpo de mamute? — Bonnie reclama, me empurrando no ombro, mas considerando nossa diferença de altura, ela não me move nem um centímetro.

— Eu só estou andando.

— Você está todo esparramado.

— Como assim?

— Sei lá, você me diz. É você quem está andando feito um neandertal com os braços todo esparramados, me empurrando para os arbustos.

— Eu não estou esparramado, é só o tamanho do meu corpo.

— Você é grande demais.

— Nunca ouvi ninguém reclamar disso. — Bufo.

— Aff. Eu já devia ter previsto isso.

— Você é muito carrancuda para alguém que está num país estrangeiro com um emprego de luxo.

— Eu não sou carrancuda, só estou… irritada. — Ela solta um longo suspiro.

— Você fica irritada assim tão fácil?

— Bem, sim, mas você todo esparramado não é a única razão para eu estar irritada.

— Eu não estou todo esparramado — repito, olhando para ela. Seu rabo de cavalo fica balançando de um lado para o outro com seus passos, e ela está fofa com sua legging, regata e um casaco amarrado na cintura. Meio que esperava que ela fosse uma dessas garotas que aparecem para fazer trilha usando saltos, mas não é o caso. Quando ela não diz mais nada, penso que posso bisbilhotar um pouquinho. Esta é uma longa trilha, e fazê-la com uma pessoa calada vai ser dolorosamente constrangedor. Odeio admitir, mas… mesmo que eu goste de silêncio, também detesto quando sinto que as pessoas estão bravas. Leva embora a paz que estou tentando adquirir enquanto caminho. — Por que você está irritada?

— E por acaso você se importa? — A hostilidade está bem clara em sua voz, mas dá para notar que ela também quer desabafar. Ao contrário do que ela deve pensar sobre mim, eu não sou um completo babaca.

— Pode ser que sim.

Ela não responde de imediato, e caímos no silêncio, o estalo dos nossos pés sendo o único som que qualquer um de nós está fazendo.

— Eu estava tentando fazer uma coisa para trazer para o piquenique hoje — ela finalmente conta. — Sabe como é, para contribuir com o grupo, já que os Murdach foram gentis de convidar a gente.

— Tudo bem…

— E não saiu como o planejado.

— Estragou tudo?

— Seis vezes. — Ela suspira com pesar. — Seis vezes, caramba! E juro que na sexta vez eu quase incendiei o chalé. Dakota chegou em casa e a fumaça estava saindo pela porta e as janelas.

— O que você estava tentando fazer?

— Pãezinhos amanteigados.

— Pãezinhos amanteigados? — pergunto. Não os como desde… bem, desde que meu pai parou de trabalhar na cafeteria. — Por que você estava tentando fazer pãezinhos amanteigados?

— Lachlan e Leith passaram na cafeteria outro dia e convidaram a gente para fazer trilha. Eles também estavam atrás do Fergus, que entrou lá dando um grito estridente minutos antes de eles chegarem.

— Fergus tem um conjunto de flautas dentro dele.

Ela ri, e o som me faz relaxar. Por um momento, dá para sentir a tensão se dissipar entre a gente.

— Ele faz um som parecido com o de um humano, e é assustador. Achei que algum turista psicopata e amante da Pedra do Bilau estava vindo matar a gente.

Isso me faz sorrir.

— A gente já se acostumou com ele.

— Não sei se algum dia vou me acostumar com aquilo. — Ela tropeça numa pedra, e eu pego seu braço, firmando-a. Ela olha para mim, e aqueles olhos quase me destroçam quando ela diz: — Valeu.

Pigarreando, desvio o olhar.

— Sem problema.

— De qualquer forma, eles estavam contando para a gente como era o café antes de o seu pai se aposentar, como sempre ficava cheio de clientes, graças aos pãezinhos amanteigados dele.

— É — digo. E ainda poderia ficar cheio se meu pai não fosse tão teimoso. — Acabava tudo por volta do meio-dia, graças aos turistas. Ele começou a fazer uma fornada especial para o pessoal daqui e abrir uma hora mais cedo, só para que eles pudessem comprar antes de os ônibus começarem a chegar.

— Passo a mão pelo queixo. — Não sei nem quando foi a última vez que comi um pãozinho amanteigado. — Levanto um galho para passarmos por baixo à medida que o caminho vai ficando mais complicado. Os outros estão bem adiante, espaçados uniformemente, e isso não me incomoda. É até legal ficar para trás e andar com Bonnie, só não vou dizer isso. Ela ficaria muito convencida... sei que eu ficaria.

— Bem, eu queria fazer um pouco para hoje, mas minhas tentativas têm sido um desastre total. — Sua voz está carregada de derrota, e isso me faz imaginar se há mais alguma coisa nas suas tentativas fracassadas de fazer pãezinhos, algo que aumente essa melancolia. — Já adicionei isso à lista das coisas que não consigo fazer.

— Foi tão ruim assim?

— Foi.

— Você estava usando a receita do meu pai?

— Não, encontrei uma na internet.

— Erro número um, *lass*. As receitas da internet não têm o toque especial.

— Bem, eu não ia ligar para o seu pai enquanto ele está de viagem.

— Mochilão. — Solto uma risadinha baixa. Sinto seu olhar em mim, mas mantenho os olhos na trilha, sem querer mostrar para ela que estou achando isso divertido. — Minha mãe tem um livro de receitas lá no chalé para os visitantes que querem tentar fazer alguma receita tradicional escocesa enquanto estiverem aqui. Pãezinhos amanteigados e geleia vermelha estão na primeira página, acho.

— Bom saber. Mas, considerando meu histórico, acho que vou acabar ferrando com a receita do seu pai também.

— A parte mais difícil é misturar toda a manteiga. Mas assim que aprender a técnica, você se acostuma.

— Você sabe fazer?

Uma grande pedra com cerca de sessenta centímetros bloqueia nosso caminho, e eu subo primeiro, abaixando-me por baixo de outro galho. Me viro para ajudar Bonnie, mas ela já está com um pé apoiado na pedra, impulsionando-se. Quando ela sobe, põe as mãos na cintura e olha ao redor. A esta altura, ainda estamos por baixo de uma cobertura pesada de árvores, mas vai clarear em breve, e vai ser interessante ver a reação dela quando o vale imaculado ficar à vista.

— Sei, eu costumava ajudar o meu pai de manhãzinha. — Solto um suspiro pesado, recordando essas manhãs.

Tenha orgulho de tudo que você faz, filho.

As tarefas mais simples, aquelas que ninguém quer fazer, são as tarefas que você sempre deve fazer para ajudar a cidade.

Lembre-se de quem é. Você é um MacGregor, e nós cuidamos dos nossos.

Fazer cerâmica não ajuda esta cidade, é uma perda de tempo que pode ser melhor aproveitado com outra coisa.

Essas manhãs bem cedinho guardam alguns bons momentos, mas a maioria revira meu estômago — ainda mais com a sua aposentadoria rápida, deixando minha mãe em apuros com o café, rejeitando os turistas e indo contra tudo o que ele incutiu em mim.

Sem contar o fato de que ele não me deixa chegar perto da cozinha para ajudar minha mãe.

Droga… não posso nem pensar nisso agora.

Não quando estou tentando me libertar dessas lembranças dolorosas enquanto faço a trilha…

— Nossa, não sabia. Então você deve ter um bom relacionamento com o seu pai. — Ah, se ela soubesse. — Meus pais queriam que eu fosse para a faculdade. Falei para eles que eu não precisava e que encontraria o que estava procurando em Los Angeles. Engraçado que eu queria ir para a faculdade. — Ela faz uma pausa, sua voz fica um pouco trêmula, e imagino se ela vai começar a chorar. *Por favor, não chore*. Eu não saberia o que fazer. Abraçá-la? Consolá-la? Antes que eu possa tomar uma decisão, ela continua: — Queria fazer uma surpresa para os meus pais e falar que fui aceita na universidade, mas só chegaram cartas de rejeição, uma atrás da outra. Eu poderia ter ido para a universidade pública, mas era orgulhosa demais para isso. Decidi que não precisava de faculdade e que me mudaria para Los Angeles com Dakota.

— Ela suspira. — Agora eu mal falo com os meus pais. Se precisar muito deles, sei que estarão lá por mim, mas também sei que sentem vergonha de mim.

— Conheço muito bem essa sensação — digo antes que possa me impedir.

— Sério? Mas parece que você se dá tão bem com os seus pais.

Bem, isso é só fachada. Não dá para julgar uma família pelas aparências. Só quando mergulhamos fundo é que podemos descobrir anos e mais anos de dor.

Querendo evitar qualquer conversa séria sobre os meus pais, fico calado e continuo empurrando galhos enquanto subimos a colina. Estamos prestes a chegar na parte íngreme, onde o caminho fica estreito e precisaremos seguir em fila. É a parte mais cansativa da trilha, mas vale a pena.

— Você vai querer beber um pouco de água. Vai ficar mais complicado em breve — digo.

— Ah... tudo bem.

E assim o silêncio cai sobre nós mais uma vez.

— Pega a minha mão — falo, debruçando-me sobre a última rocha que Bonnie tem que escalar.

Ela nem pensa duas vezes desta vez. Apenas desliza sua mãozinha na minha e eu a ajudo a subir. Quando ela passa por cima da rocha, solta um longo suspiro e solta minha mão.

— Valeu — ela agradece e então se vira para olhar a colina que acabamos de escalar.

O verde envolve a paisagem panorâmica, picos e vales cobertos de urze roxa recém-florescida. O rico céu azul está pontilhado de nuvens brancas e fofas, embora algumas mais escuras espreitem ao longe, indicando uma tempestade iminente. Vou ter que ficar de olho nisso. Um vento leve sopra, girando ao nosso redor, fazendo seu rabo de cavalo chicotear na minha frente e oferecendo um breve refresco da nossa subida íngreme.

— Caramba, é lindo — ela diz, com as mãos na cintura enquanto olha pela colina. — Não acredito que subi tudo isso.

Estou fascinado com a sua reação enquanto ela observa o cenário à frente. Há algo a ser dito sobre captar a reação de alguém ao experimentar pela primeira vez a minha terra natal.

Admiração.

Completa admiração.

Dou uma olhada no lago e no vale, e fico grato por este momento. Treinei para escalar esta colina e ser grato em vez de ressentido. Posso não estar no caminho que planejei para mim mesmo, mas devo apreciar o ar que respiro, as batidas do meu coração e a chance de poder dar um passo de cada vez.

Quando Bonnie se vira, sua testa está franzida.

— Cadê todo mundo?

Olho para trás e me dou conta de que nossos amigos sumiram.

— Aposto que estão explorando. — Aponto na direção das ruínas do castelo, a cerca de trinta metros da trilha verdadeira. — Quer dar uma olhada lá?

— Quero.

Eu a levo até a fachada do castelo, onde a maior parte da pedra ainda está intacta. Três das quatro paredes estão parcialmente de pé, a pedra em ruínas agora está meio enterrada por baixo da grama e do solo ao redor da base. Qualquer madeira usada na porta ou na arquitetura já se foi há muito tempo, e no lugar há uma leve semelhança com um castelo com um arco na frente. O musgo sobe pelas laterais e um teto aberto para o céu.

— Um rei e uma rainha chegaram a morar aqui?

Dou uma risada e balanço a cabeça.

— Que nada, só um senhor e uma dama. Eles ocuparam o castelo, mas quando o Sul atacou Corsekelly, eles fugiram e nunca mais voltaram.

— Foi quando o antepassado de Fergus alertou a cidade?

— Foi. A cidade foi queimada até às cinzas, assim como o castelo. Os sulistas acharam que esta terra não valia a pena e foram embora. Até mesmo o senhor e a dama, e eles abandonaram o lugar quando viram as ruínas da cidade. Mas para as pessoas da cidade, este lugar é o lar, então elas voltaram e reconstruíram.

Passamos pela entrada em arco de pedra e por algumas pedras caídas cobertas de grama e musgo. Dakota e Isla foram para a direita, suas vozes ecoando de leve, enquanto Lachlan e Leith estão realizando sua típica rotina sempre quando chegamos aqui. Um pedregulho fica atrás das ruínas, com cerca de um metro e meio de largura e um e oitenta de altura. Eles ficam competindo para ver quem consegue escalar mais rápido. Já fizeram um vídeo inteiro sobre isso.

Idiotas do caralho.

As nuvens acima bloqueiam o sol e o vento fica mais forte. Bem como pensei: tem tempestade chegando. Dou uma olhada para trás e analiso a distância, tentando calcular quanto tempo ainda nos resta aqui. Um arrepio de medo sobe pela minha nuca com a visão daquelas nuvens escuras. Lembranças passam diante de mim.

Lembranças dolorosas.

Lembranças marcantes.

— Não dá para imaginar por que eles não quiseram voltar para cá. É lindo — Bonnie diz, me tirando do devaneio.

— Nem sempre as pessoas conseguem ver o valor daquilo que está bem na frente delas — respondo, e seus olhos se movem para os meus.

Um sorriso levíssimo puxa o canto de seus lábios.

— Você está querendo dizer que eu não te valorizo, Rowan?

— Que nada! — Balanço a cabeça.

— Hum, acho que está, sim. E, quer saber, tem sido legal não brigar com você.

— É, até que sim — provoco, e ela bate o ombro no meu, trazendo-me de volta para o presente.

— Pode admitir, eu não sou tão ruim assim.

— Nunca achei que você fosse ruim, só teimosa, e fala igual uma matraca.

— Nem todo mundo quer ficar se comunicando feito um homem das cavernas — ela rebate, indo até as ruínas. Levo um momento para admirá-la. Sua mão desliza pela pedra coberta de musgo, e um sorriso levanta o canto de seus lábios. Droga, ela é bonita demais, e aquele sorriso, quando é para mim, faz meu estômago embrulhar de nervosismo. Não consigo nem lembrar quando foi a última vez que me senti assim. Se já cheguei a sentir.

— Eu não desperdiço palavras, causa um impacto maior.

— Faz você parecer um babaca. — Apenas dou de ombros em resposta, e ela revira os olhos. — Me conta, quantas vezes você já veio aqui em cima?

— Mais do que posso contar. De vez em quando a gente vem, nós quatro, sem dizer uma única palavra, e ficamos aqui perdidos em pensamentos. — *Muitas vezes são pensamentos perigosos.*

— Dá para ver que é bem reconfortante. — Ela passa pelas pedras empilhadas do que imagino que já tenha sido o salão principal do castelo. Uma vez, ouvi que a pilha era da torre onde a dama costumava se esconder do senhor. Pelo visto, eles não eram bem o casal perdidamente apaixonado. Talvez seja por isso que não ficaram aqui. — Então você conhece os Murdach desde criancinha, suponho. — Assinto. — Já teve uma queda pela Isla?

Passo a mão na lateral do queixo.

— Já. A gente namorou por uns meses.

— Sério? — ela pergunta, com os olhos arregalados. — Você foi o último namorado dela?

Balanço a cabeça.

— Não, esse foi um infeliz que mora na cidade a trinta quilômetros ao norte. Depois de alguns meses de namoro, ela veio falar comigo, Leith e Lachlan, e anunciar que estava mais interessada em namorar a irmã do Mac do que ele.

Bonnie ri.

— Queria que Dakota tivesse se dado conta assim. Em vez disso, ela conheceu Isabella, a ex dela, por causa de um trabalho que eu tive. Isabella e eu trabalhamos juntas quando as nossas chefes colaboraram em uma linha de maquiagem. Ela era bem aberta quanto à sexualidade e flertava sem vergonha alguma com Dakota. Demorou um tempinho para Dakota sacar, mas ela estava começando a gostar dela. Isabella não foi só a primeira, mas também a garota que fez Dakota se dar conta da sexualidade dela. — Bonnie pega uma pedra do chão e a joga no ar. — Se algum dia eu encontrar Isabella na rua, ela vai ouvir poucas e boas. Ela ficou de joguinhos, manipulava a Dakota e ferrou com ela.

Sem saber bem o que dizer, fico calado.

Bonnie continua falando, e eu não fico surpreso, ela parece ser o tipo de pessoa que quando começa falar, não para mais.

— Eu já tive muitos namorados, mas nenhum deles ferrou com a minha mente assim. Na maioria das vezes, eram só uns idiotas. Imaturos, não estavam preparados para um relacionamento. Mas eu também nem sabia se eu estava. — Ela suspira. — Você não vai querer ouvir sobre isso. — Ela dá um tapinha na barriga e observa as ruínas. Parece que ela está fazendo de tudo para evitar contato visual comigo. — Cadê a comida? Esta garota aqui está com fome.

Estou prestes a chamar Isla quando a vejo passar pelo arco, com Dakota ao seu lado.

— Será que eu ouvi que alguém está com fome? — ela pergunta.

— Morrendo de fome — Bonnie diz.

Isla abaixa a mochila e a abre. Ela e Dakota desdobram o cobertor e todos nos sentamos assim que Leith e Lachlan se juntam a nós. Isla distribui alguns sanduíches de presunto, e Leith nos entrega as bebidas. Juntos, fazemos um banquete, e pelo silêncio amigável que se instala sobre nós, dá para ver que a trilha abriu o apetite de todo mundo.

— Dakota me falou que você estava tentando fazer pãezinhos amanteigados — Isla finalmente diz, virando-se para Bonnie.

— Estava? — Leith pergunta, parecendo animado demais.

— É, eu queria fazer uma surpresinha para vocês, pessoal, mas falhei miseravelmente. Seis tentativas, e todas foram um fracasso total.

— Você devia pedir ajuda a Rowan — Lachlan sugere com um sorriso malicioso.

— Ouvi dizer que ele sabe fazer uns pãezinhos deliciosos — Bonnie diz.

— Você *falou* com ela? — Leith pergunta, o idiota do caralho.

— Ele falou bastante — Bonnie responde. — Uma matraca. A fumaça até saiu dos ouvidos dele de tanto ficar pensando. Foi um espetáculo fascinante, na verdade. — Ela sorri para mim, e, caramba... gostei da provocação.

— Já vi essa fumaça antes — Leith fala. — Mas só quando ele estava tentando resolver um simples problema matemático. É muito para o grandão aqui.

— Quanto é oito vezes seis? — pergunto a Leith antes de dar uma mordida no meu sanduíche.

Leith semicerra os olhos, seu sorriso bajulador se transformando em carranca.

— Arre, você sabe muito bem que nunca consegui decorar a tabuada. Isso é jogo baixo.

— É verdade — Lachlan se intromete. — Ele sempre misturou a tabuada do seis, sete e do oito.

— São muito parecidas.

— Assim como os outros números — digo, e o nosso pequeno círculo ri.

Me sinto mais leve com a risada coletiva. Não me dei conta do quanto eu precisava dessa trégua, dessa camaradagem, até agora. As coisas têm sido pesadas com os meus pais. Me senti com raiva, frustrado... droga, até envergonhado, já que eu nem sabia que eles estavam de partida. E estar aqui com amigos — antigos e novos — acalma a dor no meu peito. Enche meus pulmões com ar fresco. Dou uma olhada em Bonnie, e nosso olhar se encontra por um breve segundo antes de ela desviar e dar uma mordida no sanduíche. Vou admitir que só essa olhadinha já fez muito por mim. Já parece que algo mudou entre a gente nesses últimos dez minutos: a raiva parece ter se dissipado, e um vínculo está se formando. Um vínculo que pode acabar em algo mais. Meu estômago embrulha. Não sei, não. Posso estar errado.

— Desça daí. A tempestade está chegando! — grito. Minha paciência já está por um fio quando olho para Bonnie, parada no topo de uma parede externa com vista para o vale. Algumas pedrinhas já desmoronaram sob seus pés.

— De onde você tirou que pode ficar me dando ordem? — Bonnie grita para mim.

— Eu não vou te carregar até lá embaixo. Daí que eu tirei.

— Quem disse que você vai ter que me carregar?

Mulher irritante do caralho.

O estrondo de um trovão ressoa pelas colinas, deixando meus batimentos cardíacos frenéticos.

Porra...

O pânico começa a me dominar.

O resto do grupo decidiu descer a montanha meia hora antes. Ficamos por mais tempo porque Bonnie queria explorar um pouco mais. Ela passou os últimos quinze minutos tentando distinguir onde ficavam os quartos, a cozinha, as salas. Passei esse tempo indo atrás dela, enquanto ela ficava escalando as paredes. Sabendo quão forte as tempestades podem ser aqui em cima, eu me voluntariei para ficar para trás com ela. Mesmo que Leith, Lachlan e Isla tenham pensado que aí havia segundas intenções, cada um deles disse que poderia ficar com ela enquanto eu voltava primeiro.

Eu estava enganado.

Terrivelmente enganado.

Parada no topo das ruínas, de braços abertos, olhando para a cidade lá embaixo, ela está falando com a Mãe Natureza, pedindo perdão pela vez que jogou fora uma embalagem de sorvete, errou a lata de lixo e ficou só olhando a embalagem cair em vez de pegá-la.

Lixo, basicamente.

Ela está se desculpando por conta do lixo, enquanto o pânico aperta meu corpo, cada vez mais forte, a cada estrondo de trovão ao longe.

O vento açoita violentamente as árvores, a tempestade está chegando mais rápido do que eu esperava, e eu a vejo ser empurrada para trás, oscilando na borda de pedra desgastada pelo tempo.

— Meu Deus, desça daí! — grito enquanto minhas palmas começam a suar, prontas para pegá-la.

— Caramba, tá bom, já vou. — Ela desce das ruínas e pousa com perfeição antes de se virar para mim com um sorriso no rosto. — Viu só? Estou bem. Não precisa...

CRACK. BOOM.

O trovão irrompe acima e quase sacode meu âmago. Uma pancada de chuva se desprende das nuvens e desce sobre nós. Enquanto a água cai, eu a encaro, com raiva e irritado, com a paciência por um fio.

— Hum... quem diria que estava para cair uma tempestade?

— Eu — retruco. — Eu sabia, só que você não me ouviu. Acha mesmo que se desculpar por causa de um lixinho de anos atrás foi tão necessário assim?

Ela enxuga a chuva do rosto.

— Está na cara que a Mãe Natureza não aceitou o meu pedido. Ou ela está me fazendo pagar minha penitência. — Ela joga os braços no ar e inclina a cabeça para trás. — Eu aceito sua punição de braços abertos.

O trovão ressoa ao nosso redor, e eu pego o braço dela, puxando-a mais para dentro das ruínas em uma pequena alcova onde ficaremos protegidos. Eu a seguro com força, na esperança de evitar ser atingido por um raio.

— O que você está fazendo? — ela pergunta, com o queixo pressionado no meu peito.

— Me certificando de que você não seja eletrocutada.

— Olha só quem está exagerando sobre...

CRACK. BOOM.

Um forte clarão de luz atinge uma pilha de pedras a poucos metros de distância. Bonnie dá um pulo, enterrando a cabeça no meu peito e envolvendo meu corpo com os braços.

— Tá bom, tá bom, confesso que te ignorar foi uma péssima ideia. Eu deveria ter descido quando você me falou. Droga, eu deveria ter voltado com os outros.

Pisco algumas vezes, chocado por ela ter cedido tão rápido. Estava esperando um pouco mais de resistência.

— Dá para você escrever isso, por favor?

— Não.

Ela se aconchega mais, e a sinto tremer em meus braços. Tomara que não consiga sentir o meu próprio tremor.

— Você está com frio?

— Tremendo — ela diz. — Meu corpo treme quando fico assustada ou com medo.

— Você está com medo? — pergunto, com um pouco de pena dela. É isso aí, ponha toda a sua energia nela, não em você mesmo.

Foque. Nela.

— E você, não? — Ela olha para mim, e, meu Deus, como ela é bonita. Gotículas de água estão presas em seus longos cílios, e a chuva escorre pelos seus lábios perfeitamente carnudos, na certa capazes de coisas safadas.

Mas aí registro suas palavras.

E você, não*?*

Aterrorizado pra caralho.

Foi numa tempestade como esta. Anos atrás. Veio do nada e mudou tudo.

Mas ela não precisa saber disso.

— Que nada. — Balanço a cabeça. — A tempestade vai passar. — E eu preciso ficar me lembrando disso. *Vai passar.*

— Vai ser mais difícil descer a colina?

— Vai. Muito mais difícil — digo entre os dentes cerrados.

— Então, você está oferecendo carona?

Ergo uma sobrancelha.

— Não.

— Aff, que tipo de cara corpulento e robusto você é?

— Não sou do tipo que carrega turistas idiotas e teimosas lá para baixo.

— E se eu tiver me machucado?

— Você não se machucou, mas, se acontecer, vou te arrastar lá para baixo, o barro vai estar escorregadio o bastante.

Ela bufa junto a mim e descansa a bochecha no meu peito.

— Você é irritante.

— Acostume-se.

Ela suspira e então me abraça um pouco mais forte, seus braços ainda trêmulos, seu corpo ainda tremendo. Eu a aperto um pouco mais forte, e mesmo que seja tecnicamente culpa dela que ainda estejamos aqui, esfrego suas costas, tentando acalmar os tremores dela.

Mantenha as mãos ocupadas. Mantenha a mente focada.

Ela olha para mim e me lança um sorriso rápido e suave antes de descansar mais uma vez o rosto no meu peito e me apertar com ainda mais força.

Quero acreditar que estamos assim para evitar a chuva e os raios. Quero acreditar que esta posição é só por sobrevivência.

Mas a cada carícia que faço em suas costas, sinto que ela está derretendo mais nos meus braços. E a coisa mais assustadora disso tudo é que estou gostando.

Estou gostando pra caralho disso.

E ela está me ajudando a esquecer...

O sol brilha por entre as folhas molhadas acima enquanto seguimos até o final da trilha.

— Cuidado — aviso quando ela escorrega na ladeira, uma mancha lamacenta na beira da colina. Pego depressa sua mão e a equilibro nos últimos metros.

— Obrigada — ela diz enquanto saímos da trilha e entramos no estacionamento de cascalho, que fica nas margens da cidade.

Nós dois estamos encharcados. Da cabeça aos pés. A lama espirra dos nossos sapatos por conta das incontáveis quedas pelo caminho, e nosso cabelo está escorrido. O de Bonnie fica caindo nos olhos. Cada vez que ela o afasta, uma nova mancha de lama decora seu rosto, como se ela estivesse usando camuflagem. Graças aos galhos baixos, nossas roupas estão cheias de gravetos e folhas. Em suma, somos uma visão e tanto, e a volta me deixou exausto. Mental e fisicamente.

Ficamos abrigados nas ruínas por uns bons vinte minutos, com os braços entrelaçando um ao outro, até que senti que era seguro voltar. Bem, seguro o suficiente. A chuva continuou pela metade do caminho, embora tenha finalmente diminuído à medida que nos aproximamos mais e mais da cidade. Mas o dano já está feito.

Estamos parecendo com algo que poderia ter saído do lago Duich no meio da noite para se banquetear de crianças.

— Até que foi divertido. — Ela ri, nervosa.

Não respondo. Apenas me viro e começo a andar na direção da cidade, irritado e completamente derrotado. Carregar preocupação nos ombros enquanto você está fazendo uma trilha perigosa é cansativo. Fiquei preocupado de que ela pudesse se machucar, com a chance da chegada de outra tempestade — ou, sei lá, que eu caísse feio e ela tivesse que fazer o caminho de volta sem a minha ajuda.

— Então agora você não vai falar comigo? — Ela vem atrás de mim.

É isso aí.

Continuo andando... bem, está mais para uma perseguição, meus passos ecoam na rua pavimentada e na cidade silenciosa de domingo. Todo mundo está aconchegado em casa, além do esquisitão passeando por ali.

— Depois de tudo que a gente passou hoje, é isso? Voltamos para a cidade e agora você vai simplesmente ir embora?

Me viro para ela.

— Você está segura e sabe como voltar para o chalé. Já fiz o meu trabalho.

— O seu trabalho? Como assim? Isso aqui é algum romance histórico em que o herói salva a donzela em perigo e vai embora? Eu poderia ter voltado sozinha.

Passo a mão pelo cabelo molhado.

— Você é impossível.

— Obrigada. — Ela sorri, e, meu Deus, me faz querer empurrá-la para a parede do Mercado do Moinho e dominar essa boca atrevida.

— Você não vê que poderia ter se machucado feio lá em cima?

— Olha só, Rowan se preocupa comigo. — Sua voz é provocativa, mas isso só me tira do sério. Ela não faz ideia do tipo de encrenca em que poderíamos ter nos metido.

Que porra de montanha-russa emocional o dia de hoje tem sido. Num minuto, eu tolero a companhia dela; no outro, sinto vontade de conversar, e agora quero arrancar uma árvore com as mãos e jogar no topo da montanha porque ela me tira a porra do sério.

— Não é brincadeira, Bonnie.

Seu sorriso vai aos poucos desaparecendo, e ela inclina a cabeça para o lado e me analisa.

— Você ficou mesmo preocupado.

— Fiquei. — Rosno de frustração. — A gente teve sorte por algo mais sério não ter acontecido. Se você tivesse me escutado, não estaríamos cobertos de lama e encharcados até os ossos.

— Mas estamos bem.

— A gente poderia ter se machucado.

— Poderia, mas não nos machucamos. — Ela pressiona a mão no meu ombro. — Não precisa ficar chateado.

— É, é fácil para você falar, não era você a responsável por outra vida.

— Você não precisa ser responsável por mim, Rowan. Eu sei me cuidar.

— Tá bom, então vá se cuidar — digo, passando por ela e indo na direção do meu chalé.

Meu Deus do céu.

O que raios aconteceu hoje? Era para eu ter ido fazer uma trilha tranquila com os amigos, só que passei a maior parte do tempo discutindo com a loira espertalhona, ficando preso durante uma pancada de chuva e então deixando essa loira espertalhona me tirar do sério.

Horas mais tarde, depois de um longo banho e uma boa porção de ensopado de carne, me recosto na cadeira e olho para o teto, com os olhos fixos nas vigas arqueadas de madeira. Bonnie pesa na minha mente.

Ela me tira do sério.

Ela me faz querer gritar, atirar coisas e então beijá-la ao mesmo tempo.

Balanço a cabeça. Sem chance de eu estar começando a gostar dela. De jeito nenhum.

Sim, ela é atraente, mas gostar... não.

Preciso voltar ao meu plano inicial: ficar o mais longe possível dela. Desde que chegou aqui, minha vida nunca pareceu tão caótica, e a última coisa de que preciso é perder o controle sempre que ela estiver por perto.

Distância. Preciso de uma boa distância dela e tudo vai ficar bem.

Capítulo 9

BONNIE

Consumo de bolo hoje: *três fatias de bolo Dundee.*

Dias desde o último orgasmo induzido por um homem: *oitenta e um.*

Tédio: *imenso, não dá nem para mensurar.*

Tempestades desde que cheguei na Escócia: *catorze. Não é de se admirar que tudo aqui é verde.*

Servir café para humanos invisíveis chega a ser quase uma loucura. Pelo menos Fergus tem aparecido sem aviso prévio. Da última vez, ele gritou tão alto que fiz xixi na calça. Um bode fez isso comigo. Mas aí eu o acariciei, e acho que estamos construindo um vínculo. Esta é a minha vida agora.

— Café? É, você mesmo... sei que você quer café. — Aceno uma xícara no ar. — É gostoso, o verdadeiro sabor da Escócia. Já provou um kilt? A gente espreme eles direto na bebida. Usamos até os kilts como coadores. Oferece a verdadeira essência dos ancestrais desta terra. — O turista que estou abordando põe a mão no rosto e passa direto.

Caramba, que falta de educação.

— Um simples "não, obrigado" teria sido o suficiente! — grito antes de voltar para dentro do café.

— Por que você está dizendo que tudo tem cheiro e gosto de kilt?

— Dakota pergunta. Ela está parada atrás do balcão, debruçada sobre o computador e a mesa digitalizadora. — Você sabe que a Escócia tem muito mais a oferecer do que kilt.

Dou cutucadas no queixo e me recosto na parede.

— Acho que eu devia dizer que mexemos cada xícara de café com gaitas de foles.

— Você está enlouquecendo.

— E estou mesmo, Dakota — digo, indo até o balcão, onde me sento e balanço os pés. — O que a gente está fazendo aqui dia sim, dia não? Estamos perdendo tempo. — Gesticulo para seu computador, sobre o qual ela está debruçada desde que chegamos. — Pelo menos você está fazendo alguma coisa. — Olho para a tela. — Isso daí é uma lata de sopa com uma frase motivacional? — Aceno com a mão, dispensando o novo trabalho que ela recebeu de um influenciador emergente que é especializado em distribuir "sopa motivacional". Dakota estava me contando sobre isso na noite passada. Juro que o marketing está ficando cada vez mais brega. — Estou de saco cheio aqui. Só fico olhando para as paredes.

— Então vá fazer alguma coisa.

— Tá, e o que você acha que devo fazer? Tocar música e fazer sapateado para atrair mais clientes?

— Não — ela diz arrastado e então gesticula para o espaço. — Dê um jeito nas coisas.

— Como é?

Ela suspira e se levanta do computador.

— Se você quer mais clientes, descubra como atraí-los. Ficar abordando da porta e dizendo que nosso café tem gosto de kilt não vai ajudar. Você quer se ocupar, então aí está um projeto bem na sua frente. Aproveite.

— Você quer dizer... dar um jeito na cafeteria?

— Por que não? Falei para Finella deixar o cartão de crédito dela com a gente quando você estava cuidando daquele seu probleminha com o haggis, lembra? Ela falou para usar sempre que precisar para fazer o café brilhar.

— Me lembro vagamente disso. — Cutuco o queixo e olho para o lugar assim que as ideias começam a surgir na minha mente. — Você acha mesmo que é o que ela quer? Que a gente reavive este lugar?

— Acho. — Dakota dá de ombros e volta ao trabalho.

— Dakota. — Estendo a mão e fecho seu notebook. Sei que ela detesta isso, mas preciso de toda a sua atenção. — Você acha mesmo... que a Finella queria que a gente fizesse algo pela cafeteria? Tipo, será que ela contratou a gente para trazê-lo de volta à vida?

— Pode ser que sim. Ela até mencionou que criou o anúncio para trazer mais atenção para o café. Não estava esperando que isso traria duas americanas para Corsekelly, mas disse que os americanos sabem o que é um café, e pode ser que a gente consiga adicionar o nosso próprio toque aqui.

— E você só está me dizendo isso agora? Depois de uma semana de tédio absoluto? Qual é a sua?

— E por que você iria querer dar um jeito em uma coisa que a gente não sabe nem por onde começar? — Dakota pergunta, e seu raciocínio rápido é irritante demais para ser apreciado. — Não dá para consertar algo sem entender o que há de errado primeiro.

Ela tem razão quanto a isso... infelizmente.

E então outro ônibus turístico vai embora. Dou uma olhada no relógio do meu celular — eles ficaram aqui por meia hora. Meia hora em Corsekelly e ninguém veio ao café.

O único visitante foi Fergus, e, verdade seja dita, isso é bem triste. Mas até que tivemos uma conversa fascinante sobre cascos. Mesmo que se pareçam com pequenas vaginas, falei para ele não ficar acanhado — e se ele quisesse mesmo dar uma apimentada nas coisas, eu poderia pintá-los em um lindo padrão xadrez com esmalte. Ele disse que pensaria no caso. Mas cá entre nós, acho que ele não vai querer.

Mas Fergus como o nosso único visitante não vai servir.

— Você faz ideia de quantos clientes perdemos porque só oferecemos um simples café e achocolatado em pó? — pergunto. — Este lugar tem potencial para mais, muito mais. A gente poderia oferecer tantas outras bebidas, guloseimas, combos. Café e um pãozinho amanteigado. Podemos vender lembrancinhas da Pedra do Pênis. Não tem muitas por aqui. E o Fergus? Tipo, ele é um tesouro da cidade, e ninguém está vendendo nada que tenha o Fergus como tema. Pensa só em todo o dinheiro que podemos ganhar para Finella e Stuart. A gente pode impulsionar este café e dar uma nova vida para ele.

Pela primeira vez em não sei quanto tempo, a empolgação borbulha dentro de mim. Minha mente gira com todas as possibilidades, todo o potencial da cafeteria.

— Você pode fazer o design da nova placa. Criar um logo para o café. Criar camisetas e produtos. Os *cardápios*... ai, meu Deus, vai ser grande, Dakota. — Empurro seu ombro. — Isso não te deixa empolgada?

— Claro — ela diz, tão casual que me faz querer gritar.

— Como assim "claro"? Se nos dedicarmos, a gente pode aproveitar esses ônibus turísticos e criar algo especial aqui. E de acordo com todos os testes vocacionais que fiz, meu melhor atributo é a habilidade de organização. Essa é a minha praia.

Dakota sorri e volta a abrir o notebook.

— Dá para ver que você está mesmo criando algo especial.

— Sério? Você está falando sério?

— Claro. Vai fundo.

— É mesmo? — pergunto, quase saltitando.

— É, mas seja lá o que for fazer, vai ter que pedir permissão para Rowan primeiro.

Puff!

Viu só aquele respingo de esperança? Era toda a minha empolgação secando como uma vagem no deserto.

Foi encolhendo, encolhendo, virou pó, aí foi pega por uma rajada de vento e carregada para a terra onde os sonhos não se tornam realidade.

— Como assim, pedir permissão para Rowan?

— Você não prestou atenção em nada do que falei na primeira noite?

— Ah, foi mal. — Ergo as mãos. — Eu estava com *jet lag*, um escocês tentou falar comigo enquanto dava tapinhas na virilha, achei que eu fosse morrer numa rotatória dirigindo um MINI Cooper, comi intestino de ovelha, e logo eliminei esse intestino, e acabei sendo abordada por um escocês rabugento que achou que minhas habilidades de empunhar uma vassoura eram mais cômicas do que ameaçadoras. Foi mal por não me lembrar dos mínimos detalhes.

— Pode ser que seja por isso que você tenha sido demitida três vezes — Dakota diz com um sorriso enorme.

— Você é uma babaca. — Aponto o dedo para ela.

Nós duas rimos, e Dakota se volta para a tela.

— Mas, sério, Finella disse que qualquer coisa que a gente quiser fazer, basta falar com Rowan primeiro. — Ela dá de ombros. — Faz sentido. Ela não vai querer que duas desconhecidas cheguem aqui e destruam a integridade do café deles.

— Mas… eu não vi nem falei com ele desde que ele foi embora depois daquela trilha.

— Sobre isso… de acordo com Isla, parece que você tirou mesmo ele do sério, e essa não foi a história que você me contou.

Semicerro os olhos.

— Como assim, de acordo com Isla? Quando foi que você falou com ela?

— Ontem. — Um sorriso minúsculo puxa os cantos da boca de Dakota. — Eu estava fazendo um estoque do seu suprimento de bolo Dundee.

— Ah, não, não venha me usar como desculpa para ir até a confeitaria. Todo mundo sabe por que você foi lá. E você nem voltou para casa com o bolo Dundee. Voltou com biscoitos.

— E você comeu tudo. — Ela ergue uma sobrancelha.

— Comer enquanto se está com tédio é um problema real. — Cruzo os braços. — Mas não é essa a questão. Vocês conversaram sobre mim?

— Não. — Dakota suspira. — Isla perguntou como você estava depois de ter ficado presa lá na montanha com Rowan durante a tempestade. Desde que ele perdeu o irmão...

— Peraí, o quê? — pergunto, me endireitando. — Rowan tem um irmão?

— Tinha — Dakota diz, baixinho. — Isla não entrou em detalhes, e eu não quis insistir. Só sei que ele não gosta de tempestades. Ela queria ter certeza de que ele não foi duro demais com você. Da última vez que eles ficaram presos na montanha quando veio uma tempestade, parece que Rowan perdeu a cabeça. Demorou um tempinho para ele se acalmar.

— Ai, meu Deus. — Quase sussurro ao pensar na trilha, o quanto fui leviana ao desconsiderar os avisos e a insistência dele para voltar antes que a chuva ficasse forte demais. A tensão em suas costas sempre que eu escorregava, seu aperto forte enquanto caminhávamos pela lama. Seu comportamento depois que chegamos à cidade.

Raiva.

Aflição.

Alívio.

Caramba, acho que nunca me senti tão babaca.

— Eu não fazia ideia — sussurro.

— Parece que ele guarda tudo isso, o que explica por que é tão rabugento e reservado. Pelo que Isla insinuou, parece haver algumas coisas obscuras na família de Rowan. Então, é, mesmo que vocês não estejam se dando bem no momento, pode ser melhor dar um tempo para ele. Não vai chegando com tudo.

— Tarde demais. — Eu me encolho.

Implorar perdão para a Mãe Natureza por causa de um lixinho... pois é, fui com tudo em cima dele... enquanto ele estava entrando em pânico.

Que maravilha, hein, Bonnie. Perfeito.

— Oi, Shona — cumprimento, no Mercado do Moinho.

A loja pitoresca pode ser mais bem descrita como o que aconteceria se alguém atacasse a Target com uma arma de encolhimento e então redecorasse com o charme escocês. Suas cestas transbordam de frutas e legumes. Suas prateleiras de madeira estão perfeitamente abastecidas. E seus belos pisos de tábuas de madeira ondulam e rolam com a terra por baixo. Assim como a Target, o Mercado do Moinho tem quase tudo de que precisamos. Diferente da Target, tudo vem em pequenas quantidades.

— Oi, Dakota.

— Na verdade, eu sou a Bonnie. — Solto uma risadinha.

— Arre, perdão. — Ela balança a cabeça. — É culpa do cérebro de uma velha senhora.

— Sem problema.

— Posso ajudar?

Passo por uma vitrine de haggis e ervilhas e sinto meus ossos estremecem de dentro para fora. Sei que outros países não devem aceitar a ideia de colocar pasta de amendoim ou geleia em sanduíche, mas pelo menos isso não é uma lata de vísceras ceifadas de ovelha.

— Estou procurando um caderno e canetas coloridas.

— Claro, por aqui.

Ela sai de trás do balcão e me guia pelo pequeno corredor, passando por frutas e vegetais, pela seção de carne e laticínios e chegando a uma pequena seção cheia de produtos domésticos.

Potes, panelas, utensílios de cozinha, cartões comemorativos, papel de presente, brinquedos e materiais escolares.

— Aí está, *lass*. Temos alguns cadernos que podem ser do seu agrado. — Ela pega um da pequena pilha da estante. — Este aqui tem um bode, me faz lembrar do Fergus, aquele senhorzinho. Fica com esse, vai te trazer boa sorte.

— Está bem — aceito, dando uma olhada nos outros e me dando conta de que todos eles têm um bode. É algo para dividir com o Fergus. Tenho certeza de que ele vai gostar.

— E canetas coloridas… bem, só temos aquelas esferográficas. Um pacote com pretas, vermelhas e azuis. Posso fazer um pedido de outras cores, se você quiser.

Levo as canetas junto com o caderno.

— Essas estão ótimas, obrigada.

— Claro. Precisa de mais alguma coisa? Acabamos de receber uma nova remessa de Curly Wurlys, e são deliciosos, se você nunca experimentou antes.

— É um negócio que parece rabo de porco? — pergunto, a única coisa que me vem à mente com esse nome.

Ela dá uma risadinha e balança a cabeça.

— Que nada, é chocolate com caramelo. Todo mundo na cidade adora, então eu sempre compro. Melhor você levar alguns antes que aqueles rapazes Murdach os encontrem. E MacGregor também, ele é conhecido por comprar muitos de uma vez.

— Rowan gosta deles?

— Gosta. Não faço ideia de como esses rapazes conseguem manter o corpo depois de comer tantos Curly Wurlys. Venha cá. — Ela me puxa para a prateleira de doces e pega umas guloseimas longas e embrulhadas em papel branco e roxo e as coloca na minha mão. — Você não vai se arrepender.

— Tudo bem. — Olho para o doce. — Vou ter que começar a correr se continuar comendo da forma que tenho comido desde que cheguei aqui.

— Os biscoitos da Isla? — ela pergunta, enquanto voltamos para o balcão.

— E o bolo Dundee. Embora eu tenha comido uma dúzia de biscoitos amanteigados sem nem me dar conta, então acho que eles são mais perigosos do que o bolo. Pelo menos eu sei controlar.

— Não tem problema nisso, é só continuar fazendo exercícios. Faça a trilha da Vaca Peluda todas as manhãs. Já vai ser o suficiente.

— Trilha da Vaca Peluda? — pergunto. Que nome fofo.

Ela passa minhas compras e coloca tudo na minha conta. *Graças a Deus.* Ainda não saquei essa coisa de dinheiro estrangeiro.

— Ninguém te falou das vacas peludas? São o gado das Highlands. Ficam vagando pelas pastagens. Uns carinhas fofos, se quer saber. Tem um caminho de três quilômetros que dá a volta pela área de alimentação deles. Uns anos atrás construímos um caminho de terra para ajudar com os turistas. Para criar mais atrações para os visitantes, além do Fergus e da Pedra do Bilau.

— Ah, essa é uma ótima ideia. As pessoas costumam fazer trilha lá?

Ela balança a cabeça.

— Só o pessoal daqui. A maioria não sabe disso.

— Ah, que pena. — Outro atrativo em potencial para os turistas que não está correspondendo ao verdadeiro potencial. Esta cidade é tão cheia de charme, mas tudo fica ofuscado por uma pedra do pênis.

— Mas é bem bonito, e uma bela caminhada pela manhã. O caminho começa logo depois da entrada da Pedra do Bilau, escondido nas colinas. Não dá para errar. É bem sinalizado também.

— Obrigada. Vou caminhar amanhã de manhã.

— Aproveite. — Ela me entrega a sacola de papel com meus itens e me dá um breve aceno.

Vim aqui por causa de um caderno e algumas canetas. Mas estou saindo com uma ferramenta de suborno — os Curly Wurlys — e uma nova forma de queimar todas as calorias. Foi mesmo uma ida de sucesso ao Mercado do Moinho.

— Tem certeza de que não quer que eu vá com você? — Dakota pergunta, enquanto corre no lugar bem à minha frente.

Sim, Dakota tem corrido desde que chegamos aqui. Ela encontrou uma trilha desafiadora da qual gostou bastante e tem monitorado seus tempos para observar suas melhorias. Além de sua mente brilhantemente criativa, ela também é muito boa em matemática. Adora dados e resolver problemas. Então esse comportamento não é nem uma surpresa para mim. Também não fico surpresa que o pior tempo dela até agora tenha sido no dia em que dividimos metade de um bolo Dundee.

Também fiquei meio lerda naquele dia, mas não me arrependo.

— Absoluta. Vai lá treinar para as Olimpíadas, enquanto eu dou um passeio tranquilo com as vacas.

— Tudo bem, divirta-se. Você lembra onde é a trilha, né?

— Lembro.

— E está com seu barômetro de cocô de vaca pronto?

— Sim. — Assinto. — Vou sair farejando para ver se é uma boa pista de corrida para você.

— Você é a melhor. Te encontro lá no chalé. — Ela se afasta, e eu a vejo ajustar o cronômetro do relógio antes de começar a correr.

Vou até a entrada e fico maravilhada com o arco que marca o início da trilha. Me faz lembrar do que há no final de uma passagem no Texas, recebendo-nos em um rancho. Logo adiante estão as colinas verdejantes salpicadas de urze e rochas de ardósia cinzenta. Atrás das colinas estão montanhas ainda mais altas, irregulares e pontiagudas, e eu ouvi de um morador outro dia que costuma ter neve nas calotas durante o inverno. Infelizmente, não há neve hoje, mas ainda assim é de tirar o fôlego.

Já estou empolgada com a possibilidade de esta ser a minha rotina da manhã. Com água em mãos, tênis amarrados com firmeza, passo pelo arco e sigo pela trilha. A terra é esmagada sob meus pés enquanto os pássaros madrugadores cantam ao longe.

Sim, posso muito bem me acostumar com isso.

A vegetação, o riacho cristalino que corre pela trilha até o lago, o murmurar suave da água corrente, e, olha só, uma vaca peluda.

Não é *fofo*?

Imagine uma vaca com um penteado dos anos 1970. Longas mechas castanhas caem sobre a cara dela e chifres enormes saem das laterais da cabeça. Que fofo. Eu poderia ficar olhando para ela o dia...

BAM.

Minha bochecha se conecta com o que parece ser uma parede de pedra, e eu caio de bunda com um baque.

O que raios foi isso?

— Ai, droga. — Uma voz profunda e acentuada percorre todo o meu corpo.

Piscando e tentando me localizar, aos poucos analiso a parede à minha frente. Só que não é uma parede. Pernas tonificadas e bronzeadas, short de corrida... volume... intenso e musculoso, seguido por um abdômen definido, peitorais enormes... ai, meu doce Jesus, esses mamilos. Tão proporcionais e lindos. Meus olhos ficam vagando, seguindo o caminho de tinta escura e retorcida que vai do seu peitoral, percorre seu ombro e desce pelo braço.

E então seu rosto fica à vista quando ele se agacha. Cabelo escuro, lábios úmidos, olhos verde-musgo.

— O que raios você está fazendo? — Rowan pergunta, me puxando para me levantar.

Pisco mais um pouco, com o rosto de frente para seu peito belamente esculpido.

Ai, nossa, como eles são bem-dotados aqui na Escócia.

— Oi? Está tudo bem aí?

— Você está sem camisa.

Ele olha para o peito suado e reluzente.

— É. E você está de camisa.

Olho para o meu peito e assinto.

— É.

Um sorriso minúsculo aparece em seus lábios antes de desaparecer.

— Que bom que estabelecemos quem está usando camisa e quem não está.

— É uma grande conquista logo pela manhã — digo num sotaque escocês horrível. Pode ser que a batida tenha afetado alguma coisa no meu cérebro.

— Tá bom... — Ele franze a testa. — Se você não está com nenhuma concussão, vou continuar meu caminho.

— Acho que não estou com nenhuma concussão. Só que não sei como é ter uma concussão.

— Você está tonta?

Até que me sinto um pouquinho tonta, mas não sei se é por ter sido derrubada ou pela combinação da minha falta de orgasmos induzidos por homens e ter que ver Rowan sem camisa.

— Talvez?

Ele franze a testa.

— Você está sentindo como se fosse vomitar?

Ainda não tomei café da manhã, então pode ser por isso que estou me sentindo um pouco tonta.

— Talvez?

— Meu Deus. — Ele passa a mão no rosto e exala com força. Me pegando pelo braço, ele me vira e começa a fazer o caminho de volta para a cidade.

— Ei, o que você pensa que está fazendo?

— Te levando de volta para o chalé.

— Mas eu estava planejando ver mais vacas peludas.

— Não se estiver se sentindo tonta e enjoada — ele resmunga. — A gente nem deu um encontrão tão forte assim.

— Disse o cara que é feito de pedra. — Bato na mão dele. — E eu adoraria que você não saísse me carregando assim. Eu sou uma senhorita, afinal.

— Estou te segurando para você não cair de novo.

Bato nele uma segunda vez, mas ele não se mexe. Caramba, como ele é forte.

— Sou mais do que capaz de andar... — Tropeço na raiz de uma árvore e quase caio para frente, mas o sr. Músculos me puxa para trás.

Músculos McRabugêncio.

— O que você estava dizendo mesmo? — ele pergunta, seco.

— Aquilo ali foi uma coincidência infeliz.

Ele me leva em silêncio por todo o caminho de volta ao chalé, seu aperto firme, inabalável.

— Bom dia, Rowan — um homem chama, inclinando sua boina para nós.

— Bom dia, Alasdair — Rowan responde, e sua voz soa animada, tão diferente da que ele usa comigo.

— Bom dia — grito, acenando de um jeito desagradável.

Alasdair ri.

— Bom dia, *lass*. Boa sorte com essa fera, ele parece a caminho da guerra.

— Ah, sabe como é, só um homem das cavernas tentando controlar cada aspecto da minha vida — grito em resposta, enquanto Rowan nos leva para longe. Nunca falei com aquele homem na vida, mas gostei do seu sorriso alegre. Advinha? Rowan não gostou da minha conversinha com Alasdair. Ele deixou isso claro ao me apertar com mais força. Que homem impossível. — Quer saber — digo enquanto ele me carrega pela rua de cascalho até o chalé —, acho que posso continuar daqui.

Nada.

Nem uma única palavra.

Quando chegamos ao chalé, ele passa pela porta e vai até o sofá. Enquanto eu me sento, ele vai até a cozinha e vasculha uma gaveta, tirando uma lanterna de lá. Ao retornar, se agacha na minha frente e acende a lanterna bem nos meus olhos.

— O que você está fazendo?

— Me certificando de que as suas pupilas não estejam dilatadas. Esse é um sinal de concussão.

— E estão?

— Não. — Ele desliga a lanterna e volta para a cozinha, onde a coloca de novo na gaveta e enche um copo d'água. Retorna e me entrega o copo. Pondo as mãos na cintura, ele me encara.

— Posso ajudar? — pergunto.

Sua mandíbula se contrai com força e seu peito estufa.

— Beba a água.

— Por quê? Você enfeitiçou a água com poderes de cura?

— Meu Deus... porra. — Ele passa as duas mãos pelo cabelo. — Tá bom, faça o que quiser. — Ele se vira e sai apressado pela porta.

— Espera. Acho... você pode pegar um balde? Acho que vou vomitar.

Com a velocidade da luz, ele pega a lata de lixo da cozinha e a traz para mim antes de se sentar no braço do sofá e pôr a mão nas minhas costas. Inclino o rosto sobre a lata de lixo por um total de cinco segundos. Então viro a cabeça na direção dele e sorrio.

— Brincadeira.

Eeee, aiii, caramba, se eu estava achando que aquela tempestade do outro dia foi ruim, a que está se formando bem na minha frente pode ser ainda pior. Sim, pode ser que eu tenha que pegar leve com ele depois do que descobri sobre seu irmão, mas tem uma coisa na mandíbula cerrada dele que me faz querer tirá-lo do sério.

Antes de ele explodir, ponho a mão na sua coxa.

— Calma, rabugento. Eu estou bem.

Ele arranca a lata de lixo das minhas mãos e a joga de volta na cozinha.

— Bom saber. — Com isso, ele corre até a porta, então a escancara e sai.

É. Tem alguém aí que não gosta de brincadeiras pela manhã.

Me sentindo culpada e lembrando por que tenho que ser legal com esse cara, vou atrás dele. Quando passo pela porta do chalé, eu o vejo, com as duas mãos na nuca e as costas tensas de raiva.

Estou prestes a dizer alguma coisa quando ele se vira. Seus olhos se arregalam em surpresa ao encontrarem os meus, mas a surpresa tem vida curta, e ele fecha a distância entre nós.

Com o corpo vibrando de fúria, ele fica bem na minha cara.

— Não fique fazendo piadinha sobre estar machucada. Beleza?

— Você não pode estar falando sério, Rowan. Eu só caí, e você está agindo como se eu tivesse rachado a cabeça.

Seus olhos escurecem, e sua mandíbula fica tão apertada que receio que vá quebrar um dente. Seus olhos procuram os meus, e tenho a sensação de que ele quer dizer alguma coisa. Mas ele não abre a boca, apenas fica olhando para mim. Fico imaginando o que está escondendo.

Será que isso tem a ver com o irmão dele? Essa necessidade inata de proteção constante, de se certificar de que todo mundo esteja bem? Repenso o que Dakota disse sobre Rowan e as tempestades, a forma como ele ficou tenso sempre que eu escorregava. Será que...?

Faço um balanço da situação: sua respiração está pesada, seus punhos estão cerrados ao lado. Tanta raiva. Tanta dor. Está tudo ali dentro, pronto para ser libertado, e se eu não neutralizar a situação, vai explodir em cima de mim.

E então... preparem-se, garotas...

Seus olhos vão para os meus lábios.

Pois é. Eles vão direto para os meus lábios, o que significa que temos autorização para a única coisa que sei que pode neutralizar a situação com um homem com tanta raiva.

Pode não ser algo inteligente.

Pode ser um pouco perigoso.

Mas é garantido que vai funcionar...

Em um movimento rápido, agarro seu rosto, o puxo para baixo e junto nossos lábios.

Bem assim.

Beijar a fera bem na frente do chalé.

E, caramba, ai, caramba, é a coisa mais desconfortável que já fiz na vida.

O friozinho na barriga não vem.

Não há nem um sinal de coração acelerado.

Nem de um harpista ao longe tocando música romântica de fundo.

As únicas coisas presentes durante este momento torturante são seus lábios rígidos e braços agitados, como se seus lábios tivessem ficado presos numa armadilha para ursos e ele não sabe bem como se libertar.

Tão dramático assim, Rowan?

Decidindo pôr fim na sua aparente miséria, eu o solto, e ele logo se afasta, impondo alguma distância entre nós. Ele passa as costas da mão nos lábios enquanto me encara... chocado.

Ponho as mãos na cintura.

— Você acabou mesmo de limpar a boca depois do beijo? — Não consigo evitar ficar um pouquinho ofendida.

— O que foi isso?

— Eu te fiz uma pergunta. — Me endireito.

— E o que você achou? — ele questiona, dando mais uma enxugada nos lábios enquanto me encara, sério.

Que canalha.

— Para o seu governo, eu sou boa de beijo. — Ele não diz nada. — E você olhou para os meus lábios. Eu vi. Esse é o sinal universal para "invasores, sejam bem-vindos". E se você não tivesse se aproximado de mim com essa boca de peixe, eu teria demonstrado melhor, mas não dá para uma pessoa só fazer tudo quando os seus lábios estão franzidos feito um cu.

— Porra, não venha me beijar — ele diz, dando outro passo para trás.

— Eu não estou doente.

— Não me beije — ele repete.

— Por quê? Você tem namorada? Esposa?

— Não. — Outro passo para trás, seus olhos ainda em mim.

— Você não me acha bonita?

— Não importa.

— Claro que importa — pressiono. — Agora que você abriu a caixa que não deveria ter aberto. Por que não quer me beijar? Eu escovei os dentes.

— Porque eu não quero. Não precisa ter outra razão além dessa.

— Bem, que grosseria.

Ele bufa.

— É grosseria beijar uma pessoa que não quer ser beijada.

— Ai, meu Deus, não é como se eu tivesse lambido a lateral do seu rosto e enfiado a ponta da minha língua no seu nariz. Eu só te beijei. Vê se cresce.

— Vê se cresce você — ele retruca.

— Aff. — Aponto para ele. — Vê se cresce você.

— É você quem sai por aí beijando pessoas aleatórias. Vê se cresce você.

— Pode ser que vocês dois precisem crescer — Dakota diz, vindo correndo pela rua.

Rowan revira os olhos em resposta e vai embora correndo. Espera, não. Ele não pode sair correndo… ainda temos que discutir. Ir atrás desse homem não vai cair bem para mim, mas…

— Ei! — grito para ele. — Preciso falar com você. — Nenhuma resposta. — Você não pode sair correndo de mim, eu vou te encontrar! — berro. E ele se vai… desaparecendo para além das árvores. — Droga — murmuro.

Volto para dentro do chalé, onde Dakota está se alongando.

— O que foi aquilo?

— Eu beijei ele.

— O quê? — ela pergunta, com a voz chocada, enquanto vou direto para o chuveiro.

— Não esquenta, ele me beijou de volta com a boca de peixe dele. Acho que eu teria encontrado uma conexão amorosa mais forte se tivesse sido com Fergus.

— Por que você beijou ele?

— Leia nas entrelinhas, Dakota — digo, batendo a porta do banheiro.

Ai, por que fui beijá-lo?

Fico batucando a folha em branco do caderno com a caneta, com o queixo apoiado na mão enquanto me debruço sobre o balcão da cafeteria. Dakota foi buscar o almoço para a gente no Almirante, eles servem um sanduíche de bife escocês lá que é *beija os dedos* divino.

Enquanto Dakota tem trabalhado com suas imagens de lata de sopa — a atual tem uma galinha dançando no topo e agitando uma bandeira; eu nem pergunto, só sorrio e digo que está legal —, estive tentando arranjar ideias para o café. Mas acabo falhando, porque só consigo pensar na manhã de hoje.

Verdade seja dita, estou hospedando um monte de emoções no momento e pronta para expulsar algumas delas.

Raiva, porque ele é irritante. Essa daí é capaz de ficar... não vai a lugar nenhum tão cedo.

Vergonha, porque eu o beijei, na esperança de que isso fosse acalmá-lo — mas ele agiu como se eu fosse uma vaca peluda lambendo seus lábios. Bem nojento. Pois é. É capaz de a humilhação também ficar por aqui por um tempo.

E aí eu tenho estes... como posso dizer... meio que sentimentos de adoração. Adoro o peitoral musculoso dele, seus olhos verdes furiosos, sua voz irritadiça e o bate-boca que temos. Acho que gosto até demais. Então... parece que esses sentimentos também vão ficar.

Que coisa.

Estou me levantando e pressionando a mão nos olhos assim que Dakota entra na cafeteria com uma sacola cheia de delícias.

Tudo bem, se há uma coisa que pode me distrair, essa coisa é comida.

Ainda mais aquele sanduíche de bife.

— As tatties estão quentinhas? — pergunto, batendo as mãos ao ir até Dakota em uma das mesas.

— Frescas e ainda fumegando.

— Meu Deus, estou com água na boca.

— Que atraente — Dakota diz, rindo. — Encontrei com Rowan, aliás.

— É mesmo? — pergunto sem jeito, abrindo uma das embalagens e deixando o cheiro delicioso de cebola e alho me encher de alegria.

— É, ele me pediu para te falar que quando ele chegou em casa, lavou o rosto com água sanitária.

Meus olhos se voltam para os dela.

— Não é possível.

Dakota ri e se senta, com um sanduíche de salmão à sua frente.

— Foi o que ele disse, só estou passando a mensagem.

Que babaca.

Como se eu fosse me sentir mal por isso.

Ah, não... é melhor ele tomar cuidado, porque eu posso acabar dando um beijo nele de novo. Só que, dessa vez, vou usar a língua.

— A Pedra do Pênis correspondeu às suas expectativas?

— Pedra do *Bilau* — diz Meredith, uma turista com uma camisa verde-clara em que está escrito FAZENDO DA ESCÓCIA A MINHA PRAIA.

— Ah, é, foi mal. "Pênis" é uma gíria por aqui, sabe. — Não é nem um pouco verdade, mas tanto faz. Ela é dos Estados Unidos, nem sabe de nada. — Então, a Pedra do Bilau correspondeu às suas expectativas?

Estamos paradas na entrada da caverna da Pedra do Bilau, com um monte de turistas entrando e saindo, completamente satisfeitos ou amplamente decepcionados com a visão diante deles. Passei a manhã toda puxando os turistas para um canto antes de eles voltarem para os ônibus para realizar uma pequena pesquisa que montei.

— É linda. Senti uma energia meio *Coroas de Ferro* lá dentro, de verdade, e juro que pude ouvir os gritos de Sir Armaden quando o pênis dele foi cortado.

Tuuudo bem, não aconteceu de verdade, moça, mas tanto faz. Ela está fazendo da Escócia a praia dela, então não vou acabar com a sua felicidade.

— Fascinante. — Finjo escrever alguma coisa. — Você tirou uma foto na frente da pedra?

— Ah, sim. Vim aqui com um grupo de amigas e a gente fingiu cortar o peito uma da outra.

Que... divertido.

— Vocês são demais — digo, empurrando seu braço de brincadeira. — Queria ter visto isso.

— A gente pode fazer de novo e te acrescentar na foto do grupo.

— Ah, não, não precisa. Você não vai querer uma desconhecida nessas lembranças, de qualquer forma. — Pigarreio e continuo: — Você teve a chance de andar pela cidade? Corsekelly é bem adorável.

— Tivemos. A gente fez carinho no Fergus e tiramos algumas fotos com ele.

— Ele gritou para vocês?

— Não, ele faz isso?

— Acho que só para os sortudos — respondo. Mesmo que eu e Fergus tenhamos começado um caso de amor, ele ainda grita e se anuncia. Não sei se algum dia vou me acostumar com isso. — Você foi em alguma das lojinhas?

— A gente parou no Mercado do Moinho para comprar uma camiseta de bilau e uns doces divertidos. Curly Wurly, nunca tínhamos ouvido falar disso.

— Ah, eles são bons — digo, sabendo muito bem que só me resta um. Comprei como uma maneira de chantagear Rowan, mas, de alguma forma, eles acabaram na minha barriga. Ainda estamos investigando como isso foi acontecer.

— Mal posso esperar para experimentar.

— E só? Nenhum outro lugar?

— Não, só isso.

— Aham, não foi no... café?

— Ah, bem, a gente até queria um café, seria ótimo para dar uma energizada, mas as avaliações na internet não eram tão boas. Então vamos esperar as próximas paradas.

— Na… internet? — gaguejo, tentando não estragar o disfarce.

— Isso, a empresa de ônibus tem um fórum onde os turistas podem fazer avaliações da rota e falar sobre todas as paradas *essenciais*. O Mercado do Moinho era uma delas. Assim como a Confeitariazinha Murdach. Minha amiga Kacee comprou tortas de haggis para a viagem. — Meredith aponta para o próprio peito. — Fazendo da Irlanda a nossa praia.

— Escócia.

— O quê?

— Escócia. — Gesticulo para sua camisa. — Você está fazendo da Escócia a sua praia.

— E o que eu falei?

— Irlanda.

— Ahh. — Ela ri. — Essa é a próxima.

O motorista do ônibus buzina, e ela olha para trás, para as amigas, que estão acenando para que Meredith se junte a elas.

— É melhor eu ir.

— Sim, não quero que você perca qualquer outra parada. Obrigada pelo papo. De verdade.

— Imagina. — Ela me dá um "toca aqui" constrangedor e se afasta.

Fico dando batidinhas no queixo com a caneca enquanto observo o ônibus ir embora. Assim que está fora de vista, vou direto para a cafeteria.

Preciso dar uma olhada nesse fórum.

— Não vale a pena. Quase não tem lugar para se sentar, o café deixa muito a desejar. Os proprietários são legais, mas as opções são horríveis, não tem nenhuma. E as cadeiras? Elas foram feitas nos anos 1800? Recebi um saquinho com achocolatado em pó e eu mesmo tive que mexer. — Ergo o olhar

do computador da Dakota. — Esses são todos os comentários do fórum, claro como o dia, bem debaixo da parada em Corsekelly. Não é de se admirar que ninguém vem aqui. E essa é só uma empresa de ônibus. Quantas outras são assim?

Dakota está sentada na cadeira de frente para mim, com as pernas cruzadas.

— Aham. — Ela olha para longe.

— Ooii — digo, estalando os dedos na frente dela. — Está ouvindo? Essas avaliações são péssimas.

— O quê? Ah, sim, elas são ruins. Estão acabando com o negócio.

— Está prestando atenção?

— Eu estava, pelos primeiros dez minutos de avaliações.

— O que foi, Dakota? Você esteve desatenta o dia todo. O que está rolando?

— Nada — ela diz, com as bochechas corando.

— Hã... mentira.

Olho para o balcão e noto uma caixa familiar. Minha cabeça se volta para ela.

— Ai, meu Deus, você foi na confeitaria de novo.

— Acabaram os biscoitos.

— Porque eu não consigo me controlar. O que significa que é você quem tem que me regular, não alimentar a loucura.

— Eu sou uma ótima amiga.

— Não, você está me usando como desculpa para ir lá ver a Isla.

— Pode ser que sim. — Ela sorri.

Afasto o computador e cruzo os braços.

— Está bem, me conta o que está rolando.

— Bem, ela disse oi.

— Ai, nossa. Aguenta, coração, um cumprimento. — Fico inexpressiva.

Dakota balança a caneta para mim em resposta.

Rindo, digo:

— O que mais rolou?

— A gente falou um pouco sobre o tempo, coisas simples, e aí, quando eu estava indo embora, ela perguntou o que eu ia fazer na sexta à noite.

— O quê? — Me endireito. — Você devia ter me contado isso assim que voltou para o café. Ela te chamou para sair?

— Você estava toda empolgada com a pesquisa que andou fazendo, então deixei você ter o seu momento.

— Já tive o meu momento, agora me conta sobre o seu.

Ela está sorrindo tanto que minhas bochechas estão doendo por ela.

— Bem, pode ser meio decepcionante, mas considero que foi um passo na direção certa. Ela me perguntou o que eu ia fazer na sexta, e quando falei que não tinha nada planejado, ela disse que eu devia te chamar para a gente ir lá no bar, curtir um pouco, tomar uma.

— Ahh, ela te chamou mesmo para sair.

— E você também — Dakota diz, um pouco derrotada.

— Eu sou só uma desculpa. Ela fez isso para ser legal.

— Pode ser que sim. Então... você vai?

— Claro. Sou uma amiga incrível. Pode contar comigo. — Dou uma piscadela. — Meu Deus, que tudo.

— Não precisa fazer escarcéu.

Lanço um olhar de lado para ela.

— Você já deveria saber que eu vou fazer escarcéu.

— Estou pedindo, por favor... não faça escarcéu.

— Mas eu adoro fazer escarcéu.

— Por favor, Bonnie.

— Aff — resmungo. — Vai ser difícil.

— Bonnie...

— Tá bom. — Me recosto na cadeira. — Não vou fazer escarcéu.

— Obrigada. Então, sobre as avaliações...

— Ai, meu Deus, você vai num encontro! — Bato palmas, animada.

Dakota apoia a cabeça na mão.

— Você está fazendo escarcéu...

Capítulo 10

ROWAN

Consumo de Curly Wurlys: sete.

Curly Wurlys restantes: um.

Beijos inesperados e constrangedores: um.

Oportunidades perdidas de retribuir o beijo: uma.

Uma certa loira me obrigou a acabar com o meu estoque mais rápido do que imaginei, e não estou nem um pouco feliz com isso. E ainda me fez pensar no porquê de eu não ter retribuído o beijo. Talvez ela me enlouqueça? Talvez eu não faça ideia do que sinto de verdade por ela? Talvez porque eu esteja enlouquecendo com meus pais, com ela, com as mudanças que andam acontecendo em ritmo acelerado.

Não dá para me culpar, dá?

— Rowan, você está aí? É a sua mãe.

— Eu sei, mãe. Eu sei. Dá para ver pelo identificador de chamadas.

— Mas eu mal estou conseguindo te ouvir! — ela grita ao telefone.

— Porque você não pôs no viva-voz. — Ouço meu pai dizer.

— Eu apertei o botão.

— Não apertou, não. Não está aceso.

— Como você sabe que precisa ficar aceso? — minha mãe pergunta.

— É assim que funciona. Aperte o botão.

— Eu apertei.

— Claro que não apertou.

— Meu Deus, alguém aperte esse botão! — grito.

— Está bem, vou apertar o botão de novo. Ah, olha só, está aceso.

— Falei para você, sua boba — meu pai diz, me fazendo rir.

— Olha só como fala comigo, Stuart — minha mãe retruca. — Ou não vou pegar o refrigerante que você pediu.

— Desculpa — ele murmura.

Meu pai e seu refrigerante.

— Rowan, você está aí?

— Sim, ainda aqui — respondo, pondo os pés sobre a mesa de centro.

— Como você está? — minha mãe grita, quase rasgando meus tímpanos.

— Não precisa gritar, mãe. Posso te ouvir muito bem.

— Arre, desculpa. — Ela ri. — Você deve estar achando que nunca usei um celular. Como você está?

Mas é até raro ela usar o celular. Quando quer falar com alguém, costuma ir até a pessoa. Ela só liga para a irmã dela.

— Estou bem. — Giro a garrafa de água na mão, olhando para o comprimido efervescente que está reagindo à água. — Como estão as viagens?

— Ótimas, ótimas. Comemos um frango delicioso hoje. Pedi a receita para a garçonete e ela disse que eles não podem passar.

— É, mãe. — Passo a mão pelo cabelo. — Não é como aqui no Almirante, onde dá para ir perguntar para o Alasdair a receita de massa de torta dele.

— Mas deveria. Pagamos muito bem. Achei que deixariam a gente ficar com a receita.

— Onde vocês estão?

— Ah, isso não é da sua conta.

— Não acham que é bem irritante que vocês estejam em outro país e eu não saiba nada a respeito? Não estou gostando disso, mãe. Fico preocupado, sabe?

— Não precisa se preocupar, Rowan. Estamos bem.

Pois é, fácil para ela falar.

Respiro fundo, tentando não ficar frustrado com meus pais e estressá-los.

— Considerando o que aconteceu no passado, achei que vocês seriam mais empáticos com a minha preocupação com o bem-estar da minha família.

Um suspiro.

— Rowan, não precisa se preocupar, juro.

— Por que não me contam? — pergunto, soando mais duro do que gostaria.

— Deixa pra lá, Rowan — meu pai se intromete com sua voz severa.

E agora que ele falou, acabou. Mas não acho que seja o caso de *não* me preocupar. Eles não me disseram onde estão. Meu pai parece mais fraco. Alguma coisa está rolando, e está começando a me preocupar pra valer o fato de que não estão me envolvendo na vida deles.

Pressiono o dedo na testa.

— Tá bom, mas vocês estão se cuidando? Tomando todas as precauções? Sabem o que as pessoas fazem com turistas, principalmente os mais velhos. Tiram vantagem.

— Não somos tão velhos assim. — Minha mãe bufa. Velhos o bastante. — E, sim, estamos bem. Agora, vamos falar sobre você. Shona estava me contando que você tem feito amizade com Bonnie. Ela não lembrava quem era quem no começo, mas a descreveu como a loira de cabelo comprido.

Caramba, Shona.

— Não estou fazendo *amizade* com a Bonnie, seja lá o que ela está achando.

— Não foi bem isso que ouvi. Parece que você a tem carregado por toda a cidade. Indo fazer trilhas. Pelo visto, você surgiu todo enlameado e molhado das árvores. Pode explicar isso? Ela supôs que vocês estavam rolando juntos.

— Shona não deveria fazer suposições e, se fizer, deveria guardar para si mesma. Ficamos presos durante uma tempestade, e aí ficamos encharcados e cheios de lama. Foi isso.

— Vocês dois dançaram juntos.

Meu Deus do céu, será que ela tem uma equipe de filmagem me seguindo por aí?

— Quer saber, vocês não querem me falar onde estão, e eu não quero falar sobre a Bonnie, beleza?

— Olha a boca, rapaz — meu pai se intromete de novo.

— Quer saber, tenho que ir. Tenho que fazer umas coisas aqui. — Olho para minha água.

— Ah, tudo bem, querido. Vamos manter contato e se certifique de que as moças estejam bem. Qualquer coisa de que elas precisarem, dê uma mãozinha.

— Aham.

— Amamos você, Rowan.

Exasperado, solto um suspiro baixo.

— Amo vocês também.

Desligo a ligação e dou uma olhada na hora. Pouco depois das seis e meia. A esta altura, acho que preciso de mais do que uma água eletrolítica. Acho que vou precisar de um tonel de cerveja.

Me levanto do sofá, vou para o quarto e escolho roupas limpas antes de ligar o chuveiro. Vou lá para o bar.

O Castelo de Fergie é sempre lotado na sexta à noite, mas Hamish abre as portas e permite mesas ao ar livre durante o verão. Faz o lugar ficar menos lotado, e tomar umas cervejas ouvindo o lago bater na costa é reconfortante.

Já que todo mundo está no bar na sexta, visto uma calça jeans boa e uma simples camisa de botão, me certificando de dobrar as mangas até os cotovelos. Arrumei o cabelo para variar e estou prestes a sair quando borrifo às pressas um pouco da colônia que uso raramente. Meus amigos podem curtir um pouco de perfume.

Isso não tem nada a ver com a possibilidade de encontrar Bonnie lá.

Nem um pouquinho.

Quando passo pela cidade, já dá para ver que lá no Fergie está um pouquinho cheio, com base no barulho que emana do prédio.

Alguns verões atrás, Hamish passou um tempo trabalhando na área ao ar livre do bar e consertando o muro de pedra que margeia o lago Duich. Ele acrescentou floreiras que sustentam flores durante o verão e ramos de abeto durante o inverno. Espaçou de maneira uniforme as mesas de piquenique com grandes guarda-sóis fixos no meio, providenciando proteção contra o sol. E então, na direção do muro, construiu um jogo de bola para as noites de bebedeira quando a gente acha que tem habilidade suficiente para lançar a bola presa numa corda, quando na verdade nem para isso servimos. Reprimo o sorriso diante de algumas lembranças mais turbulentas ao entrar no pátio. Para minha surpresa, há mesas de piquenique ainda disponíveis.

Animado por conseguir me sentar ao ar livre e tomar uma, passo pelas mesas de piquenique assim que alguém pega minha mão.

— Está bem-vestido hoje, Rowan.

Olho na direção da voz e vejo Isla, também bonita em um vestido de verão, seu cabelo ruivo preso no topo da cabeça num rabo de cavalo.

— Oi, Isla. Você está bonita também. Não tinha reconhecido você.

— Sério? Eu sou tão mal-arrumada assim no dia a dia? — Ela sorri para mim.

— Você sabe muito bem o que eu quero dizer.

Ela puxa minha mão.

— Senta aqui comigo. Já pedi uma jarra e duas porções de nachos. É o especial da noite, e você sabe que não vou deixar passar os nachos.

— Vai comer duas porções? — Solto uma risada. — E uma jarra... você vai precisar ser carregada para casa.

— Não é tudo para mim, não. Vou ter companhia.

— De quem...?

— Oi, Isla. — Nem preciso me virar para saber quem a cumprimentou toda animada, mas faço isso de qualquer forma. — Quem é esse...?

Bonnie está parada ao lado de Dakota, e as duas estão bem-arrumadas e... droga, Bonnie... porra, ela está de parar o trânsito.

Seu longo cabelo loiro está ondulado e meio preso. Máscara de cílios preta pesada destaca seus olhos hipnotizantes e um leve tom de cor-de-rosa pinta seus lábios carnudos. E aquele vestido. Droga. Azul-claro, justo na cintura e nos seios e se abre a partir dos quadris. De dar água na boca, é a única forma de descrevê-la.

— Ah, Rowan. — Ela ri. — Não reconheci você usando uma camisa de botões.

— Posso dizer o mesmo do seu vestido — digo, e seus olhos se estreitam.

— Vocês dois estão ótimos — Isla elogia, docemente, antes de pigarrear e se virar para Dakota. — Adorei o cabelo.

Dakota fica corada.

— Obrigada. Você também está ótima.

E, ai, Deus, elas estão num encontro... com uma vela.

Bonnie está denunciando isso — deu um passo para o lado e está entrelaçando os dedos na frente do peito, parecendo empolgada até demais.

Nós dois olhamos para Dakota e Isla, que estão olhando uma para a outra e sorrindo. Não sei muito sobre Dakota, mas pelo que pude ver, ela poderia ser um bom par para Isla. As duas são calmas, atenciosas e cuidam muito bem dos amigos.

Daí o motivo de terem me pedido para ser o quarto integrante desse encontro.

Em geral, eu sairia depressa e pegaria uma bebida para mim, me sentaria no muro de pedra e ficaria olhando para o lago, mas estou com a sensação — pela forma como estão olhando uma para a outra — que elas vão querer um tempo sozinhas, mas jamais dariam um cano na Bonnie. Elas não são esse tipo de pessoa.

Então... parece que Bonnie vai ter que ser minha companhia hoje. *Maravilha*.

— Pedi cerveja para a gente e duas porções de nachos. Espero que gostem — Isla diz com um sorriso nervoso.

— Adoro nachos — Bonnie responde, sentando-se à mesa de piquenique. Dakota se senta ao lado dela e Isla se senta de frente para Dakota, o que me obriga a sentar de frente para Bonnie.

Quando me sento, Bonnie arregala os olhos.

— O que você está fazendo? — ela pergunta.

— Isla me convidou. — Sorrio.

— Espero que não seja um problema — Isla diz, sempre para agradar. — Posso chutar ele daqui agora mesmo, e ele pode muito bem pedir os próprios nachos. — Sei que ela não está falando sério, mas deixaria que ela fizesse isso, se estivesse.

— Por favor, pode chutá-lo...

— Quanto mais, melhor. — Dakota dá uma cotovelada em Bonnie.

Neste instante, Hamish serve a cerveja e os nachos, e ele nunca faz isso, mas sempre teve um fraco pela Isla. E quem não tem? Ela é dona de uma confeitaria, é incrivelmente gentil e é sempre uma das primeiras a se voluntariar para ajudar quando necessário.

— Obrigada, Hamish — ela diz.

— Claro, querida. Aproveite. — Ele dá um aceno rápido para mim e se vai.

— Caramba, parecem deliciosos — Bonnie elogia enquanto Isla começa a servir cerveja para todo mundo.

Pigarreando, Isla encontra o olhar de Dakota.

— E aí, como foi o seu dia?

Dakota sorri, e todo o seu rosto fica corado.

— Foi produtivo.

— Ah, é? O que você ficou fazendo?

Remexendo-se, ela olha para Bonnie e para mim — Bonnie está mastigando um nacho, completamente alheia ao desconforto de Dakota.

— Ah, sabe como é, só umas coisas no computador.

O calor sobe pela minha nuca ao me dar conta do quanto as garotas querem um pouco de privacidade.

— Nunca fui muito fã de pimenta-jalapeño, sabe? — Bonnie olha para a que ela está apertando entre os dedos. — E é esquisito, já que sou do sul da Califórnia. Esperam que a comida mexicana corra pelas minhas veias. Mas aí comi uma meses atrás, sem querer, e não pude deixar de pensar "apimentada, mas deliciosa". — Ela a enfia na boca e olha ao redor. — Muito boa.

Dakota pigarreia.

— Você... gosta de pimenta-jalapeño, Isla?

— Gosto — ela responde sem jeito.

— Agora, azeitonas. Aí, sim, não me canso delas — Bonnie diz, pegando uma e enfiando-a na boca.

— Você gosta de azeitonas, Isla? — Dakota pergunta, e, puta merda, vou ter uma morte bem lenta e dolorosa aqui.

— Gosto — Isla fala. — E você?

Dakota está prestes a responder quando Bonnie diz:

— Ah, ela adora. Quando a gente era criança, ela costumava comprar cinco latas na loja, e aí a gente ficava debaixo do meu trampolim com um abridor de latas e comia tudo. Era um vício meio esquisito, mas os nossos pais ficaram felizes porque pelo menos não eram drogas. Ah, esses nachos estão uma delícia. Crocantes e com muito queijo assim como...

— Quero te mostrar uma coisa, Bonnie — solto, me levantando.

— O quê? — ela pergunta, parecendo bem confusa. E me olha de cima a baixo. — O que você quer me mostrar?

— Está bem ali. — Aponto para o muro de pedra.

— Ah... não, valeu. — Ela pega outro nacho e olha para Dakota, que me lança um olhar de súplica.

É isso... ela quer a amiga longe para poder curtir com a Isla. Já saquei. Se eu estivesse num encontro e meu amigo estivesse comigo, seria difícil relaxar.

Dou a volta pela mesa de piquenique.

— Vai ser rapidinho. É importante.

— Você está estranho — ela diz. — Por que está falando como se o seu queixo estivesse travado?

Meu Deus do céu, essa mulher...

— Vai lá ver o que ele quer. — Dakota cutuca as costas de Bonnie.

— E se for o pênis dele ou algo do tipo? Da última vez que um cara disse que queria me mostrar uma coisa, ele tirou o saco da calça e disse: "Olha só, é uma arma".

Com quem ela anda saindo?

— Você acha mesmo que eu faria uma coisa dessas?

Bonnie me lança um olhar suave, e seus olhos pousam um instante a mais no meu peito. Por fim, ela responde:

— Quem sabe?

Meu Deus.

— Nunca conheci uma mulher tão irritante — solto antes de me impedir.

— Ah, sim, agora é que não quero mesmo ir com você. — Bonnie revira os olhos.

Dakota empurra Bonnie, e elas trocam um olhar. Nesse olhar, dá para ver que Dakota está secretamente dizendo para a amiga dar o fora. Ainda bem que funciona. Bonnie se levanta e ajeita o vestido.

— Tá bom, mas se ele me mostrar a "arma" dele, você vai ficar me devendo uns biscoitos. — Ela suspira e se vira para mim. — Tudo bem, me mostra então o que você quer me mostrar.

A garota é mesmo sem noção às vezes.

Pego-a pelo braço e a levo até o muro, longe o bastante da mesa para ninguém poder nos ouvir.

Ela olha ao redor, examinando a área, e então se vira para mim.

— O que é? Tem algum tipo de pedra especial que vai me dar sorte se eu esfregá-la? Tem outra Pedra do Bilau por aqui?

— Você é sem noção pra caralho.

— Como é? — ela pergunta, com as mãos na cintura, e, caramba, essa pose só levanta ainda mais seus seios.

— Elas estão num encontro. — Pigarreio.

— Hum... dã. Eu sou a companheira dela.

— É, mas tenho certeza de que Dakota não precisa de uma companheira agora.

— Você nem a conhece. Ela me pediu para vir porque é tímida. Dakota passou por maus bocados e se apoia em mim, ainda mais quando se trata da vida amorosa dela. Isso aqui é importante para ela, e eu não vou deixá-la na mão, de jeito nenhum, não quando sei que sou necessária. Não acredita em mim? Então olha só... — A voz de Bonnie some quando ela se vira para a mesa. Dakota e Isla estão conversando sem parar agora. — Hum, olha só.

— Acho que ela não precisa de você. Elas precisam de espaço, longe de uma tagarela que fica falando da história dela com a pimenta-jalapeño e o consumo de azeitonas.

— Foi bom para quebrar o gelo. Nem todo mundo fica bufando durante uma conversa.

— Eu não fico bufando durante uma conversa.

— Aham. — Ela cruza os braços, e isso só deixa as coisas piores para mim.

Meu Deus, é como se eu nunca tivesse visto um par de peitos antes. *Tire os olhos daí, Rowan.*

— Bem, já que ela não precisa de mim, acho que vou voltar para casa.

— Tudo bem — respondo, indiferente. Estou prestes a me virar para me afastar quando ela me puxa pelo braço.

— Era para você dizer "você pode jantar comigo" — ela fala, e seu tom defensivo quase me faz rir.

— E por que você iria querer isso se eu fico bufando nas conversas?

Seus lábios torcem para o lado, um sorriso minúsculo aparecendo no seu rosto lindo.

— Você me pegou — ela diz. E me puxa de novo. — Não me deixe comer sozinha. — Ela pisca sedutoramente. — Por favoooor, Rowan, vou me sentir mal no dia seguinte.

— Você vai se sentir mal? — zombo. — Você devia se sentir mal por ter me feito lidar com merda de morcego.

— Engraçado você mencionar merda de morcego...

Reviro os olhos e passo a mão no rosto. Porra, eu meio que não consigo processar todas as emoções que essa mulher me faz sentir. E não ajuda o fato de ela estar bonita pra caramba hoje, esses olhos brilhantes dela, suplicando para que eu dê uma chance.

Eu estaria mentindo se dissesse que não queria jantar com ela. Apesar dos momentos tensos, ainda quero ficar perto dela, ver até onde ela consegue me tirar do sério antes de dar meia-volta, uma completa reviravolta, e isso me faz rir.

Ela puxa minha mão.

— Por favor, Rowan. A gente pode ficar de olho nas garotas daqui e correr até lá se elas precisarem de ajuda, e podemos fazer companhia um para o outro. — Ela sorri e... droga.

Esse sorriso acaba com as minhas defesas em segundos. É doce e cheio de promessas de amizade e diversão.

Droga...

— Tá bom. — Aponto para ela. — Mas não fique me contando as histórias por trás das suas comidas preferidas.

— Ai, droga, eu estava planejando contar a minha história com bolo. — Ela sorri.

— Guarde para outra pessoa. — Aponto na direção de uma mesa vazia perto do muro de pedra que fica longe o suficiente de Dakota e Isla. — Pegue aquela mesa. Vou buscar uma porção de nachos e algumas cervejas com a Isla.

— Tudo bem.

Me aproximo da mesa, e Isla olha para mim, com olhos agradecidos.

— Tudo bem? — ela pergunta.

— Sim. — Coço a nuca. — Achei que vocês duas iam querer uma pausa de toda aquela conversa sobre pimenta-jalapeño e azeitonas. Eu e Bonnie vamos ficar naquela mesa ali. — Aponto para onde Bonnie está, e ela dá um aceno entusiástico. — A gente pode pegar um pouco de cerveja e nachos?

— Sim, claro. A gente não vai conseguir comer e beber tudo isso.

Estou enchendo os copos de cerveja para nós e pegando pratos quando Dakota fala:

— Ela esconde bem, Rowan, mas está passando por uma barra. Seja legal.

— Claro — digo, desejando ler nas entrelinhas. Passando por uma barra com o quê?

Sinceramente, com a personalidade de Bonnie, eu jamais teria imaginado que ela estivesse passando por algum problema. Ela é sempre tão cheia de vida... e com um comportamento atrevido.

Ergo o prato e as cervejas.

— Valeu. Curtam bastante, *lasses*.

— Obrigada — Isla sussurra para mim antes de eu me afastar.

Quando vou na sua direção, Bonnie se levanta do banco e me ajuda com os nachos, enquanto eu ponho as cervejas na mesa. Me sento de frente para ela e pego minha cerveja, levando-a aos lábios.

Uma India Pale Ale. Não é a minha favorita, mas é boa também. Deve ser a Deuchars. É indispensável para muitos que vêm aqui no Castelo do Fergie.

— Ah, essa cerveja é muito boa — Bonnie elogia, pondo o copo na mesa.

— Deve ser a melhor que experimentei até agora. É a sua favorita?

— Prefiro uma ale.

— Ohhh, você gosta de degustar a cerveja. Eu também, de vez em quando, mas tenho que estar no clima. Tipo quando a gente comeu peixe e batatas, o maltado daquela cerveja com o azeite e vinagre... — Ela beija a ponta dos dedos como se fosse uma *chef*. — Perfeito. Mas esta India Pale Ale cai bem com os nachos.

Pego um nacho cheio de queijo e feijão.

— É, cai mesmo. — Bonnie apoia o queixo na mão e me encara. Uso a boca para tirar um pouco de queijo dos dedos. — O que foi?

— Você está bem-vestido para hoje, Rowan. É sexta à noite. Estava esperando encontrar uma garota para levar para casa, é?

— Não.

— Qual é, um homem com o seu tipo de virilidade... na certa você deve sair direto à caça.

— Conheço todo mundo da cidade.

— Não significa que não possa ter uma paquera por aqui. — Ela se anima e olha ao redor enquanto pega um nacho e, distraída, enfia-o na boca. — Que tal Shona? Madura, mas ainda é bem bonita.

— Shona é a melhor amiga da minha mãe. Ela trocou minhas fraldas.

— Então ela já está familiarizada com a sua nudez.

Franzo a testa.

— Você não tem noção do quanto isso é perturbador?

— Quando disse em voz alta, pareceu mesmo perturbador, né? — Ela olha ao redor. — Tá bom, que tal aquela garota ali? — Ela aponta para a morena usando uma blusa vermelha brilhante.

— É a Alana.

— Ohhh, Alana. Ela parece fofa.

— E ela também é casada com o Alasdair, que é dono do Almirante.

— Hum... será que eles estão interessados em sexo a três?

Dou outro gole na cerveja.

— Quer que eu pergunte para eles por você? Na certa não vão se importar de ter uma loira se juntando a eles.

— Não é para mim, é para você.

Me recosto na cadeira e chamo:

— Alana, venha cá.

— O que você está fazendo? — Bonnie sibila quando Alana se aproxima da mesa.

— E aí, pessoal. — Ela estende a mão para Bonnie. — Me chamo Alana. Acho que a gente ainda não se conheceu.

— Alana, esta é a Bonnie. Bonnie, Alana.

— É um prazer. — Bonnie abre um sorriso e aperta a mão dela. — Rowan disse que você é casada com Alasdair.

— É, a gente se conhece desde criancinha. Nossos pais juraram que a gente ia se casar um dia, e foi o que fizemos.

— Ah, que fofo — Bonnie diz, com olhos sonhadores.

Mas esse olhar logo desaparece quando abro a boca.

— Bonnie estava imaginando se vocês têm lugar no seu casamento para mais uma. Ela está a fim de um sexo a três.

— Rowan! — Bonnie sibila. — Não, não foi isso que eu falei. Nem houve menção a sexo a três.

— Você acabou de dizer que queria um sexo a três.

— Rowan — ela fala entre os dentes cerrados, com um olhar assassino.

— Estamos aceitando candidaturas — Alana interrompe, sempre pronta para uma boa risada. — Estamos à procura de alguém aventureiro. Você diria que é aventureira, Bonnie?

Seus olhos se arregalam, e ela se recosta, com as mãos girando o copo de cerveja.

— Eu, hã… tipo, já me envolvi com umas coisas aqui e ali, mas…

— Você já beijou outra mulher?

— Bem, teve uma vez que beijei Dakota, mas não foi bem no sentido sexual.

— Experiência de cama, quantos anos?

Completamente chocada, Bonnie se remexe, nervosa.

— Hã... — Ela olha para cima num aparente esforço de calcular de cabeça. — Cinco... desculpa, é difícil fazer conta sob pressão.

— Já usou uma pena? Alasdair adora uma boa penada — Alana diz, e eu quase perco o controle.

— Não — Bonnie responde —, mas eu poderia, sabe...

Eu e Alana gargalhamos alto, e Bonnie fica olhando, apertando a mão no peito.

— O que está rolando? — ela pergunta. — Vocês... estavam me zoando?

Alana assente.

— É, mas gostei de saber que você já se envolveu com umas coisas aqui e ali.

— Então... você não está à procura de uma terceira pessoa no seu casamento.

Alana balança a cabeça.

— Isso te deixa decepcionada?

— Não, quer dizer... não. — Ela respira fundo e volta a atenção para mim. — Eu te odeio.

Rio e tomo um gole de cerveja, enquanto Alana me dá um tapinha nas costas e me deseja boa sorte. Com os olhos fixos em Bonnie, espero pela retaliação dela, mas ela apenas fica quieta, mastigando.

Verdade seja dita, isso é ainda pior. Porque ela está planejando alguma vingança, dá para sentir.

Ela se recosta na cadeira, com a cerveja em mãos.

— Você deu uma boa risada com tudo isso, não foi?

— Dei.

— Hum. — Ela se levanta devagar, com os olhos ainda em mim.

— O que está fazendo?

— Você não vai querer saber. — Com uma das mãos na mesa de piquenique, ela se levanta no banco e encara a multidão reunida do lado de fora do bar. — E aí, pessoal! — ela grita, chamando a atenção de todo mundo. A multidão fica quieta, com os olhos fixos nela. Ela pigarreia. — Quero que saibam que eu beijei o Rowan McRabugêncio aqui — ela aponta para mim — e ele tem boca de peixe. Boca de peixe morto. Pior beijo que já dei na vida. Um desastre total. Fiquem avisadas, moças... e rapazes: se estão querendo beijar essa fera excêntrica, estejam preparados para a decepção. Boca de... peixe... morto. — Ela ergue a cerveja em um brinde. — Saúde!

E como os bons escoceses que são, todos erguem as cervejas e dizem "Saúde!" antes de tomarem um gole.

Ela se senta e sorri para mim.

— Melhor assim? — pergunto. Ela assente, parecendo total e absolutamente feliz consigo mesma. — Que bom. — Me levanto também e subo no banco.

— O que você está fazendo? — ela retruca. — Desça daí.

Levanto a mão.

— Só para esclarecer umas coisas. — Imitando-a, eu me viro para os clientes do bar e grito: — E aí, pessoal! — Algumas pessoas riem e aplaudem. Dou um breve aceno e também pigarreio. — É, é verdade, eu fiquei com boca de peixe morto quando ela tentou me atacar com uma bruxaria.

— Não era bruxaria! — Bonnie grita.

— Mas eu apertei bem a boca, porque, de acordo com a crença local, mulheres com cabelo loiro e comprido e olhos azul-claros podem muito bem ser a Rainha Serpente. E eu vi — me inclino para frente, entrando na história —, certa noite, eu a vi lambendo os lábios...

— Língua de serpente — Lyall diz de um canto.

— De um basilisco — Baird grita dos fundos.

— Exato. A maléfica língua de serpente. A lenda é verdadeira, rapazes… ela está entre nós. Deslizante, escamosa, pronta para cortar fora o bilau de vocês, e Deus me livre de deixá-la tocar a minha língua. O beijo da morte.

— E aí já para a Pedra do Bilau — Lyall acrescenta.

Aponto para ele.

— Exato. Cuidado, rapazes… e moças, por falar nisso. A Rainha Serpente está entre nós, e ela está atrás da próxima vítima. — Levanto o copo. — Saúde!

— Saúde! — todo mundo diz. Com isso, eles tomam outro gole de bebida e voltam para as próprias conversas.

Desço e volto a me sentar no banco, olhando em expectativa para Bonnie. Ela passa a língua nos dentes e recua, nem pisca. Só fica olhando.

— Que companhia agradável você é — ela fala por fim.

Bebo o resto da cerveja e sorrio.

— Sou mesmo.

— Ah, agora eu te peguei.

— Não pegou, não — zombo.

— Peguei, sim. — Bonnie dá um tapinha na lateral da cabeça. — Estou três passos à sua frente, filho.

— Foi o que você disse das últimas três vezes que perdeu.

— Digo desta vez. — Ela esfrega as mãos e pega o copo. Toma um gole e então o move pelo tabuleiro morris que pegamos emprestado do bar.

Depois de aguentar um olhar entusiasmado de Bonnie enquanto eu terminava de comer os nachos, demos uma olhada em Dakota e Isla para ver como as coisas estavam indo, e foi como se só houvesse as duas no mundo. Conversando bem pertinho, com as mãos estendidas sobre a mesa para tirar o cabelo do rosto uma da outra, determinação nos olhos, nem uma pausa na conversa. Nada as incomodava. Eu e Bonnie poderíamos ter tirado as roupas e dançado pelados, e elas nem iriam notar.

Então, chamei Bonnie para jogar um jogo de bar — em que eu sou excelente — e ela topou.

Three man's morris, ao estilo escocês.

Tipo um jogo da velha num tabuleiro de madeira, mas as peças que movemos são copos. Sempre que as movemos, tomamos um gole... um golinho. Quem perder tem que virar o copo.

Bonnie está dançando com a música que vem do bar, e está começando a dar sinais de embriaguez. É divertido, porque quanto mais ela bebe, mais mostra uma bravata, como se pudesse lutar contra o mundo só com uma das mãos.

— Ah, você vai se dar mal, Rabugêncio.

Movo meu copo e tomo um gole.

— Aha! — ela grita. — Bam. Pode beber, perdedor.

Ela move o copo, e eu fico olhando para o tabuleiro.

— Você não ganhou.

— Ganhei, sim. — Ela aponta para a linha de copos. — Um, dois, três. Numa fileira. Pode beber.

— Esse copo é meu. — Aponto para um do canto.

— Não é, não.

— É, sim. Venho bebendo dele esse tempo todo.

— Então você tem mexido no meu copo. — Ela suspira e cai para trás, com a mão no peito. — Ai, meu Deus, é trapaça! — Ela aponta para mim. — É trapaça. Bem aqui, à luz do dia.

Tecnicamente, não à luz do dia. São nove da noite e o sol ainda está no céu, mas não vou ficar discutindo com ela.

— Não estou trapaceando, esse copo é meu.

— Você sabe muito bem que não é. Só está querendo sacanear a minha mente bêbada. Não vai rolar. Eu venci, pode beber.

— O copo é meu.

— Meu Deus. — Ela balança a cabeça. — Eu sabia que você era um mau perdedor, mas fala sério, Rowan, agir como se eu estivesse trapaceando? Isso não é jogo baixo, não? — Ela se debruça na mesa, e seu decote fica bem à vista. — Pode beber, rapaz.

Engulo em seco, tentando desviar o olhar, mas, droga... minha bebida deve estar surtindo efeito também, porque parece que não consigo parar de olhar para seus peitos.

— E enquanto bebe, aprenda alguns modos. Não é legal ficar olhando para o seio de uma garota.

— Você chama isso de seio? E eu não vou ficar olhando mais — digo, pegando o copo e o virando. Que mentira, ainda estou olhando.

— Não estou entendendo o que a gente está fazendo aqui.

— Acho que a gente deve rolar o dado — digo, analisando o tabuleiro de gamão.

— Para que serve o dado?

— Hum... — Coço a lateral da cabeça. — Deve ser para dizer quantos espaços devemos andar.

— Cadê os espaços?

Analiso o quadro por mais um tempo.

— Não sei bem. Acho que estão faltando algumas peças.

Ela passa o dedo pelo feltro do tabuleiro e acaricia as seções triangulares. Começa com um dedo, depois acrescenta dois...

— O que você está fazendo? — pergunto, me mexendo no banco.

— Fazendo carinho nos triângulos.

— Para quê?

Ela dá de ombros.

— Estou bêbada, e faz um bom tempo que não faço carinho em alguma coisa.

— Pare com isso.

Ela ergue a cabeça, com a sobrancelha levantada.

— Isso está te deixando com tesão, Rowan?

— Não.

Sim.

— Tem... certeza? — ela pergunta com voz sedutora.

— Quer saber, dois podem fazer esse joguinho. — Levo o dedo a um dos triângulos e começo a massageá-lo devagar.

Seus olhos se fixam no meu dedo, e sua língua desponta, umedecendo os lábios.

— Você tem uma bela cadência. Parece uma boa pressão.

— É. Uma pressão muito boa mesmo — digo, baixando a voz.

Estou mesmo caindo nessa. Ela começa a acariciar seu triângulo com mais força e rapidez.

Jesus. Engulo em seco, observando sua língua despontar e umedecer o topo de seu lábio. Essa língua, o que eu poderia fazer com ela...

Isso não pode ser unilateral.

Então acelero o ritmo, de olho nela, e quando seu olhar pousa no meu dedo, diminuo o ritmo, prolongando mesmo o "prazer".

— Ai, Deus — ela diz, e sua mão livre sobe pelo seu peito até o pescoço.

— Hum... vocês precisam de um tempinho aí? — Hamish pergunta ao se aproximar da nossa mesa.

Pigarreio.

— A gente só está jogando gamão.

— Nunca vi jogarem assim.

— É o jeito americano — Bonnie diz.

— É, bem, se já terminaram, outra mesa gostaria de jogar.

— Claro, claro, já terminamos. — Bonnie dobra o tabuleiro e o estende na direção de Hamish. Ele nos agradece e se afasta. Bonnie olha para mim. — A gente estava mesmo... sacaneando um ao outro com um tabuleiro de jogo?

— Eu não... você estava?

— Não. — Ela balança a cabeça rápido. — Não... não mesmo.

— Que bom, porque meu pau é bem maior do que aquele triângulo de feltro.

Ela fica boquiaberta e eu sorrio com malícia, virando outro copo.

— Você até que dá para o gasto quando está bêbado — Bonnie diz, jogando a bola presa à escada pela área de jogo e errando completamente a escada do jogo. O sol está se pondo, as luzes de ferro fundido que cercam a área piscam, e no momento estamos jogando contra um casal de turistas — Jim e Yolanda —, que estão em sua segunda lua de mel. Eles estão hospedados na pousada Kilt do Bode e decidiram prolongar a visita por mais uma noite, já que adoraram o tempo que passaram em Corsekelly.

Eles também estão acabando com a gente no jogo.

— Você é tolerável — digo ao jogar a bola também, que acerta Jim no queixo. — Foi mal — grito. Ele só acena em resposta. Terceira vez que faço isso; era de se esperar que ele tivesse reflexos melhores a esta altura.

— Sou mais do que tolerável. — Ela abre o braço para trás e joga a bola. — Aí vai. — Acaba batendo no braço de Yolanda. — Ai, desculpa, Yolly! — Bonnie grita. — Eles devem estar achando que estamos mirando neles.

— Até que fiz isso na última — admito. — Queria ver se ele ia se mover.

Bonnie ri e pega meu braço.

— E eu mirei na Yolly. Achei que se mirasse nela em vez de na escada, eu fosse acertar a escada. Não funcionou.

— Mas é uma boa estratégia.

— Obrigada.

Do outro lado da quadra, Jim diz:

— Acho que vamos parar por aqui.

— Ahh, bem, não se esqueçam de colocar gelo nesse vergão aí. — Bonnie acena. — Aproveitem Corsekelly e deem uma passada lá na cafeteria para um café delicioso amanhã de manhã.

Eles se vão e Bonnie suspira, apoiando-se em mim.

— Acho que eu também devia ir para casa — digo, com o cérebro parecendo gelatina, com os efeitos de cerveja até demais.

— Eu também. — Bonnie cambaleia ao começar a se afastar. — Ei, para onde foram Dakota e Isla? — Dou uma olhada na mesa delas, que agora está vazia. Caramba, quase todo o bar está assim. Quando foi que isso aconteceu? Ela pega o celular e lê uma mensagem. — Ah, elas saíram para passear. Ahh, será que estão de mãos dadas? Ai, meu Deus, e se elas tiverem se beijado? — Ela agarra minha camisa e me sacode. — Será que elas se beijaram?

— Sei lá. Pode ser que sim.

— Ah, o que eu não daria para ver aquilo. Dakota tem os lábios tão macios, ela vive passando hidratante neles. Aposto que Isla vai ficar imediatamente encantada. E a paixão por trás do beijo, será que vai ser apaixonado?

Dou de ombros.

— Pode ser que sim.

— Aff, você é tão... sem graça.

— É mesmo? — Eu a seguro pelo braço e a guio para longe do bar na direção do chalé. — Se sou tão sem graça assim, então como é que eu te diverti a noite toda?

— Hum, fui eu que divertiu você.

— Ah, tá bom. Eu estava me divertindo, *porque* eu estava te divertindo.

Ela torce o nariz.

— Isso não faz nenhum sentido.

— Pareceu fazer, na minha cabeça.

Ela olha ao redor, parecendo notar que estamos andando.

— Para onde você está me levando?

— Para o chalé, para onde mais?

— Você poderia estar me levando para o seu antro sexual.

— Que nada, você não serve para um antro sexual.

— Como assim? — Sua voz se levanta em defesa. — Você viu como eu faço carinho no triângulo. Fui muito boa naquilo.

— Muito boa é um exagero.

— Como se afundar o dedo fosse algo bom.

— Eu não estava afundando. Meu Deus.

Ela tropeça numa pedra quando alcançamos a rua de cascalho e eu a seguro. Parece que ando fazendo muito isso ultimamente.

— Por que você está me levando para o chalé? Ainda não parei de beber.

— Parou, sim. Só uns instantes atrás você disse que deveria voltar para casa.

— Quem foi que disse que é você quem manda?

— Deus? — pergunto, sem saber quem foi que disse que eu quem mando a esta altura.

— Ah, não, Deus jamais deixaria você mandar.

— Você gosta de discordar de mim só para discutir?

— Não. — Ela sorri assim que alcançamos o chalé.

Esse sorriso é perigoso.

Esse simples sorriso poderia me obrigar a fazer uma idiotice.

Uma idiotice das grandes... tipo, beijá-la. Porque ela é o tipo de garota que pode te fazer perder a cabeça, fazer você querer mais, e não sei se estou mentalmente preparado para esse tipo de batalha.

Então, para evitar qualquer péssima escolha, abro a porta e a empurro para dentro.

— Aí está. Boa noite.

Estou prestes a me virar e me afastar quando ela grita:

— Assim que você for embora, vou voltar para o bar.

Faço uma pausa, e minhas costas ficam rígidas enquanto me viro para encará-la.

— O que...

Capítulo 11

Bonnie

Cervejas consumidas: *tenho a sensação de que foram umas vinte e cinco, pelo menos.*

Dias desde o último orgasmo induzido por um homem: *quem ainda está contando?*

Peitos peludos em que minha mão está brincando: *um.*

Hum... por que minha mão está num peito peludo?

Que cheiro delicioso é esse?

Por que estou sentindo tanto calor?

Estou fazendo carinho numa chinchila?

Entreabro os olhos. O sol está forte demais, e parece que minha cabeça vai rachar. Mas além dos ovos mexidos em que meu cérebro está se transformando, me dou conta de que tem alguma coisa errada... tem um homem na minha cama.

Não qualquer homem...

Sussurra

O Kilt McRabugêncio.

Suspira

Minhas mãos logo pousam no meu corpo... sinto meu seio primeiro.

Nu.

Ai, meu Deus, por que estou nua?

— Por que eu estou nua? — grito, me sentando na cama e assustando Rowan. Ele rola para fora da cama assim que me dou conta de que não estou nua; ainda estou usando meu vestido. Meus peitos só deram uma escapulida.

Assim que Rowan levanta a cabeça, tapo os peitos com as mãos e me viro para ele. Sua camisa está desabotoada, mas o resto de seu corpo está coberto.

Será que fui eu quem desabotoou a camisa?

Aff. Tinha me esquecido da tatuagem dele.

E seus mamilos perfeitamente proporcionais.

Mesmo pela manhã, de ressaca e tudo mais, ele é lindo.

— O que deu em você? — ele pergunta, pressionando a mão no olho.

— Por que você está na minha cama?

Ele olha ao redor.

— Se eu soubesse... — Ele pisca algumas vezes. — Por que seus peitos estão para fora do vestido?

— Eles deram uma escapulida ontem à noite. Não tem nada a ver com você. — Me viro para o outro lado e enfio os teimosos de volta. Com dignidade e tudo mais. Assim que estou ajeitada, me viro e encontro um sorriso minúsculo puxando seus lábios, e, meu bom Deus, meus quadris praticamente se atiram nele.

De arrasar. Ele com certeza é de arrasar com aquele sorriso.

Tentando me controlar, digo:

— O pelo do seu peito é muito macio. Quer dizer, o pouquinho de pelo no peito que você tem.

Ele olha para a pequena área entre seus peitorais e então de volta para mim.

— Passo condicionador neles.

— Sério? — Não imaginei que ele fosse o tipo de cara que passasse condicionador, embora tenha um cabelo maravilhoso.

— Não. — Ele se levanta, e é quando vejo que sua calça jeans está aberta, exibindo um pedacinho de cueca preta.

É claro que ele usa cueca preta. Não sei nem por que isso me deixa com tesão, mas deixa. Assim como seu abdômen esculpido em sua barriga tanquinho e a pequena trilha de pelo logo acima da cintura.

— Me secando, é, Bonnie?

Cruzo os braços e desvio o olhar.

— Eu preferiria queimar os olhos com ácido.

Ele ri e... meus mamilos ficam duros.

— Bom saber. — Ele pega seus sapatos e dá a volta na cama, pelo espaço apertado, e desce as escadas.

— Aonde você está indo? — pergunto, indo atrás dele, só Deus sabe por quê.

— Para casa. Preciso tirar o seu fedor de mim.

— Eu não fedo — zombo assim que chegamos na sala. Ele se senta no sofá e calça as botas, seus dedos voando pelo cadarço. Acho que nunca vi alguém amarrar botas tão rápido.

Por que estou notando uma coisa dessas?

Culpa da ressaca.

Quando ele se levanta, inclina a cabeça para o lado, analisando-me ao abotoar lentamente a camisa — um grande prejuízo para a sociedade. Ele pode até me tirar do sério, mas seu corpo foi feito para ficar nu o tempo todo.

— Que cara triste. Você quer que eu vá embora? — ele questiona em tom provocador.

— Ah, com cer...

— Hum... bom dia. — Ouço Dakota falar atrás de mim.

Me viro depressa e a vejo parada à porta de seu quarto, com um sorriso malicioso nos lábios.

Ai, como fui esquecer que Dakota estava aqui? Devo ter imaginado que ela tinha ido para a casa da Isla. Só que nem todo mundo age como eu, que traz um indutor de orgasmo para casa, mas falha em receber tal orgasmo.

Não que eu queira que ele me dê um.

Pois é, eu sei, também não acreditei nessa minha última frase, mas disse isso para, sabe como é... não acabar com a minha dignidade e coisa assim.

— Bom dia, *lass* — Rowan diz casualmente, como se ficar ali na nossa casa com a camisa desabotoada e a calça jeans aberta fosse completa e absolutamente normal. — Como foi o encontro com a Isla?

Dakota franze a testa e olha com cuidado para nós.

— Foi bom.

— Vocês se beijaram? — pergunto, apertando as mãos no peito, me esquecendo por um momento da minha situação.

— Não. — O rosto de Dakota fica corado. — Mas a gente ficou de mãos dadas quando foi dar um passeio.

— Ai, aguenta coração — cantarolo. Virando-me para Rowan, agarro sua camisa e o sacudo, ou pelo menos tento. — Ouviu isso? Elas deram as mãos.

— E isso nem chega aos pés de seja lá o que vocês dois fizeram na noite passada — Dakota fala.

Aceno para ela.

— Não aconteceu nada. — Para Rowan, sussurro: — Não aconteceu nada, né?

— Ela atirou os seios em mim e falou que meu peito parecia uma chinchila.

— Eu falei isso alto?

— Murmurou — ele diz, me dando um tapinha desajeitado nas costas.

— Que noite mais... emocionante — Dakota responde, ainda parecendo confusa. — Então, isso aí... — ela aponta para nós dois — ... é um caso?

— O quê? Não. — Balanço a cabeça. — Não. Não... não.

— Se você não sacou antes, é um não mesmo — Rowan interrompe.

— Tá bom. — Dakota balança nos calcanhares. — Quer ficar para o café da manhã, Rowan?

— Ah, já está na hora de ele ir…

— Adoraria. — Ele me dá outro tapinha nas costas e então vai para a cozinha, com a camisa e a calça ainda abertas. — Posso preparar alguns ovos e torradas para a gente?

— Seria ótimo — Dakota aceita, sorrindo para mim.

Por que parece que eles estão no mesmo time; e eu estou proibida de me juntar a eles?

— Conta para a gente sobre o seu encontro — peço, sentando-me à mesa de jantar com Dakota, enquanto Rowan anda pela cozinha.

— Foi ótimo. — Dakota brinca com um guardanapo na mesa. — Ela é incrível, mas Rowan já sabe disso.

— Sei — ele diz, e sua voz perfeitamente profunda se junta à conversa. — Ela é boa demais.

— Sobre o que vocês conversaram?

— Sobre tudo. Nossas infâncias, como foram diferentes. Falamos sobre a nossa amizade, e que mesmo que eu não tenha irmãos, você sempre foi como uma irmã para mim.

— É verdade. Não tenho problema nenhum em brigar com você pelo último pedaço de bolo.

— Com unhas e dentes — ela diz, e nós duas rimos. — Mas foi legal ter alguém que me olha nos olhos enquanto estou falando. Tive a sensação de que ela se interessa pelo que estou dizendo. Isabella nunca foi assim. Talvez só um pouquinho no começo, mas aí… sei lá. Com ela, eu me sentia mais como uma marionete do que qualquer outra coisa.

Assinto, lembrando-me do quanto aquele relacionamento foi tóxico.

— Me fala mais sobre vocês ficarem de mãos dadas.

— Bem, ela perguntou se eu queria sair para passear, e é claro que eu queria, já que você e Rowan estavam começando a ficar agitados e barulhentos.

— Estávamos?

Dakota ri.

— Hum, sim. Foi uma visão e tanto.

Eu me encolho.

— Desculpa.

— Está tudo bem, estavam se divertindo. Você precisava curtir um pouco.

Rowan olha para trás, para mim, e eu logo desvio o olhar. Não quero que ele veja nem um pedacinho de vulnerabilidade, porque, sim, eu me diverti muito na noite passada — pelo menos do que me lembro.

Fazia tempo que eu não curtia assim sem envolver a Dakota. Ele me ajudou a esquecer um pouco a necessidade inconveniente de ter que provar algo para mim mesma, de ter que encontrar algo que mostre que estou na direção certa, que tenho valor. É um sentimento que parece me atormentar a cada segundo do dia, e ele apagou isso. Me ajudou a relaxar, ficar tranquila e só curtir a vida por um momento em vez de ficar focando em tudo que eu poderia ter feito de diferente nos últimos anos.

Sim, a gente pode até ficar discutindo e pegar no pé um do outro, mas sei que é tudo na esportiva. Gosto de caras que não ficam se controlando, e Rowan é assim. Ele diz o que vem à mente. Pode ser assustador às vezes, mas também emocionante. E essa constatação é surpreendente, porque acho que... ai, Deus... acho que posso estar começando a ter uma quedinha por ele.

Não...

Não, né?

Deve ser só uma indigestão por conta de toda a cerveja da noite passada.

Pelo menos é o que estou dizendo para mim mesma, porque sem chance de eu encarar esses sentimentos neste momento. Prefiro ficar em negação, muito obrigada.

— E aí, vocês de mãos dadas. — Dou uma cutucada nela por baixo da mesa, um sinal para que ela continue.

— Sim, bem, a gente começou a andar pela cidade, ao longo do lago. Eu estava contando sobre Los Angeles quando ela deslizou a mão na minha.

— Conquistadora — Rowan diz, e detecto uma pitada de orgulho em sua voz.

— Fiquei um pouco surpresa no começo, mas aí tive a sensação de que era para ser assim, e entrelaçamos os dedos. Foi perfeito. Fiquei com um friozinho e tanto na barriga e quase não conseguia respirar.

— Ai, meu coração não vai aguentar. — Estendo o braço e pego a mão de Dakota. — Estou tão feliz por você. Então, isso significa que vão sair de novo?

— Se ela me chamar, eu vou.

— Por que você não a chama? — Rowan se intromete, trazendo dois pratos de comida para a mesa. Ele os coloca na nossa frente com talheres e então retorna para o balcão, recostando-se e pegando um prato para si. Pega o garfo e começa a comer, e me dou conta de algo: ele pode me tirar do sério e pode até ser a pessoa mais rabugenta que já conheci, mas por baixo disso tudo, ele é um homem bem gentil e atencioso.

Um protetor.

Alguém que gosta de servir.

Acho que nunca conheci um homem como ele. É assustador, e ainda assim, revigorante.

— Nunca chamei alguém para sair — Dakota admite. — O que eu diria?

— É simples — Rowan diz. — Basta dizer: "Ei, gostei muito do nosso encontro de sexta. Quer repetir a dose?".

— É uma ótima maneira — digo, apesar de parecer estranho concordar com Rowan.

— Vocês acham? — Dakota remexe seus ovos. — Eu fico nervosa com essas coisas.

— É só pensar no quanto Isla ficou nervosa em te chamar para sair, para começo de conversa — Rowan destaca. — Ser a única lésbica, ou gay, numa cidadezinha significa que namorar pode ser bem desafiador, e quando ela se aventurou, acabou se machucando todas as vezes. Chamar você para sair foi um grande passo… e deve ter sido por isso que ela chamou uma vela. — Rowan meneia a cabeça para mim.

— Eu fui uma vela bem charmosa.

— Charmosa é exagero. — Estou prestes a protestar quando ele dá uma piscadela para mim e enfia um bocado de ovos na boca.

Meu bom Deus, se ele piscar para mim assim de novo, vou tirar meus seios deste vestido e balançá-los na cara dele. Sem vergonha alguma.

— Você acha que ela iria gostar de eu chamá-la para sair? A gente nem se beijou nem nada... pode ser que ela não tenha gostado.

— Se ela ficou de mãos dadas com você é porque gostou. Vai por mim, Isla tem o ritmo dela. Chama ela para sair, Dakota. Aposto que ela vai adorar.

— Sério?

— Sério. — Rowan assente.

— Tá bom, então, vou fazer isso. — Dakota estufa o peito. — Vou chamar ela para sair. Valeu, Rowan.

— Disponha.

Dakota está no banheiro se arrumando para o seu grande dia, enquanto eu fico à toa na mesa de jantar, observando Rowan terminar com os pratos que ele insistiu em lavar.

Ele é tão intenso e relaxado ao mesmo tempo. Sinceramente não sei como interpretá-lo. Só sei que na noite passada e esta manhã — ainda mais nesta manhã —, ele fez um estrago na muralha que ergo quando estou perto dele.

Ele fecha a torneira, enxuga as mãos e então se vira, segurando a bancada e se apoiando nela, com os olhos fixos em mim. Sua camisa e calça estão abotoadas agora, mas ele ainda está com essa aparência de quem acabou de sair da cama, o que tem feito umas coisas malucas com a determinação que restou em mim.

— Obrigada — digo antes que ele possa abrir a boca.

— Pelo quê?

— Bem, pelo café da manhã e por lavar a louça, mas principalmente por dar a confiança de que Dakota precisava para dar o próximo passo. Não sei se ela teria feito isso sem um incentivo.

— Dakota me lembra muito da Isla, fala mansa, doce e tímida quando se trata de relacionamentos. As duas precisam de um empurrãozinho, uma mãozinha, para darem os passos na direção daquilo que querem.

Apoio o queixo na mão e lanço um olhar demorado para ele.

— Você é muito atencioso, Rowan.

— Não sou o babaca que você achou que eu fosse, hein?

— Nunca achei que fosse. Só... sei lá. Você sabe como me infernizar.

— Posso dizer o mesmo, *lass*. — Ele se afasta da bancada e enfia as mãos no bolso. — Vou indo agora. Vejo você por aí.

Ele está indo para a porta quando chamo:

— Espera. — Me levanto da cadeira e fecho a distância entre nós.

Não sei o que estou prestes a fazer, mas sei que preciso fazer alguma coisa, porque há pelo menos umas cem emoções diferentes fervilhando em mim, borbulhando e precisando se libertar.

Sem jeito e esperando que ele não me afaste, estendo os braços e envolvo sua cintura. Faço uma pausa por um instante, aguardando sua reação, e quando ele não se move, tomo isso como um bom sinal e lhe dou um abraço.

Prendendo a respiração, espero pelo que parecem minutos, mas são apenas segundos, antes que seus braços me envolvam também e me apertem. Pressiono a bochecha no seu peito, lembrando como isso foi bom quando estávamos lá no Castelo de Corsekelly. E a sensação é tão boa que nosso abraço se prolonga.

Quando finalmente me afasto, ele me prende com o olhar.

— Qual o motivo do abraço?

Dou de ombros.

— Achei que você estava precisando de um.

Ele assente devagar.

— Não achei que estava... até você me abraçar.

O ar fica parado entre nós, apesar da brisa fresca que entra pela janela aberta da cozinha. A expectativa que vem crescendo entre nós — o ódio, as brigas, a curiosidade, a atração — parece que vai colidir de uma só vez, neste momento, e é quase insuportável.

Com ousadia, seus olhos me percorrem, demorando-se nos meus seios, e então sobem para os olhos. Eles reluzem, em transe, enquanto lambo os lábios. A chama ardente que está tremeluzindo em seus olhos, o subir e descer de seu peito, a rigidez de sua mandíbula — todos os sinais de que talvez, só talvez, a atração que estou sentindo por esse homem não seja só minha. Que ele pode muito bem estar sentindo a mesma coisa.

Ele dá um passo à frente, suas mãos deslizam ao redor da minha cintura, e juro por Deus que posso sentir minhas pernas bambas quando sua mão forte aperta minha lateral. Sua outra mão ergue meu queixo e ele umedece os lábios. Eu prendo a respiração.

Esperando, na expectativa... desejando que sua boca pouse na minha. Desejando que ele ache isso tão emocionante quanto eu, mesmo que fiquemos implicando um com o outro.

Seu polegar puxa meu lábio, e ele se abaixa só um pouquinho mais... até que Dakota abre a porta do banheiro e sai de lá, assobiando uma música da Taylor Swift.

Rowan se afasta às pressas e passa a mão pelo cabelo, virando as costas para mim.

Mas que droga, hein, Dakota? Ela nem veio para a sala, vai direto para o quarto sem olhar para a gente.

— Tenho que ir — Rowan diz, sem olhar para mim, ficando cabisbaixo e indo até a porta.

— Espera! — grito, desesperada. — Eu... hã... será que você... — *Meu Deus, desembucha, Bonnie.* — Será que você pode me ajudar com uma coisa?

— Agora? — Ele olha para trás.

— Não — digo, mesmo querendo dizer sim. Quero perguntar se ele pode me ajudar com o latejo entre as minhas pernas. *Ai, ai.* — Será que você pode passar lá no café mais tarde?

— Claro. — Ele franze a testa. — Está tudo bem?

— Está. — Na verdade, não. Estou nervosa, excitada. Quero ficar nos braços dele. E quero expor minhas ideias sobre a cafeteria, mas estou com medo de ele achar que é tudo bobagem, que não são dignas de consideração.

— Tudo bem. — Ele se afasta mais, e o ouço expirar alto antes de se virar, pegar minha mão e me puxar para outro abraço apertado. Com o queixo apoiado na minha cabeça, ele fala: — Me diverti ontem.

— Eu também — admito, sentindo aquele friozinho na barriga de que Dakota estava falando.

Ele me aperta e então me solta, me dando um rápido aceno antes de sair do chalé.

Um enorme sorriso surge no meu rosto enquanto o observo ir embora.

Ai, não... isso não é nada bom.

Está acontecendo. Acho que estou a fim do Kilt McRabugêncio.

— Ei, *lasses* — Isla cumprimenta, entrando no café com uma cesta de biscoitos e bolo Dundee. Deus abençoe Dakota por ter pegado a confeiteira da cidade. — Trouxe umas guloseimas para vocês.

— Não precisava...

— Você é uma fofa — digo, interrompendo Dakota e pegando a cesta. — Estava louca por uns biscoitos hoje depois da caminhada.

— Você foi pela Trilha da Vaca Peluda? — Isla pergunta, recostando-se no balcão perto de Dakota.

— Fui e amei. Aquelas vacas peludas são tão fofas. Pode acabar sendo a minha parte favorita da Escócia.

— Ah, não é o Rowan? — Isla provoca com uma piscadela, fazendo Dakota rir alto.

— Você ficou sabendo que ele passou a noite lá no chalé? — Dakota diz.

Isla assente.

— Fiquei. Vi ele saindo de fininho quando eu estava a caminho da confeitaria.

— Ele não estava saindo de fininho. Não rolou nada. A gente só capotou na cama. Vai por mim, se alguma coisa tivesse rolado, minhas partes íntimas saberiam. Vamos apenas dizer que faz um bom tempo desde que não tenho que sair de fininho.

— Interessante. Porque parecia que ele tinha se dado bem — Isla fala, o que desperta meu interesse.

— É mesmo? — Apoio o queixo na mão e mexo os cílios para ela do balcão. — Me conta mais, por favor.

Ela ri.

— Ele estava sorridente, e é raro ver Rowan sorrir.

Pressiono a mão no peito e não consigo evitar sentir uma sensação de conquista.

— Eu fiz isso com ele. Eu o fiz sorrir.

— É, alguma coisa fez isso, e se ele passou a noite no chalé com você, aposto que é porque você fez um bom papel.

— Ele preparou café da manhã para a gente *e* lavou a louça — Dakota conta. — Ele foi um fofo. Nem perguntou, só foi cuidando da gente.

— Rowan é assim — Isla diz, melancólica. — Ele pode ser durão por fora, mas é bem gentil e gosta de cuidar dos seus. Estou começando a achar que ele está vendo vocês como parte do círculo íntimo dele. Vocês são duas sortudas.

É uma boa maneira de dizer isso, porque eu me sinto sortuda. Rowan parece ser o tipo de pessoa que não inclui muitas pessoas na sua vida, mas quando isso acontece, ele faz tudo o que pode para mantê-las por perto e cuidar delas. Fica evidente na forma como ele fala da Isla e da necessidade dela de ser chamada para sair, para variar, ou em como ele me levou para longe para que ela e Dakota pudessem ter um momento a sós. Ele é atencioso, e fico imaginando se minha irritação com ele antes me cegou para isso.

— Dá para ver que ele é um homem bom. Acho que Bonnie deveria tentar com ele — Dakota diz com uma expressão sugestiva.

— Também acho — Isla concorda e as duas olham para mim.

— Valeu pela opinião de vocês, meninas, mas acho que as duas deveriam focar em vocês mesmas por enquanto. O que me lembra, Dakota, não era para você chamar a Isla...?

— Acho que vou te acompanhar até a porta, Isla — Dakota me interrompe antes que eu a envergonhe.

— Ah, claro. — Ela acena para mim. — Bom apetite. Não coma tudo rápido demais.

Enfio um biscoito na boca.

— Pode deixar — falo enquanto ele derrete na língua. — Sei como me controlar. — Pego outro biscoito e o enfio na boca. Tão gostoso.

Gostoso pra caramba.

Juntas, elas saem do café e, sendo a amiga bisbilhoteira que sou, ando na ponta dos pés até a porta, pronta para escutar. Assim que alcanço a soleira e inclino o ouvido, um corpo enorme me bloqueia.

Minha boca ainda está cheia de biscoitos, e eu vou movendo os olhos devagar pela figura robusta e encontro um curioso par de olhos verdes me encarando.

— Pode me dizer o que está fazendo?

— Bisbilhotando — digo, enquanto farelos caem da minha boca. — Quer se juntar a mim?

Rowan me cutuca no ombro, me movendo para fora do caminho.

— Não. Dê espaço para elas.

— Mas e se ela estiver fazendo tudo errado?

— Não está.

— Mas...

— Dê espaço para elas — ele insiste, um pouco mais sério.

— Aff. — Recuo. — Você está acabando com toda a diversão da minha amizade. A gente se intromete na vida uma da outra. É assim que fazemos, é isso que nos mantém vivas.

— É, bem, não desta vez. — Ele desce a mão pelo meu ombro e sua palma larga se conecta com a minha, o que me distrai o suficiente para ele me puxar mais para dentro do café, onde nós dois nos sentamos a uma das mesas. — Você precisa de ajuda com o quê? — Ele solta minha mão, e eu meio que quero pedir para ele segurá-la de novo.

— Preciso de ajuda para bisbilhotar a minha amiga.

— Bonnie.

— O quê? — Abro um sorriso largo para ele.

— Deixe-as em paz.

— Você é mesmo irritante.

— Você já me disse isso. Agora, a menos que precise mesmo de ajuda com alguma coisa, eu vou embora. — Ele começa a se levantar e eu vou logo pegando sua mão e o faço se sentar de novo.

— Não, preciso de ajuda mesmo. — Gesticulo para a cafeteira. — Quer café?

Ele balança a cabeça.

— Não, obrigado.

— Tudo bem. — Cruzo as pernas. Pego seu olhar pousando nas minhas pernas recém-depiladas por um breve instante antes de voltarem para o meu rosto, enviando um arrepio de luxúria pela minha espinha.

Só um olhar... é só o que é preciso quando se trata desse homem.

Só um olhar, e já estou pronta para cavalgar no colo dele.

Pigarreio.

— Você já viu as avaliações da cafeteria nos sites turísticos?

— Tem avaliações? — ele pergunta, parecendo confuso.

— Tem. Todas as empresas turísticas fornecem informações para cada parada, e em Corsekelly, quase todas as avaliações dizem para não se darem ao trabalho de pararem aqui no café, porque não tem nada de especial aqui.

— Não é... — Sua voz vai sumindo quando ele olha para os lugares vazios. — Bem, não foi sempre assim.

— Mas agora é, e alguma coisa precisa ser feita. Já faz duas semanas que estamos aqui, e acho que devo ter servido café uma dúzia de vezes. Em alguns dias, só o Fergus vem aqui.

— Minha mãe não aguentou o tranco sozinha. Foi demais. — Ele passa a mão no rosto. — Ainda não entendo por que meu pai se aposentou. Acho que... — Rowan morde a lateral da bochecha. — Droga, acho que meu pai pode estar doente, e não quer me contar. Ele insiste que só está cansado e economizaram o suficiente para que ele pudesse se aposentar. Mas foi difícil demais para a minha mãe abrir mão de tudo. Ela adora ficar aqui na cidade, falar com todo mundo, mas não sabe como dar conta, nem tem grandes ideias para melhorar a cafeteria. — Ele dá uma risadinha para si mesmo. — A única grande ideia que ela teve foi compartilhar o anúncio nas redes sociais, e olha só o que aconteceu. — Ele gesticula para mim. — Trouxe duas americanas bisbilhoteiras e irritantes para a cidade.

— Vou tomar isso como um elogio, porque sei que você está começando a gostar de mim. — Afofo o cabelo.

— É, e como sabe disso? — ele pergunta, cutucando minha perna de brincadeira.

— Hã, já se esqueceu do abraço antes de você ir embora e da confissão de que se divertiu comigo?

— Acho que eu ainda estava bêbado. — Ele sorri, e eu me derreto.

— Boa tentativa, Rabugêncio. Você está a fim desta garota aqui. — Gesticulo para mim mesma da cabeça aos pés e vejo seus dentes morderem o lábio enquanto ele me observa.

Meu bom Deus, por favor, me ajude a manter a blusa por enquanto.

Seus olhos se voltam para os meus.

— Então, qual é a sua ideia? — ele pergunta. — Sei que está bolando uma nessa sua cabecinha.

— Estava pensando em fazer uma reforma na cafeteria. Uma renovação, trazer os pãezinhos amanteigados de volta, acrescentar mais opções de café, de verdade. Deixar o lugar aconchegante, um lugar em que os turistas vão querer parar. A gente podia vender produtos temáticos da Pedra do Bilau e do Fergus, as coisas que tornam a cidade única. Até mesmo as vacas peludas. Não temos nem panfletos que direcionem os turistas. A gente poderia fazer tanta coisa... tipo, um bingo da cidade. Você distribuiria os cartões para os ônibus turísticos com antecedência, e na meia hora que eles param aqui, haveria algumas coisas para os turistas fazerem, visitarem e ganhariam uma camiseta de graça ou algo assim. Sei lá, só estou tendo umas ideias, mas há tanto potencial, ainda mais por conta da popularidade de *Coroas de Ferro*, que eu vi na internet que foi renovada para mais três temporadas.

Ele coça a lateral do queixo.

— E quando vocês voltarem para casa? Vão deixar minha mãe para cuidar de tudo sozinha?

— Quem disse que vou embora? Pode ser que eu goste de Corsekelly e queira morar aqui. Pode ser que eu encontre um cara robusto que me deixa louquinha. Alguém como Leith ou Lachlan. Ou talvez os dois. Não ligaria de morar com gêmeos gostosos que saem pela cidade só de kilt e levantam toras enquanto se exercitam.

— Eles não iriam aguentar você.

— Ah, é? — Cruzo os braços. — E você é a autoridade que pode dizer quem pode me aguentar?

— Sou. — A intensidade de seu olhar quase me desarma.

Suspiro. Este não é o momento de outra batalha acalorada.

— Se eu acabar indo embora, vou fazer questão de ajudar a sua mãe a encontrar um funcionário confiável. Caramba, ela trouxe duas americanas para cá, tenho certeza de que a gente poderia encontrar alguém que não ligaria de ficar num chalé de contos de fada na cidade mais fofa da Escócia. Não seria tão difícil assim, Rowy.

— Não me chame assim — ele diz rápido, e eu solto uma risada.

— Qual é. — Cutuco seu pé. — Pensa só em como isso ajudaria a sua mãe, os seus pais. Talvez seja algo que eles sempre quiseram para a cafeteria. A gente pode fazer acontecer.

Ele reflete sobre isso enquanto analisa o ambiente, dando uma boa olhada ao redor.

— Aqui dentro está uma porcaria — ele admite, o que me faz rir de novo. — Lembro quando este lugar era cheio de vida. — Ele olha para mim. — Por que você quer fazer isso?

— De verdade?

— É.

— Eu me identifico com este café mais do que gostaria de admitir. Já teve todo o potencial do mundo, mas com o tempo, perdeu o brilho... o propósito. Fazê-lo brilhar de novo vai me dar uma coisa para conquistar, uma coisa que vai me fazer sentir que estou contribuindo de verdade em vez de só viver uma vidinha comum.

— Você tem propósito, Bonnie — ele diz, e mesmo que seja uma declaração fofa, soa falsa.

— Achei que tinha. — Balanço a cabeça. — Tem sido difícil encontrar ultimamente. Sinto como se isso fosse me dar propósito, algo em que focar e uma forma de me esforçar. Eu preciso... — Solto um longo suspiro. — Eu preciso sentir que sou útil, Rowan. Agora, estou com a minha autoestima lá embaixo.

— Ei. — Ele ergue meu queixo para que eu veja o franzido em sua testa. — Todo mundo tem seus momentos ruins. Vai por mim. Nem todo mundo está vivendo de verdade. Não por completo.

— Está falando de você mesmo? — pergunto, e parece que algum tipo de barreira entre nós acabou de ser quebrada depois dessa confissão.

— Estou. — Ele desvia o olhar e se levanta, coçando a nuca. — Meu plano era ir embora de Corsekelly, fazer algo melhor, algo que eu queira de verdade, mas esse plano mudou num piscar de olhos.

— O que aconteceu?

Ele abre a boca para responder assim que Dakota entra correndo.

— A Isla disse sim! — Ela joga os braços no ar e dança no lugar. — Ai, meu Deus, ela disse sim.

Que péssima hora, Dakota.

Mas, ai, estou feliz pela minha amiga. Feliz de verdade.

— Que ótimo — Rowan responde, me lançando um rápido olhar antes de dar um tapinha no ombro de Dakota.

— Obrigada por me encorajar. — Dakota o abraça apertado. Quando ela se afasta, se vira para mim com um sorriso. — Agora sei do que você estava falando, com todos esses músculos.

Ai, meu Deus, Dakota. Cadê o filtro?

Rowan se afasta e se vira para a porta.

— Tenho certeza de que vocês duas vão ter muito o que conversar. Estou indo.

— Espera, Rowan, a gente ainda não terminou.

— Faça o que você quiser, Bonnie. — Antes que eu possa responder, ele se vai, fechando a porta.

Dakota me lança um olhar confuso.

— Interrompi alguma coisa?

Em geral minha resposta seria sarcástica, mas não quero tirar a alegria do grande momento dela. Balanço a cabeça.

— Então, ela disse sim, hein? Me conta tudo.

Sorrindo de orelha a orelha, ela conta toda a conversa, e mesmo que eu esteja morrendo para saber o que Rowan estava prestes a me contar, não poderia estar mais feliz neste momento.

— Oi, Leith — cumprimento, indo até a mesa alta que ele está ocupando no bar.

— Bonnie, você está linda hoje. — Ele me puxa para um abraço apertado, me envolvendo com sua colônia amadeirada. É uma sensação boa.

— Obrigada. Você também está lindo.

Dou um passo para trás enquanto ele ajusta a gola da camisa.

— Passei hoje mesmo.

— Bem, você fez um trabalho incrível.

— Obrigado. Agora, como posso ajudar? Sei que você está atrás de alguma coisa, porque está com uma ruguinha entre os olhos. — Ele cutuca minha testa e ri.

— Está tão na cara assim?

— Está. — Ele assente.

— Estava procurando o Rowan. Esperava encontrá-lo aqui. A gente tem uma conversinha para terminar.

— Tem a ver com ele ter saído de manhã do seu chalé? Isla me falou que viu o bom e velho safado.

Caramba, as notícias se espalham mais rápido aqui do que em Los Angeles, onde pessoas vivem e respiram os sites de fofocas.

— Não aconteceu nada.

— É, foi o que me disseram. — Ele balança a cabeça. — Se tivesse sido eu, *alguma coisa* teria acontecido. Você é bonita, bem atraente.

Dou uma risadinha e cutuco seu queixo.

— E você é bem galã.

— Tento ser, mas sei que você está atrás é do emburrado.

Balanço a cabeça.

— Não atrás, só queria conversar com ele.

— Então está me dizendo que ainda há uma chance?

Dou de ombros.

— Nunca diga nunca.

Ele dá um soquinho no ar.

— Vou aproveitar.

— Agora, você pode me dizer onde Rowan está?

— Aposto que está lá no chalé dele.

Bem, isso não ajuda. Franzo os lábios e olho para o lado, tentando pensar no que fazer a seguir.

— Posso te dizer como chegar lá, se você quiser. Deve dar uma caminhada de cinco minutos daqui.

Olhe só para Leith sendo um bom amigo. Ele pode muito bem ser o meu Murdach favorito agora.

— Você não acha que ele vai ficar bravo?

Leith me dá uma boa olhada.

— Se você aparecesse na minha porta, eu com certeza não ficaria bravo.

— Tudo bem, tudo bem, já chega de cantadas, você vai me deixar vermelha.

Ele ri.

— Nós, escoceses, somos bem charmosos. Agora, venha cá. — Ele se levanta e me guia da porta da frente até a esquina. — Está vendo aquela rua ali, a Loch Lane? — Aponta para a rua perto do posto de gasolina. — Você vai até o fim dela. Vai chegar num chalé à direita, não dá para errar. Porta azul-marinho. É a casa do Rowan.

— Parece bem fácil.

— Não dá para se perder. Boa sorte, *lass*.

Com uma rápida despedida, vou para a Loch Lane, admirando todos os chalezinhos pelos quais passo. Não consigo imaginar como alguém iria querer viver em outro lugar. Este lugar parece mesmo um mundo totalmente inventado, um mundo que só vemos nos filmes e livros. Ao chegar ao final da rua, vejo um chalé à direita, escondido atrás de algumas árvores. A porta é pintada de azul-marinho.

Um muro de pedra envolve a frente do chalé com um velho portão de ferro, vasos de flores pendurados em ganchos da casa, e as paredes brancas reluzem ao sol. É um belo chalezinho, e dá muito bem para vê-lo como o oásis dele — um lugar para se refugiar à noite, um escape depois de um longo dia numa cidade pequena.

Assim como o lugar em que eu e Dakota estamos ficando.

O nervosismo floresce no meu estômago quando passo pelo portal, que range com a minha chegada. Tomara que esta seja uma boa ideia. Minha determinação de chegar a fundo ao que Rowan estava prestes a dizer no café diminui, e o arrependimento começa a aparecer. E se ele quiser mesmo ser deixado em paz e eu estiver invadindo sua privacidade?

Olho para trás, para a Loch Lane. Os telhados da cidade aparecem além do bosque. Dá para eu sair correndo sem ser vista...

A porta do chalé se abre de repente, revelando Rowan, de pé com uma calça de moletom de cintura baixa e nada mais.

Hã, acho que ninguém me convenceria a fugir agora, mesmo se houvesse um incêndio. Não me importaria com a perspectiva de ficar olhando para esse homem a noite toda.

Suas mãos agarram o batente da porta, seus nós dos dedos vão ficando brancos de tão forte que ele está apertando a madeira. Noto uma ondulação em seu antebraço enquanto meus olhos viajam por sua tatuagem intrincada até sua mandíbula rígida e os olhos estreitos.

Meu Deus, a raiva fica tão sexy nele.

— Posso entrar? — pergunto.

Sou recebida com silêncio enquanto seus olhos me lançam um olhar vagaroso, subindo pela minha legging até a camiseta básica. E quando penso que está prestes a recusar, ele abre um pouco mais a porta. Passo por baixo de seu braço e entro no chalé.

É simples, claro, e tudo o que eu esperava dele. À direita está um sofá preto de couro de frente para uma pequena lareira. Não há TV à vista, em vez disso, um livro aberto está virado para baixo na mesa de centro. À esquerda fica uma pequena cozinha e uma mesa de jantar para duas pessoas. É bem como o nosso chalé, mas o de Rowan é mais organizado, com armários de madeira mais novos e tecnologia moderna. Acima da cafeteira há uma fileira de canecas belamente trabalhadas, penduradas em ganchos e trazendo uma pitada de cor ao espaço branco e rústico.

Quando ele fecha a porta, eu me viro para encará-lo, e seus olhos me percorrem mais uma vez. Ele parece um lobo à espreita, e eu sou a presa. Estou assustada e empolgada ao mesmo tempo.

— Hum… foi Leith que me falou onde você mora. — Ele não diz nada, então continuo, com o pulso acelerando a cada segundo. — Queria terminar aquela conversa que tivemos no café. Achei que não teve uma conclusão adequada.

Nada. Nem uma sobrancelha erguida, nem rigidez na mandíbula. Só braços cruzados e olhos em mim.

— Hum, você está a fim de terminar aquela conversa? — pergunto, torcendo as mãos, e um nervosismo salta dentro de mim.

Rowan é uma pessoa reservada. Sei disso. Será que acabei de ultrapassar seus limites?

Mas se ele não me quisesse aqui, não teria me deixando entrar, não é?

Gesticulando para o espaço, digo:

— Você fez um ótimo trabalho com o espaço. Gostei das pitadas sutis de cor.

Ele passa a mão na lateral do queixo, e… será que posso parar o tempo por um minutinho e apreciar o espécime bem na minha frente?

Belamente esculpido, um Adônis escocês com um rosto lindo e a quantidade perfeita de barba no maxilar, que nunca parece mudar de comprimento. Ele é diferente de qualquer homem que já vi, mas com quem sempre sonhei. Seu V está esculpido num conjunto magnífico de abdominais. Seus peitorais largos se conectam a braços feito de rochas e mãos grandes e sexy.

E quando a raiva vibra por ele — como agora —, cada um de seus músculos dispara. É uma visão e tanto.

— Você não vai falar nada? — pergunto, me sentindo encolher na sua presença, sob seu olhar intimidador. — Porque é uma grosseria convidar uma pessoa e não falar nada. Você tem visita, Rowan, seja um bom anfitrião.

Seu maxilar se move de um lado para outro, mas se mantém bem cerrado.

É, parece que foi um grande erro.

Não estou a fim de aturar uma explosão, então solto um suspiro pesado e derrotado. Eu deveria ir embora e conversar com ele outro dia, quando ele estiver pronto para agir como um humano, não um neandertal.

— Está bem, foi uma visita adorável. Obrigada pela hospitalidade.

Passo por ele, mas ele estende a mão e gentilmente pega meu braço, mantendo-me no lugar. Estamos lado a lado. Ele está olhando para uma direção e eu, para a outra.

— Quer café? — ele oferece, baixinho.

— Hã... claro.

Aos poucos, ele solta meu braço, e seus dedos roçam minha pele como se fossem penas, enviando um arrepio pela minha espinha quando ele se afasta.

Ele vai até a cozinha, ficando sempre de costas para mim. Eu o observo preparar um simples bule de café e então pegar duas canecas dos ganchos. Enquanto o café fica pronto, ele abre o armário perto da geladeira e tira de lá uma embalagem com... ai, meu Deus.

É bolo.

As coisas estão prestes a ficar constrangedoras.

— Isso aí é... isso aí é bolo?

Ele não responde.

— Porque se for, você sabe muito bem que eu adoraria um pedaço, grandão.

Ele pega dois pratos bonitos da prateleira, do mesmo estilo das canecas. Então corta dois pedaços de bolo, coloca-os nos pratos com garfos e os traz para a mesa de centro, assim que a cafeteira apita.

Ele enche cada caneca.

— Creme ou açúcar?

— Os dois — respondo, ficando ali sem jeito no meio do chalé dele, sem saber o que fazer com as mãos, ou com o corpo, aliás. Devo me sentar? Devo esperá-lo? Devo pegar o bolo e sair correndo pela porta?

A opção três está parecendo bem promissora. Tipo, até ele se virar com duas canecas em mãos e eu ter mais um vislumbre dele.

Pois é, eu não seria capaz de ir embora a esta altura, de jeito nenhum. Estou dedicada a ver seus peitorais se flexionarem hoje.

Ele vai na direção do sofá, então se senta e põe tudo na mesa de centro. Quando olha para mim, pergunta:

— Você vai se sentar ou ficar aí parada a noite toda?

— Bem, sabe como é, você deixou as coisas meio constrangedoras. — Dou a volta pelo sofá e me sento. — Não sei nem se posso respirar aqui na sua casa.

— Pode respirar.

— Ah, olha só, você sabe falar. — Ele desliza uma caneca para o meu lado e então se recosta no sofá, me encarando.

Mas ele não só fica me encarando. Está praticamente olhando para dentro da minha alma enquanto seu braço se apoia, todo descontraído, nas costas do sofá.

— Então. — Dou um tapinha no colo. — A gente só vai ficar se olhando?

Ele não responde, e não consigo mais aturar isso. Deve ser algum tipo de tática escocesa de intimidação da qual não fiquei sabendo, mas não consigo aguentar tanto silêncio assim sem perder a cabeça.

E chegamos nesse ponto.

Estendo a mão e dou um empurrãozinho em sua perna.

— O que há com você? — Eu me aproximo, cutucando-o na barriga, determinada a irritá-lo até que ele diga alguma coisa. — Fale comigo. Diga alguma coisa, qualquer coisa. Só pare de ficar aí calado sem dizer nada ou…

— Você está linda hoje, Bonnie. — E bem assim, ele me tira o fôlego. Desvia o olhar, cerrando os punhos e os abrindo, como se estivesse tentando se controlar.

— Finalmente você está admitindo que me acha atraente? — pergunto, esperando que isso melhore o clima.

A provocação cai por terra, já que ele estende a mão e levanta meu queixo.

— Você sabe que eu acho.

Tá bom, então.

Que bom que deixamos isso claro.

Eeee… por que foi mesmo que eu vim aqui?

Minha mente fica em branco, enquanto meu coração acelera. Meu desejo atinge um nível avassalador que jamais experimentei na vida.

Por favor, Bonnie, não faça nada idiota.

Capítulo 12

ROWAN

Americanas que me fazem falar até demais: *uma.*

Eu sabia que ela seria encrenca desde o momento em que a vi, mas, por alguma razão, estou me apegando a essa encrenca e, pelo visto, tentando fazê-la se tornar minha.

Pensei nela o dia todo.

Desde que saí do seu chalé, venho pensando nela.

A sensação de sua mão se movendo pelo meu peito, seu corpo quente aconchegado no meu pela manhã, o abraço antes de eu ir embora, sua confissão...

Caralho, a minha confissão.

E então, mais tarde, lá no café, eu estava pronto para deixar escapar a minha história sórdida no meio do dia, como se a conhecesse desde sempre. Foi um choque de realidade.

Com certeza eu enlouqueci.

Quando foi que eu falei do passado? Ainda mais com alguém que mal conheço?

Nunca.

E mesmo assim, quando ouvi o portão ranger alguns minutos atrás, sinal de que alguém estava vindo, soube que era ela. Senti a presença dela. Ver seus olhos, esses olhos... *porra*, não poderia rejeitá-la nem se quisesse, e todas as emoções que senti no café, todas as minhas confissões, voltaram borbulhando.

A única forma de me impedir de contar tudo para ela foi permanecer calado.

Mas parece que essa tática já ficou para trás.

Mexendo no cabelo, ela desvia o olhar para o lado.

— Então você me acha atraente... bom saber. Você até que é atraente também.

Ela é fofa pra caralho.

— E mesmo que esta conversa esteja ótima, acho que a gente devia comer bolo. — Ela pega o prato, separa um bom pedaço e o põe na boca. Como se estivesse esquecido os últimos minutos, ela geme junto ao garfo e afunda no sofá. — Como eu não fiquei sabendo desse bolo? O bolo Dundee é bom e tudo mais, mas esse aqui... esse... o quê? — Ela cutuca o bolo com o garfo.

— Bolo gelado de cereja.

— Bem, pode me chamar de louca e me dar um tapa na bunda, porque, *meu Deus*, que delícia. — Ela dá outra garfada e fecha os olhos. — Os sabores são magníficos. E é tão molhadinho. Ai, caramba, eu adoro um bolo molhadinho. Molhadinho... molhadinho, molhadinho. — Ela enfia o último pedaço na boca e se inclina, cutucando o bolo no meu prato. — Você vai comer? — Ela rouba um pedaço e pega o prato, segurando-o na frente enquanto mastiga. — É da loja da Isla? Porque ela vem me escondendo esse.

— Fui eu que fiz — digo.

Silêncio.

Ela se vira para mim devagar e me olha nos olhos. Sua boca mastiga com cuidado. Engole. E então...

— Você que fez? — ela pergunta, tão maravilhada que, caramba, meu exterior calmo se parte.

Um sorriso puxa meus lábios e assinto.

— Sim, eu que fiz.

— Para você?

— Sim... — respondo, confuso.

— Você quer dizer que um dia desses chegou em casa e pensou "quer saber, acho que vou fazer um bolo de cereja para mim"?

— O que há de errado com isso?

Ela põe o garfo no prato, ainda com bolo, e cruza as mãos com cuidado sobre o colo.

— Vou ser honesta com você, Rowan. Nunca na minha vida eu quis pular num homem tanto quanto quero agora.

Tudo isso por causa de um bolo?

Ela pigarreia e ergue o queixo.

— Mas sou uma dama, e mesmo que eu tenha mostrado alguns hábitos alimentares animalescos alguns instantes atrás, me recuso a pular em qualquer homem com esta idade.

— Você não tem vinte e quatro anos?

— Uma respeitável dama de vinte e quatro anos. Não sou uma louca de vinte e dois anos mais. Então, é sério. Vou dizer obrigada pelo bolo, bom senhor, e ir embora.

— Faça o que quiser — digo, percebendo sua mentira e pegando meu prato de bolo, que ainda está com seu garfo. Levo o garfo à boca, observando suas mãos se contorcendo, prontas para atacar em três, dois, um...

— Pensando bem, parece que você precisa de companhia. — Ela pega o garfo e enfia o bolo na boca. — Oh, doce néctar açucarado, você está me dando vida.

Rio. Ela é tão ridícula.

— Fique à vontade — provoco.

— Muito obrigada. — Ela dá outra garfada e então pega o café. Toma um gole e seus olhos se arregalam. — Ai, meu Deus, que tipo de café é esse?

— Uma mistura especial que comprei. Café de cereja com bolo de cereja, minha combinação preferida.

Suas mãos vão para minha coxa, e ela dá um bom aperto. Um raio de luxúria vai direto para o meu pau. Respiro fundo.

Mantenha o controle, rapaz.

— Rowan, você não se dá conta da combinação de sabores que fez aqui? Isto aqui poderia muito bem vender lá no café como um especial.

— Quem vai fazer o bolo de cereja?

— Hum... você?

— Não estou interessado — falo, terminando o resto de bolo e pondo o prato na mesa.

— Você não quer ajudar os seus pais?

— Já dei muito de mim por eles — digo, com a garganta apertada de repente. Para alguém de fora, meu comentário pode soar egoísta, mas se ela soubesse tudo pelo que passei, entenderia de onde exatamente estão vindo esses sentimentos, onde a minha necessidade de ajudar caiu por terra.

Pela expressão empática no rosto de Bonnie, na certa ninguém contou para ela o que aconteceu exatamente com o meu irmão.

— Do que você desistiu?

— Não estou a fim de falar disso agora.

— Era o que você iria dizer lá no café?

Solto um suspiro pesado.

— Bonnie...

— Tá bom, a gente não precisa falar disso. Dá para ver que você está ficando com raiva. Vamos falar sobre outra coisa.

— Por que você veio aqui?

— Não está na cara? — ela pergunta, piscando sedutoramente. — Vim aqui por causa do bolo e dos elogios.

— Você nem sabia que eu tinha bolo.

— Foi um palpite de sorte. — Ela balança minha perna. — Vamos, Rowan, relaxe. Pare de ser tão rígido.

Continue tocando na minha perna assim e essa "rigidez" não vai embora.

— Sério, Bonnie. Por que você veio aqui?

Seu sorriso some e ela se recosta, tirando a mão da minha perna.

— A verdade? — Assinto. — Eu queria te ver. Ver se você estava bem. Falar com você. — Ela dá de ombros. — Passar uma noite com você sem o álcool. Fiquei com a sensação de que você pode estar machucado de alguma forma e achei que seria legal conversar com alguém que possa entender de verdade o que tem passado.

Quando ela encontra meus olhos, imediatamente vejo vulnerabilidade. Ela pode adorar fazer piadas e provocações, mas por trás dessa fachada há um coração partido, um espírito ferido, e é isso que a faz ser verdadeira.

Gesticulo para seus pés.

— Tire os sapatos e fique à vontade.

Ela obedece e me lança um sorriso radiante que me atinge no estômago. Essa pode ter sido uma péssima ideia. Só esse sorriso já me diz que essa garota pode muito bem me fazer ficar na palma da mão dela até o fim da noite.

— Sua coisa favorita sobre Corsekelly? — Bonnie pergunta, aconchegada no sofá. Ela combina com a minha casa... à vontade, relaxada.

— Gosto que fica escondida nas Highlands. Dá a sensação de que temos o nosso próprio clã aqui.

— É, tenho essa sensação também. Cresci em cidade pequena, bem, pequena para a Califórnia, mas não tinha esse mesmo tipo de sensação que Corsekelly dá. Este lugar parece mágico.

— Ouvimos muito isso.

Um sorriso cruza seu rosto.

— Já fez sexo sem compromisso com alguma turista?

Reviro os olhos.

— O que você acha?

— Fácil.

Só levanto a sobrancelha e desvio o olhar.

— Ohhhh, tem história aí. Olha, sou a favor de aproveitar sempre que possível. Não vou julgar. — Ela levanta as mãos.

— E você? Los Angeles não é cheia de turistas?

— Não o tipo de turistas que sei que vêm aqui. Muitas famílias passam as férias em Los Angeles, percorrendo a Calçada da Fama e tirando fotos das mãos de seus atores e atrizes favoritos. Nunca encontrei um turista que era solteiro e estava a fim de curtir. Mas se já fiz sexo sem compromisso? Já. E foi bem decepcionante nas três vezes que aconteceu.

— Que pena — digo, tomando um gole da caneca.

— Nem me fale. — Ela resmunga. — Aff, faz tanto tempo que fiz sexo. Quase perdi a conta a esta altura. E você? Quando foi a última vez que transou?

— Hum, não sei. Não recentemente.

— Olha só para você, não está contando os dias. Que bom. — Ela me dá um aceno de aprovação.

— Bem, não tem muitas oportunidades numa cidade pequena como Corsekelly.

— Entendo. — Ela cutuca o queixo. — Você já tirou uma foto com o seu bilau lá na Pedra do Bilau?

— Não.

— Você já pôs o seu bilau na Pedra do Bilau?

— Não.

— Por que não? As garotas encostam os seios nela e tiram foto.

— Porque tem alguns fãs malucos por aí que vão lamber a Pedra do Bilau. Não é lá muito higiênico. E eu nem tenho TV, nunca assisti à série.

— Por que você não tem TV?

— Nunca quis uma. Gosto de ler, ouvir podcasts, resolver quebra-cabeças.

— Ai, meu Deus, você é um velhinho fofo.

— Eu não sou velho.

Ela se inclina e toca minha testa.

— Já tem uns fiozinhos brancos aqui.

— Tenho trinta e dois anos.

— É mesmo? — Ela me dá uma olhada demorada. — Oito anos mais velho que eu e com uma forma impecável. Devem ser todas aquelas corridas com as vacas peludas.

— E a habilidade de me controlar com bolo — digo com um olhar aguçado.

Ela aponta o dedo.

— Não ouse me culpar por causa de bolo! Eu me deliciei com cada pedaço daquele bolo, e se você não estivesse sentado na minha frente, guardando o bolo, eu já teria pegado mais. Então até que tenho mostrado um certo autocontrole, se quer saber.

— Surpreendente — provoco, o que a faz sorrir. — Qual é a sua coisa favorita de Corsekelly? — pergunto desta vez, entrando nesse joguinho.

— Além da confeitaria, gosto muito do pessoal daqui. Adorei como todo mundo é tão simpático, acolhedor e disposto a ajudar. Eles sabiam que a gente viria, e em vez de sair apontando e julgando as "americanas", eles nos acolheram neste mundinho.

— Os escoceses acabam ficando com má reputação. A gente costuma ser representado como um bando de brutamontes raivosos, que vivem gritando, mas na verdade somos apenas pessoas muito apaixonadas e gentis.

— É, deu para perceber. Ficou evidente na forma como eu e Dakota fomos recebidas aqui. — Ela pega a caneca, toma um gole e então a põe de volta na mesa. — Qual foi a fofoca mais quente que você ouviu desde que chegamos?

— Mais quente? — Coço o queixo. — Deve ser a que você foi pega saindo do banheiro do bar com Lachlan.

— O quê? — Ela arregala os olhos. — Quem disse isso?

— Todo mundo. — Solto uma risada.

— Todo mundo? Que todo mundo? Isso… isso… — Ela me olha. — Você está mentindo, não está?

— Estou. — Rio ainda mais.

— Não tem graça, Rowan.

— Para mim tem.

— Acha que pode fazer um desses para mim? — Bonnie indaga, terminando sua segunda fatia de bolo.

— Ainda não sei se você vale isso.

— Ah, pode ter certeza de que sim. — Ela dá uma piscadela. — Sei muito bem como agradecer as pessoas.

— Continue dizendo coisas assim, e a história com Lachlan vai acabar sendo verdade.

— Qual é, se eu fosse pega saindo de um banheiro com alguém, seria com Leith. Ele já até me cantou antes de eu vir aqui.

— Não me surpreende.

Ela me cutuca com o pé.

— Você não vai agir como se estivesse todo enciumado e com raiva e exigir um pedido de desculpas em meu nome?

— Por quê? Você não é minha.

— Ainda não. — Ela dá outra piscadela.

Caralho, essas piscadelas estão cheias de promessas.

E tomara que ela cumpra essas promessas.

— Tire a mão, você está fazendo isso de propósito. — Ela dá um tapinha na minha mão, que está segurando a caneta. Estamos lado a lado no sofá, e a cada segundo que passa, ela fica um pouquinho mais perto.

— Pare de me distrair.

— Você que fica me distraindo com a sua mão.

— Achei — grito, circulando a palavra *flanela* no caça-palavras que estamos fazendo juntos.

— Droga! — Bonnie dá um tapa no sofá. — Você está com vantagem porque está segurando o livro e a caneta.

— Tá bom, toma. — Entrego tudo a ela e então descanso o braço nas costas do sofá, me aproximando dela e sentindo seu perfume doce, uma mistura floral com baunilha. — Próxima palavra.

Ela se aconchega mais perto.

— Monstro do Lago Ness, vai.

— Achei — anuncio, segundos depois, apontando para ela.

— O quê? Você está roubando.

— Ou eu só sou bom mesmo.

Ela balança a cabeça.

— Claro que não, você está roubando.

Pode ser que eu tenha feito mais cedo, mas ela não precisa saber disso.

— Eu não estou te machucando, né? — Bonnie pergunta ao se aconchegar em mim, sentada em cima dos pés. Meu braço ainda está nas costas do sofá, mas agora estou brincando com os longos fios de seu cabelo.

— Não. — Na realidade, acho que nunca me senti tão confortável com tudo isso. Lá fora, a chuva cai com força, e o meu chalé está preenchido por aquele cheiro fresco de chuva de que adoro, enquanto trovões e relâmpagos atravessam o céu. E pela primeira vez, a tempestade não me perturba. Em vez disso, olho para Bonnie e decido providenciar a trilha sonora perfeita para o final da nossa noite.

Não faço ideia de quando Bonnie está planejando ir embora, mas não vou forçá-la a ir, mesmo que já passe das dez e o sono já tenha começado a bater a cada bocejo. Não vou encerrar a noite, é ela quem vai ter que fazer isso.

Quando me sentei para ler o livro, mais cedo, não tinha imaginado que a noite acabaria assim: com Bonnie aconchegada em mim, falando baixinho, enquanto jogamos vários jogos de caça-palavras e nos perdemos na conversa... e não se esqueça daquelas duas fatias de bolo e do café.

— Você é quentinho — ela diz, aconchegando a cabeça no meu peito, sua voz suave, quase sonolenta. — Seu corpo é tão macio. E seu cheiro é bom.

Não sei o que dizer, fico calado e enrolo um longo fio loiro no dedo.

— Posso perguntar uma coisa que pode acabar te deixando com raiva?

— Claro — digo, me sentindo tão relaxado que estou falando sério. Talvez essa tenha sido a intenção dela desde o começo. De qualquer forma, ela pode me perguntar qualquer coisa a esta altura.

— Alguém me disse que você tinha um irmão.

Merda.

Talvez não tudo.

Solto um longo suspiro e me recosto, curvando-me para que minha cabeça se apoie na almofada e meu olhar fique fixo no teto.

— Tinha — respondo com sinceridade.

— O que aconteceu com ele?

Engulo em seco.

— Faleceu por causa de um ferimento na cabeça. — Bonnie se vira para me encarar, e sua mão vai para o meu peito, seus olhos fixos no meu rosto. — Callum tinha vinte anos. Eu tinha vinte e dois. A gente estava fazendo trilha com Leith e Lachlan, todos bêbados e agindo feito idiotas. Fomos surpreendidos por uma tempestade e nem demos muita atenção até que Callum escorregou na lama e bateu a cabeça numa pedra. Ele perdeu os sentidos. — A mão de Bonnie lentamente esfrega meu peito, acalmando a tensão crescente no meu coração. — De alguma forma, a gente conseguiu trazê-lo de volta e chamar uma ambulância. Não deveríamos tê-lo movido, mas não queríamos deixá-lo lá em cima na chuva. O cérebro dele inchou e não teve recuperação depois disso.

— Ai, meu Deus — Bonnie diz. — A nossa trilha até o castelo, a sua raiva... foi tudo por causa do Callum.

— Foi. Jurei que jamais iria parar de fazer trilha, porque era uma das coisas favoritas dele, mas agora sou bem cauteloso. A mochila que eu estava carregando quando a gente foi ao castelo estava cheia de itens de primeiros socorros, e eu fico acompanhando o clima o tempo todo.

— Me desculpa. Eu não sabia. Me sinto péssima por ter te colocado nessa situação.

— Não precisa se preocupar com isso. — Passo a mão por seu cabelo, e uma sensação de compreensão passa por nós. — Mas foi por isso que fui duro com você, deve ser por isso que sou duro com todo mundo.

— Você ainda não superou a morte dele.

— Será que alguém supera a morte de uma pessoa amada?

— Não, acho que não — ela responde baixinho.

Com delicadeza, ela descansa o rosto no meu peito nu e envolve minha cintura com os braços, apertando meu corpo, quase como se estivesse tentando se fundir comigo. Acolho tudo isso: o calor, o conforto.

Droga, quando foi a última vez que senti que outra pessoa estava tentando me consolar assim? Sinceramente, não consigo me lembrar... talvez nunca.

— Era dessa mudança que você estava falando lá no café? O motivo de nunca ter ido embora?

— Sabia que você ia perguntar isso.

Ela se levanta.

— Desculpa se estou sendo intrometida.

— Está. Mas tudo bem. — Bocejo, cobrindo a boca. — Vamos deixar isso para outro dia.

A compreensão suaviza seus olhos quando ela se senta e olha para o relógio do forno.

— Caramba, nem reparei que já era tarde. Desculpa. Está na hora de ir para casa. — Um forte trovão sacode o chalé, e ela estremece. — Pensando bem, este sofá aqui é muito confortável.

Rindo, me levanto e a ergo, e nossas mãos se entrelaçam por um breve momento. Dou um aperto, tirando um sorrisinho de seus lábios logo antes de me mover pelo chalé, lavando as louças, fechando tudo. Eu a levo para o meu quarto, que fica nos fundos, e então vasculho meu armário em busca de uma camiseta.

— Para você dormir — digo, entregando a ela. — Tem pasta de dente e uma escova extra no armário do banheiro.

— Está bem. Obrigada. Vou mandar mensagem para Dakota para avisar que vou ficar aqui, para ela não ficar preocupada. Acho que só vou precisar de um cobertor e um travesseiro para o sofá.

Vou até ela e belisco seu queixo com meu indicador e polegar.

— Você vai dormir na minha cama hoje... comigo.

Ela fica boquiaberta, formando um belo e pequeno O. Vou para o banheiro, onde me apronto depressa, preparando-me mentalmente para uma longa noite de desejo e sem nenhum toque.

Capítulo 13

BONNIE

Consumo de bolo hoje: *duas fatias e meia, com muito gosto.*

Dias desde o último orgasmo induzido por um homem: *hum... noventa? Noventa e nove? Tomara que essa contagem zere logo.*

Número de escoceses gostosos que disseram que eu ia dormir com eles: *um... o dito-cujo.*

Homens por quem estou tendo uma queda: *um. Veja acima.*

Sua camiseta tem cheiro de paraíso. Sua pasta de dente tem gosto de paraíso. Seu rosto é o paraíso puro. Acho que devo ter desmaiado e ido para o paraíso.

E não vou embora.

— Então, devo só me deitar? — pergunto, parada aos pés da cama enorme de Rowan, usando sua camiseta, olhando para a forma como ele se deitou casualmente sob as cobertas, com o torso descoberto e as mãos atrás da cabeça.

— Eu não mordo, *lass*.

É... mas eu, *sim*.

Vou devagar até meu lado da cama.

— Isso era mais fácil quando eu estava bêbada, sabe.

— E você lá se lembra?

— Não, e é isso que deixou tudo mais fácil, porque na certa vou me lembrar do quanto estou com vergonha agora.

Ele vira as cobertas para mim, me convidando. Como ele pode estar tão tranquilo? Como se isso não fosse nada monumental. Como se não tivesse tido esse relacionamento bem-me-quer-mal-me-quer, divertido, mas turbulento, desde que cheguei aqui. Como se eu me deitar ao lado dele na cama fosse a coisa mais natural do mundo.

E pode ser que seja para ele.

Com tudo ajeitado, fico deitada toda rija ao lado dele, mantendo os braços e as pernas encolhidos e olhando para o teto. Ele apaga a luz da mesa de cabeceira e então se vira para mim, com a mão deslizando ao redor da minha cintura e me puxando para perto para que fiquemos cara a cara.

Seu hálito de menta flutua entre nós enquanto sua palma larga firma minhas costas. Minha mão vai para o seu peito, e meus dedos acariciam de leve a tinta escura em seu peitoral.

— A sua tatuagem tem algum significado?

— Tem. É o brasão do clã MacGregor tecido em um nó celta, uma homenagem para o meu irmão.

— Que... lindo, Rowan.

— É como eu consigo mantê-lo perto do coração — ele responde, apertando com mais firmeza.

Deslizo a mão para seu pescoço, seu queixo, tentando acalmar os nervos à flor da pele. Nunca estive tão nervosa assim na frente de um homem. Costumo ser tão confiante, mas Rowan me deixa desconcertada. Não sei se está tudo bem com o que estou fazendo, ou se ele quer mesmo que eu o toque.

Mordo o lábio.

— Acho que tenho que te contar uma coisa.

— O quê? — ele pergunta, com a voz rouca, como o estrondo suave de um trovão ao longe.

— Estou começando a gostar de você.

Ele ri, e o som sacode a cama bem de leve.

— É mesmo?

— Não faça caso disso.

— Como eu não faria, se eu não tenho sido nada além de uma péssima e rabugenta companhia?

— Nunca disse que você era uma péssima companhia. Rabugento, sim, mas estou começando a gostar do Kilt McRabugêncio.

— É, bem... também estou começando a gostar da americana teimosa e atrevida.

Sorrio.

— Isso significa que... você também gosta de mim?

— Acho que já faz um tempo que gosto — ele responde, ficando sério.

Sua mão sobe pelas minhas costas até a nuca. Meu coração acelera quando ele me puxa para mais perto, fechando a pequena distância que havia entre nós.

Com testa na testa, ele fica calado por uns instantes.

— Naquela primeira vez que você me beijou — ele sussurra —, foi uma tortura não retribuir, porque eu precisava manter a minha pose teimosa. Fiquei com a sensação dos seus lábios nos meus por dias. Fiquei sentindo o cheiro do seu perfume em mim por horas, e a sua insistência me fez rir alguns minutos depois. Foi o pior e o melhor primeiro beijo que já tive.

— Você considera *aquele* como primeiro beijo?

— Sim. Considero.

— Mas não foi muito bom.

— Não precisa ser.

— Então o que tudo isso significa? A gente vai se beijar agora? — pergunto, sem fôlego e excitada.

— Que nada. — Ele balança a cabeça junto à minha. — Mas vamos ficar abraçados.

A decepção vem, e me dou conta do quanto queria que ele me beijasse; do quanto quero esse homem de verdade. Mas ficar aconchegada com ele, deixando que me segure durante uma tempestade, vai ser o suficiente... não vai?

— Venha cá — ele diz, rolando de costas e me puxando para seu abraço. Descanso a cabeça no seu peito, e seu braço protetor me envolve enquanto ele beija o topo da minha cabeça. — Obrigado pela noite — ele fala, baixinho.

— Você não precisa me agradecer.

— Não costumo falar do meu irmão, Bonnie. Você me escutou, e isso foi importante para mim.

— Sei que você teria feito o mesmo por mim. — Passo devagar as mãos por seu peito. — Rowan?

— Hum?

— Isso significa que... vamos começar alguma coisa?

— Você está caçando um encontro, *lass*?

— Não custa nada perguntar, sabe.

— Tudo bem.

E eu espero... e espero... e espero.

— Hum, você não vai me chamar?

— Na minha hora, Bonnie. Agora vá dormir.

— Como assim, na sua hora?

— Vou te chamar quando eu quiser.

— Bem, não posso ficar esperando para sempre, sabia? Sou carne fresca no açougue escocês. Podem me chamar amanhã, e como você nunca me chamou para sair, eu aceitaria.

— Então aceite — ele diz, descontraído.

Belisco sua lateral, e ele mal se move.

— Não era para você dizer isso.

— Eu sei que você não aceitaria. Está louca demais por mim.

— Ah, agora você conseguiu! Vou chamar Leith só por desaforo.

Ele ri.

— Boa sorte. Ouvi dizer que ele gosta de lamber pescoço no primeiro encontro.

— Bem, então ele é o homem perfeito para mim.

Uma explosão de luz queima minhas pálpebras quando um trovão ressoa lá fora. Acordo assustada, com o coração acelerando enquanto tento identificar onde estou. O quarto está envolto em escuridão, e o corpo quente que me abraçava quando adormeci não está em lugar nenhum. Me sento na cama e vasculho o quarto, mas não o vejo ali.

Dobrando os cobertores, me levanto devagar da cama e passo pela porta aberta do quarto. Vou para a sala, onde o vejo na cozinha, usando apenas cueca boxer. Suas costas estão voltadas para mim, e a tensão as percorre enquanto ele agarra a bancada à sua frente, cabisbaixo. Relâmpagos piscam e outro estrondo de trovão sacode a casa, mas ele permanece ali, imperturbável.

Com cuidado, vou para trás dele e passo a mão ao longo de suas costas para avisá-lo de que estou aqui. Seus músculos ficam tensos sob meu toque, mas ele logo relaxa por baixo da minha mão.

— Está tudo bem? — pergunto.

Ele balança a cabeça.

— Tive um pesadelo — responde com sinceridade. — Com o Callum.

— Ah, Rowan, sinto muito. — Me movo para debaixo de seu braço, me posicionando entre ele e a bancada. Ergo sua cabeça e pego um vislumbre de seus olhos perturbados quando o relâmpago ilumina lá fora. — É porque você falou sobre o que aconteceu, não é?

Ele assente.

— É, sempre acontece quando eu falo dele. Fica me assombrando. Eu revivo aquilo. Cada som, cheiro e então... o silêncio. — Ele engole em seco. — Estava torcendo para que não me atingisse tanto quanto costuma acontecer, mas pareceu mais intenso hoje.

— Me desculpa. Desculpa mesmo por eu ter feito você falar sobre isso.

— Você não me obrigou a nada. — Ele envolve minha cintura com as mãos e, com cuidado, me levanta para a bancada, pressionando o corpo contra os armários para que eu fique entre suas pernas. Eu saboreio a facilidade, a intimidade deste momento, enquanto minhas mãos vão para seus ombros.

— Mesmo assim, me sinto péssima por ter entrado no assunto. — Uma das minhas mãos sobe para o seu queixo, e eu acaricio sua barba leve. Qual a sensação de tê-la entre as pernas? Deve ser incrível. O roçar de uma barba é um dos meus prazeres secretos.

— Não, não precisa se sentir assim, *lass* — ele diz. Suas mãos se movem sobre a camisa que peguei emprestada e pouco a pouco por baixo da bainha, onde suas palmas queimam minhas coxas já quentes. — Foi o trovão que te acordou?

Assinto quando suas mãos sobem mais.

— Deve ter sido o mais barulhento que já ouvi — falo assim que outro estrondo ressoa. — Dá para sentir chacoalhando os meus ossos.

— Eu costumava adorar as tempestades. Agora, bem... deve ser a única coisa que eu mudaria na Escócia, se pudesse.

— Porque te fazem lembrar o seu irmão.

Ele assente.

— Por isso você ficou em casa na noite passada? Sabia que haveria uma tempestade?

Ele balança a cabeça.

— Não, fiquei porque sabia que você me encontraria e iria querer terminar aquela conversa do café.

— Você *não* sabia disso.

Ele assente.

— Sabia, sim, e você me provou isso.

Solto uma risada.

— Sou tão óbvia assim?

— Quem dera. — Ele suspira e move as mãos até alcançarem meus quadris. Suas sobrancelhas se erguem e seus olhos encontram os meus. — Você não está usando calcinha?

Era só uma questão de tempo até ele descobrir.

— Não, não estou. Estava usando, mas achei que seria melhor dormir sem.

— Então você se deitou na minha cama com a bunda de fora?

Rio e o cutuco.

— Agora você está desejando me beijar, é?

— Estou desejando ter feito muito mais.

— Então o que estava te impedindo?

— Não estava com cabeça — ele admite, e tudo se encaixa.

— Você não quer que a nossa primeira vez seja obscurecida com as lembranças do seu irmão.

— Sim. — Ele assente. Uma de suas mãos vem até o meu rosto e seu polegar puxa meu lábio. — Você é especial, Bonnie. Impertinente, irritante, teimosa...

— Você está querendo dizer alguma coisa legal? Porque esses daí não são elogios.

— Me deixa terminar — ele retruca, me fazendo rir, e descansa a cabeça no seu peito. *Ainda rabugento, capaz de ser sempre rabugento.* — Como eu estava dizendo... irritante, teimosa, atrevida, mas você também tem um bom coração, e odeio admitir, mas também é divertida. Você merece um beijo que não seja só coisa de uma noite chuvosa, mas porque tem a ver com um momento especial.

— Como agora? — pergunto, envolvendo seu corpo com minhas pernas e puxando-o para mais perto.

Seus olhos encontram os meus, e a indecisão é um fardo pesado.

Agora seria perfeito.

No meio da noite.

Confissões saindo de nossas bocas.

A necessidade de ficar juntinhos.

O ar parece ter parado.

Seus olhos acariciam os meus.

Sua respiração está entrecortada... desejosa.

E bem quando acho que ele está prestes a se afastar, baixa a cabeça, aproximando-se, fazendo meu coração acelerar.

Por favor, que não seja falso, por favor, que este seja o momento... o momento perfeito.

Relâmpagos iluminam, e só há um centímetro entre nós.

Trovões ressoam, chacoalhando tudo abaixo.

Então seus lábios pressionam os meus.

Engulo em seco e instantaneamente passo as mãos pelo seu pescoço e rosto, onde o seguro, sem querer que ele se afaste, para que ele fique bem assim. Seus lábios macios se movem com delicadeza sobre os meus, explorando, provando... saboreando.

Para um homem tão bruto, ele beija com uma determinação impressionante. Não há desleixo ou necessidade de provar alguma coisa. Em vez disso, é cuidadoso, mas intenso.

A fome abrasa seus lábios ao se moverem pelos meus, e seu aperto na minha bochecha e a leve pressão de seu corpo no meu desmentem sua calma exterior. Sua língua desliza pelo meu lábio inferior, pedindo por mais, e eu obedeço, abrindo mais para ele. Quando sua língua encontra a minha, solto um gemido junto à sua boca e o aperto com mais força.

Dolorosamente incompleta até este momento, me perco em nossa paixão fervorosa, na respiração pesada, nos gemidos baixos e sensuais que saem de nossas bocas.

Beijar esse homem é tudo que eu estava esperando.

Ardente.

Carente.

Fervoroso.

Avassalador.

Capaz de mudar o mundo.

Outro relâmpago ilumina a sala, mas desta vez o estrondo do trovão vem alguns instantes depois, anunciando o fim da tempestade.

Seus beijos vão ficando lentos, seu aperto afrouxa, e com uma última pressão na minha boca, ele se afasta e pousa a testa na minha.

— Caramba — ele sussurra.

— Pois é...

Seus olhos encontram os meus, e um sorriso torto aparece em seus lábios.

— Acho que você está encrencada.

— Acho que você tem razão.

Me levantando de novo, ele me abaixa para o chão e diz:

— Vamos para a cama. — Pega minha mão e me leva para o quarto. Deslizo para a cama e ele se deita do outro lado, apoiando as costas. Põe uma mão por baixo da cabeça e me enlaça com a outra, me puxando para perto do seu lado.

Me aconchego junto a ele, e minhas mãos passam por seu peito, a tensão que tinha envolvido seus músculos se foi; ele está relaxado.

A tempestade se acalma lá fora, e Rowan também, sua respiração fica suave. Ele está quase caindo no sono, mas eu estou acesa. O desejo bombeia através de mim, a necessidade me consome, e antes que eu possa me impedir, permito que minha mão percorra seu torso nu, arrastando os dedos de leve pelo seu abdômen, absorvendo cada fenda perfeita, cada curva. Sua barriga é esculpida como se fosse de granito, e me deixa com tanto tesão que percebo que a dor entre minhas pernas aumenta a cada carícia.

Preciso parar.

Agora mesmo.

Mas, em vez disso, minha mão desce até a barra de sua cueca. Deslizo a unha pelo elástico, imaginando o que ele faria se eu movesse a mão um pouco mais fundo.

O que eu encontraria?

Será que ele está duro?

Ele não se mexeu nem se moveu desde que comecei a tocá-lo.

Sua respiração não se alterou.

O que aconteceria se eu só... movesse... devagar...

Sua mão que está me enlaçando puxa minha camisa, expondo minha pele, enquanto sua palma agarra minha bunda.

Ai... meu... Deus.

Mordo o lábio enquanto a excitação aumenta.

Não me movo.

Minha respiração fica presa.

Meu pulso parece uma britadeira na garganta.

E então ele desliza pelo meu traseiro, sentindo, explorando, sua palma áspera e calejada, deixando o movimento de sua mão ainda mais inebriante... luxuriante.

Respirando fundo, desço um pouquinho a mão, e a ponta dos meus dedos encontram sua circunferência grossa. Meus olhos quase rolam para trás dos globos, e pela primeira vez desde que comecei a explorar, sinto sua respiração falhar e ficar rasa. Inspirando rápido, expirando rápido.

Sua reação me dá mais coragem enquanto pego sua ereção com a mão.

Grande.

Ele é tão grande.

Não esperaria nada menos desse mamute, mas ainda assim é meio chocante e intimidador.

Minha mão envolve toda a sua circunferência, e ele respira fundo enquanto seus quadris se projetam para frente.

Preciso de mais. Quero senti-lo sem barreiras. Então, sem pensar duas vezes, deslizo a mão por baixo de sua cueca e envolvo todo o seu membro com a palma. Uma contradição de pele macia e aveludada e pedra, ele é tão gostoso.

— Porra — ele resmunga, baixinho, enquanto começo a bombear lentamente.

Arrasto a mão até a ponta e passo o polegar sobre a cabeça algumas vezes. Seu aperto na minha bunda fica mais firme, e suas pernas se abrem. Interpreto isso como minha deixa.

Ele quer mais.

Eu quero mais.

Muito mais.

Me sento e empurro os cobertores para baixo, meu corpo vibrando de expectativa. Agarro o cós da cueca e a arrasto para suas pernas, descartando-a no chão. À luz fraca, observo o gloriosamente delicioso contorno de seu pau projetado contra sua barriga. Jogo o cabelo para o lado para que fique fora do caminho, mas ele ainda consegue ver meu rosto quando me abaixo, levantando seu comprimento e levando-o aos lábios.

Começo com a ponta e aos poucos o enfio na boca.

— Meu Deus — ele murmura com um suspiro. Sua mão encontra a bainha da camisa outra vez e seus dedos vão subindo por baixo do tecido. Essa conexão traz um nível de intimidade para o que estou fazendo, um toque que eu não sabia de que precisava.

Pouco a pouco, vou abaixando a boca ao redor dele enquanto minha outra mão agarra a base com firmeza. A cada descida, passo alguns segundos chupando forte, tempo o suficiente para deixar sua respiração cada vez mais difícil, até que abro todo o caminho e o levo lá para a minha garganta.

— Porra — ele sibila enquanto eu engulo. Faço isso mais algumas vezes até que o tiro da boca e o liberto do aperto, mal mantendo seu membro na mão. Ele fica rígido com meu toque, e o pré-gozo se forma na ponta. Seu pau está tão duro, tão pronto, que sei que ele está chegando lá. — Bonnie, *lass*... — Ele suspira.

Ah, ele está mesmo chegando lá.

Seus olhos se fecham com força e seu peito sobe e desce com tanta velocidade que seria impossível contar quantas vezes ele respirou em um minuto. Mas mantenho o aperto.

Ele se debate.

Seu pau se projeta.

Sua mão agarra os lençóis.

Seus dentes mordem o lábio.

E então... um gemido selvagem.

Com isso, minha boca desce outra vez, e eu o manobro lá para dentro antes de parar com força, chupando durante todo o processo.

— Porra, vou gozar! — ele grita quando seu quadril se arqueia. Eu o envolvo com facilidade, deleitando-me com seu prazer até ele estar completamente satisfeito. Ele está respirando com dificuldade. A descrença vai transformando seu rosto enquanto ele olha para mim. Levanta a mão e acaricia meu cabelo com ternura enquanto pouco a pouco vai voltando à vida.

E então... a determinação envolve sua expressão.

Ele se levanta, com o abdômen apertado, contraído, antes de me virar de costas e abrir bem minhas pernas para que seu corpo largo caiba entre elas.

— Rowan. — Solto um suspiro pesado. — Você não precisa...

— O caralho que não. — Ele empurra a barra da minha camiseta para cima do umbigo, mas não vai além. Isso me faz perder a cabeça... até que ele ergue uma das minhas pernas para cima de seu ombro e baixa a cabeça.

Dar prazer é tão excitante para mim quanto receber, então estou pronta para ele quando seus lábios encontram a parte interna da minha coxa. Meu corpo já está sensível, vibrando de necessidade, enquanto todas as minhas emoções se concentram no meu âmago, me acendendo com a expectativa.

Ele dá beijos ásperos e deliciosos ao longo da pele sensível, aproximando-se cada vez mais do meu centro antes de se afastar e ir para minha outra perna. Ele se dedica a cada lado, me venerando com sua boca e me levando à loucura.

Minha pélvis se ergue, procurando qualquer tipo de conexão, e quando sua boca se afasta, a excitação explode fundo na boca do meu estômago... até que ele volta para a outra perna.

— Ai, meu Deus, Rowan — digo, a dor está tão forte que sinto que vou acabar gritando. — Por favor.

— Não — ele responde e então volta a dar beijos ao longo da minha coxa, aproximando-se, bem onde eu preciso dele, então se afasta e se move na direção do meu joelho.

Que homem diabólico.

Eu me mexo debaixo dele, tentando fazê-lo me tocar, mas ele é forte e me segura, prolongando sua deliciosa tortura até que a pulsação é tão intensa que eu grito.

— Por favor — imploro. — Por favor, Rowan.

Ele põe a língua para fora e a desliza pela minha perna, cada vez mais perto, até que a língua chega no meu quadril. Faz um círculo ali e desce até meu osso púbico, bem acima da minha abertura. E aí ele brinca comigo, me provoca, fazendo círculos sem parar. Sinto a excitação se acumular, minha necessidade tão grande que posso acabar gozando sem que ele chegue a me tocar.

— Quero gozar na sua língua — digo, sem me segurar.

— Você está chegando lá?

— Estou — solto. — Você não está sentindo o meu tremor?

— Estou — ele confirma, sua voz um estrondo tão profundo que quase me faz gozar com o som.

Seus olhos encontram os meus quando ele baixa a língua um pouquinho, bem no topo, e então a desliza para dentro e para fora, fazendo a dor ficar mais intensa.

— Rowan — falo, desesperada, assim que sua mão me abre e sua língua pressiona o meu clitóris. — Ai, Deus — grito, com o peito arfando feito louco, as mãos caídas ao lado, agarrando os lençóis.

Sua língua para por um instante, e então ele começa a pressioná-la no meu clitóris, usando pressão suficiente para me deixar excitada pra valer.

Uma calma intensa toma conta de mim, enquanto minha pulsação vibra nas veias, enrijecendo meus músculos, indo na direção do âmago.

Cada pensamento, cada sentimento, cada emoção, está tudo acumulado, enviando uma onda de dormência para os meus membros.

Meu corpo fica tenso.

Meu estômago gela.

Não existe nada além da língua de Rowan e a forma como ele a desliza ao longo do meu clitóris, até que ele pressiona com força e dá uma estocada tão rápida que meu orgasmo explode, poderoso e gratificante, tudo de uma vez.

— Ai, meu Deus! — grito, enquanto ele continua movendo a língua, meu quadril faz um vaivém, extraindo até a última gota de prazer até não restar absolutamente nada.

Quando ele se afasta, estendo a mão, puxando-o para junto do meu corpo e pressionando um beijo na sua boca.

— Você não faz ideia do que acabou de fazer comigo — sussurro, olhando para ele na penumbra.

— Tenho um bom palpite.

— Não... você simplesmente acabou comigo.

— A sua boca no meu pau, moça... *aquilo,* sim, acabou comigo.

— Que cheiro bom é esse? — pergunto, indo para a cozinha de Rowan, coçando os olhos para tentar despertar. Acordar sozinha numa manhã fria e cinzenta não foi exatamente o que eu queria depois da atividade da noite passada, mas tudo isso foi levado embora quando vi Rowan, sem camisa, parado ao fogão, preparando o café da manhã para mim.

— Fiz bolinhos de tattie — ele diz, desligando o fogão e pondo uma frigideira de ovos num descanso de panela. Ele se vira para mim e me chama com o dedo. Vou sem vergonha alguma até ele, incapaz de impedir o sorriso que puxa meus lábios. Ele passa o braço ao redor da minha cintura e diz baixinho, pressionando um beijo no topo da minha cabeça: — Bom dia, *lass.*

Aguenta, coração.

— Bom dia. — Passo a mão em seu peito e então fico na ponta dos pés para beijar seu queixo. Sua mão vai para a minha bunda, apertando com força através da camiseta. E se não fosse pelo cheiro maravilhoso de comida, eu teria pulado nesse homem neste instante. — Você sempre faz café da manhã para as garotas que passam a noite aqui?

— Que nada, eu as expulso da cama assim que elas se satisfazem. Considere-se sortuda. — Ele sorri e me solta antes de servir dois pratos de comida.

A mesa já está toda charmosa e posta com uma vasilha de manteiga e um pote de geleia, canecas de café e um lindo vaso de flores silvestres feito à mão. Meu Deus, será que ele consegue ser ainda mais fofo?

Me sento à mesa e fico maravilhada com o homem sem camisa me servindo um prato de comida deliciosa.

— Parece uma delícia. Nunca comi bolinho de tattie. Como devo fazer?

Ele estende a mão para o meu prato e pega um dos bolinhos, planos e triangulares.

— Prefiro comê-los com uma leve camada de manteiga. É a melhor maneira, não deixe ninguém te dizer o contrário, e então um pouquinho de geleia caseira.

— Você faz a sua própria geleia?

— Faço, eu e minha mãe fazemos alguns lotes todos os anos.

— Você vende?

Ele balança a cabeça ao me entregar o bolinho.

— É só para a cidade. Entregamos durante o verão.

Dou uma mordida, e, meu bom Deus, por que nunca experimentei essa comida antes?

— Caramba, Rowan. — Dou uma boa olhada no bolinho. — São deliciosos. Isla vende?

— Não, ela foca nos biscoitos, no bolo Dundee e nas tortas salgadas. De vez em quando nos bolos Empire e pudins. Já experimentou o pudim de caramelo dela?

— Não, mas estou tentando ficar longe da confeitaria. Estou em perigo de engordar mais um quilo só na cintura.

Seu olhar encontra o meu sobre a borda de sua caneca de café.

— Você não devia se preocupar com isso, *lass*. Gosto de ter um pouquinho de carne para agarrar.

Meu rosto fica vermelho, e as lembranças da noite anterior passam pela minha mente. Sua doce provocação. Seus grunhidos. Meus gemidos. Nosso orgasmo explosivo. Acho que nunca tive uma noite como essa, e a gente nem chegou nos finalmentes.

— Pensando na noite de ontem? — ele pergunta, antes de enfiar uma garfada de ovos na boca.

— Quem sabe? — Dou outra mordida no bolinho, saboreando a textura macia, que combina perfeitamente com a geleia ácida e a manteiga leve. — Isso significa que você vai me chamar para sair?

Ele me olha, mas não diz nada. Esses olhos... tão intensos, mas brincalhões ao mesmo tempo.

— Ainda não sei.

— Rowan. — Eu o cutuco por baixo da mesa, fazendo-o rir. — Depois de tudo que aconteceu, você não vai mesmo me chamar para sair?

— Não falei que não iria. — Seu sorriso é quase irresistível.

— Mas também não confirmou que vai.

— Gosto de manter você de prontidão. — Ele cutuca meu prato. — Coma, *lass*.

— Você é irritante.

— E você fica linda quando está irritada.

Aff... que droga.

Aponto o garfo para ele.

— Não tente me derreter com elogios.

— Tá bom. Seu cabelo está uma bagunça.

Dou tapinhas na cabeça.

— Sério.

Ele ri.

— Que nada. Ainda está linda.

— Você não precisa me acompanhar por todo o caminho — digo quando chegamos à rua que leva ao chalé.

— Não estava planejando fazer isso. É aqui que eu te deixo.

Eu o analiso, ainda de mãos dadas com ele.

— Você é um homem esquisito, sabia? Doce, apaixonado... protetor num instante, um sacana rabugento e sarcástico no outro.

— Aproveite enquanto pode, *lass*. — Ele se inclina para frente, levanta meu queixo e pressiona um beijo suave nos meus lábios. — Te vejo por aí.

Solta a minha mão e começa a se afastar.

— Hum, com licença. — Ele para e olha para trás. — "Te vejo por aí"? É só isso? Nada de "vou te ligar mais tarde"?

— Não tenho o seu número. — Ele dá uma piscadela e se vai, sem se virar de novo, nem mesmo quando bufo, frustrada.

— Que homem irritante — murmuro, pisando forte pela rua e direto para o chalé. Dakota está sentada à mesa, saboreando seu próprio café da manhã com ovos. Ela está usando sua roupa de corrida, e um leve brilho de suor cobre sua pele. Cara, preciso começar a me exercitar como ela, ou os biscoitos, bolinhos de tattie e bolos de cereja vão me dar uns quilinhos.

— Bom dia. — Ela sorri, me analisando. Ainda estou usando a camiseta do Rowan e sem sutiã, apesar de ter vestido minha legging antes de sair da casa dele. Minha camisa e roupas de baixo estão enfiadas na bolsa que Rowan me deu, que estou segurando.

— Não é o que parece.

— Parece que você passou a noite lá na casa do Rowan. E pelo sorriso bobo na sua cara, eu diria que seus dias de seca acabaram.

— Eu não estou com um sorriso bobo. Estou irritada com aquele homem.

— Você pode até estar irritada por dentro, mas está radiante por fora. — Ela se recosta e toma um longo gole de água. — Pode me contar?

Me jogo em uma das cadeiras de frente para ela.

— Eu chupei o pau dele.

Os olhos de Dakota se arregalam, e ela cospe a água de volta ao copo.

— Meu Deus, Bonnie. — Ela ri, enquanto a água escorre por seu queixo. — Avisa primeiro antes de dizer algo assim.

— Você queria que eu contasse, e foi isso que aconteceu. Foi no meio da noite. A princípio, ele só ficou abraçadinho comigo, e aí eu acordei e o encontrei na cozinha, sozinho. Foi onde a gente se beijou. — Suspiro com a lembrança daquele momento. — Foi tão perfeito, e aí quando a gente voltou para o quarto... bem, minha mão ficou um pouquinho boba e a dele também, então eu tirei a roupa dele e curti o corpo dele.

— Caramba, você foi fundo. Estou orgulhosa. Ele retribuiu?

— Ah, se retribuiu... — Balanço a cabeça em descrença. — Acho que nunca gozei tanto, Dakota. Fui para outro planeta. Foi insano.

— É mesmo?

— É. — Suspiro. — E aí ele me fez café da manhã, acabou com todos os outros homens para mim, me trouxe aqui e disse... "te vejo por aí".

Dakota joga a cabeça para trás e ri.

— Ah, que perfeito.

— Não tem graça.

— Tem, sim. Ele adora te provocar, e foi exatamente o que ele fez.

— Que homem diabólico.

— É, mas você gosta. — Ela sorri.

Gosto.

Gosto pra caramba.

Capítulo 14

BONNIE

Dias desde o último orgasmo induzido por um homem:
ZERO!

Preciso mesmo dizer mais a esta altura?

— Então é isso? — pergunto a Dakota, enquanto nós duas olhamos para um pedaço de pedra plana em uma caverna úmida. A água reluz nas paredes, e nossos pés estão afundados a alguns centímetros no chão lamacento, algo pelo que eu não estava esperando quando escolhi meu melhor par de tênis.

— Acho que sim — Dakota diz. — A Pedra do Bilau.

Me inclino para ela.

— Você também achou que não é nada impressionante?

— Sinceramente, a única coisa impressionante aqui é que este lugar já deve ter visto mais paus do que você.

— Ei! — reajo com uma risada, empurrando-a de lado.

Ela ri e então pega o celular para tirar uma foto.

— Quer fingir que seu braço é um pênis e tirar uma foto?

— Já não está na cara que é por isso que estamos aqui?

— Só me certificando.

Me agacho na altura da pedra, que chega logo abaixo dos meus joelhos, posiciono o braço na frente da minha virilha, em seguida o coloco logo acima da laje. Não quero fazer contato real, porque paus de verdade já estiveram ali — muitos paus de verdade — e tocar numa pedra de pênis não está na minha lista de afazeres de hoje.

— Sorria — Dakota diz antes de tirar a foto.

Me levanto, e quando ela me mostra a tela, logo aprovo a foto.

— Manda para mim. Quer tirar uma com um pênis de mentira?

— Não, valeu.

Faço uma pausa e olho para ela.

— Entããããão... você me fez tirar a foto, mas não vai tirar uma sua?

— Eu não te obriguei, você quem quis fazer isso. Vale a pena postar no seu Instagram, mas vou manter o meu bem profissional para os meus clientes.

— Aff, se você vier com essa de como manter a sua marca coesa nas redes sociais de novo, eu vou acabar turistando pelas Highlands sem você — digo, me afastando da pedra e indo na direção da entrada. Abaixo para passar pela água pingando na entrada quando ouço Dakota vir atrás de mim.

— É importante, Bonnie. Influenciadores e empresas me encontram pelo Instagram. Não dá para eu postar uma foto fingindo que meu braço é um pênis.

Me viro, fazendo-a parar na hora quando ponho as mãos na cintura.

— É só porque os meus braços são mais compridos que os seus, não é? Você está com vergonha demais para comparar o seu pênis falso com o meu.

— Pois é, Bonnie — ela diz, inexpressiva. — É isso mesmo. Tenho inveja do seu pênis falso.

Estalo os dedos e sorrio.

— Sabia! — Saio e pego sua mão. — Vamos lá, tem muita coisa para a gente ver.

Decidimos visitar alguns lugares das Highlands hoje. Temos planos de ir a Inverness e explorar mais tarde, e quando a gente conseguir passar mais tempo juntas, queremos fazer uma viagem até Edinburgh. Não estamos aqui só para trabalhar e para autodescoberta. Também estamos aqui para conhecer o país.

E é isto que vou fazer hoje: explorar com a minha melhor amiga.

Meu professor de inglês do ensino médio era obcecado pela Inglaterra. Um verdadeiro amante de Shakespeare. Ele nos deixava loucos com as anedotas e suas fotos de férias por toda a Inglaterra.

O sr. Dorsey numa cabine telefônica vermelha.

O sr. Dorsey na frente do Palácio de Buckingham.

O sr. Dorsey no campo.

O sr. Dorsey no Stonehenge.

A certa altura, Josh Flanders se levantou no meio de uma apresentação de slides do sr. Dorsey parado em um campo inglês com ovelhas e falou para ele arrumar serviço. Josh foi mandado para o diretor, mas eu o aplaudi mentalmente. Quem consegue ser tão obcecado por outro país?

Aham

Levanta a mão devagar

Pois é, agora entendo.

Agora entendo mesmo.

Aff, coitado do sr. Dorsey. Quero escrever uma carta e contar para ele... "Olha".

E então quero escrever uma carta para ele e descrever em muitos detalhes a forma como a urze nas colinas balança ao ritmo do vento, quase como se estivesse dançando.

Indo direto ao ponto: estou obcecada pela Escócia.

Me dei conta disso cinco minutos atrás, quando Dakota foi me levando devagar por uma estrada estreita que se abre em um vale. Meu coração ficou preso na garganta enquanto a paisagem se desdobrava à nossa frente.

Depois de parar em um mirante com um banco, ficamos no carro, caladas, observando por uns bons minutos antes de eu sair e respirar fundo.

O ar fresco foi a primeira coisa que despertou meus sentidos. Tão puro.

A segunda coisa foi o som suave de um riacho serpenteando e correndo pelo vale. Não é grande o suficiente para ser considerado um rio, mas poderoso o bastante para definir a trilha sonora para a vista à nossa frente.

A terceira foi o contraste em cores ousadas que a Mãe Natureza escolheu para nos abençoar. Uma paleta em tons estravagantes e infantis em conflito, fazendo o solo estourar, as nuvens dançarem e os picos reivindicarem a autoridade sobre a terra.

A única forma de descrever tudo isso é: *de tirar o fôlego*.

— Caramba — Dakota diz, enquanto tira um cooler com nossos almoços do carro.

— Pois é. Acho que encontramos o lugar.

— É mesmo. — Ela ri, e nós duas nos sentamos no banco largo.

Antes de deixarmos Corsekelly, fizemos uma parada na confeitaria para comprar algumas tortas salgadas — hoje, nós duas pedimos a de queijo com cebola — e é claro que alguns biscoitos, o que seria mais um para engordar a minha cintura, não é mesmo?

— Isla tinha razão quanto a este lugar — falo, dando uma mordida na torta e curtindo os sabores fortes e ácidos da cebola cozida. — Que bom que ela falou para a gente.

— É mesmo — Dakota responde, baixinho.

Conheço esse silêncio.

Esse silêncio é de quando ela fica pensando muito sobre alguma coisa.

Esse silêncio tem estado presente durante quase toda a viagem.

Sim, conversamos enquanto observávamos a paisagem e ouvíamos música tradicional escocesa, mas ela costuma comentar algumas coisas, no mínimo. Não houve comentários desta vez.

Dou uma cutucada nela com o ombro.

— O que está se passando nessa sua cabecinha? E não venha dizer que não é nada. Somos amigas desde a quarta série, sei quando você está pensando demais.

— Deixei tão na cara assim?

— Está saindo até fumaça dos seus ouvidos. Gosto de pensar que isso é algum tipo de Bat-sinal, mas só para mim. — Envolvendo a boca com as mãos, com a torta equilibrada precariamente no colo, digo: — Alerta, alerta, Bonnie, a sua ajuda é necessária. A sua ajuda é necessária.

— Você é tão idiota. — Dakota ri e então solta um longo suspiro. — Estou com medo.

— Com medo? — pergunto, virando-me para encará-la. *Foi mal, cenário.* — Por que você está com medo?

— Acho que não sei como lidar com as coisas com a Isla. E estou começando a gostar dela pra valer. Não quero cometer um erro.

— Dakota...

— Isabella vivia falando para mim que eu estava fazendo tudo errado. Que eu não segurava a mão dela o suficiente. Que eu não estava sendo afetuosa o suficiente com ela. Que eu não estava vestida do jeito que ela queria que eu me vestisse. Que eu não estava postando o suficiente sobre os direitos LGBT+. Que eu deveria usar o meu Instagram para a comunidade lésbica, não para negócios. Que eu não era... gay o suficiente. — Com os ombros caídos, ela torce as mãos no colo. — Essas palavras me assombram. Ainda consigo vê-la com aquele cabelo loiro, quando peguei as duas na cama. Ela nem se importou por eu a ter pegado me traindo. Só deu de ombros e disse: "Você não é gay o suficiente para mim; a fila andou". E se... acontecer a mesma coisa com a Isla?

A raiva me eclipsa, e tenho que parar por um instante antes de dizer algo que não vai ajudar com a situação, só piorar.

Assim que me acalmo, pego a mão de Dakota.

— Quero deixar uma coisa clara: ser gay não te define. Entendeu? Acho que as pessoas às vezes ficam com a impressão de que se você é gay, então é isso que você é. Você é gay, e é isso. Mas não é justo. E assim como uma linda cebola sem cheiro — ela ri —, você tem camadas, e ser gay não é a camada principal; nem mesmo a segunda ou a terceira. Está bem fundo em você, e você mantém isso lá, perto do coração, porque é a forma como escolheu viver. Você escolheu se definir como uma boa amiga. Uma linda artista. Uma mulher de negócios inteligente que usa as redes sociais para crescer com o trabalho freelancer. É muito mais do que a sua orientação sexual. E mesmo assim, isso é um pedaço de quem você é, mas não a definição.

Ela abre um sorriso suave e inclina a cabeça, descansando-a no meu ombro.

— Eu te amo.

— Eu também te amo. — Beijo o topo de sua cabeça. — Isabella te fez passar por uns maus bocados, e fez você duvidar de cada pedacinho seu que te faz especial, sem igual, a melhor amiga de todas. Não deixe que a opinião cega de uma pessoa te faça questionar quem você é.

— Mas eu a amei. Ela foi a... minha primeira. Me ajudou a abrir os olhos para uma parte de mim que ficou escondida por muito tempo. Ela tinha razão quanto ao fato de eu ser gay, e isso foi a maior revelação da minha vida. É difícil não confiar na opinião dela em todo o resto, quando ela sabia que eu era gay.

— Entendo. — Acaricio seu cabelo. — Sim, ela pode até ter aberto os seus olhos, mas foi só isso que ela fez. E se não fosse com ela, teria sido com outra garota. Você só acabou encontrando a Isabella primeiro. Não dê todo o crédito para ela por algo que aconteceria de alguma forma. — Levanto seu queixo para que ela me olhe nos olhos. — Essa é a sua chance de crescer, Dakota. Sua chance de ser você mesma, não a pessoa que a Isabella queria que você fosse. — Aponto para o vale à nossa frente. — E que melhor lugar para fazer isso do que aqui, na Escócia?

— Tem razão. — Ela ri.

— Sei que tenho. — Sorrio, pegando minha torta. — Se dê um pouco de desconto quando se trata da Isla. Vai levar um tempinho para aprender como lidar com um novo relacionamento, mas ela parece ser paciente, gentil e compreensiva. A melhor coisa que você pode fazer por ela, e por você, é ser você mesma. — Dou uma mordida na torta e mastigo.

— Quando foi que você virou tão sábia?

— Acho que é tudo culpa dos biscoitos e do ar da Escócia.

Dakota me analisa, e um sorriso brinca em seus lábios.

— Acho que você está começando a se encontrar aqui.

— É mesmo?

Ela assente.

— Dá para ver um novo brilho nos seus olhos. A sua voz anda animada.

— E eu estou animada. Durante a viagem até aqui, enquanto a gente observava a paisagem, fiquei escrevendo ideias para o café e meu plano de ataque. Quer que eu te conte?

— Eu adoraria.

— Aproveite — digo para um velho que usa uma camisa xadrez com Escócia bordado nas costas quando ele sai da loja, com café em mãos.

Ele me contou que veio nesta segunda-feira de manhã porque ouviu falar que a cafeteria era sem graça, e é disso que ele gosta: café sem graça.

Viva! Uma venda. Mas servir café para um pequeno grupo de velhos rabugentos não é o que quero de verdade.

Debruçada no balcão, pego meu caderno de bode e olho minhas anotações. Tem tanta coisa que quero fazer, mas não sei por onde começar. Quero muito conversar com Rowan sobre essas coisas, e é essa a ideia que estava espreitando minha mente na outra noite. Mas aí a gente acabou se conhecendo mais e curtindo, e eu achei melhor não falar sobre a cafeteria.

Não mesmo, acabei foi falando sobre o irmão morto dele.

Esperta, hein, Bonnie. Quanta esperteza.

Expirando, pressiono a testa na mão e começo a rabiscar a lateral do caderno.

Dakota está lá na confeitaria — nenhuma surpresa nisso — e pela porta aberta, vejo Lachlan e Leith, usando kilt, é claro, fazendo polichinelos e levantando toras, enquanto Fergus dá uma olhada neles. Os turistas de agora estão circulando, fazendo a contagem com eles e tirando fotos.

Pois é, é uma visão e tanto.

Dei uma olhada em alguns dos vídeos de treinos deles na internet, e eles têm alguma coisa especial. E Dakota os têm ajudado com uns gráficos. Vi os rascunhos, e eles vão ficar *loucos* por causa desses gráficos.

Uma figura larga passa pela porta, me fazendo parar de rabiscar. O rosto de Rowan entra em foco quando meus olhos se ajustam à luz. Me endireito, com um sorriso largo.

— Oi.

— Oi. Dakota está aqui? — Ele dá uma olhada ao redor.

— Não.

— Arre, tá bom. Ela está lá na confeitaria?

— Está, por quê?

— Queria falar com ela. — Ele se vira para ir embora, e eu quase tropeço nos meus próprios pés ao ir atrás dele.

— Peraí. É só isso?

Rindo, ele se volta para mim e me puxa para perto.

— Só estava brincando, *lass*. Queria ver qual seria a sua reação.

— Me tirar do sério não vai te ajudar em nada.

— Tem me ajudado desde que te conheci. — Ele me dá um beijinho suave e então me solta antes de ir até a mesa, me levando junto. Nós dois nos sentamos, e ele se recosta, todo descontraído na cadeira, enquanto meu corpo vibra, pronto para qualquer coisa que ele estiver disposto a dar. — Vi um homem sair daqui com um café.

— Ele disse que gosta de café sem graça, então este era o lugar certo para ele.

— Ai. — Rowan ri e dá uma olhada no espaço vazio. — Então... qual é o plano?

— O plano?

— Para a cafeteria. O que você vai fazer?

— Ah, bem, tipo... tenho algumas ideias, mas ainda não comecei nada.

— Por que não?

— Porque queria repassá-las com você primeiro. É a loja da sua família, afinal.

— É, verdade. — Ele assente para mim. — Então, pode me falar.

Simples assim, hein?

Animada para compartilhar, corro até o balcão, pego o caderno e a caneta e me sento de frente para ele.

— São só ideias, nada concreto ainda.

— Manda ver.

— Bem, a gente precisa dar uma boa lavada nesse piso com uma lavadora de alta pressão. Está sujo e precisa de vida nova.

Ele olha para baixo.

— Verdade. Eu tenho uma lavadora de alta pressão.

— Sério? Que bom. Meu Deus, como adoro essas lavadoras. Heroínas esquecidas da reforma. Mal posso esperar para acabar com essa sujeira...

— Não é você que vai usar — ele diz com determinação. — Eu que vou.

Hã, como é?

— Ah, não. Pode deixar que vou adorar fazer isso. Passei tempo demais à toa aqui, vendo vídeos de lavadoras de alta pressão no YouTube, e vou adorar fazer isso.

— Você tem assistido a vídeos de lavadoras de alta pressão no YouTube?

Todo mundo faz isso, não?

— Sim, são bem relaxantes. Tipo mexer na areia numa daquelas caixinhas com areia que as pessoas mantêm em cima da mesa. Dá uma satisfação louca ver a sujeira ser lavada pela água. Tenho até medo de admitir que devo ter dedicado pelo menos umas dez horas vendo esses vídeos na internet. Combinado com música divertida, e aí está um ótimo jeito de perder tempo.

Ele pisca algumas vezes.

— Você está falando sério.

— Será que vou ter que te mostrar o meu histórico do YouTube? Já nem preciso procurar mais, eles aparecem como sugestão. Mas quer saber o que me tira mesmo do sério? — Me inclino para frente de um jeito conspiratório. — É quando esse pessoal do YouTube compila os *mesmos vídeos de lavadoras de alta pressão. Já vi esses, quero novos.* — *Balanço o punho no ar.*

— Acho que vou esquecer aquela outra noite.

— Já era — digo com um sorriso. — Seu pau já esteve na minha boca e isso significa que te reivindiquei. — Seus olhos se estreitam de um jeito sedutor e ele se mexe na cadeira. — Ah, você gostou, hein, de quando eu falo sobre ter o seu...

— Cuidado, Bonnie, essa provocação pode valer para os dois.

Minha boca se fecha. Baseada na experiência passada, estou supondo que ele pode causar um dano e tanto.

— De qualquer forma. — Pigarreio, batucando a caneta no caderno. — Vamos dar uma boa lavada e aí dar uma demão de tinta fresca nessas paredes. Acho que a gente deveria manter um branco bonito aqui, mas renovar, e a porta vermelha também. Adoro as cores, mas elas estão desbotadas. E acha que a gente poderia adicionar persianas e alguns vasinhos na janela? Você sabe como fazer isso?

Ele assente.

— Sei.

— Vai levar muito tempo?

— Algumas horas.

— Sério? Tá bom. Acho que vai deixar o exterior mais enfeitado e torná-lo mais convidativo. E para o interior, a gente vai precisar de mesas novas. Essas aqui são lenha para a fogueira. — Dou um tapinha na mesa. — Tem algum lugar por aqui onde a gente pode comprar mesas e cadeiras?

— Lá em Kyle de Lochalsh.

— Hum, como?

— Uma viagem de quinze minutos para o oeste. Cidade maior, tem carpinteiro lá. Hamish e Alasdair compraram as mesas e as cadeiras deles lá, e por um bom preço. Minha mãe até queria comprar lá, mas meu pai disse que só quando essas daqui desmoronassem.

— Bem, parece que vou ter que atacá-las com um machado, porque elas precisam desmoronar. — Faço uma anotação no caderno. — Você estaria disposto a me levar lá? Não quero ter que dirigir por essas estradas de novo.

— Posso levar. A gente pode comer no Waterside depois.

Faço uma pausa e ergo o olhar.

— Você está mesmo... me chamando para sair?

Com aquele sorriso diabólico, ele se debruça sobre a mesa e belisca meu queixo.

— Estou, *lass*. Você aceita?

— Não sei... — provoco.

Ele ri, inclina-se mais e dá um selinho nos meus lábios.

— A oferta vai ficar de pé pelo tempo necessário até ser aceita.

Ai, ai, ele é um conquistador. Sabe exatamente como me deixar com as pernas bambas.

— Eu adoraria sair com você, Rowan.

— Que bom. Quarta à noite.

— Tudo bem. Depois que a gente fechar hoje, eu gostaria de dar a lavada no piso. Você pode trazer a lavadora?

— Você não vai fazer isso.

— Não está aberto a discussões, Rowan. — Bato a caneta na mesa. — Eu vou lavar e aí amanhã a gente pode pintar.

— A gente? — Ele ergue a sobrancelha.

— É. A gente. Vou pedir para Dakota chamar Isla também. Você pode chamar os gêmeos Murdach?

— E o que ganho com isso? — Ele batuca a mesa com os dedos, todo descontraído, lindo como sempre.

— Nosso encontro de quarta à noite.

— Era você quem queria um encontro.

— Não me venha com essa, como se você não quisesse sair comigo —

zombo. — Você está louco por uma reprise daquela noite.

— Estou louco para fazer muito mais do que aquilo, e não estou falando só fisicamente.

Ai. Esse homem.

— Quando você diz assim, me dá arrepios e um friozinho na barriga ao mesmo tempo — admito. — Faz eu me sentir especial.

— Porque você é, *lass*. — Ele aponta para o caderno. — Mais alguma coisa?

O fato de ele conseguir simplesmente mudar de assunto assim, sem se perturbar, é impressionante. Minha mente ainda está repassando a noite anterior, e ele só acompanha a conversa.

Tentando me concentrar na tarefa em mãos, pergunto:

— Então você pode chamar os gêmeos Murdach?

— Posso.

— Obrigada. — Pouso a mão na dele, e ele aperta com força. — Encontrei uma máquina de espresso na internet que está na promoção em Inverness. É antiga, e a cafeteria de lá está fechando, a Starbucks tomou conta. — Rowan revira os olhos. — Eles estão vendendo tudo o que podem e disseram que vão reservar a máquina para mim. Dakota vai lá pegar com a Isla, e aí a gente vai começar a testar umas bebidas novas. Nada chique demais, só o suficiente para atrair mais pessoas para cá. Tem também uma marca de chá local que eu adoraria servir aqui, para oferecer alguma coisa aos clientes que não bebem café. Ela oferece chá Scottish breakfast, Earl Grey e uma mistura das Highlands que é muito deliciosa.

— Ótima ideia.

Sua aprovação me faz sentir uma onda de confiança.

— E para a comida... — Seu queixo estremece, seus olhos estreitam. — Você me ajudaria...?

— Não — ele responde, com voz séria. *Qual é o problema?*

— Rowan.

— Não vou cozinhar para cá.

— Não estou pedindo para fazer isso, me deixa terminar — digo, imitando suas palavras do outro dia. — Me ensina como fazer pãezinhos amanteigados. Ah, e quem sabe aquele bolo de cereja e os bolinhos de tattie? Sou ótima em seguir instruções, e já que a gente abre às dez, eu poderia acordar mais cedo, agora que estou acostumada com a diferença de fuso horário, e começar a cozinhar para vender aqui. — Quando ele não responde, aperto sua mão. — Por favor, Rowan. Ter comida aqui vai fazer uma enorme diferença, e não vai competir com a Isla. Acho que se a gente tiver três boas opções, vai dar certo, ainda mais que vamos ser mais como um tipo de parada para os turistas. Vamos oferecer o suficiente para eles.

Ele passa a mão no rosto.

— Faz anos que não faço.

— Vou cozinhar sem blusa, ou quem sabe toda nua... só de avental.

Isso desperta seu interesse. Ele ergue a sobrancelha.

— Você vai ficar nua enquanto eu te ensino?

— Vou. Da forma que você achar melhor... é assim que vou ficar o tempo todo. E se você quiser uma pausa, para fazer... outra coisa... — digo com voz sedutora —, a gente faz uma pausa.

— Sexo e cozinha.

— É — falo com uma piscadela, o que o faz rir e então soltar um longo suspiro.

— Está oferecendo um ótimo acordo, *lass*.

— Sedutor, hein?

Ele assente devagar, umedecendo os lábios.

— Ainda mais que eu ainda não te vi completamente nua.

— Culpa sua, não minha. Eu tirei sua roupa. Foi você que só puxou a minha blusa para cima.

— Agora estou arrependido desse erro. — Ele coça a lateral do rosto, e suas unhas raspam ao longo de sua barba grossa. — Fechado.

— Sério? — pergunto, empolgada.

— Sim, mas você não vai usar nada além de um avental.

— Fechado. — *Isso.* Empolgada, por muitas razões, faço outra anotação no caderno. — Agora só faltam as lembrancinhas. Dakota vai fazer o design de novas placas, e a gente adoraria bolar um nome divertido para a cafeteria, já que tudo na cidade tem um nome. E aí vamos poder vender lembrancinhas com base no nome do café. Podemos muito bem usar a Pedra do Bilau, o Fergus, as vacas peludas... — Uma ideia surge na minha cabeça. — Ai, meu Deus, e se a gente chamar a cafeteria de Café das Vacas Peludas? Poderíamos pendurar umas fotos fofas em preto e branco das vacas peludas nas paredes, fazer algumas lembrancinhas com o tema, e aí direcionar as pessoas para a trilha. Outras pessoas vão começar a frequentar, não só o pessoal daqui.

Ele torce os lábios para o lado, considerando a ideia.

— Quer saber? Acho que minha mãe e meu pai iam gostar disso. Eles adoram as vacas peludas e foram alguns dos que lutaram para que a trilha fosse feita, para início de conversa.

— Sério? Então é o destino. Aposto que Dakota consegue fazer uma placa fofa com "Vaca Peluda" na frente e no centro.

Ele assente devagar, e um sorriso brinca nos seus lábios.

— Adorei a ideia.

Esse sorriso, a empolgação na sua voz. Acho que nunca senti tanto orgulho na vida, e pela primeira vez em muito tempo, eu me sinto... útil.

— O que você está fazendo?

Levo um susto e deixo o celular cair no balcão. Com um sorriso, Rowan o pega e dá uma olhada na tela. Ele ergue a sobrancelha e o mostra para mim, como se eu não soubesse o que está ali.

— Vídeos de lavadoras de alta pressão?

— Não julgue! — Tiro o celular da mão dele e o enfio de volta no bolso.

Assim que fechamos, movo as mesas e as cadeiras para fora. Mais cedo, Rowan disse que cuidaria delas, literalmente transformando-as em lenha. Falei para ele que não ligava para o que fizesse com elas, mas se ele decidisse cortá-las, eu iria precisar de um vídeo em *slow motion* disso, é claro que com ele sem camisa. Pela expressão dele, acho que vai fazer. Decidimos fechar a loja pelos próximos dias enquanto fazemos as pequenas reformas. Na certa, o público não vai nem sentir tanta falta.

— Você trouxe? — pergunto, esfregando as mãos.

— Sim, mas você não vai...

— Ah tá que eu não vou. — Passo por ele e vou até a porta, onde vejo a máquina robusta. Linda em todo o seu esplendor, uma *cavalheira* destruidora de sujeira. Uma combatente de fungos. Uma verdadeira campeã da limpeza. A única, a própria... lavadora de alta pressão. — Ryobi 2300, ótima escolha — digo, pegando a fera robusta. — Ela vem com o bocal turbo de brinde?

— É perturbador o quanto você sabe sobre lavadoras de alta pressão.

— *Vem*? — pergunto, precisando saber a resposta.

— O bocal já está nela — Rowan diz, parecendo um pouquinho aterrorizado.

— Maravilha. E você já conectou na mangueira. Que sonho. — Pego a vara de metal e testo o peso.

— Ei, ei, ei, Bonnie.

— Pelo que li, basta apertar este botão. — A lavadora liga com um zumbido suave. — E então... — Puxo a alavanca e tiro água do bocal. O curto impulso me assusta. Volto para a soleira da porta, abrindo o braço... e um jato vai bem na virilha de Rowan.

Ai, ai.

Homem.

Ao mar.

— Ai, Deus. — Solto o borrifador e corro até seu corpo, encurvado no chão. — Está tudo bem, Rowan?

— Falei para você… não fazer isso — ele diz, respirando com dificuldade e embalando a virilha.

— Será que… será que…? — *Ai, meu Deus.* — Será que arranquei o seu saco?

Ele solta uma tosse seca e balança a cabeça.

— Que nada, o saco está no lugar, mas com certeza você derrubou alguns cadetes.

— Espermatozoides? — pergunto, esfregando suas costas.

— É, Bonnie… espermatozoides.

— É provável que eles fossem os nadadores lentos, de qualquer forma. — Dou um tapinha nas suas costas e meus olhos se desviam para a lavadora. Mesmo me sentindo culpada, não consigo evitar uma onda de desejo. — Espero que você saiba que desejo tudo de melhor para a sua virilha no momento, mas vou precisar que se levante para que eu possa dar uma boa lavada nesse piso.

Ele me olha de sua posição fetal.

— Você está falando sério?

— Muito sério. Dá para sentir nas minhas veias que nasci para usar uma lavadora de alta pressão. — Puxo seu braço. — Vamos te colocar no balcão, fora de alcance, e você pode ficar assistindo enquanto cuida do seu bilau e do seu saco.

— Acho que nada está fora do alcance para você — ele resmunga, levantando-se devagar.

Mantenho um aperto firme nele enquanto ele manca até o balcão e sobe.

— Eu não estava preparada para aquele puxão. Agora que sei o tipo de potência que essa gracinha tem, vou ficar numa posição devidamente preparada dessa vez. — Dou um tapinha na sua perna e estou me afastando quando ele pega meu braço e me gira para ele.

E me dá um beijo rápido.

— Você pode ter destruído qualquer tipo de relação hoje, mas ouvir a sua confiança… bem, pode muito bem ter restaurado o que você acabou de destruir.

— A minha confiança te deixa com tesão, é?

— A sua confiança me deixa feliz, Bonnie — ele diz, sério. — Me faz acreditar que você está começando a achar aquele propósito, e é isso que importa.

Pega de surpresa, falo:

— Caramba, McRabugêncio, você está prestes a se dar bem.

Ele resmunga, se mexendo para o lado.

— Espera até amanhã.

Rindo, dou mais um beijo nele e então volto para a lavadora e pego o tubo.

— Devo começar pelos cantos?

— Sim, e aí vai levando a sujeira na direção da porta.

— Está bem. Dou conta.

Respirando fundo, fico em posição, seguro o tubo com a mão firme e então puxo a alavanca para trás. Sinto um pequeno impulso, mas desta vez estou preparada e meu aperto é firme, tirando no mesmo instante a sujeira do velho piso de madeira. Faço um teste, como toda boa lavadeira, não mais do que alguns centímetros quadrados, mas enquanto os jatos d'água atingem o piso de madeira, já consigo ver o quanto isso vai mudar a aparência da cafeteria. Quando solto a alavanca, deixando a água espirrar por um instante antes de secar, eu me inclino para a frente e fico maravilhada com a beleza do piso de madeira que esteve aqui esse tempo todo.

— É tão lindo, Rowan.

— É? Já não consigo nem me lembrar a essa altura.

— É, e o poder da lavadora não parece estragar a madeira. Devo continuar?

— Pelo visto você é uma expert. Vá em frente.

A energia pulsa por mim. Me posiciono e... lá vai mais um jato.

— Ai, meu Deus, Bonnie — Dakota diz, entrando no café pela primeira vez desde que limpei o piso. Ela foi num encontro com Isla na noite passada, e enquanto estava fora, cuidei dos negócios. Sinceramente, não sei o que foi mais gratificante: ter Rowan entre as pernas ou lavar toda a sujeira deste piso.

É claro que eu jamais diria isso para ele.

Não quero que ele fique com complexo.

Ele foi maravilhoso na outra noite e tal... mas... a lavadora de alta pressão...

— Parecem novinhos em folha.

— Né? Estou tão satisfeita. Pedi para Rowan tirar algumas fotos. — Pego o celular e mostro as fotos que ele relutantemente tirou de mim empunhando a lavadora enquanto ele cuidava de seu membro.

— Você está parecendo uma chefona.

— Né? Mudei minha foto do Instagram para essa.

— E como não mudaria?

Neste instante, Isla e os gêmeos entram na cafeteria. Todos os três param e olham o piso.

— Puta merda — Leith diz primeiro.

— Caramba — Lachlan acrescenta. — A gente precisa fazer isso com o nosso piso.

Isla vai até Dakota e pega a mão dela.

— Você fez um trabalho incrível, Bonnie.

— Valeu. — Sorrio de orgulho. — Até que foi bem fácil e muito recompensador. Fico mais do que feliz em fazer isso para qualquer um que possa estar precisando de uma boa lavada. Acho que encontrei um novo passatempo.

— Só mantenham a virilha de vocês protegida — Rowan avisa, entrando na cafeteria, atrás deles.

— Pois é, Bonnie me contou que lançou um jato no seu saco — Dakota fala. — Está tudo bem?

— Não tem nada danificado, mas fiquei com a sensação de que levei uma bolada aqui.

— Rowan contou para a gente hoje de manhã — Leith revela. — Que bom que não te chamei para sair, ou poderia ter sido eu.

— Como se ela fosse aceitar sair com você — Lachlan retruca.

— Ela mostrou interesse.

— Foi mal, mas ela só está interessada em mim, rapazes — Rowan diz, vindo até mim e pressionando seus lábios nos meus. Macios, e mesmo assim, firmes. Melhor beijador, com certeza.

— Todo convencido, hein? — pergunto, mesmo sabendo que ele tem toda razão.

— Que nada, só que conheço paixão quando vejo. — Ele dá uma piscadela e gesticula para a porta. — Leith, Lachlan, peguem a tinta e os materiais enquanto colocamos os panos para pintura. A gente não vai querer bagunçar esse piso.

Ai, ai, olhe só para Rowan tomando a iniciativa. Essa atitude de chefe meio que me deixa com tesão.

Chefe McRabugêncio… cai bem.

Enquanto os gêmeos estão lá fora, o resto de nós começa a trabalhar com os panos, alinhando os com os rodapés e prendendo-os com fita adesiva.

— Ouvi dizer que vocês duas estavam se pegando ontem à noite — Rowan diz para Isla e Dakota com um sorriso.

Como é? Viro a cabeça na direção delas.

Elas estavam se *pegando*?

Tipo, como o primeiro beijo delas?

Por que não me informaram sobre esse acontecimento monumental?

— Peraí, vocês se beijaram pela primeira vez na noite passada e não me contaram? — Tento esconder a mágoa, mas sai pesada na minha voz. Eu e Dakota contamos tudo uma para a outra, e o primeiro beijo com uma escocesa é uma informação obrigatória.

— A gente meio que já tinha se beijado no domingo. — Isla estremece.

— No domingo? — grito. — Quando? Eu passei o dia todo com você, Dakota.

Ela dá uma olhada na loja, parecendo pouco à vontade.

— Hum, sabe as flores que colhi quando a gente estava explorando aquele campo? Eu as trouxe para Isla quando fui para a caminhada depois que voltamos. Aí a gente se beijou.

— E você não me contou? — urro.

— Você tem andado um pouquinho ocupada. — Ela gesticula na direção de Rowan.

Empurro Rowan para fora do caminho.

— Hum, isso não é desculpa para não me contar. Seu primeiro beijo é muito mais importante do que aquele idiota emburrado. — Ele resmunga alguma coisa ao meu lado, mas o ignoro, voltando minha atenção para Isla. — Como foi? A minha garota te conquistou? Eu já dei um beijo nela uma vez, e ela tem os lábios mais macios de todos. Foi um bom beijo?

Isla sorri.

— Foi, foi um beijo ótimo.

— Meu Deus. — Desdobro um pano. — E aí vocês se pegaram. Onde vocês se pegaram?

— Lá na casa da Isla — Leith conta, entrando com Lachlan, com os braços carregados de latas de tinta, pincéis e rolos.

— Dá para a gente não sair por aí espalhando os detalhes? — Isla reage.

— Como eles sabem todos esses detalhes? — Dakota pergunta.

— Pois é — ponho a mão na cintura —, como eles sabem todos esses detalhes?

Cautelosa, Isla olha para os irmãos e para Dakota.

— Eles são dois pervertidos que ficaram olhando pela janela. — Isla aperta a mão de Dakota. — Juro que não contei nada para eles.

— Tudo bem — Dakota diz, baixinho, e elas trocam um olhar, o tipo de olhar que eu trocaria com a minha melhor amiga. O tipo de olhar que já diz tudo para todo mundo aqui, que elas já são próximas o suficiente para se comunicarem sem palavras.

E não estou gostando muito disso.

Por isso ela não me contou nada? Por não estarem dividindo o relacionamento com muitas pessoas? Mas, pelo visto, as notícias se espalharam por aí.

Entendo querer manter segredo, mas por que ela não quis dividir *comigo*?

— Pareceu uma ótima pegação — Lachlan acrescenta, claramente não se dando conta enquanto derrama a tinta.

— Dá para calar a boca? — Isla retruca.

— Tipo, dá, mas não quero.

— Chega dessa conversa de pegação — Rowan interrompe. — A gente precisa focar na pintura. — Rowan ao resgate, como sempre. — Temos que pintar o teto, as molduras e as paredes. A única coisa aqui que não vai ser pintada são as vigas de madeira do teto e o piso. Por favor, mantenham esses limpos. E vamos formar duplas. Leith e Lachlan, vocês ficam com o teto. Eu vou pintar o lado direito com a Bonnie, e vocês, garotas, podem cobrir o esquerdo. Eu pago as bebidas se a gente conseguir terminar até às oito.

Isso encoraja os rapazes, que logo começam a trabalhar, enquanto Dakota e Isla vão para o lado delas. Fico observando do outro lado da cafeteria enquanto elas sussurram uma para outra, rindo e sorrindo. Sinto uma pontada de ciúme.

Quando Dakota estava com Isabella, nunca a vi agir da forma como ela está agindo agora: contente e descontraída. Esse deveria ter sido o primeiro sinal de que Isabella não era a garota certa para ela. Mas vê-la com Isla… quase me faz sentir — e sei que isso vai soar idiota —, mas quase me faz sentir como se minha melhor amiga estivesse sendo roubada de mim. Sei que a encorajei a ir em frente, mas mesmo assim… me sinto meio que deixada de fora.

Com Isabella, ela me contava tudo. Cada mão dada, cada olhar, cada beijo, eu estive lá, passo a passo, ajudando-a se dar conta de que está tudo bem gostar de uma garota. Está tudo bem sair da sua concha e se dar conta de quem exatamente você é.

E agora, com Isla, meio que estou sendo egoísta em esperar que estarei envolvida a cada passo. Mas, infelizmente, estou começando a ver que Dakota criou asas e saiu voando. Ir sozinha conversar com Isla, o encontro duplo que acabou virando um e agora isto.

É quase como se... ela não precisasse mais de mim, e isso me atinge em cheio, porque, no mínimo, Dakota me deu um pouquinho de propósito enquanto eu lutava contra estes sentimentos desconhecidos que fui absorvendo.

E agora?

A dúvida e a solidão começam a espreitar lá no fundo da minha mente.

Estou tentada a perguntar para Rowan se a gente pode trocar de dupla, mas seria um exagero, não é? Estou exagerando. Só estou desconcertada porque todo mundo sabia do beijo, e eu não. Conheço Dakota desde sempre. Sabemos detalhes da vida uma da outra, e ser deixada de fora de um fato importante — seu beijo com a sua segunda garota — dói, isso com certeza, mas vou superar. Ela parece feliz, e não quero fazer escarcéu por causa de algo que vai acabar parecendo trivial para ela.

No grande cenário, isso não importa.

O que importa é a felicidade da Dakota. E só de olhar na direção delas, dá para ver que ela está encontrando seu lugar de verdade aqui em Corsekelly.

Respira fundo, Bonnie. Está tudo bem. Você está bem.

— Ei, está tudo bem? — Rowan pergunta.

— Hum? Ah, sim, desculpa. Só estava... pensando. — Abro um sorriso, mas acho que nós dois sabemos que é falso.

Está tudo bem. Tudo vai terminar bem.

Você não vai perder a sua amiga.

Pare de exagerar e vá se divertir.

Respiro fundo, pego um rolo de Rowan e vou para a parede. Antes de começar, ele se inclina e me beija no topo da cabeça.

— O encontro é amanhã.

Isso traz um sorriso para o meu rosto.

— Você vai se arrumar?

— Você vai?

— Com certeza. Estou planejando até o que vou vestir por baixo. — Mexo as sobrancelhas, e ele ri.

— Despi-la seria melhor. — Ele mexe as sobrancelhas em resposta.

— Se você espera que eu vá usar um vestido sem nada por baixo, ficou louco.

— Tentar não custa nada. — Ele pinta meu nariz com um pouco de tinta e vai trabalhar.

Capítulo 15

ROWAN

Jatos d'água com a lavadora de alta pressão: *confirmado.*

Encontro com a rainha das lavadoras de alta pressão: *confirmado.*

Nervoso.

Empolgado.

Esperançoso.

É só o que posso falar do meu encontro com Bonnie.

Não consegui pregar os olhos na noite passada.

Enquanto a chuva batia na janela do meu quarto, fiquei pensando em Callum e no que ele acharia da Bonnie. Não há dúvida de que eles se tornariam bons amigos. Os dois adoram me tirar do sério, me provocar, me desafiar. É muito provável que eles se tornariam melhores amigos em uma semana.

E isso me deixa triste pra caralho, e é por isso que estou no meu galpão às quatro da manhã, com as portas bem abertas para que eu possa observar a chuva salpicar o solo já saturado.

Callum tinha interesse na minha cerâmica. Demais, na verdade, e ele vivia me atormentando para fazer alguma coisa com o meu talento. Ainda dá para ouvir sua voz maravilhada quando mostrei para ele minha primeira tigela. Era torta, irregular e nem parecia com uma tigela, mas Callum a usava quase todos os dias quando estava cozinhando. Ele não fazia ideia de como uma porção de argila molhada poderia se transformar em algo tão bonito.

Com a argila já preparada, ligo a roda de oleiro. O zumbido do motor preenche meu pequeno espaço enquanto mergulho os dedos molhados na argila encharcada, preparando a base para uma caneca.

Você tem talento, Rowan, ele disse. *Faça uso dele. Por que ficar aqui, onde ninguém liga para isso? Economize e vá para Edinburgh, onde está lotado de turistas à procura de algum pedaço da Escócia para levar para casa.*

E esse era o plano.

Eu iria ajudar com a comida por mais alguns anos até que Callum estivesse preparado para assumir a loja, e então eu seguiria meu próprio caminho.

Foi isso que eu disse que ia fazer para o meu pai.

E foi o começo da briga entre nós dois.

Achei que, com o tempo, ele fosse superar, mas nunca aconteceu, e assim que Callum faleceu... bem, não conseguimos nos recuperar. Meu pai continua me afastando cada vez mais.

A brisa sopra lá fora, enviando uma névoa de chuva na minha direção. Eu a recebo, sentado debaixo da única luz fraca no galpão. Foi só o que eu acendi. É só o que eu queria.

Com um suspiro, clareio a mente do passado. Precisando focar em alguma coisa positiva, trabalho na argila à minha frente, pouco a pouco formando as laterais, moldando-a no modelo que desenhei pela manhã.

Algo que combina com as mãozinhas de Bonnie, mas que também vai ter espaço suficiente para o café de que ela precisa para funcionar pela manhã.

Depois da nossa conversa sobre a cafeteria e todas as ideias dela, logo soube que precisava fazer alguma coisa para ela que refletisse essa jornada em que ela está. A ideia veio hoje de manhã. Uma caneca simples com um detalhe em volta, uma abertura maior no topo e uma vaca peluda estampada na lateral.

Virando-me na direção da chuva, sentindo o peso dela despencar no chão, sorrio para mim mesmo.

— O que você acha, Callum? Acha que ela vai gostar?

Outra brisa sopra, e eu sorrio, percebendo o quanto estou contente neste momento. Com a argila entre os dedos, meu irmão do meu lado, e pensando na Bonnie.

A dor e a ansiedade por causa dos meus pais estão sendo lavadas pela chuva, me fazendo pensar que pode ser que as coisas estejam prestes a mudar para mim. Pode ser que este seja o começo de algo especial.

Algo muito especial...

Verifico o cabelo uma última vez no espelho retrovisor da minha caminhonete e então abro a porta do lado do motorista. Não tenho muitas roupas chiques, mas encontrei uma calça jeans escura pouco usada na gaveta e a combinei com uma camisa de botão verde-clara. Fiz questão de ajeitar o cabelo e borrifar um pouco de perfume. Sei que ela gosta da minha barba, então não a fiz, na esperança de esfregá-la na pele macia dela mais tarde.

Respirando fundo, vou na direção do chalé e bato à porta da frente. Sei que Dakota e Isla estão passeando pelo lago neste instante. Eu as vi andando de mãos dadas a caminho daqui, então não espero encontrar mais ninguém além de Bonnie.

Não pude deixar de notar um brilho enciumado nos olhos de Bonnie ontem por causa da forte conexão entre Isla e Dakota. Cogitei conversar com ela sobre isso, mas decidi por fim que não valia a pena. Não quis me intrometer em nada que pudesse deixá-la pouco à vontade, mesmo que ela não pareça ter nenhum problema em me fazer todo tipo de pergunta de causar arrepios.

Mas ontem foi diferente. Sua confiança habitual desapareceu, e ela parecia tão frágil, quase envergonhada por não ter ficado sabendo que Dakota e Isla tinham se beijado, e eu não queria aumentar a vergonha. Então deixei pra lá.

Tomara que depois que fomos embora do bar, elas tenham resolvido qualquer constrangimento pelo qual estivessem passando.

Ouço passos lá dentro do chalé.

A porta se abre.

E puta merda.

Fico sem fôlego ao ver Bonnie.

Usando um vestido amarelo-claro que abraça suas curvas e destaca seus seios, ela lança um sorriso radiante para mim. Seu cabelo cai sobre os ombros em cachos, seus olhos estão devastadoramente penetrantes e seus lábios estão pintados com um cor-de-rosa brilhante. Posso sinceramente dizer que nunca vi uma garota mais bonita.

— Caramba, *lass*. — Passo a mão na boca. — Você está deslumbrante.

Ela se mexe de um jeito fofo.

— Você também está muito bonito.

Me aproximo e a enlaço com o braço, minhas mãos descendo para a curva bem acima da sua bunda. Graças aos saltos que ela está usando, não tenho que me abaixar tanto para beijá-la. O que eu não daria para empurrá-la para dentro e aproveitar o momento com ela... mas com base no número de vezes que ela me perguntou se eu a chamaria para um encontro, preciso ter certeza de que vamos mesmo deixar este chalé.

Pois é... minha garota.

Por essa eu não estava esperando. Antes de Bonnie chegar a Corsekelly, eu estava resignado com a ideia de que ficaria preso na cidade em que cresci, fazendo um trabalho que odeio só para agradar aos outros. Mas agora parece que pode haver possibilidades para algo mais. Muito mais.

Isto é, se ela quiser ficar na Escócia. E tento não pensar nisso. Ainda há muito tempo para ver se isto vai levar a algum lugar, muito tempo para convencê-la a ficar, se rolar alguma coisa.

— Meu Deus, que cheiro delicioso — ela elogia, pressionando os lábios nos meus uma última vez, com as mãos agarrando a minha camisa.

— Obrigado. — Pego sua mão e a levo para a minha caminhonete, abrindo a porta para ela. Quando já está lá dentro, pego o cinto de segurança e o entrego para ela. — Ponha o cinto, *lass*. — Pisco para ela e dou a volta pelo carro, sentando-me do meu lado. — Você ainda não foi lá no Inner Sound, né?

Ela balança a cabeça.

— Não, eu e Dakota fomos na direção noroeste quando fomos passear. Isla deu a direção para um lugar lindo com vista para um vale com um rio.

— É, bem, você está prestes a embarcar numa bela viagem. — Aumento o volume da música o suficiente para que ela possa ouvir. Escolhi uma das minhas bandas escocesas favoritas, Tartanium, para a nossa curta viagem.

— Olha só, você está mesmo criando o clima, né? — ela diz por cima do som suave do solo de violino logo antes da batida começar.

Sorrio para ela.

— Só estou tentando fazer com que você tenha a experiência escocesa completa. Está funcionando?

— Acho que a experiência escocesa *completa* vai vir depois, não?

— Sim, se você tiver sorte — respondo, rindo.

— Estou com sorte hoje.

Passamos uma boa hora na Carpintaria Campbell escolhendo mesas. Bonnie não conseguia decidir entre dois conjuntos, então optamos por misturá-los e combiná-los, o que dará uma sensação mais eclética ao espaço. Com o pedido das novas mesas e cadeiras, uma compra que sei que deixará minha mãe feliz, passeamos um pouquinho por Kyle, passamos um tempo à beira-mar, e agora estamos no restaurante Waterside, já pedimos comida e nossas bebidas estão na mesa. Sorrisos se espalham por nossos rostos enquanto olhamos um para o outro à luz fraca.

— Para quais celebridades você já trabalhou lá nos Estados Unidos? — pergunto, quebrando o silêncio acolhedor.

— No meu primeiro emprego, fui assistente de um gerente-executivo de uma produtora. O cara me demitiu porque eu não me sentei no colo dele quando ele pediu.

A raiva toma conta de mim.

— Sério?

— Sim. Ele disse que me ajudaria a avançar na carreira se eu o ajudasse...

— Que porra, o que esses homens têm na cabeça? — Tomo um gole de água. Optei por não tomar cerveja, porque estou dirigindo, mas estou ficando com muita vontade de beber. — Espero que você tenha mandado ele à merda.

— Mandei. E aí ele gritou dizendo que eu jamais trabalharia na indústria do cinema de novo. E nem foi verdade, porque, como você já pode imaginar, tem muita gente péssima que precisa de assistentes, e algumas delas não ligavam se eu tinha referência.

— É, dá para ver. — Ficando sério, estendo o braço pela mesa e pego a mão dela. — Você é muito forte por não ter deixado ele tirar vantagem de você.

— Obrigada — ela diz, baixinho. — Acho que passei a me respeitar mais. — Ela sorri para si mesma. — Eu nunca olhei dessa forma para isso até agora, sabia?

— Que você passou a se respeitar mais?

Ela assente.

— Isso. — Seus olhos encontram os meus. — Obrigada.

— Não precisa me agradecer, *lass*. Você que é corajosa.

Cacete, a forma como ela está me olhando agora, como se eu fosse a droga de um herói, me deixa de peito estufado e ao mesmo tempo causa nós no meu estômago pelo nervosismo. Será que ela não vê quanta força e coragem são necessárias para enfrentar alguém como o seu antigo chefe? É uma situação horrível e comum até demais, mas o fato de ela ter reconhecido o próprio valor naquele momento me faz querer ficar firme ao lado dela.

— Quem foram os outros dois? — pergunto.

— Também fui assistente da esposa de um jogador de basquete, na verdade. Ela era bem legal, mas a irmã sem noção dela que era o problema. Ela me acusou de dar em cima no jogador de basquete, e é claro que isso não era verdade. Para começar, ele não fazia o meu tipo, não sou muito fã de loiros. — Ela dá uma piscadela. — Mas sou profissional. Dava muito valor ao meu trabalho, ainda mais depois de ter perdido o primeiro. Só que a esposa não acreditou em mim, então fui demitida... de novo.

— Parecia um ambiente tóxico, de qualquer forma.

— Eu até gostava da Lisa, só que... aff, pensando bem, foi ela que apresentou a gente para Isabella, a ex da Dakota. Isabella trabalhava para um dos colaboradores da Lisa. Pois é, "tóxica" é a palavra certa. A gente até se divertiu algumas vezes, mas a diversão não supera as coisas ruins, nem chega perto disso. Além do mais, Lisa estava tentando lançar a própria linha de maquiagem dela e me fez testar alguns produtos. Cara, o número de vezes que meus lábios ficaram inchados com os batons dela... não é brincadeira.

— Por que ela estava querendo lançar a própria linha de maquiagem?

— Ela estava num reality show, *Esposas de Jogadores de Basquete*, e estava tentando capitalizar a fama. Ela se juntou a uma empresa de merda que nem ligava para os produtos, só para as vendas, então é claro que tudo seria péssimo. Acho que ela não chegou a vender muito por causa de toda aquela coisa de lábios inchados. Ela até tentou fingir que era só um formigamento, mas não rolou.

— Karma. — Dou uma piscadela.

— Exato, e a última pessoa que me demitiu com certeza foi a melhor. Daloria Day.

— Caramba, já ouvi falar dela. Ela não está naquela novela famosa?

— Isso mesmo, faz o papel de queridinha da América, mas era complicado trabalhar com ela. Eu já sabia disso quando aceitei e estava preparada. Fiz anotações de tudo, me certifiquei de nunca errar nada, e não errei. Mas aí um colega de elenco, por quem ela tinha uma quedinha, me cumprimentou. Ela ficou furiosa que ele deu atenção para mim, algo que nunca fez com ela. Aí ela disse que não fiz o café dela do jeito certo e me demitiu na mesma hora.

— Não é engraçado? Considerando com o que você trabalha agora.

— Os pedidos não têm sido tão complicados assim lá na loja.

— Não importa, você acerta sempre.

Ela ri, assim que nossa comida chega.

— Ai, nossa, parece delicioso.

Pedimos o prato de frutos do mar, e é tão grande quanto me lembro, repleto de patas de caranguejo, lagosta, salmão defumado, ostras, amêijoas, tatties e rodelas de limão. Puta merda, estou com água na boca. Nem lembro quando foi a última vez que vim aqui ou trouxe alguém para um ótimo jantar, mas estou feliz que tenha chamado Bonnie — por muitas razões.

Pego uma ostra.

— Você deveria experimentar de tudo.

Ela franze a testa.

— Você acha mesmo que estou precisando de um afrodisíaco para curtir a noite?

— Me diga você.

— Já estou excitada desde o instante que você apareceu na minha porta.

— É… eu também, *lass*.

— Não vai funcionar. — Bonnie balança a cabeça e joga o guardanapo na mesa. — A gente vai ter que ir embora, na verdade. Vou pedir para Dakota me buscar, aí você não precisa me levar para casa.

— Não dá para ser mais dramática, né?

— Dramática? — Sua voz fica mais alta antes de ela se inclinar e sussurrar: — Você nunca viu nenhum filme de *Star Wars*. Como assim? É alguma tradição escocesa?

— Não, só nunca estive a fim de assistir. Não sou chegado em ficção científica.

— Não é… — Ela pressiona a mão na testa. — Não é bem ficção científica. Tipo, sim, se passa no espaço, mas é uma *space opera*. Tem drama, amor, lasers, robôs atrevidos e feras peludas de dois metros que falam numa língua que todo mundo entende por alguma razão. E todas aquelas identidades ocultas, *aff*, e os novos, um merdinha como líder supremo que pode acabar fazendo a gente rir mesmo quando não era para rir, por causa do quanto ele é chorão.

Toda aquela coisa de problemas com o pai. E as mulheres fortes. Acho que as pessoas não dão crédito suficiente para a princesa Leia, mas ela é uma líder durona e, sinceramente, a que une todo mundo.

Fico olhando para ela, inexpressivo.

— Robôs atrevidos?

— Aff — ela resmunga. — Você está me matando, Rowan. Como você pode ser assim?

— Só para te irritar.

— Está na cara. — Ela joga as mãos no ar. — Bem, você vai ter que ver os filmes comigo.

— Não me venha com essa.

— Ah, mas vou, sim, e nem peço perdão por isso, porque a cada filme que você assistir, vou dar pulinhos no seu colo.

Isso me faz rir alto.

— A forma como você usa as palavras... acho que nunca ouvi alguém se expressar assim antes.

— Eu procuro agradar. — Ela junta as mãos. — Tudo bem, então quando vai ser a nossa maratona?

— Que tal quando a gente der um jeito lá no café e você aprender a cozinhar?

Ele reflete a respeito.

— Não sei, não, estava pensando em ser hoje.

De jeito nenhum.

— Não.

— Não?

Balanço a cabeça.

— Você é minha hoje.

— Já que a gente passou pelo chalé, estou supondo que vamos voltar para a sua casa.

— Isso mesmo — digo, o acúmulo da noite me levando ao limite.

Seus leves toques aqui e ali, os beijos roubados, aquele vestido, a conversa, a provocação... está tudo sendo somado à perspectiva do que está por vir.

Em silêncio, vamos até o meu chalé. Desço e dou a volta pela minha caminhonete antes de abrir a porta para ela. A expectativa pulsa nas minhas veias. Depois do chá, fomos até a sorveteria de Kyle, onde nós dois pegamos um sorvete de chocolate branco com framboesa com calda de chocolate. Durante toda a viagem de volta para casa, eu só conseguia pensar na perspectiva de sentir os leves sabores de chocolate e framboesa nos lábios dela.

Eu a guio para dentro de casa e fecho a porta.

— Para o quarto — digo, indicando o fim do corredor.

— Não vai nem me oferecer uma bebida?

— Você quer uma bebida? — pergunto às pressas.

Ela balança a cabeça.

— Então vá já para o quarto.

Ela pega minha mão e me leva para os fundos, o que me dá um momento para apreciar a bunda dela naquele vestido. Com forma de coração e redonda, é perfeita. Ela reclamou que o vestido estava justo graças a todos os biscoitos que ela tem comido, mas acho que ela está de parar o trânsito; e acho que todos os caras que cruzaram com ela hoje concordaram.

Reparei nos olhares, na forma como seus olhos viajaram pelo corpo dela. E está tudo bem, eles podiam olhar o quanto quisessem, mas ela só vai para casa com um escocês.

Virando-se para mim, ela vai direto para a minha camisa, começando a desabotoá-la.

Umedecendo os lábios, permito que ela faça isso e não tiro os olhos dela. Quando minha camisa está toda aberta, ela a desliza pelos meus ombros e a deixa cair no chão. Daí, ela vai para a minha calça, desabotoa e abre o zíper. Eu a tiro junto com os sapatos e as meias e fico de frente para ela, usando nada além de uma cueca boxer.

— Senta — ela ordena, e, caramba, seu jeito mandão é sexy pra caralho. Obedeço de bom grado. Sento-me na cama, enquanto ela vira as costas para mim e joga o cabelo para o lado. — Abra o zíper.

Porra, com prazer.

Estendo o braço e pego o pequeno fecho, deslizando-o pelas suas costas até o fim. Ela vai tirando o vestido aos poucos e se livra dele, expondo seu sutiã e sua calcinha amarelo-claro combinando.

Meu Deus, a bunda dela é perfeita, mas antes que eu possa pôr as mãos nela, ela se vira e me monta. Seus braços vão para os meus ombros, enquanto ela desliza a pélvis contra a minha.

— Porra, Bonnie.

Seus lábios encontram os meus, e estão famintos, exigentes, procurando ainda mais do que tivemos na outra noite.

Ela se joga para trás e deita no colchão, com o cabelo esvoaçando para o lado, os lábios fechados nos meus, e seus quadris começam a roçar lentamente os meus.

Puta merda.

— Caramba, como eu amo o quanto você é grande — ela diz junto aos meus lábios, provocando minha boca e enfiando a língua ali dentro. Uma sensação de urgência vem dela. Em geral, eu pediria para ir com calma, para curtir a droga do momento, mas, caramba, também estou sentindo essa urgência.

Estendo a mão para as suas costas e destravo o sutiã. As alças caem depressa, e ela se ergue, jogando-o para o lado.

— Puta merda, como você é gostosa. — Minhas mãos viajam por seu torço até seus peitos fartos. Eu os envolvo e passo o polegar por cima dos mamilos, enquanto ela continua se esfregando em mim. Suas costas se arqueiam, pressionando os peitos ainda mais nas minhas mãos, e eu levo um momento para apertá-los com mais força. Com um leve gemido, sua boca se abre. Ela não se segura, não está nem aí para a timidez. Ela é confiante, toma o que quer e é sexy pra caralho quando faz isso.

— Rowan — ela geme de novo quando belisco seus mamilos. Seus quadris se movem mais rápido, suas mãos pousam na minha barriga, e juro que dá para sentir seu orgasmo chegando ao clímax. Seus dedos descem pela minha barriga, sua respiração fica rasa, e seus olhos se fecham com força, enquanto rolo seus mamilos entre os dedos. — Isso, ai, meu Deus. — Ela cai sobre mim e seus lábios descem para os meus, enquanto seus quadris continuam e balançam num vaivém, até que finalmente... — Ah, porra — ela sussurra, prolongando o orgasmo, com as nossas roupas de baixo como única barreira.

Quando seus quadris se acalmam, eu a viro e arranco sua calcinha, fazendo o mesmo com minha cueca. A droga do meu pau está dolorosamente duro e eu estendo o braço para uma camisinha na mesa de cabeceira e a coloco. Bonnie está um pouquinho ofegante na cama, de olhos fechados.

— *Lass*. — Seus olhos se abram. — Tudo bem aí?

Ela sorri.

— Tudo perfeito.

Abrindo os braços, ela me recebe em seu abraço, e eu pairo sobre ela, desacelerando o momento só um pouquinho para que ela se recomponha. Apoiado em um cotovelo, me dou a chance de deslizar os dedos pela sua pele macia, pelos seus mamilos enrugados, e então descendo até o seu osso púbico. Repito esse processo várias vezes, saboreando a sensação de sua pele e observando o quanto é fácil deixá-la com tesão, quão rápido ela consegue se recuperar e ficar pronta tudo de novo.

— Quero você dentro de mim — ela sussurra.

— Quero entrar em você também, *lass*. Estou desesperado.

Suas mãos envolvem meu rosto, ela abre as pernas, e pressiona a boca na minha, deixando sua língua me dizer o quanto ela me quer. Posicionando meu membro na sua entrada, dou uma estocada lenta e a vejo soltar o ar pela boca enquanto a estico.

— Está tudo bem? — sussurro.

— Tudo ótimo — ela diz, então vou um pouquinho mais fundo, sempre com cuidado, bombeando para dentro e para fora, facilitando as coisas. —

Tudo perfeito.

Envolvo seu rosto com a mão e, com ternura, arrasto o polegar por sua bochecha, enquanto nossos beijos se tornam mais quentes, muito mais necessitados do que antes, mas minhas estocadas não são urgentes — eu as mantenho controladas e estou mesmo focado em sua boca, em fazer esse contato.

É isso, até que ela envolve minha cintura com as pernas e me puxa lá para dentro. Ela suspira e eu solto um grunhido, com os olhos quase virando nas órbitas.

Quente.

Apertada.

A droga do paraíso.

É essa a sensação. A porra do paraíso.

— Mais, Rowan — ela implora. — Preciso de mais. Quero que você vá com tudo.

Eu também preciso disso.

Mantendo a boca na dela, eu me levanto um pouquinho para ter um ângulo melhor e começo a estocar para dentro e para fora. Vou devagar no começo, arrastando cada pulsação, certificando-me de que ela sinta cada pedacinho meu. E a cada segundo, acelero o ritmo, até que nós dois estamos respirando com dificuldade e nossos corpos estão se batendo, nossos movimentos se tornando erráticos, nosso prazer se acumulando.

— Meu Deus, queria poder ir ainda mais fundo — digo antes de mover a boca para o seu pescoço e então para os peitos.

— Me vira.

Assumindo o controle, faço isso e ergo sua bunda. Fico de joelhos, me posicionando na sua entrada e dando estocadas.

— Ai, meu Deus — ela grita, apertando ao meu redor. — Isso, Rowan. Ai, meu Deus, isso. Bem assim.

Agarro sua cintura, meu controle começa a vacilar enquanto eu bombeio sem parar. Seus gemidos rasgam a noite silenciosa.

— Nunca foi tão bom assim — digo. — Nunca.

— Mais. Mais forte.

Acelero o ritmo, indo de encontro a ela. Meu coração parece fora de controle, meus movimentos são desajeitados e fora de ritmo, mas não importa, já que o orgasmo aumenta na base da minha espinha e começa a se espalhar pelos meus membros. Estou prestes a gozar, estou prestes a gozar pra valer.

— Isso, Rowan. Isso. Aí. — Ela aperta meu pau, o orgasmo a atravessa e, em questão de segundos, meu saco se contrai e um gemido selvagem sai da minha boca. Estou gozando junto com ela.

— Puta... merda — grito, e a escuridão vai me cercando. Nada, em toda a minha vida, foi tão bom assim.

Bombeio mais algumas vezes antes de nós dois desabarmos na cama.

Saciados.

Inebriados.

Mortos de cansaço.

Beijo o local entre suas omoplatas e depois a nuca. Ela vira a cabeça e eu encontro seus lábios. Vou dando beijos lentamente por mais alguns instantes, antes de me afastar e tirar a camisinha.

Quando volto para a cama, ela já se deitou embaixo das cobertas e deixou um canto descoberto para eu me deitar. Assim que me deito, ela é como um ímã, e vai logo se juntando a mim e descansando a mão no meu peito.

Passo de leve a mão pelo seu cabelo e ouço a chuva suave tamborilando no telhado.

— Adoro a chuva — ela diz, baixinho. — Não costuma chover muito na Califórnia, mas quando isso acontece, eu faço questão de abrir a janela, me sentar e ficar lá ouvindo. Fico me sentindo mimada, já que escuto o tempo todo aqui.

— Teve um tempo que eu odiava as tempestades, por causa do Callum. Elas ficavam me lembrando dele, mas agora estou começando a pensar nelas mais como um momento para me conectar com o meu irmão. Para lembrar os bons tempos.

— Me conta sobre eles.

Sorrindo, penso por um instante, desenrolando as lembranças.

— Meu pai odeia levar susto. Ele surta toda vez e sempre diz: "Sai pra lá! Que é que *tão* fazendo?". — Ela ri comigo. — E aí eu e Callum vivíamos tentando encontrar jeitos diferentes de assustar ele e gravar. Teve uma vez que Callum achou que seria genial se esconder na geladeira.

— O quê? Como é que ele fez isso?

— Minha mãe sempre espera até a gente ficar quase sem comida para ir às compras, então foi o momento perfeito. Ela estava lá no mercado em Kyle. Meu pai estava assistindo ao jogo de rúgbi e eu sabia que ele já tinha tomado algumas cervejas. A gente tirou todas as prateleiras, e o Callum se enfiou lá dentro quando ouviu o meu pai vindo pegar mais cerveja. Eu fingi que estava atrás de algum petisco no armário, mas estava gravando escondido. Meu pai abriu a geladeira e Callum pulou. Ele deu um susto daqueles no meu pai, que ficou tão assustado que deu um soco forte no rosto do Callum. Não foi de propósito, foi só reação instintiva para se defender do que ele chamou na época de "mardito" Monstro do Lago Ness.

— Ai, meu Deus. — Bonnie ri ao meu lado. — Isso foi incrível.

— Foi mesmo. Minha mãe voltou para casa e encontrou um marido irritado, um filho que não parava de rir e outro filho com um olho roxo. Foi o fim dos sustos, pelo menos por algumas semanas, até que Callum achou que seria uma grande ideia estourar um balão perto do ouvido do meu pai.

— E foi?

Balanço a cabeça.

— Que nada. Callum aprendeu rapidinho que os reflexos do meu pai ficam até melhores com a proximidade.

— Outro olho roxo?

— Sim. — Dou risada, me deleitando ao perceber que consigo falar sobre o meu irmão com Bonnie e não sentir dor... só alegria. — Depois dessa, só foram os sustos a distância.

— Garoto esperto. — Ela suspira. — Sou filha única. Dakota também, e acho que é por isso que somos tão próximas, só tivemos uma à outra na infância. Ela sempre foi minha amiga, nos bons e maus momentos.

— É, dá para notar. Vocês duas têm uma amizade maravilhosa.

— Temos mesmo. — Beijo o topo de sua cabeça, e ela diz baixinho: — Rowan?

— Hum?

— Você me faz feliz.

Suspiro.

— Você também me faz feliz, *lass*.

Capítulo 16

BONNIE

Encontro perfeito que eu nunca vou esquecer: *um.*

Quantas vezes me senti apreciada na noite passada: *mais do que posso contar.*

Orgasmos induzidos por um homem: *cinco.*

Escocês gostoso por quem estou me apaixonando: *um.*

Rowan é insaciável. Ele me quer a cada oportunidade. E, verdade seja dita, acho que o quero ainda mais. Além disso, ouvi-lo gozar é sexy pra caramba. Tem um leve sotaque na voz que ele faz quando goza: é um tesouro do sexo.

— O que você acha? Devo pendurar esse aqui?

Dakota tira os olhos do computador.

— Parece grande demais para o espaço.

— É, acho que sim.

Dou uma olhada em todas as fotos em preto e branco que revelei e emoldurei das vacas peludas. Na quinta-feira, eu e Rowan fomos caminhar pela Trilha da Vaca Peluda e tiramos várias fotos das vacas de pelos compridos. Muitas de perto, mostrando seus focinhos adoráveis e seus olhos emotivos. Então Dakota as editou, cortou-as e mandou para um cara em Kyle que revela e emoldura fotos para a galeria deles. Era para Rowan ir comigo buscá-las, mas Shona teve um problema no encanamento do Mercado do Moinho. Insisti que ficaria tudo bem se eu dirigisse sozinha.

E estava... tudo bem.

Odiei cada segundo, mas pelo menos consegui as fotos, e elas ficaram incríveis.

— Tudo bem, que tal assim? — Dakota me pergunta agora, virando o computador na minha direção.

O logo.

E, ai, meu Deus, que coisa fofa. Bem no meio está uma imagem delineada de uma vaca peluda, com o pelo todo bagunçado e chifres curvos, e ao redor dele, em círculos, está o nome da cafeteria: Café das Vacas Peludas.

— Dakota, ficou... incrível. — Me abaixo um pouco mais para ter uma visão melhor. — Vai ficar perfeito nas canecas e camisas. Ai, meu Deus, meus mamilos estão até duros de tanto que estou excitada.

— Você gostou mesmo?

— Amei.

— Acha que Finella e Stuart vão gostar?

— Vão gostar do quê? — Rowan pergunta, entrando na cafeteria, com os braços cheios de compras. Não o vi hoje de manhã. Só algumas horas atrás, mas mesmo assim parece que foram dias. Quando fazemos contato visual, ele dá uma piscadela, e eu quase jogo o corpo nele e esmago seu rosto.

— Será que eles vão gostar do logo? — Dakota indaga, completamente alheia aos meus desejos.

Rowan põe as compras no balcão e vai até as novas mesas que compramos — que ficaram maravilhosas no espaço, aliás — e se abaixa para dar uma boa olhada. Um sorrisinho começa a se formar nos seus lábios, e quando ele se endireita, pressiona a mão na nuca.

— Eles com certeza vão amar.

— Você não está dizendo só por dizer? — Dakota insiste, com os olhos reluzindo de entusiasmo.

— Eu não sou de ficar mentindo. Sempre falo sério.

— É verdade — acrescento. — Ficou perfeito, Dakota.

— Obrigada. Tudo bem, vou mandar o arquivo para o cara lá de Inverness, e aí pegar a referência para a máquina de espresso. — Ela se levanta. — Vejo vocês amanhã à tarde.

— Espera, quê? — pergunto, confusa.

— Eu e Isla vamos ficar lá em Inverness. O cara vai precisar de tempo para fazer os cardápios e a placa. A gente decidiu passar a noite lá e passear um pouco.

— Ah. — Engulo a pontada de decepção. — Você vai passear, parece divertido.

— Estou bem empolgada, ainda mais porque ainda não consegui ver muito da Escócia. — Ela se inclina, me dá um abraço, e então passa pela porta, com o notebook debaixo do braço. — Tchau.

— Está tudo bem? — Rowan questiona quando a porta se fecha.

— Hum? Ah, tudo ótimo. — Pigarreio e ajo como se estivesse analisando as fotos, quando, na realidade, me sinto... triste. Era para a gente ir passear em Inverness juntas. A gente até brincou sobre encontrar com o cara dos carros alugados de novo para ver se agora conseguiríamos entendê-lo melhor, já que faz um tempo que estamos na Escócia. Também queríamos visitar o Castelo de Inverness e alguns restaurantes. Será que ela vai fazer todas essas coisas sem mim?

— Você não parece bem. — Rowan pega meus ombros e gentilmente me vira em sua direção. — Parece bem chateada, na verdade.

— Não é nada — digo, olhando para a janela da frente, de onde vejo Isla encontrando-se com Dakota. Elas trocam um beijinho rápido na boca antes de entrelaçarem as mãos e andarem na direção do chalé.

— Ei. — Rowan move minha cabeça para que meus olhos encontrem os dele. — Se não fosse nada, você não estaria com cara de choro.

— Eu não estou com cara de choro. É só que... achei que eu e Dakota iríamos passear lá em Inverness juntas, é isso.

— Arre. — Ele assente. — Saquei. — Ele olha para trás. — Vai com elas, então. A gente pode cozinhar outro dia.

Balanço a cabeça.

— Não, está na cara que elas planejaram uma viagem romântica. E não vou ficar de vela.

— Isla é bem compreensiva. Se você se abrir com elas, tenho certeza de que ela vai te convidar para ir junto.

Balanço a cabeça e me aconchego no seu abraço, enquanto seus braços fortes me envolvem.

— Não, está tudo bem. Aposto que Dakota estava ansiosa por essa viagem. Eu vou superar.

Ele beija o topo da minha cabeça e me dá um aperto.

— Sei que não vai ser a mesma coisa do que ir com a sua melhor amiga, mas eu posso te levar lá qualquer hora dessas, se você quiser.

Sorrindo, olho para ele e beijo seu queixo.

— Eu adoraria.

— Tudo bem, assim que a manteiga está espalhada... espera, não, só dois terços, mantenha desse lado — Rowan diz, sua voz paciente e calma apesar da minha tentativa ansiosa de prever o que faremos a seguir. E nem é de propósito. Por alguma razão, me sinto confusa, como se tivesse que impressioná-lo ou coisa assim.

Antes de começarmos a cozinhar, Rowan me levou até a confeitaria, onde Elsbeth, a assistente de Isla, está cobrindo para ela. Pedimos algumas tortas de frango, pegamos frutas e bebidas no Mercado do Moinho, e almoçamos em frente ao lago, onde Rowan me divertiu com histórias e mais histórias dele e dos gêmeos Murdach se metendo em encrencas. E o engraçado é que, enquanto Rowan estava me contando essas histórias, eles passaram por nós, sem camisa, usando kilt e levantando toras, com o “cameraman”, um garoto chamado Dennis, indo bem atrás deles.

Assim que ajeitamos tudo, voltamos para a cozinha pequenininha nos fundos da cafeteria. Pode até ser pequena, mas há vários fornos, e é exatamente disso que precisamos para os nossos três tipos de guloseimas.

Enquanto ele ajeitava as compras, desdobrei um avental e pus a mão na bainha da minha camisa. Como prometido, eu estava pronta para cozinhar nua, mas ele logo segurou minhas mãos e disse que adora a ideia de me ver nua, mas não quando alguém poderia entrar ali, ainda mais porque Fergus fica entrando e saindo. Rowan afirmou que ser pega nua na frente de um bode com relevância história seria um pouco esquisito. Tive que concordar com ele. Fergus já está parecendo até um irmão a esta altura, e eu jamais iria querer que meu irmão me visse pelada. Então, as roupas permaneceram.

— Não é para espalhar por toda a massa? — pergunto, olhando para a mistura de manteiga da minha última tentativa de pãezinhos.

— Não. Só uma porção. Aí você dobra a massa três vezes, enrola, volta ao tamanho original e deixa gelar por quarenta minutos.

— É para deixar gelar? — Uma lâmpada se acende na minha cabeça. — Ah, eu não estava fazendo isso quando tentei. Só dobrava e rolava. É por isso que tudo estava ficando mole, hein?

Ele assente.

— É, a gente precisa deixar a manteiga gelar antes de trabalhar nela de novo.

— Então leva uma eternidade para fazer.

— Mas valem a pena, e se deixar no tempo certo, dá para fazer várias porções ao mesmo tempo, junto com outras coisas, como os bolinhos de tattie. Dá até para fazer a massa um dia antes e assá-la pela manhã. Era o que meu pai fazia. Quando as coisas ficavam mais lentas ao final do dia, ele sempre deixava a massa pronta.

— Ah, é uma ótima ideia.

Juntos, enrolamos a massa e então a colocamos de lado para gelar, o mais longe possível dos fornos.

— Agora, vamos começar os bolinhos de tattie. — Ele pega uma lata grande de purê de batata já preparado, e eu solto um suspiro alto.

— Você usa purê de batata pré-pronto?

Ele ri.

— É um velho segredo de família. Não dá nem para ver a diferença, e economiza bastante tempo.

— Caramba, olha só para o clã MacGregor dando um jeitinho. Gostei.

— Você vai adorar, porque a receita pede meio quilo de purê de batata, e duvido que você vá querer ficar descascando, picando e fervendo várias batatas todos os dias.

— Nem cheguei a pensar nisso.

Ele me dá um beijo no canto do rosto.

— Fique por perto, *lass*, vou te mostrar todos os truques.

Ele ajeita tudo de que vamos precisar para os bolinhos de tattie, e mesmo sabendo que ele tem sido meio relutante quanto a isso, não consigo impedir a pergunta que sai da minha boca:

— Por que você fica tão relutante em cozinhar para a cafeteria?

— Sabia que você ia perguntar isso hoje. — Ele verifica a receita outra vez. — Só estou surpreso de ter demorado.

— Não precisa responder se não quiser. Só estava curiosa. Você parece mandar bem nisso.

— É verdade. Quando eu era criança, a gente sempre ajudava na cozinha. Mas Callum era apaixonado por isso. Ele tinha planos de expandir a cafeteria com o meu pai, talvez até em Kyle. Os pãezinhos amanteigados eram como pão com manteiga para eles, sem trocadilho. Nem todo mundo tem tempo para fazê-los, mas muita gente adora.

— É, entendo.

Virando-se, Rowan cruza os braços e se recosta na bancada, com os olhos ainda fixos na janela aberta, por onde entra uma brisa fresca.

— Desde criança já estava na cara que eu não servia para trabalhar na cafeteria. Eu queria... outras coisas. Meu pai não ficava feliz com isso, mas aceitava porque tinha Callum. Eles eram muito mais próximos do que eu era com meu pai. Mas o dia em que Callum morreu foi o pior da minha vida, e não só porque perdi o meu irmão. Também perdi o meu pai.

— Como assim? — pergunto, aproximando-me dele e pondo as mãos nos seus braços cruzados.

— Nosso relacionamento já era meio... tenso, mas aí ele me culpou pelo que tinha acontecido. Me culpou pelo Callum ter bebido, por não ter sido cuidadoso, por termos sido idiotas.

— Mas não foi culpa sua... não dava para prever o que ia acontecer.

— Ele não via assim. Sou o irmão mais velho, o protetor, e naquele dia, eu não protegi meu irmão. Isso causou uma enorme ruptura na família. Meu pai estava arrasado, e trabalhar na cafeteria todos os dias, sem Callum, estava acabando com ele. Aos poucos, o espírito dele começou a enfraquecer, sua disposição para tentar coisas novas sumiu, e ele ficou só com as coisas simples, porque o simples era tudo o que o coração dele aguentava. Por fim, quando ele estava pronto para se aposentar, só estava servindo pãezinhos amanteigados, e mais para o pessoal daqui mesmo. — Ele estende a mão e tira uma mecha de cabelo do meu rosto e a põe atrás da orelha. — Falei para o meu pai que ia ajudar. Que ia compensar tudo, ajudá-lo a cozinhar e tornar o sonho de Callum realidade.

Ele se engasga, e meu coração quase se parte. Passo a mão em seu peito e pressiono a palma no seu coração, para que ele saiba que estou aqui.

— Meu pai não quis a minha ajuda. Disse que não queria mais me ver nesta cozinha de novo. Era *eu* quem não queria tomar parte desse tipo de vida, então não teria nada dela. E quando decidi encontrar meu próprio caminho, ele também fechou essa porta, disse que eu precisava ficar por perto para ajudar minha mãe e tomar conta da cidade. Corsekelly pode prosperar muito bem, mas perder dois rapazes MacGregor poderia acabar com isso. Então... eu fiquei.

— Ah, Rowan. — Seguro as lágrimas que ameaçam cair. — Sinto muito.

Esse homem já sacrificou muito na vida. De fora, pode até não parecer, ele pareceria só um cara mesquinho e rabugento que tem alguma coisa contra os forasteiros, mas quando tiramos essas camadas, encontramos uma alma linda com um coração igualmente lindo, querendo ajudar as pessoas. Ele só tem dificuldade em fazer isso.

— E aí, o que mudou? Se você não é permitido aqui na cozinha, por que veio agora?

O canto de seu lábio se ergue.

— Bem, uma loira deslumbrante surgiu na minha vida e implorou que eu fizesse isso. — Ele acaricia meu rosto com o polegar. — Também vi preocupação no rosto da minha mãe antes de eles viajarem. Ela não é do tipo que faz coisas extremas, como tentar fazer com que um anúncio se torne viral. Ela sempre foi mais quieta e fala só quando é o momento certo. Deve ter algo rolando para que ela tenha trazido você e Dakota para cá. — Ele olha para o lado, com a mandíbula tensa. — Tem algo rolando com eles, e não estão me contando. Então imaginei que, já que não vão me contar, pelo menos eu posso fazer o trabalho da vida deles crescer. Que se danem essas restrições.

Levo um segundo e movo o dedo para o seu queixo, virando seu rosto.

— Você é um homem bom, Rowan MacGregor — digo, olhando em seus olhos.

— Significa muito você dizer isso, *lass*.

— Eu acredito nisso do fundo do coração. — Fico na ponta dos pés, seguro sua nuca e trago sua boca para a minha. Me demoro um pouco mais do que deveria, ainda mais porque ainda temos várias coisas para cozinhar, mas quero que ele saiba o quanto é importante, o quanto é maravilhoso.

Quando me afasto, ele abre um sorriso preguiçoso.

— Tomara que você não esteja planejando fazer isso várias vezes... não sei se vamos terminar o serviço aqui se você fizer isso.

Dou risada.

— Quero mais daquele bolo de cereja, e já que você deixou para o final, acho que nós dois sabemos que não vai haver mais *nenhum* beijo.

— *Nenhum* — ele diz, enlaçando minha cintura com o braço e me puxando para que eu não possa escapar.

— Minimamente.

Ele beija a ponta do meu nariz.

— Concordo com o minimamente, desde que você vá dormir lá em casa hoje.

— Como se eu fosse para algum outro lugar.

Com mais um beijo, ele me solta.

— Muito bem, bolinhos de tattie, vamos nessa.

— Ei. — Ponho a mão no seu braço. — Obrigada por compartilhar comigo. Significa muito que você confie em mim para contar sobre essa parte da sua vida.

— Você deixa tudo fácil, *lass*.

Nós voltamos para os ingredientes, e ele me mostra os próximos passos na preparação da massa — mas o tempo todo, só consigo ficar pensando sobre como Corsekelly está começando a parecer um lar para mim, o quanto esse homem me faz sentir mais especial, mais importante do que qualquer outra pessoa que já conheci, e estar aqui, nesta cozinha, com alguma coisa para fazer, sinto como se tivesse… um propósito.

Talvez seja isto que eu estava destinada a fazer. Onde eu estava destinada a ficar todo esse tempo.

— Estou nervosa — digo, torcendo as mãos, enquanto esperamos alguns moradores locais selecionados chegarem.

— Não precisa ficar nervosa, *lass*.

Passamos o dia todo cozinhando. Estou morta de cansaço, mas também me sinto revigorada. Rowan ficou muito satisfeito com a aparência de tudo, ainda mais dos pãezinhos, e agora estamos fazendo uma pequena degustação para algumas pessoas próximas que conhecem muito bem o tipo de qualidade que Stuart fornecia com suas comidas.

Ainda não provei nada — quero provar com todo mundo. Não confio em mim mesma para julgar se minhas habilidades culinárias estão mesmo boas.

Rowan também decidiu esperar comigo.

Além do mais, cá entre nós, eu estava nervosa pra caramba. A possibilidade de ter falhado pesa sobre mim, pronta para desabar como uma brilhante tempestade escocesa, e eu estou tentando adiar as coisas, rezando para que as nuvens se dispersem e o sol brilhe entre elas.

Convidamos quatro pessoas: os gêmeos Murdach, Shona, do Mercado do Moinho, e Hamish. Todos eles eram clientes ávidos e devoradores de pãezinhos antes de Stuart se aposentar.

Rowan dá uma olhada nos meus dedos nervosos e beija a lateral da minha cabeça.

— Relaxa.

— Você não contou para eles, né? Eles não vão ser legais só para agradar, né?

— Vai por mim, eles jamais fariam uma coisa dessas. Estão todos animados com as mudanças que estão sendo feitas, mas ficaram mais preocupados com a parte da comida. Se você vai trazer a cafeteria de volta à vida, eles vão querer que seja feito do jeito certo.

— Ah, só mais uma pressão básica...

Ele ri.

— *Lass*, eu vi você cozinhando esse tempo todo e sei que seguiu cada passo com cuidado. Vai dar tudo certo.

— Tomara. — Olho pela janela, imaginando quando eles vão chegar. — Só queria que Dakota estivesse aqui. Era para ela estar aqui.

— Você falou para ela sobre a degustação?

— Falei. Achei que ela estaria aqui para me dar um apoio.

— Ela deve ter esquecido. — *Porque ela está lá agarradinha com a Isla...*

— É, deve ter sido isso. — E não me faz sentir nem um pouco melhor. Finalmente encontrei algo em que eu possa ser boa... *possa* é a palavra certa a esta altura; vamos descobrir em breve se é verdade... e ela não está aqui. Ela sabe o quanto isso é importante para mim. Eu até mandei uma mensagem um tempo atrás com fotos de todas as guloseimas, mas ela não respondeu.

Não quero admitir, porque acho que posso estar agindo como uma adolescente dramática, mas estou começando a me sentir um pouquinho magoada.

Pois é, pois é, ela acabou de começar um relacionamento, eu deveria dar um tempo para ela.

Respire fundo, Bonnie.

Você não precisa da sua melhor amiga para tudo.

Estou tentando me convencer disso, pelo menos.

— Aí vem eles — Rowan diz. — Eles vão amar.

Leith e Lachlan entram primeiro e param de imediato na porta da loja. Leith pressiona a mão no peito de Lachlan.

— Puta merda, o cheiro está bom aqui.

Lachlan fareja o ar e então aperta a mão de Leith.

— Caramba, acho que voltei para a escola, quando a gente costumava entrar aqui escondido para surrupiar uns pãezinhos amanteigados com Rowan.

— Falei para você, *lass* — Rowan sussurra para mim antes de se virar para Leith e Lachlan. — Sentem-se, rapazes.

Hamish e Shona entram em seguida, e como ainda não tinham visto as mudanças que fizemos na loja, observo com alegria a admiração nos olhos deles enquanto olham tudo.

— Nossa — Shona diz —, ficou ótimo.

— Obrigada — respondo, indo até eles. — A gente quer pendurar umas fotos das vacas peludas, e Rowan ainda precisa instalar as persianas aqui dentro que combinam com as do lado de fora. E também ainda precisa fazer umas prateleiras para as lembrancinhas, mas é isso.

— Ficou muito bonito — Hamish elogia, sentando-se e passando a mão pelas novas mesas. — São lá do Campbell?

— São — Rowan confirma. — Ele deixou a gente fazer umas combinações.

Shona também se senta.

— Adorei. Arre, querida, Finella e Stuart vão adorar essas mudanças.

O orgulho surge em mim quando Rowan põe um prato das nossas comidas em frente a todo mundo, assim como uma pequena xícara para chá e uma para café.

— Bonnie fez os clássicos pãezinhos amanteigados, bolinhos de tattie e bolo de cereja. Ali na mesa tem geleia e manteiga, chá e café, o que vocês preferirem.

— Pensamos em oferecer cinco variedades de chá e dez tipos diferentes de café — acrescento. — Não queremos fazer mais do que isso. Vamos manter as coisas simples, mas com um pouquinho mais de capricho.

— Ótimas escolhas — Hamish diz, olhando para o pequeno cardápio simulado que deixamos em cada mesa. — Servirão muito bem para os turistas. Mas vão ficar só com essas três opções de doces?

Assinto.

— Isso. Achamos que se eles quiserem algo diferente, podem ir lá na confeitaria. A gente não quer competir com a Isla.

— Sim — Hamish concorda.

— Bom apetite — Rowan deseja ao pegar minha mão e se sentar a uma das outras mesas, de costas para todo mundo. — Hora de provar, *lass*. — Ele me entrega um prato, e eu dou uma olhada em todo o trabalho duro de hoje. Nunca, nem em um milhão de anos, eu teria imaginado que acabaria na Escócia, fazendo doces tradicionais com um escocês bonitão, mas aqui estou, vivendo os sonhos mais inusitados que eu nem sabia que tinha.

Estou prestes a escolher meu pãozinho quando um gemido longo e alto irrompe atrás de mim. Me viro e vejo Leith afundado na cadeira, com um pãozinho amanteigado em mãos, seus olhos quase se revirando nas órbitas.

— Meu bom Jesus, estão deliciosos. — Ele dá outra mordida. — Que Deus abençoe os Estados Unidos e a Bonnie.

Dou uma risadinha assim que Lachlan tem a mesma reação.

— Puta merda, estão fenomenais. — Ele dá uma mordida grande, quase enfiando tudo na boca.

O nervosismo que eu estava sentindo logo some enquanto os gemidos de satisfação preenchem a cafeteria. Rowan dá uma piscadela para mim e morde o pãozinho. Enquanto mastiga, um sorriso surge em seus lábios.

— Estão bons pra caralho, Bonnie.

— Sério?

Ele assente devagar.

— Sério. Estão perfeitos, *lass*.

Estão perfeitos, lass. Acho que nada que eu já tenha feito chegou a ser perfeito. Nunca encontrei algo que me tornasse especial. Nunca descobri um talento secreto que me destacasse dos outros. Nunca na vida superei as expectativas. Sempre fui mediana. Mediana a vida toda.

Mas ouvir Rowan dizer que eu fiz algo perfeito?

Traz lágrimas aos meus olhos. Pela primeira vez na minha vida adulta, me senti realizada de verdade. Sinto que estou contribuindo com algo maior do que eu mesma e não estou só cumprindo ordens e me certificando de que há um certo tipo de doce no camarim de alguém. Estou mesmo prestando um serviço com as minhas próprias mãos — e isso deixa as pessoas felizes.

E mesmo que este momento pareça monumental para mim, uma pessoa está faltando, e quero a aprovação dela mais do que qualquer coisa. Queria que ela tivesse visto a reação de Leith e Lachlan, que pudesse ter escutado as palavras gentis de Shona.

Minha melhor amiga... a única opinião que me importa de verdade.

Posso ter feito um bom trabalho, mas é agridoce.

— Tudo bem aí, Bonnie? — Rowan pergunta. — Você ainda não provou.

— Ah, sim... tudo bem. — Tento afastar os pensamentos sobre meu relacionamento distante com Dakota e curtir o momento. Ergo o pãozinho e sorrio. — Vamos nessa.

Dou outra olhada no relógio.

Nova da noite.

Cadê elas?

Falei para Rowan que eu queria passar um tempo com Dakota quando ela voltasse de Inverness, então acabei desistindo de ir para a casa dele, mesmo que estivesse louca por isso. Depois do esgotamento emocional da degustação de ontem, nós dois nos aconchegamos na cama dele na noite passada e na maior parte de hoje, só abraçadinhos. Mas agora que estou esperando Dakota aparecer, a frustração me invade — uma frustração que poderia ser facilmente corrigida por aquilo que Rowan tem debaixo do kilt dele. E digo isso sem nunca o ter visto usando kilt. Mas vai por mim, já fantasiei com isso.

Tamborilando a mesa com o dedo, eu me levanto de um dos sofás vermelhos e começo a andar pela sala pitoresca.

Estou usando uma das camisas de Rowan, e ainda dá para sentir o cheiro dele no tecido, e o aroma suave de vez em quando acalma minha raiva fervente.

Não estou bem fervendo, só fervilhando a esta altura.

Luzes aparecem na entrada e eu vou correndo depressa para a porta e olho pela janela. Ouço o barulho do carro passando pelo cascalho, e por ter atingido um nível extremo e psicótico de "será que minha amiga está morta ou ela está sendo mal-educada e não está me contando sobre o paradeiro dela?", abro a porta e fico parada na soleira.

Isla desliga o carro, e as luzes desaparecem na noite escura. Dakota abre a porta do carona e diz:

— Está tudo bem, Bonnie?

Agora, fique calma. Ela pode ter uma boa explicação para o fato de ter dito que voltaria na hora do jantar, mas só aparecer na hora de dormir.

Deve haver alguma explicação muito razoável. *Seja* lá *o que você vai fazer, não brigue com ela. Isso vai deixá-la na defensiva.*

— Onde você estava? — pergunto, com as mãos na cintura.

Bom trabalho, Bonnie.

Ela franze a testa e fecha a porta do carro enquanto Isla aparece com a mala de Dakota.

— Eu, hum, vou deixar vocês duas. — Isla inclina o rosto de Dakota para si e põe a mão na cintura dela antes de se aproximar e pressionar um beijo nos lábios dela. Como a *voyeur* irritada que sou, fico parada ali, olhando a doce despedida delas, nem me dando o trabalho de desviar o olhar e dar um pouco de privacidade. Quando elas se separam, Isla sussurra: — Obrigada pela noite passada. — Então ela se vira para mim e acena. — Boa noite, Bonnie.

— Boa noite — digo, sem jeito, enquanto a raiva ferve dentro de mim. Quando me viro para olhar para minha amiga, e a mesma raiva está espelhada nela enquanto vem na direção do chalé, com a mala em mãos. Ela nem me espera sair do caminho, e esbarra no meu ombro ao passar.

Fecho a porta e calço as minhas luvas de boxe metafóricas.

Mas Dakota não diz nada. Apenas vai direto para o quarto.

— Se importaria de falar comigo? — chamo.

— Não.

Ela fecha a porta.

Por que ela está com raiva?

Ela não tem o direito de ficar com raiva.

Sou eu que estou com raiva agora.

Indo feito um furacão para a porta dela, eu a escancaro e encontro Dakota mandando mensagem, muito provavelmente para Isla sobre sua melhor amiga psicótica.

— Onde você estava? — Agora, me sinto como a mãe de uma adolescente, exigindo respostas, e pelo olhar irritado que recebo dela, estou mesmo sentindo aquela energia da adolescência.

— Com a Isla.

Não me diga.

— Você disse que voltaria na hora do jantar.

— É, mas a gente parou num lugar para comer.

— Você poderia ter me avisado.

— Pra quê? Você não é minha mãe.

— Como é? — digo, quase impressionada com a sua atitude. — Primeiro, de onde está vindo esse atrevimento? Segundo, foi mal por me importar se você está viva ou morta.

Dakota abre os braços.

— Foi vergonhoso o que você fez lá fora. Deixou a Isla sem graça.

— Eu fiquei preocupada.

— Preocupada com o quê? Com a sua máquina de espresso e as placas? Relaxa, a gente deixou lá no café. Pode ir lá checar, se quiser.

— O quê? Você está falando sério? Eu estava preocupada com *você*, Dakota.

— Então foi por isso que ficou mandando mensagem o dia todo ontem e hoje sobre as placas, mas nem pensou em perguntar como estava sendo a viagem?

Ela se levanta, pega sua mala e passa por mim.

— Para onde você vai?

— Lá para a casa da Isla.

— Ah, vai. — Corro para a porta e fico parada em frente a ela, bloqueando seu caminho. — A gente ainda está conversando, e fique sabendo que eu não perguntei da sua viagem porque estava magoada.

— Magoada? Com o quê?

— Era para a gente ir para Inverness juntas.

Dakota abre a boca e então a fecha. A tensão nos seus ombros se acalma.

— Achei que era brincadeira.

— Você pode até ter achado, mas pensei que a gente ia passear juntas.

— E a gente foi. Passeamos pelas Highlands.

— Só uma parte, mas tem muito mais para ver aqui na Escócia, e Inverness fica a um dia de viagem.

— Eu não sabia — ela diz, calma, com a raiva desaparecendo depressa. — Isla estava animada para me mostrar as coisas, eu não quis recusar. Fiquei empolgada só de ela ter me chamado, sabe, já que Isabella nunca me levava para lugar nenhum. Desculpa, Bonnie.

Bastam duas palavras. Duas palavras foram o necessário para me transformar numa bagunça.

Lágrimas brotam nos meus olhos.

A garganta fica apertada.

E aí sou uma pilha de emoções, sentada no chão.

Dakota se senta ao meu lado e passa o braço ao redor do meu ombro.

— Ei, eu não sabia que isso significava tanto para você. Me desculpa, de verdade.

— Não é isso. — Respiro fundo e cogito contar para ela como eu venho me sentindo ultimamente.

Deixada de lado.

Esquecida.

Como se estivesse perdendo a minha melhor amiga para outra pessoa.

Como se já não fosse necessária ou importante para a minha melhor amiga.

Mas, no fundo, parece tão infantil e não é algo que precisa ser trazido para este momento. Dakota está aqui agora, e ainda temos um tempinho antes de irmos para a cama. Devemos aproveitar ao máximo.

— E aí, o que foi?

— Estou estressada — respondo. — Ando estressada ultimamente, e não saber onde você estava só me deixou ainda mais. Desculpa por ter te envergonhado.

— Não, você tem razão, eu devia ter mandado mensagem. Só que foi um dia tão bom que acabei me esquecendo. Mas não quero falar sobre isso. — Ela me ajuda a levantar. — Você dormiu lá na casa do Rowan de novo?

— Dormi. — Sorrio.

— Hum-hum. — Dakota mexe as sobrancelhas como uma boba.

— Já vou contar a novidade de uma vez: sempre que eu estiver lá na casa do Rowan, pode saber que a gente vai estar fazendo sexo. Não precisa ficar com essa cara.

Ela dá risada e então boceja.

— Já imaginava. Ei, estou morta de cansaço dos últimos dois dias. Acho que vou para a cama, está bem?

— Ah... tudo bem, claro — digo, pega um pouco de surpresa.

— Você queria conversar sobre mais alguma coisa? — Dakota pergunta, sentindo minha hesitação.

— Não, só achei que a gente podia passar um tempinho juntas, mas tudo bem. — Finjo um bocejo. — Foi um dia longo por aqui também.

— A gente pode passar um tempinho juntas lá na loja amanhã, Bonnie.

— É verdade. *Doye*. — Dou um tapinha na minha testa de brincadeira, sabendo muito bem que nunca disse a palavra *doye*, ou dãã, em voz alta na vida. — Tá bom, então. Acho que te vejo lá do outro lado.

Dakota semicerra os olhos.

— Você anda meio esquisita.

— Açúcar demais. Você sabe muito bem como eu fico. — Giro o dedo perto da orelha. — Maluca. Enfim. — Dou um tapinha na barriga por alguma razão e então aponto o dedo na direção da escada. — Acho que vou indo.

— Tuuuudo bem. — Ela arrasta a palavra, me observando fazer *moonwalk* até a escada. — Boa noite.

— Boa noite.

Quando chego ao quarto, me jogo na cama e fico olhando para o teto. O que raios foi aquilo?

Na certa deve ter sido a interação mais constrangedora que já tive com Dakota, até pior do que daquela vez em que eu menstruei e a gente estava brincando no quintal dela, e ela ainda não tinha menstruado, então eu sabia que ela não entenderia a gravidade de não estar preparada. Mas o que acabou de acontecer foi bem pior do que isso.

Com um suspiro, rolo de lado, pego o celular e ajusto o despertador para a minha caminhada matinal com as vacas peludas. É quando vejo uma mensagem de Rowan.

Abro no mesmo instante, pronta para me agarrar a qualquer coisa que possa tirar esse peso, que parece ter umas dez toneladas, dos meus pulmões.

Rowan: Tomara que você esteja curtindo com Dakota. Queria só dizer rapidinho que fiquei muito impressionado com você ontem. Estou orgulhoso em poder te chamar de minha garota. Boa noite, lass.

Aperto meus lábios trêmulos. Uma única lágrima desliza pela lateral do meu rosto.

Como ele sabia que eu precisava de uma mensagem dessas mais do que qualquer coisa agora?

Com a visão turva, respondo.

Bonnie: Obrigada, Rowan, isso significa muito para mim. Deve ser aquela partezinha escocesa nas minhas veias que me fez ser uma ótima cozinheira, hein?

Ele responde na mesma hora.

Rowan: Foi mal por dizer isso para você, lass, mas um dezesseis avos não é nem um pontinho no acúmulo genético.

Bonnie: Não venha menosprezar a minha herança.

Rowan: Não estou menosprezando, só te ajudando a entender que um dezesseis avos não chega aos pés deste cem por cento aqui.

Bonnie: Se você fosse cem por cento escocês, eu já teria te visto usando kilt.

Rowan: Tudo a seu tempo, lass. Boa noite. Queria que você estivesse aqui.

Bonnie: Queria estar aí também. Boa noite, Rowan.

Seguro o celular junto ao peito e fico olhando para o teto, enquanto solto um longo suspiro. Ai, Deus… eu gosto desse homem. De verdade.

Gosto de como ele se preocupa comigo.

De como ele me provoca.

De como é protetor e consegue sentir quando alguma coisa está me incomodando.

Gosto do seu sorriso e da sua voz profunda que reverbera fundo dentro de mim quando ele sussurra no meu ouvido.

Gosto do fato de ele estar orgulhoso de mim.

Gosto… ai, Deus… acho que eu o amo.

— Ei, Bonnie, espera.

Me viro e vejo Isla vindo atrás de mim assim que entro na Trilha da Vaca Peluda. Está cedo, a neblina ainda está subindo da grama e o sol mal surgiu no horizonte. Foi difícil pregar os olhos na noite passada e acabei acordando cedo, com a mente girando com todas as mudanças na minha vida.

Rowan.

A cafeteria.

Dakota.

Tudo está pesando nas minhas costas.

— Bom dia, Isla — digo, desacelerando para que ela possa me alcançar.

— Bom dia. Quer companhia na caminhada?

— Claro — respondo, antes mesmo de lhe dar um abraço.

Juntas, seguimos pela trilha e pela curva em que dei uma trombada com um Rowan sem camisa, apesar de que agora ele não está aqui. Infelizmente. Não ligaria de ser atingida por outra parede de pedra suada neste momento, ainda mais depois de não o ter visto na noite passada.

— Desculpa por ter voltado tarde com a Dakota. Se eu soubesse que você estava preocupada, não teria sugerido que a gente fizesse uma parada para comer.

— Ah, não precisa se desculpar. Está tudo bem — digo, sentindo a nuca esquentar com a vergonha. — Desculpa se eu tiver sido mal-educada com você.

Ela ri.

— Olha só para a gente, nos desculpando por uma coisa tão boba.

— As típicas garotas — brinco.

— Mas faço questão de que você goste de mim, porque gosto muito da Dakota.

Chocada, me viro para ela e ponho a mão no seu braço para pará-la.

— Mas eu gosto de você, Isla. Será que dei a impressão de que não gostava?

— Não é bem assim. Tipo, só um pouquinho, e quando perguntei a Dakota sobre isso, ela disse que você tem andado ocupada, mas não sei bem se isso foi só para encobrir.

Um confronto — com alguém que não seja Dakota — não me deixa muito à vontade. Quando se trata da nossa amizade, posso contar tudo para ela e expressar meus sentimentos de verdade. Mas com outra pessoa, eu só fico me desculpando e tentando suavizar as coisas o quanto antes para que eu possa acabar logo com o tornado de constrangimento que fica indo e vindo.

— Não foi só para encobrir. — Voltamos a caminhar. — Ando estressada e pode ser que... um pouquinho com ciúme de vocês duas. Sei que parece bobagem e eu não deveria sentir ciúme. *Eu* fiquei encorajando Dakota a voltar a namorar, mas sinto que ela está se afastando, e isso está me deixando um pouco maluca. Se faz sentido.

— Sim, entendo. Vocês duas têm um vínculo forte.

— Temos, e depois que as coisas terminaram com Isabella, tive Dakota só para mim, e me esbaldei com isso. Isabella tomava muito do tempo da Dakota, e era doloroso. Pode ser que eu estivesse tendo uns flashbacks, sei lá.

De qualquer forma, gosto muito de você, Isla. Você é uma pessoa doce e gentil, e sei que suas intenções são honestas. Além do mais, Rowan só diz coisas boas a seu respeito. Uma vez ele me disse que se eu fosse confiar minha melhor amiga a alguém, deveria ser em você.

— Obrigada. Também gosto muito de Rowan. Vocês dois são o equilíbrio perfeito um para o outro.

— A gente implica com o outro o tempo todo, mas também é muito feliz junto.

— E é isso que importa. — Passamos pelo primeiro pasto de gado, mas, para o nosso azar, as criaturinhas fofas estão muito longe para conseguir fazer carinho, então seguimos. — Posso te perguntar uma coisa?

— Claro, qualquer coisa — respondo.

— Isabella... o que foi que ela *fez* com a Dakota? Me diverti muito no último fim de semana, mas senti que Dakota se fechou para mim com algumas coisas, ainda mais quando se tratava de ir para a cama. Ela estava bem tensa. Só relaxou depois que eu a abracei, só depois disso a gente conseguiu ter uma... é... uma noite muito boa.

— Quando você diz "muito boa", quer dizer que chegaram no bem-bom? — Dou risada, e Isla também.

— Tipo, eu não saio por aí espalhando essas coisas.

— Mas você fica toda corada quando diz isso.

— Malditas bochechas escocesas. — Ela cobre o rosto vermelho com as mãos.

— Me poupe dos detalhes, mas se você estiver falando sério, sim, Isabella fez Dakota passar por uns maus bocados. Levou um ano para ela voltar a querer sair com alguém.

— O que ela fez?

— O que ela não fez? — pergunto, revirando os olhos. — Ela foi a primeira namorada da Dakota, o que já é uma revelação por si só, mas acrescente a isso uma pessoa que é vingativa e manipuladora, e você vai ter a receita para o desastre. Dakota começou a associar sua homossexualidade a tudo que

Isabella não gostava nela. Então se ela se vestisse de um jeito que a Isabella não gostava, ela não estava sendo uma lésbica de fato. Se ela não beijasse de um jeito, falasse de um jeito, demonstrasse publicamente seu afeto de um jeito, tudo estava errado.

— Arre, isso é terrível.

— Foi péssimo. Dakota ficou arrasada por muito tempo. Ela ficava se questionando, imaginando se ela era de fato lésbica ou se era só com a Isabella. Ela ficou com a mente toda ferrada.

— Bem, isso explica por que ela fica se desculpando ou questionando tudo o que faz e o que diz. Quando a gente se beijou pela primeira vez, ela se afastou e foi logo pedindo desculpas antes de tentar sair correndo. Tive que tranquilizá-la, dizendo que eu estava louca para beijá-la. E acho que fico fazendo isso o tempo todo.

— Tem que ficar tranquilizando?

— É. — Isla suspira. — Eu não fico irritada de ter que ficar falando para ela o quanto ela é linda, talentosa ou atenciosa. Mas eu queria que ela mesma enxergasse isso, sabe?

— Sei bem do que você está falando e acho que tudo isso vem com o tempo. Ela precisa estar com a pessoa certa, e assim que começar a ver valor em si mesma, ela vai brilhar. Vai por mim, Dakota não fica derrubada por muito tempo. Ela é obstinada e sempre se obrigou e determinou a fazer algo por si mesma. Continua dando um jeito nela, não deixa ela ficar se desculpando por algo que não deveria se desculpar, e mostra o que é estar num relacionamento saudável e normal.

— É um ótimo conselho. Obrigada, Bonnie.

— Sem problema. Pode vir falar comigo quando quiser. Eu sou a treinadora da Dakota.

— Pode deixar. — Ela dá uma batidinha no meu ombro, e mesmo que eu não tenha falado com Dakota hoje, lá no fundo sinto que estou um pouquinho mais próxima dela depois de ter conversado com a Isla.

Viu, Bonnie, tudo vai ficar bem.

Capítulo 17

ROWAN

Dias desde que me dei conta de que estou me apaixonando pela Bonnie: *um.*

Horas que passo pensando na Bonnie: *cada maldito segundo.*

Estou torrado.

Assado.

Carbonizado e servido.

Bonnie se enraizou na minha mente, e nada consegue removê-la.

Nada mesmo.

— Você é linda — digo, enquanto Bonnie afunda no meu comprimento até chegar na base.

Assim que ela pôs os pés na minha casa, foi tirando a roupa, me empurrando para o quarto e me despindo. Então ela passou uns bons dez minutos venerando o meu corpo, até que não consegui mais aguentar. Ela me envolveu com uma camisinha e agora está me cavalgando devagar.

— Senti saudade — ela diz, olhando para mim, com o cabelo como uma cortina dourada jogado para o lado. — Será que é desespero sentir saudade assim?

Dou risada e agarro seus quadris, tentando seduzi-la a acelerar o ritmo, mas, em vez disso, ela se demora ainda mais.

— Que nada, *lass*. Também senti saudade.

— Saudade de mim ou do sexo?

— Senti mais saudade de você, mas também senti saudade disto aqui com você.

Ela sorri.

— Boa resposta. — Suas mãos vão para o meu torso e deslizam para meus peitorais, onde ela aperta e mexe o corpo, posicionando-nos em um ângulo diferente. Deve estar funcionando bem para ela, porque sua boca se abre e um gemido baixo irrompe dela.

— Bem assim — digo, empurrando minha pélvis nela. — Porra, que sensação perfeita.

Ela pega meu rosto e pressiona a boca na minha, implorando para entrar com sua língua. Não permito a princípio; em vez disso, deixo que ela continue com beijos fechados, mas poderosos. Ela faz de tudo para conseguir que eu abra a boca, até morde meu lábio inferior, mas me mantenho firme, enquanto minhas mãos viajam por suas costas e agarram sua bunda. Abro suas nádegas e empurro com mais força e velocidade. Sua boca sai da minha, e ela grita de prazer.

— Isso, Rowan. Isso, por favor, não pare. — Ela se levanta, com uma mão no meu peito, a outra jogando o cabelo para trás enquanto seus peitos saltam bem na minha frente...

Droga.

— Bonnie. — Engasgo. — Você está chegando lá, *lass*?

Ela aperta os olhos, seus quadris se movem mais rápido, e sinto que ela está começando a ficar apertada ao redor do meu membro.

— Ah... porra — ela sussurra enquanto seus dentes mordem o lábio e ela goza.

A sensação de seu calor apertado me envolvendo me faz chegar lá. Meu saco fica apertado, o prazer percorre todos os meus membros, e meu pau fica inchado dentro dela enquanto eu gozo com mais força do que consigo lembrar.

Juntos, pulsamos até a última gota de prazer até ficarmos completamente exaustos.

Depois de nos limparmos, me recosto na cabeceira da cama e a puxo para perto. Ela suspira junto a mim, e não sei se já estive tão feliz assim na vida.

— Estou com fome — ela diz, enquanto brinco com seu cabelo.

— Quer bolo?

Ela se levanta e me olha nos olhos.

— Você tem bolo?

— Fiz um mais cedo, já que você viria.

— Se eu não tivesse acabado de fazer sexo com você, estaria pulando nessa sua salsicha escocesa agora mesmo.

— Que persuasiva. — Estendo a mão sobre a cama e jogo minha camisa para ela. — Vista-se para que eu não precise ficar olhando para esse seu corpo lindo a noite toda.

— Que mentira.

Visto um short de ginástica e vou para a cozinha, lá pego dois dos meus pratos artesanais que fiz outro dia. Eles ficaram do jeito que eu queria, o esmalte uma bela mistura em tons de azuis e verdes para representar o verde das Highlands e o azul dos lagos. Meu objetivo é fazer todos os meus pratos e utensílios à mão, mas com o pouco tempo livre que tenho, está demorando mais do que eu gostaria.

Sem contar que eu estava numa ressaca criativa antes de Bonnie aparecer. Agora, é como se a roda de oleiro estivesse na minha cabeça, girando sem parar com novas ideias e técnicas que quero tentar. Só preciso de mais tempo.

Da geladeira, tiro o bolo de chocolate com cobertura de chocolate que fiz mais cedo e corto duas fatias grandes. Eu conheço a minha garota, ela não tem vergonha alguma das suas porções de bolo. É melhor já dar a quantidade que ela vai comer para que não tenha que ficar pedindo por mais.

Quando me viro, eu a vejo aconchegada no sofá, com o cabelo preso no topo da cabeça, parecendo que acabou de tomar banho, com um pouquinho de arranhado da barba nas bochechas.

Vou até ela e passo o dedo na sua bochecha avermelhada.

— Isso machuca?

Ela balança a cabeça.

— Não, gosto de saber que você me reivindicou.

Sorrindo, eu me inclino e a endireito para se sentar.

— Que bom, porque você é minha. — Dou um beijo rápido nos seus lábios e então volto para a cozinha, onde pego nossos pratos.

— Como é que você pode ser tão maravilhoso? — ela pergunta quando entrego o prato a ela. — Você fez esse bolo do zero?

— E de que outra maneira dá para fazer bolo?

Ela pega um pedaço e geme.

— Meu Deus, é tão bom. Tão melhor do que quando faço bolo com a mistura de caixa.

— Meu pai teria um infarto se você desse para ele bolo de mistura.

— Escoceses esnobes — ela zomba com um sorriso. — Então, eu estava pensando em acrescentar as opções na sexta, depois de fazer mais algumas fornadas de pãezinhos amanteigados e bolinhos. Ver como os turistas da sexta e do sábado vão reagir, e aí avaliar e fazer os ajustes necessários para a segunda. O que acha?

— Você está se sentindo à vontade com a máquina de espresso?

Ela assente, com a boca cheia de bolo. Quando engole, diz:

— Passei um ano usando essa mesma máquina quando trabalhava para Lisa. Ela preferia uma certa combinação de grãos de café, moído e feito na hora. Fiquei muito boa em preparar algumas bebidas bem chiques. Macchiatos de caramelo, café americano e cappuccinos eram as minhas opções. Eu fiquei nervosa em vir para cá, porque não sabia que tipo de experiência era necessária, mas quando vi quais eram as opções da cafeteria, soube que minhas habilidades eram mais do que adequadas. Me sinto confortável em preparar o que temos no cardápio e posso acertar nessas bebidas.

— E cozinhar, como você se sente em ficar responsável por essa parte do trabalho?

— Bem. Nesta semana, quero fazer um estoque de pãezinhos e armazená-los como você me falou. Vou guardar os frescos para os moradores daqui...

— Esperta.

— Quero que eles continuem gostando de mim. Acho que o bolo vai levar um pouco mais de tempo que as outras duas opções, mas vamos ver. Vou deixar alguns prontos e cortar em fatias. Já encomendei embalagens recicláveis. Mesmo que o isopor seja mais barato, não quis economizar, sabendo o tipo de lixo que são.

— Minha mãe ficaria feliz com essa escolha, a gente sempre encontra embalagens descartadas por aí quando passeia pelas Highlands. Devem ter sido jogadas fora pelos turistas.

— Não consigo entender como alguém consegue simplesmente jogar lixo na natureza, como se fosse uma grande lixeira.

— Eu também não, mas não dá para corrigir todo mundo. A gente só pode tentar fazer a nossa parte e tomar decisões conscientes como essa, para ajudar.

— Ora, McRabugêncio, você é um amante da natureza?

— Como não ser, quando se vive num lugar como Corsekelly?

— É verdade. — Ela mergulha o garfo no bolo e pega outro pedaço. — Então, acha que na sexta dá para fazer uma inauguraçãozinha?

— Dá. Acho que é uma ótima ideia.

— Que bom. Também vou mandar um e-mail para as empresas de ônibus sobre as mudanças.

— Bem, vou ser o primeiro da fila quando vocês abrirem.

— Ah, é? — Ela se inclina e me dá um beijo achocolatado na boca. — Você vai mesmo aparecer?

— Vou.

— Promete?

— Prometo. Você é a minha garota, não é?

— Bem, você me diz... eu sou? — ela pergunta, sem jeito.

Desta vez sou eu quem se aproxima e envolvo seu queixo.

— Você sabe que é.

— Então, *garota* significa "namorada" em escocês? Você vai me apresentar assim... — Ela pigarreia e personifica um péssimo sotaque escocês. — Ei, galera, esta aqui é a minha *lass*. Ela é dona do meu bilau.

Não respondo de imediato. Fico só olhando para ela, e ela murcha sob meu olhar, se remexe, tentando sorrir, tentando de tudo para evitar contato visual.

Por fim, pergunta:

— Dá para parar de me olhar assim? Está me deixando com tesão.

— Como é? — pergunto, rindo.

— Aha! Quebrei o silêncio. — Ela estala os dedos em vitória. — Sabia que ia funcionar.

Balançando a cabeça, eu me recosto na cadeira e fico olhando para ela por mais um tempo. Que mulher maluca e imprevisível do caralho, mas mesmo com toda essa imprevisibilidade, ela me deixa excitado.

— Pergunta — ela diz, com a boca cheia. — Quando os seus pais voltarem, você acha que vai ter uma conversa com eles?

Sinto minha testa franzir.

— Conversar com eles sobre o quê?

— Toda essa coisa de você "não estar fazendo o que quer da vida". Você pareceu estar se divertindo lá na cozinha comigo. Não sei se cruzaria esse limite com os seus pais de novo.

— Não. — Mantenho minha resposta curta e concisa, torcendo para que ela mude de assunto.

— Você não pode planejar ficar aqui e ser infeliz para sempre, Rowan.

— Eu não estou infeliz.

— Poderia ter me enganado — ela sussurra, evitando o contato visual.

— Como eu não estaria feliz? Você me deixa feliz, Bonnie.

Recebo um sorriso com isso, mas quando ela estende o braço para pegar minha mão, sei que não é suficiente.

— Reconheço uma pessoa perdida quando vejo uma. A gente se

reconhece. Você está perdido, Rowan.

— De onde isso tudo está vindo? — Isso é o que eu chamo de a noite ir de oito a oitenta.

Sexo.

Bolo.

Agora um papo sério sobre eu não estar vivendo a vida?

Pode me chamar de confuso.

— Sei lá... você parecia tão feliz cozinhando comigo.

— Porque eu estava com *você*.

— Então, o que vai fazer você feliz?

Coloco meu prato vazio de lado.

— Encerrar esta conversa.

— Por que não me conta o que você quer fazer da vida?

— E o que isso importa? Não vai acontecer mesmo, então não faz sentido falar sobre isso. — Me levanto da cadeira, pego o prato e o deposito na pia antes de voltar para o quarto. Então, me afundando na beirada da cama, passo a mão pelo cabelo. Irritado, frustrado, querendo que ela não tivesse trazido isso à tona.

Não leva muito tempo para ela vir atrás de mim e quando entra no quarto, sobe na cama, joga a camisa que está usando no chão e pressiona o corpo nas minhas costas. Suas mãos me envolvem e ela beija minhas omoplatas.

— Desculpa — sussurra. — Não queria te deixar chateado.

Droga, eu não deveria ter estourado com ela. Não há desculpas. Só não estou pronto para dividir essa parte da minha vida, não quando ela está se esforçando para ter sucesso em alguma coisa. Não quero que veja meu fracasso e pense que o que está fazendo seja impossível.

— Só deixa isso pra lá, tá bom?

— Tá bom — ela diz, passando a mão na minha barriga. Ela escorrega a mão por baixo do cós do meu short e me agarra com força.

Porra.

Só com esse toque, já estou duro.

Ela se afasta das minhas costas e me deita na cama.

— Tira esse short para mim.

Desesperado para esquecer esses últimos minutos, faço o que ela pede e me liberto, deixando minha ereção se projetar.

E então ela me monta, sentando-se no meu peito e se debruçando para me pegar com a mão. Sua parte inferior está em perfeito alcance. Caio de boca nela, e logo encontro seu clitóris e começo a beijá-la, lambendo-a, demostrando que mesmo quando estouro com ela, ainda assim eu a quero.

— Fique para o café da manhã — digo, puxando Bonnie pelo braço.

— Você disse que eu *era* o café da manhã — ela retruca, escovando o emaranhado molhado de cabelo. — Ou estava mentindo só para entrar no banho comigo.

— Eu estava mentindo — admito, me sentindo faminto por ela de novo.

— Não dá para culpar um cara por ser honesto, mesmo depois disso tudo. O que tem para o café da manhã?

— Parfait de iogurte.

— Sério? — ela pergunta, levantando as sobrancelhas.

— E o que tem?

— Nada. Acho que só fiquei surpresa. Você vai colocar as frutas em camadas?

— É isso o que é um parfait, não? — Me levanto da cama e dou um tapinha de leve na bunda dela a caminho da cozinha.

— Que tipo de iogurte?

— De baunilha — grito assim que meu celular toca no bolso da calça. Eu o tiro de lá e vejo o nome da minha mãe na tela. — Alô.

— Bom dia, Rowan.

— Bom dia, mãe — digo, já nervoso pelo tom cansado de sua voz. — Tudo bem aí?

Bonnie vem para a sala, parecendo preocupada.

— Seu pai está aqui comigo. Diga oi, Stuart.

— Oi. — A voz rouca do meu pai soa ao telefone.

— Bom dia, pai.

— Você tem um tempinho para conversar? — minha mãe pergunta. — A gente precisa falar com você sobre uma coisa importante.

— Hum, uma coisa importante — falo, olhando para Bonnie. Ela gesticula para a porta, e eu balanço a cabeça. — Espera aí, mãe. — Ajusto o celular para o mudo e peço: — Você pode esperar uns minutinhos? Não vá embora. Não vai demorar muito.

— Tudo bem, vou dar uma caminhada rápida e voltar. Vou ter que ver as suas habilidades em fazer parfaits de iogurte.

Dou uma piscadela.

— Pode deixar. — Ela calça as sandálias e então sai do chalé. Tirando o celular do mudo, digo: — Foi mal por isso. É sobre as compras feitas no cartão de crédito para o café? — Tive a impressão de que eles perguntariam sobre isso. Minha mãe encorajou Dakota e Bonnie a fazer as mudanças necessárias, mas dá para entender se eles estiverem preocupados.

— Não — minha mãe responde. — É sobre o seu pai.

Os pelos da minha nuca se arrepiam, e eu me sento à mesa de jantar. O outro lado da linha fica em silêncio também, e um presságio incerto que vem com más notícias embrulha meu estômago.

— Tudo bem aí, pai? — pergunto, engolindo em seco.

— Odiamos ter que dizer isto por telefone, mas não vai levar mais alguns meses para a gente voltar, e nos disseram que você precisava saber.

Minhas mãos começam a tremer, fico sem ar, e aquele presságio incerto vira medo puro.

— O que foi?

Há uma longa pausa, e só consigo ouvir meus batimentos cardíacos, pulsando feito loucos por boas notícias, mas sabendo que não será esse o caso.

— Seu pai está doente, Rowan.

Porra.

Eu sabia que tinha alguma coisa rolando. Eu sabia, porra.

Minha mão vai para o cabelo, e eu puxo os fios curtos.

— Muito doente?

— Começou uns meses atrás, logo antes de ele se aposentar. Ele não estava se sentindo muito bem, e a gente achou que era a artrite dele, por ficar fazendo várias tarefas lá na cafeteria todos os dias. Tínhamos dinheiro guardado para a aposentadoria, então imaginamos que ficaria tudo bem, até que fomos ao médico. Ficamos arrasados quando soubemos que ele... está com câncer nos ossos.

— O quê? — sussurro, com o coração batendo tão forte que por um momento fico achando que entendi errado. — Câncer nos ossos?

— Isso — minha mãe confirma. — Para ser sincera, não estamos fazendo mochilão. Estamos em Londres, consultando um especialista e fazendo tratamentos.

Como assim, porra?

— Por que raios vocês não me contaram?

— Olha o tom — meu pai diz, e mesmo que sua voz esteja enfraquecida, ainda causa um impacto e tanto.

— Não queríamos que você ficasse preocupado — minha mãe intervém. — Não tínhamos certeza da gravidade do câncer do seu pai. Achamos que se te protegêssemos da verdade, talvez você não tivesse que se preocupar com isso. Ficamos sabendo que o dr. Irvine era muito bom em montar um plano de tratamento, mas sabíamos que as consultas dele eram caras, já que é um tratamento particular. Por isso fizemos o anúncio para a cafeteria, na esperança de criar um burburinho divertido, contratar dois desconhecidos que pudessem querer assumir um projeto e trazer o café de volta à vida para ter alguma renda quando voltássemos para Corsekelly.

— Meu Deus do céu — murmuro.

— Mas as coisas não estão saindo como o esperado. Seu pai tem alguns tumores. O dr. Irvine fez a biópsia de todos eles, alguns têm tratamento, mas o que está no quadril dele é bem grande e se espalhou para outras partes do corpo. O dr. Irvine... ele... — A voz de minha mãe falha.

Seu choro silencioso me faz sufocar enquanto minha mente gira em confusão.

— Estou morrendo — meu pai termina por ela, enquanto minha mãe soluça.

Morrendo.

Meu coração se parte em um milhão de pedaços.

Câncer nos ossos.

Tumores.

Morrendo.

Não consigo entender o que está acontecendo; apenas consigo focar no motivo de eu estar descobrindo sobre isso tudo só agora.

— Vocês deviam ter me falado antes — solto.

— Não era da sua conta. A gente sabia o que estava fazendo — meu pai diz, e isso acende uma faísca do fogo violento dentro de mim.

— Para o inferno com isso! — grito, me levantando. — Você é a droga do meu pai, e não é só da minha conta, como também é responsabilidade minha saber quando você está doente, quando precisa de ajuda... quando você está morrendo, porra! — berro ao telefone, enquanto cada emoção que já tive pelo meu pai vem borbulhando e transborda de mim.

— Rowan — meu pai retruca, mas não estou nem aí, fico insistindo.

— Faz meses que você sabia que estava com câncer e nem me permitiu saber. Quando eu perguntei se você estava doente antes de viajarem, vocês mentiram na cara dura.

— Não queríamos deixar você preocupado — minha mãe repete, sempre tentando apaziguar as coisas. Bem, e o que isso significa? Eu não merecia saber ou eles não queriam me preocupar? É sempre assim com eles: minha mãe fica tentando acalmar as coisas, enquanto eu e meu pai colocamos mais lenha na fogueira com a nossa raiva.

— Já chegaram a pensar que eu poderia ter ajudado vocês? É para isso que serve a família. E se você precisava de ajuda com a cafeteria, mãe, eu poderia ter ajudado. Eu já venho ajudando...

— Você deixou claro que não queria nada com a cafeteria — meu pai rebate, o maldito teimoso que vem jogando isso na minha cara mais uma vez.

— As pessoas mudam — digo com a mandíbula rígida. — Mas você é teimoso demais para enxergar isso. Será que não dá para olhar para além da história que vem obstruindo esse seu cerebrozinho e ver que as pessoas mudam? As pessoas tentam melhorar de vida, fazer algo para si mesmas.

— E como você se saiu? — meu pai pergunta. — Não vi aquela sua cerâmica à venda em lugar nenhum. Não vi você vivendo o seu sonho, pelo qual trocou a sua família.

O quê?

De onde está vindo isso?

— Eu não troquei vocês — retruco, sabendo que não deveríamos estar tendo esta conversa agora. Meu pai está com câncer, e tenho certeza de que ele está com dificuldade em aceitar isso. E conhecendo-o, ele está distorcendo e transformando esse medo e confusão em raiva. Ele fez a mesma coisa quando Callum faleceu; direcionou toda a raiva para mim. — Ainda estou aqui, cuidando dos negócios da cidade como você queria que eu fizesse. Não é suficiente?

— Não quando você fica desrespeitando o clã MacGregor. Podemos ser gente simples, mas somos pessoas boas.

— E você acha que eu não sei disso?

— Você não demonstra.

Meu Deus do céu, acho que nunca estive com tanta raiva na vida. Parece que minha alma está sendo arrancada do meu corpo a cada respiração, substituída por uma escuridão que está se espalhando por cada membro, cada músculo, cada droga de osso.

Nada disso importa. Nada da história entre mim e meu pai importa agora, não quando ele está morrendo. Ele pode até querer insistir nessa velha discussão, mas eu não tenho tempo para isso.

— Onde vocês estão?

— Rowan, você não tem que...

— Juro por Deus, se não me contarem, vou rastrear vocês. Dá para olhar na fatura do seu cartão de crédito. Vou acabar descobrindo, então facilitem as coisas e me digam onde estão, porra.

Minha mãe recita o endereço e escrevo num pedaço de papel. Ela me diz que ainda terão outra consulta com o médico e para eu não me preocupar, mas isso pouco importa. Nada do que eles disserem vai ter importância a esta altura. Minha mente já está decidida.

— Você não precisa vir até aqui — meu pai berra ao telefone.

— Parece que você prefere morrer a admitir, mas precisa de mim mais do que imagina.

Desligo e jogo o celular na mesa. Os nós dos meus dedos ficam brancos de agarrar a mesa de jantar, e antes que possa registrar o que estou fazendo, eu a pego e a atiro contra a parede. Lascas de madeira se partem com a pancada enquanto eu berro:

— Porra! — E então passo as mãos no cabelo.

Ele está morrendo.

Meu pai está morrendo e...

Meu olhar se desvia para a janela, e eu estreito os olhos. As portas do meu galpão estão escancaradas, e vejo uma mecha loira passando pela entrada.

Que porra é essa?

A fúria arde dentro de mim. Dá para sentir meu rosto ficando vermelho enquanto saio feito um furacão do chalé, escancarando a porta e entrando no galpão aberto.

Como previsto, Bonnie está parada ali, segurando uma caneca que saiu recentemente do forno.

— O que você está fazendo aqui?

Um gritinho assustado sai de seus lábios e ela pula. A caneca escorrega de suas mãos e se quebra no chão.

Ela se vira para mim, e aqueles olhos cristalinos estão arregalados, fingindo inocência.

— Você viu...

— Não me venha com mentira, Bonnie. — Ela fica quieta, e seus ombros caem. Dá para ver antes mesmo de ela começar a falar: o sinal revelador de alguma desculpa que ela daria por ter invadido minha privacidade.

— E então...? — pressiono, cruzando os braços.

— Falando sério — ela se remexe —, eu queria ver se era aqui que você mantinha a sua lavadora. Pensei em surrupiar e limpar o lodo lá do chalé. Mas, ai, meu Deus, Rowan, você é oleiro. Como nunca...?

— Você não tinha o direito de vir aqui! — grito, apontando para o galpão.

Ela dá um passo para trás, com o poder da minha voz, e arregala ainda mais os olhos, assustada.

— Achei que... — Ela engole em seco. — Achei que não era grande coisa. Desculpa, mas, Rowan, você é muito bom. Você poderia vender...

— Pra fora.

— Por favor, Rowan, me deixa...

— Eu disse pra fora, porra! — grito, com o peito vibrando, as mãos tremendo, emoções saindo de mim. Um colapso iminente.

Bonnie se assusta e corre para fora do galpão. Assim que ela está lá fora, bato a porta e me viro para ela.

— Não entre ali, me ouviu?

Ela assente, com lágrimas transbordando dos olhos.

— Me... me desculpa.

Quando vejo as lágrimas rolando por seu rosto, uma voz pequeninha lá no fundo da minha mente me diz que preciso me desculpar, mas é logo sufocada pela raiva incontrolável que está me penetrando.

Porra.

Bonnie... me... desculpa.

Os pensamentos passam pela minha cabeça, mas minha boca não consegue formar as palavras.

— Diga alguma coisa, Rowan, por favor — ela implora, seus lindos olhos suplicam, mas uma onda de torpor cai sobre mim. Bonnie está perturbada, e a culpa é minha, mas não consigo me importar.

Virando as costas, volto para o chalé e fujo para o quarto antes de bater a porta.

Afundando-me na cama, enterro a cabeça nas mãos e penso no que vou fazer agora.

Só leva dois segundos para decidir.

Londres.

Vou para Londres.

Capítulo 18

BONNIE

Coração partido: *um.*

A náusea veio com tudo. O que foi que acabou de acontecer?

Já vi Rowan mal-humorado.

Já o vi com raiva.

Mas nunca o vi assim.

Era como se uma pessoa bem diferente tivesse tomado conta do corpo dele e disparado.

Depois que ele voltou correndo para dentro, fiquei parada na frente do galpão por alguns instantes até reunir coragem o bastante para voltar para o chalé, mas quando entrei, ele estava trancado no quarto. Sua mensagem foi em alto e bom tom: ele não me queria por perto. Depois disso, não perdi tempo em ir embora. Peguei minhas coisas e praticamente saí correndo de volta para casa.

Agora, sentada na cama desarrumada, fico esperando Dakota chegar.

Quando estava delirando na volta para o chalé, mandei algumas mensagens urgentes para ela. Quando cheguei ao quarto, mais algumas. E dois minutos atrás, tentei ligar, e depois de dois toques, caiu no correio de voz.

Sem resposta.

Nem sinal da minha melhor amiga quando mais preciso dela.

Com a ansiedade nas alturas, tento acalmar minha respiração, sabendo que tenho muito o que fazer hoje.

Eu posso fazer isso. Tudo vai ficar bem.

Meu Deus, como eu queria Dakota aqui.

Trêmula, me levanto e troco de roupa, sentindo como se precisasse de um recomeço. Assim que calço os sapatos, enfio o celular no bolso do short jeans e vou para a cafeteria, onde encontro Fergus parado à porta.

Confiável, fiel...

— Bééé.

E barulhento Fergus.

Ao ver o que parece ser meu único amigo hoje em dia, engulo uma enchente de emoções e faço carinho na cabeça dele.

— Bom dia, Fergie. Já vi que você está tirando ar dos pulmões. Se preparando para assustar alguns turistas, tomara.

Com um chuto curto, ele levanta o focinho e se afasta.

Vou considerar isso um cumprimento, e não outra pessoa gritando comigo.

Destrancando a porta depressa, entro na cafeteria, acendo as luzes e observo o espaço branco e limpo. Colocamos as persianas internas e as fotos, deixando o lugar com o ar bem mais aconchegante. Ainda estou aguardando a instalação das prateleiras, porque não decidimos as lembrancinhas. Antes de entrarmos de cabeça, precisamos nos certificar de cozinhar e fazer novas opções de café para atrair mais clientes.

Pelo menos, era o consenso geral. Agora já não faço ideia.

Passo de mesa em mesa, ajeitando as cadeiras no chão e pondo os vasinhos que Rowan trouxe outro dia. Faço uma pausa, então me ocorre, ao olhar para o vaso em mãos. Foi ele que fez. Ele disse que já tinha. Mas o que quis dizer é que tinha feito.

Olho para o fundo do vaso. Nenhuma assinatura, nenhuma indicação de que foi ele quem fez, e mesmo assim são imaculados. Belamente moldados, em esmalte vermelho que acrescenta o toque de cor perfeito ao espaço.

Eu deveria ter perguntado de onde vieram. Eu deveria ter elogiado mais. Mas ele provavelmente não admitiria que os fez. É isso que ele anda escondendo todo esse tempo? A vida que queria ter, mas que nunca teve a chance?

Assim que ajeito o vaso, a porta da cafeteria se abre e Dakota entra.

— Meu Deus, onde você esteve? — pergunto, encarando-a. — Por que não atendeu minha ligação nem respondeu minhas mensagens?

Ela não responde. Apenas cruza os braços em sua posição defensiva. Fico mais tensa, minha intuição me diz que estão prestes a gritar comigo... de novo.

— Você tem alguma coisa para dizer?

Suspiro.

— Olha, Dakota, eu estou mesmo precisando de uma amiga agora. Dá para deixar o que quer que tenha feito você ficar brava de lado? Acho que Rowan terminou comigo e...

— O que foi que você disse para a Isla?

Seja lá o que eu tivesse feito, ela podia deixar para depois. Mas, não, ela quer falar sobre isso nesse momento.

— Hum, já falei várias coisas para a Isla.

— Ela me falou que gostou bastante da caminhada que fez com você ontem, porque você falou para ela tudo sobre a Isabella, e agora ela sabe por que fico agindo deste jeito.

Ah, a caminhada.

— Não falei nada de ruim, só contei para ela sobre a Isabella e como ela era manipuladora e vingativa. E como você não tinha certeza sobre estar num relacionamento homossexual. Como você ficava confusa.

— Por que contou isso para ela? — Dakota pergunta, com a voz angustiada.

— Ela perguntou o que a Isabella fez para você. O que eu deveria ter dito?

— Nada. Você não deveria ter dito nada e aí falar que ela deveria ter essa conversa comigo.

— E o que tem isso? — indago, franzindo a testa. — É a mesma informação, e está na cara que você não ia contar para ela. É algo que ela precisava saber. Estava preocupada com você. Disse que você não a deixava a par de nada.

— Porque eu ainda não estava pronta para falar disso! — Dakota grita. — Não é fácil para mim, Bonnie. Ainda fico com vergonha do meu relacionamento com a Isabella, e encontrar o meu eu verdadeiro tem levado muito tempo, mas fiz alguns progressos. Estava começando a sentir que esta alma que eu tinha enterrado por anos estava florescendo, e aí você vai e faz uma coisa dessas.

— Dizer para ela ter paciência com você? Como isso piora a situação?

— Você arrancou a história de mim! — ela grita. — Era para eu contar essa história, não você. Agora, em vez de ela chegar a algum entendimento comigo, escutando como eu iria falar sobre o meu passado, ela ouviu de você e isso muda a narrativa na cabeça dela. Em vez de entender... ela tem pena de mim.

— O quê? Não. — Balanço a cabeça. — Ela não tem pena de você.

— E você nem sabe de tudo — Dakota diz, com tanto veneno na voz que eu dou um passo para trás. Nunca a vi com tanta raiva. — Você não estava lá. Não viu como a Isla me olhou. Você não tinha o direito de contar para ela.

— Eu só estava tentando ser sua amiga.

— Você não faz ideia de como ser amiga. — Suas palavras são como um tapa na cara.

— Como é? — A raiva ferve em mim. — Eu não sei como ser amiga? É você que nunca está por perto quando preciso de você.

— Pois é, Bonnie. Quando *você* precisa de *mim*. E quando eu preciso de você? Alguma vez já me perguntou como as coisas estão com a Isla? Me perguntou sobre o meu fim de semana? Será que chegou a pensar que este é o meu segundo relacionamento com uma garota e imaginou se estava tudo bem? Será que ouviu quando eu disse que algumas coisas que você diz para a Isla me envergonham? Não, porque você estava ocupada demais cuidando da cafeteria e se jogando no Rowan.

— Eu não fico me jogando nele.

— Ah, tá bom — ela zomba, soltando uma risada sarcástica da qual eu não gosto nem um pouco. — Ele não queria nada com você, mas você não parou de pressionar e pressionar até...

— Ele disse isso para você? — pergunto, sentindo o estômago embrulhar. — Ele disse que não queria nada comigo?

— Ele disse para os gêmeos Murdach que queria ficar o mais longe possível da gente.

Mordo o lábio, lágrimas começam a se formar nos meus olhos quando as emoções de hoje se acumulam sobre mim, e o sentimento de não ser desejada me consome. Uma lágrima escapa pela minha bochecha.

— Eu não sabia — digo, baixinho, juntando as mãos.

— É porque você nunca ouve, Bonnie. Você é egocêntrica, e isso é irônico, já que parece não conseguir descobrir quem é ou o que quer fazer.

Ergo o olhar, e a verdade nas palavras dela machuca.

— Você me encorajou a dar um jeito nas coisas por aqui, me falou que talvez eu fosse me encontrar...

— Esta aqui não é a sua vida! — Dakota grita, abrindo bem os braços. — E você está fazendo como se fosse a sua vida. Você veio aqui para pensar, para descobrir no que é boa, mas em vez disso ficou tão imersa num projeto que acabou perdendo de vista tudo o que estava ao seu redor e se enterrou num relacionamento ao mesmo tempo. Você ainda não descobriu quem é de verdade.

— Mas e se eu tiver descoberto? E se eu for boa com isto aqui? Já pensou nisso? E se for isso que quero fazer de verdade? — grito em resposta.

— E é? — ela pergunta.

Abro a boca para responder, mas não tenho palavras.

— Pois é — ela continua, como se tivesse razão. — Você veio para a Escócia para se reconectar consigo mesma, mas só me afastou, se perdeu num homem e focou no projeto de outra pessoa sem estabelecer quem você é de verdade.

Será que ela tem razão?

Será que me perdi pelo caminho em algo que não sou?

Dou uma olhada na cafeteria, absorvendo os pequenos toques que acrescentei, os doces que fiz, as fotos que tirei, e posso admitir com honestidade... o orgulho surge no meu peito.

Posso até ter me perdido no projeto de outra pessoa, mas esse projeto me ajudou a ver quem eu sou de verdade.

Uma trabalhadora.

Alguém que termina o que começa.

Uma cozinheira.

Uma designer.

Uma criadora de ideias.

Um coração para uma pequena comunidade.

Uma mulher de negócios.

Posso até ter me perdido, mas, de alguma forma, me encontrei.

Sei que me encontrei.

Olhando fixamente nos olhos dela, digo:

— Você está errada, Dakota. Eu me encontrei. Talvez seja você que esteja cega demais para ver. — Me endireito, sentindo-me um pouco mais forte. — Você sempre me tratou como inferior no nosso relacionamento. A que ferra com tudo. E já estou de saco cheio disso. Se você abrir os olhos, vai ver que cresci desde que a gente veio para cá. Eu dei duro, refleti e cresci. E nesse meio-tempo, pode ser que eu tenha me esquecido de perguntar sobre o seu relacionamento, e peço desculpas por isso, mas não vou deixar você pisar no meu crescimento.

— Não estou pisando no seu crescimento, Bonnie. Estou tentando te ajudar a perceber...

— Que não sou eu que estou com problemas agora? — pergunto — Pode ser que seja você que precisa refletir antes de começar a sair com alguém. Pode ser que você precise descobrir quem é de verdade antes de entrar em outro relacionamento. Se está assim com tanta raiva só porque eu falei com a Isla sobre todas as suas provações e tribulações, pode ser que não esteja pronta para começar a namorar. Não venha pôr a culpa das suas inseguranças em mim.

— Inacreditável. — Ela balança a cabeça, afastando-se. — Quer saber? Pode ser que você tenha se encontrado, e isso é ótimo, que bom para você, Bonnie. Mas eu não gostei da sua nova versão.

Cerro os dentes.

— Por quê? Só porque não estou mais cedendo, como em todas as outras vezes que a gente teve essa conversa? Só porque agora estou me posicionando?

— Não, porque você está desviando completamente do assunto. A vida nem sempre gira em torno do seu umbigo. Tira a venda dos olhos e se dê conta de que as ações têm consequências. — Ela cruza os braços. — Me fala uma coisa, por que acha que Rowan terminou com você?

Meus dentes roçam meu lábio enquanto uma onda de vergonha toma conta de mim, a compreensão me atingindo em cheio no peito.

— Você fez alguma coisa de que ele não gostou? — ela pressiona, enquanto as lágrimas começam a brotar de novo.

— Bisbilhotei o galpão dele — respondo, tão baixinho que mal consigo ouvir minha própria voz.

— É isso mesmo. Você passou dos limites e fez uma coisa que ele não queria que você fizesse. Nem todo mundo é como você, que sai por aí exibindo a própria vida. As pessoas gostam de ir com calma, de apresentar cada parte da vida delas no tempo certo. Mas você é egoísta demais para enxergar isso. É sempre o que você quer e quando quer. Quer saber? Você só está colhendo o que plantou.

Ela se vira para se afastar quando eu chamo:

— Espera, Dakota, por favor... vamos conversar.

Ela balança a cabeça.

— Já chega de conversa. Preciso de tempo.

E então se vai, me deixando desabar no chão e chorar com o rosto escondido nas mãos.

Bonnie: Por favor, Dakota, volta para o chalé para a gente conversar. Não gosto de brigar com você.

Bonnie: Não é assim que a gente faz, a gente não fica brava uma com a outra.

Bonnie: A gente sempre dá um jeito. Por favor, me fala como a gente pode dar um jeito nisso.

Bonnie: Dei uma passada na sua casa, Rowan, e você não estava lá (sei que você já deve saber disso). Quero pedir desculpas e conversar. Por favor.

Bonnie: Estou com saudades, Rowan. Não quero ficar brigada. A gente pode resolver isso, né?

Bonnie: Desculpa por ter invadido o seu espaço. Por favor, fala comigo.

Alguém... por favor, fala comigo.

Estou cabisbaixa quando a porta da cafeteria se abre. Congelo atrás do balcão, prendendo a respiração, torcendo e rezando para que seja Rowan ou Dakota. Mas quando olho, vejo Leith entrando, e todas as esperanças morrem, desmoronando mais uma vez.

Já faz dois dias, e não tive notícias de nenhum deles. Dois dias cozinhando e me preparando para a grande abertura de amanhã, enquanto tento não me perder nos pensamentos. Estou falhando miseravelmente, é claro. Minha mente fica voltando o tempo todo para cada interação que tive com Rowan e Dakota. Repassando minha última conversa com eles.

Egoísta.

Não ouve.

Insistente demais.

Não é uma boa amiga.

Imersa em um homem, não em se encontrar.

Será que estive mesmo fazendo isso? Será que é essa quem eu sou?

Estou com medo de me dar conta de que talvez eu carregue essas características. Que fico olhando tanto para o meu próprio umbigo que não me importo com os sentimentos e as reações dos outros.

No mínimo, tem sido dois dias dolorosos e torturantes. Ainda mais à noite, quando fico sozinha no chalé sem ter o que cozinhar, nada para fazer além de ficar remoendo, enquanto seguro o celular junto ao peito, torcendo para que algum deles atenda ou responda minhas mensagens.

Mas só tenho recebido silêncio dos dois.

— Segura aí a empolgação em me ver — Leith provoca, me puxando de volta ao presente, e não consigo nem forçar um sorriso para sua brincadeira. Estou por um fio, e uma coisinha pode quebrar a barragem que construí ao acaso. — Ei. — Leith vem até o balcão, onde estou. — O que foi?

Maldito seja.

Malditas sejam essas três palavras.

É a gota d'água.

Uma piscada, e as lágrimas que venho segurando transbordam dos olhos em cascatas pelo meu rosto.

Enterro o rosto nas mãos.

— Me desculpa.

— Ei, não precisa se desculpar — ele diz, dando a volta pelo balcão e me envolvendo com o braço.

Me viro para o seu peito e agradeço seu abraço quentinho, e um pouco estranho. Mas estou mendigando a esta altura. Não tenho ninguém a quem recorrer. Eu e meus pais não estamos nos dando tão bem, e não sei se algum dia nos daremos. É triste admitir, mas além de Dakota, eu não tenho mesmo mais ninguém a quem recorrer, e isso é aterrorizante.

— O que está rolando? — Leith pergunta.

Enxugo as lágrimas e me afasto.

— Só alguns dias estressantes.

— Isso tem a ver com você e Dakota?

Olho para ele, surpresa.

— Você ficou sabendo?

— Isla falou comigo ontem. Disse que ela estava preocupada que vocês duas estivessem brigando. — Ele levanta meu queixo, assim como Rowan faria. — Está tudo bem?

Com o lábio trêmulo, balanço a cabeça.

— Não, não está. Tudo está desmoronando, e não sei como dar um jeito nisso.

Pegando minha mão, Leith me leva para uma das mesas e me faz sentar. Então dá a volta pelo balcão, pega chá e um pãozinho amanteigado para dividirmos e traz tudo para a mesa, onde ele se senta de frente para mim. Com a faca, ele parte o pãozinho e põe sua metade num guardanapo, me oferecendo a do prato.

— O que está rolando?

— Você quer mesmo saber?

Ele assente.

— Claro, *lass*. Você faz parte da família Corsekelly agora. A gente está aqui para se ajudar. Me conta o que está rolando.

Mesmo que eu esteja no fundo do poço, ainda adoro um docinho, então dou uma mordida, curtindo o rico sabor por um momento.

— Começou com o Rowan. Ele atendeu uma ligação quando eu estava lá na casa dele, e parecia algo sério, então dei espaço para ele. Eu estava caminhando e quando vi o galpão dele, achei que...

— Ahhhh... — Leith estremece. — Você entrou no galpão dele?

— Eu queria ver se era lá que ele guardava a lavadora. Eu me surpreendi.

— Pois é, ele não deixa ninguém entrar lá.

— Por que não? O trabalho dele é de tirar o fôlego. Ele deveria estar dividindo com o mundo.

— Concordo, mas ele não divide isso com muita gente. E é ele que deve contar a história, não eu. — Leith dá uma mordida no pãozinho, e me dou conta de que... é isso que eu deveria ter dito para Isla quando ela me perguntou sobre Dakota. E não seria fácil ter feito isso? Simples assim, e não me ofendeu.

Caramba, como eu ferrei com as coisas.

— Entendo.

— O que ele te falou?

— Gritou comigo. E com razão. Ele ficou com tanta raiva que quase dava para ver o ar fervendo. Me falou para ir embora e a gente não conversou desde então. Pensando bem, eu não o culpo. Eu estava tão... perdida nos meus pensamentos que não levei em conta os sentimentos dele. Tentei mandar mensagens e ligar para ele, até cheguei a ir na casa dele, mas nada.

Leith coça a lateral da cabeça.

— Eu não deveria dizer isso, mas vou dizer mesmo assim, só para você não perder a cabeça. Ele gosta muito de você.

Balanço a cabeça.

— Sei que ele não queria nada comigo, Leith. Você não precisa dizer coisas assim só para fazer eu me sentir melhor.

Ele sorri.

— Vai por mim quando digo que nunca vi Rowan agindo assim como ele tem sido quando está com você. Tem alguma coisa especial entre vocês dois, e eu não desistiria ainda. Aguenta firme, ele vai mudar de ideia.

— Ele falou que ia aparecer amanhã sem falta. Talvez eu possa me desculpar. Abrir meu coração.

— O que tem amanhã?

— Vou servir os novos cafés e doces para o público. — Meu estômago embrulha só de dizer isso em voz alta. — Já mandei e-mail para as empresas de ônibus que vêm aqui, avisando que tem um novo lugar de comida escocesa em Corsekelly, e os turistas podem curtir depois de verem a Pedra do Bilau.

— Vai ser uma grande inauguração? — ele pergunta, parecendo impressionado.

— Acho que sim.

— Parabéns, *lass*. — Ele dá uma olhada ao redor. — Você transformou este lugar. Vai dar tudo certo.

— Obrigada, Leith.

— Agora. — Ele estende o braço pela mesa e pega minha mão. — Sobre essa questão com Dakota e Rowan, os vínculos que você tem com eles são incomparáveis. Não tem como eles serem cortados de uma vez assim. Dê tempo para eles, e vão mudar de ideia. Eu e o Rowan já brigamos várias vezes e a gente sempre deu a volta por cima. Falando sério, essas brigas nos deixaram mais fortes, porque a gente passou a se entender melhor. — Ele aperta minha mão. — Aguenta aí, *lass*. Enquanto isso, me conta sobre essa coisa de abrir seu coração. Você ama o meu rapaz?

Sinto as bochechas corando, não tem como esconder.

— Acho que sim, Leith. Nunca amei alguém antes, não no sentido romântico, mas com Rowan é diferente. Ele me desafia, me faz feliz, me protege e, mais importante, faz com que eu me sinta especial, como se eu tivesse mesmo alguma coisa para oferecer para o mundo.

— É porque você tem. — Ele abre os braços. — Olha só para o que você criou. Você tem muito... potencial, só tinha que descobrir onde canalizá-lo.

Eu agradeço por isso, mas não consigo evitar o pensamento: *Por qual razão criar alguma coisa se ninguém estará aqui para aproveitar comigo?*

O nervosismo me corrói enquanto penso no dia seguinte, todo trabalho duro que empenhei nesta cafeteria e a possibilidade de tudo isso ter falhado. De eu ter falhado mais uma vez.

O rosto corado e bravo de Dakota surge na minha mente, seguido pelo de Rowan.

Será que eles vão aparecer amanhã?

Apesar das nossas divergências, será que eles vão aparecer?

Capítulo 19

ROWAN

Não vou fazer isso, não desta vez, porra.

Nem me peça.

Não depois de tudo o que...

Tá bom, porra...

Nível de raiva de 1 a 10, sendo 10 o mais alto: *123.*

Aí está, feliz agora?

— Posso ser honesta com você, Rowan? — minha mãe pergunta, pondo uma xícara de chá na minha frente e olhando para as cortinas vermelhas decoradas com damasco dourado. O apartamento alugado pelos meus pais em Londres com certeza é mais elegante do que a casa deles em Corsekelly.

Estive aqui nos últimos dois dias, e meu pai ainda não falou comigo. Eles foram a uma consulta ontem, e não permitiram que eu fosse, e voltaram ainda mais taciturnos do que antes. É fácil adivinhar que as notícias não foram boas.

— Ah, agora você quer ser honesta? Que reconfortante — digo, inexpressivo.

Minha mãe suspira.

— Acho que mereço isso.

Passo a mão pelo cabelo, deixando-o arrepiado nas pontas.

— Onde vocês estavam com a cabeça para não me contarem? — meio que grito e sussurro para que meu pai não possa ouvir. — Posso não me dar tão bem assim com o meu pai, mas isso não dá o direito de não me contarem nada sobre a saúde dele.

— Eu entendo. — Minha mãe se remexe. — Você sabe que eu te amo, Rowan, mas passei os últimos anos da minha vida tentando reparar o relacionamento entre você e o seu pai, tentando ser a apaziguadora. Estou cansada. Estou cansada das discussões, de ver os dois homens que restam na minha vida indo para cima um do outro quando se encontram. É exaustivo. — Ela enxuga embaixo do olho, e meu coração dá uma guinada. Odeio ver minha mãe tão perturbada. — Sei que você quer estar aqui, mas acho que não consigo mais suportar essas brigas. Talvez seja melhor você ir embora.

— Ir embora? Você acha mesmo que eu vou embora? Justo quando descubro que meu pai está morrendo? Não vou a lugar nenhum.

— Ele não te quer aqui, Rowan. Isso vai acabar deixando-o mais estressado.

— Bem, não posso fazer nada.

Meu celular vibra na mesa, e antes que eu possa esconder o nome na tela, minha mãe olha.

— É a Bonnie?

— Parece que sim. — Enfio o celular no bolso.

— Sabia que Shona estava me contando que vocês dois são um casal?

— Shona precisa cuidar da própria vida.

— Aconteceu alguma coisa?

— Não importa. — Me levanto e começo a andar pela sala. — O que o médico disse ontem?

— Rowan, a última coisa que quero pensar agora é na saúde do seu pai, quero esquecer...

— Não dá para esquecer, mãe. Assim como não dá para esquecer que Callum morreu. Ou que a cafeteria está falindo, ou que vocês estão gastando todas as economias aqui. Não dá para varrer os problemas para debaixo do tapete e torcer para que sumam. A vida é assim, e você tem que encarar. Tem que lidar com ela, gostando ou não. É por isso que estou aqui. Mesmo que tenham me negligenciado ao não me contar nada até alguns dias atrás, estou aqui porque vocês são a minha família, o que restou dela, e é ruim de eu ser deixado de fora. Já cansei de ser o errado da família.

— Então você não deveria ter desejado deixar esta família anos atrás. — A voz fraca do meu pai atravessa a sala. Ele entra, apoiando-se em uma bengala; seu corpo está se deteriorando mais rápido do que eu esperava. Minha mãe corre até ele e o ajuda a se sentar.

Ela acaricia seu rosto com ternura, a dor evidente em seus olhos.

— Quer alguma coisa?

— Água, querida.

Minha mãe vai pegar a água, mas eu a impeço, gesticulo para a cadeira ao lado da do meu pai, e eu mesmo vou buscar. Está na hora de lavar a roupa suja. Não dá para continuar assim. Não só está machucando o meu relacionamento com meu pai, como também está machucando minha mãe. E eu estou vendo isso tudo. A exaustão nos olhos dela, o cansaço na voz dela. O marido está doente, e já é preocupação o suficiente.

Porra, vou mesmo fazer isso?

Dou uma olhada por cima do ombro, para onde meus pais estão sentados, de mãos dadas.

Cresci admirando esse casal amável. Há um leve sorriso nos lábios do meu pai ao olhar para minha mãe. Lembro de quando ele sorria assim para mim. Daqueles dias passados na cozinha, quando ele ficava orgulhoso do que eu conseguia fazer, assim que me ensinava o jeitinho MacGregor.

Para onde foram todas essas coisas?

E por que raios isso ficou por tanto tempo longe?

Está na hora de descobrir.

Trago dois copos de água para meus pais e os deixo de lado na mesa entre eles.

Assim que os dois tomam um gole, pigarreio.

— Eu jamais quis deixar esta família. Só queria uma chance de explorar, uma chance de construir algo por mim mesmo, como você construiu a cafeteria. — Olho nos olhos do meu pai. — Não se trata da família, pai. Eu só queria provar o meu valor.

— O seu valor estava com esta família, com Corsekelly. Mas não éramos bons o bastante para você.

— Eu não era bom o bastante para *vocês* — admito, batendo a mão no peito. — Eu não era bom o bastante para aquela cidade. Todo mundo tinha alguma coisa. Callum era o cozinheiro, ele quem era igual a você, pai. Leith e Lachlan eram ousados e estavam determinados a fazer alguma coisa com os treinos, e conseguiram. Isla construiu uma confeitaria de sucesso, ganhando prêmios por todo o país. Meus amigos e família estão fazendo alguma coisa, e eu queria isso também. Queria fazer alguma coisa com minhas próprias mãos, alguma coisa que te deixaria orgulhoso. — Passo a mão na testa, tentando não ficar emocionado com tudo isso. — Tudo o que eu sempre quis foi que você me olhasse do mesmo jeito que olhava para Callum, com orgulho e amor incondicionais.

Ele joga os braços no ar.

— É claro que eu te amo. — Ele desvia o olhar, rejeitando a declaração tão rápido quanto a fez.

— Ama mesmo? — pergunto, indo até ele e me abaixando a sua frente. — Você me ama de verdade? Ou ainda me culpa pela morte de Callum?

Ele olha para o colo, e seus ombros caem, como se essa pergunta o tivesse derrotado por completo.

— Eu tenho é *raiva* pela morte de Callum. — Ele ergue a cabeça e encontra meus olhos. — Eu poderia ter perdido vocês dois naquele dia.

Eu me afasto, piscando ao ver as lágrimas transbordando de seus olhos.

— Toda vez que penso nisso, fico furioso. — Seus punhos se fecham, e ele fica tenso antes de ter um ataque de tosse. Minha mãe põe a mão em suas costas e oferece água. Ele bebe alguns goles e então encontra meu olhar mais uma vez. — A morte dele poderia ter sido evitada se você tivesse usado a droga do cérebro. Se você tivesse morrido e Callum sobrevivido, eu teria tratado ele do mesmo jeito. As escolhas que vocês fizeram juntos deixaram sua mãe arrasada. Vocês abriram um buraco no meu peito, e então o encheram de medo. Medo de perder os dois filhos em vez de um. — Ele belisca a testa e pouco a pouco recosta a cabeça na cadeira.

— Pai, eu... não fazia ideia. Achei...

— Já sei o que você achou. E pode ter sido culpa minha nunca ter corrigido a sua forma de pensar, mas, caramba, ainda estou furioso com isso. E vou ficar furioso até o dia em que morrer. Um comportamento despreocupado sem consideração nenhuma pelas pessoas que te amam.

— Pai. — Estendo o braço e pouso a mão na dele. Ele a aperta com força e, para a minha surpresa, leva-a à boca, beijando o nó dos meus dedos e então a segurando junto ao peito.

Ele solta um soluço sufocado, e é a gota d'água. Eu também desmorono, me aproximando o máximo possível dele.

— Eu poderia ter perdido vocês dois.

— Me desculpa — digo, encostando a testa na dele. Agarro sua nuca e o mantenho no lugar, sem querer soltá-lo, sem nunca querer soltá-lo. — Me desculpa, pai.

— Eu te amo, Rowan.

Solto um soluço, e as lágrimas caem pelo meu rosto.

— Eu também te amo, pai.

— Aqui, pai. — Ponho uma tigela de sopa na frente dele e ajeito o cardigã nas suas costas, notando o quanto posso sentir cada osso de seus ombros. — Tem tudo de que precisa aí, mãe?

Ela assente sem dizer nada e toma uma colherada de sopa.

Assim que eles estão atendidos, me sento também e vamos nos aconchegando, sem dizer nada. Juntos.

As últimas horas têm sido mentalmente exaustivas. Choramos por um bom tempo.

Choramos por causa do tempo perdido.

Pela perda de Callum.

Pela perda do relacionamento com meu pai.

Pela perda dos pequenos momentos entediantes de que a vida é feita.

O fim está próximo. Está denso no ar, arrepiante e de partir o coração.

Pigarreando, pergunto:

— Quanto tempo falta?

Meu pai não olha para mim e nem minha mãe. Em vez disso, os dois mantêm os olhos nas tigelas, mas eu observo meu pai estender o braço devagar e pegar a mão da minha mãe. O lábio dela treme e uma lágrima cai na tigela de sopa.

— Não é nada bom — meu pai diz.

— Eu quero saber. Não escondam de mim. Por favor, não escondam mais nada de mim.

Meu pai assente devagar e me olha nos olhos.

— Estou com condrossarcoma em estágio quatro. Já não há nada que possam fazer a esta altura. Eles ofereceram um tratamento para prolongar minha vida.

— Então vamos fazer — digo às pressas. — Como é esse tratamento?

Meu pai balança a cabeça.

— Isso não é vida, filho. Eu teria que ficar aqui em Londres, custaria mais do que estou disposto a pagar, e eu teria uma vida miserável, pra quê? Só para viver mais alguns meses?

— Sim — falo, com a voz em pânico. — Sim, pai, mais alguns meses. Meses que eu não tive com você. Meses que quero passar com você.

Seus olhos desgastados encontram os meus.

— Eu não quero ficar aqui em Londres, Rowan. Quero voltar para Corsekelly, para a minha casa, quero ficar com as pessoas que amo. E você também não pode ficar aqui. A cidade precisa de você. Sua mãe precisa do apoio da cidade.

— Mas... mas e o tempo que a gente perdeu? E...?

— Seja lá quanto tempo eu ainda tenho, é seu, Rowan.

— Quanto tempo? — pergunto, com a voz vacilando, minha garganta ficando apertada.

Ele fecha os olhos.

— Um mês... talvez.

— Um mês? — Quase engasgo com as palavras. — Quanto tempo se você fizer o tratamento?

— Três, talvez. Mas não é certeza, e não quero passar o resto dos meus dias entrando e saindo de um hospital, sendo bombardeado de quimioterapia. Quero ficar no lugar que amo, com as pessoas que amo.

Apoio a testa na mão e pisco para afastar as novas lágrimas que ameaçam cair. Como posso perdê-lo assim? Como vou me perdoar por ter deixado essa rixa durar tanto tempo? Por nunca ter falado com ele e deixado os anos de teimosia e orgulho para trás?

— Rowan. — Olho para ele. — Tudo vai ficar bem, rapaz. Tive uma vida muito bonita. Sou um homem abençoado, e mesmo que o nosso tempo seja curto, planejo aproveitar cada momento. — Ele pega minha mão. — Me leve de volta para Corsekelly. Por favor.

Pela segunda vez hoje, as lágrimas caem pelo meu rosto enquanto concordo com a cabeça. A esta altura, não há mais nada que eu possa fazer além de aproveitar os momentos que ainda me restam com ele.

Capítulo 20

BONNIE

Coração partido: *um... ainda.*

Número de vezes que vomitei de ansiedade: *três.*

Mensagens e ligações atendidas: *nenhuma.*

Quantidade de bolo que comi para mascarar meus sentimentos: *vamos apenas dizer que comi muito bolo de cereja esta semana.*

Hoje é o grande dia, e não sei se quero chorar, sorrir ou vomitar de novo.

Respire fundo.

Inspira pelo nariz, expira pela boca.

Vai dar tudo certo.

Inspira *um, dois, três*. Expira *um, dois, três.*

Controlando esta náusea ameaçadora, dou uma última olhada na cafeteria. Um minuto para abrir, e não estou me sentindo preparada — apesar de ter dado duro nos últimos dias.

Cozinhei, preparei bebidas, aprimorei cada detalhezinho da cafeteria e fiz questão recolher panfletos de todo mundo na cidade para promover todos os lugares especiais de Corsekelly para os turistas. Mesmo com tudo isso, ainda não me sinto preparada, e acho que sei por quê: não tenho meus dois suportes aqui comigo.

Não tive nenhuma notícia de Rowan nem de Dakota, e isso está pouco a pouco me corroendo. Minha única esperança é que eles apareçam hoje e me permitam me desculpar pessoalmente, e isso vai acabar em muitos abraços e as coisas voltando ao normal.

Meu celular vibra no bolso, e o pego depressa para ver o alarme que configurei para mim mesma. Dia da inauguração.

Respirando fundo mais uma vez, vou para a entrada, e estendendo as mãos trêmulas, abro a porta. Esperando ver alguns rostos sorridentes, abro um sorriso e saio, e sou recebida por… ninguém.

Meu sorriso some, meu coração afunda. Dou uma olhada pela rua, para a Trilha da Vaca Peluda, mas… nada. Nem uma alma viva.

Nem um amigo.

Nem um namorado.

Absolutamente ninguém.

Tento não ficar chateada, afinal, acabei de abrir, e ponho a placa de Aberto, escancarando a porta e voltando para dentro da cafeteria, onde tento me manter ocupada.

Fico me movendo pelo balcão, ajeitando as canetas pela décima vez hoje. Então checo para ver se tudo está abastecido, confirmo que há muitos pãezinhos amanteigados, bolinhos e bolos na vitrine. Checo os guardanapos para ter certeza de que não estão tortos. Tudo pronto, assim como já estava meia hora atrás.

As mesas estão limpas.

Tem flores frescas nos vasos.

As bebidas estão prontas para serem preparadas.

Não há mais nada que eu possa fazer.

Olho para o celular. Dez e meia.

Meu coração afunda.

Não acredito que ninguém apareceu. Mas, mais importante, não acredito que Rowan e Dakota não estejam aqui. Será que os magoei tanto assim para não aparecerem aqui por mim? Será que estão com tanta raiva a ponto de se recusarem a me apoiar?

Dakota e eu já brigamos antes, mas nunca nesse nível. Ela sabe muito bem que eu tenho trabalhado duro. Ela sabe muito bem o quanto isto é importante para mim. Será que não vai mesmo aparecer?

Me sentindo perturbada, me sento na cadeira atrás do balcão e fico balançando as pernas.

Por favor, não falhe.

Por favor, não falhe.

Não sei o que vai acontecer com a minha autoestima se isso não der certo, se eu falhar mais uma vez em fazer algo por mim mesma. Em fazer algo da vida.

O tempo passa.

Dez minutos.

Vinte.

Uma hora.

E ninguém.

Nem mesmo um ônibus turístico. Nem mesmo um cliente.

Vou me afundando cada vez mais na cadeira, lágrimas rolam pelo meu rosto e a depressão começa a tomar conta.

Quando o relógio bate uma da tarde, desmorono no chão e me apoio na parede, com o coração partido em milhares de pedaços.

Nem uma alma viva veio à loja.

Zero mensagens.

Zero ligações.

Não sei o que dói mais: o fato de Rowan e Dakota não terem aparecido ou o fato de eu ter falhado. Pego um fiapo na minha calça legging enquanto reflito. Sem dúvida, já sei o que dói mais.

Dakota e Rowan.

— Olá? — uma voz chama.

Merda.

Enxugo o rosto e me levanto do chão enquanto Leith vem até o balcão.

— Droga, desculpa por ter demorado tanto para vir. — Ele aponta para a porta. — Um ônibus turístico ficou preso numa vala nos arredores da cidade e a gente foi lá ajudar.

— A gente? — pergunto, assim que Lachlan passa pela porta, bufando.

— Ainda tem pãezinhos aí? — ele questiona em pânico.

— Arre, saia do caminho, Fergus — Shona diz ao entrar na cafeteria, seguida por Hamish, Alasdair e... Isla.

— Ainda tem pãezinhos! — Leith grita para a fila.

A pequena fila comemora e — Deus me acuda — começo a chorar feito um bebê.

A comunidade apareceu por mim. Pelo menos tem algumas pessoas lá fora que dão valor ao meu trabalho duro.

— Tudo bem, *lass*? — Leith pergunta.

Assinto e enxugo os olhos.

— Tudo, desculpa. — Respiro fundo. — É só que... ninguém apareceu, aí achei que...

— Pois é, a gente ficou com as pernas enfiadas na lama a manhã toda. Houve um deslizamento de terra nos arredores da cidade e um ônibus turístico ficou preso. Todos os outros ônibus tiveram que desviar o caminho por hoje, mas agora já nos lavamos e a estrada está livre. Vai por mim, eu já teria vindo mais cedo depois daquele pãozinho amanteigado de ontem. — Ele dá um tapinha no abdômen. — Podemos até ser *personal trainers*, mas a gente não liga de ter uns pãezinhos na barriga.

Ele dá uma piscadela, enquanto Lachlan passa o braço ao redor do pescoço do irmão.

— E a gente não vai devorar só os pãezinhos.

— Obrigada — digo, sorrindo através das lágrimas. — Vocês querem alguma coisa para beber também?

— Chá, por favor. Earl Grey. — Leith gesticula para uma das mesas. — Vou pegar uma mesa antes da Shona.

— Arre, é muito gentil da parte de vocês — Shona grita.

Todos eles riem, e eu também enquanto preparo os pedidos, passando os próximos instantes fazendo isso. Hamish acabou com os meus bolinhos de tattie, disse que ia levá-los para o pessoal que ajudou com a estrada.

Quando Isla chega ao balcão, só tenho dois pãezinhos sobrando e algumas fatias de bolo. Ela abre um sorriso gentil e estende o braço para pegar minha mão.

— Você fez um ótimo trabalho, Bonnie.

— Obrigada — respondo, retribuindo com um sorriso triste enquanto o elefante na sala quase sufoca todo o ar dos meus pulmões. — Como está a... Dakota?

Isla franze a testa.

— Como assim, "como está a Dakota?"? Achei que ela estava aqui com você.

O pânico faz meu peito ficar apertado.

— E eu achei que ela estava com você. A gente brigou, e eu supus que ela tivesse ido ficar com você nesses últimos dias.

Os olhos de Isla parecem perturbados agora enquanto ela balança a cabeça.

— Não, ela disse que precisava de um tempo para pensar. Eu achei... achei que ela estava com você.

— Ai, meu Deus. — Pego o celular às pressas e tento ligar. Como esperado, ela não atende. — Você ligou ou mandou mensagem para ela?

— Não, estava dando um tempo para ela. — Isla também pega o celular. — Devo ligar?

— Sim, veja se ela atende. — O pânico vira medo enquanto minha mente relembra as semanas depois que Isabella terminou com Dakota. Ela entrou numa depressão profunda, e levou um tempo para sair dessa. Houve algumas noites em que dormi na mesma cama que ela, só para que ela soubesse que eu a amava, que podia contar comigo, que valia muito mais do que a forma como Isabella a tratava.

Isla morde o lábio enquanto o celular chama. Prendo a respiração, aterrorizada. Dá para ouvir sua voz na caixa de mensagens, e meu estômago embrulha. Isla se volta para mim, com os olhos arregalados, e depois do sinal, ela diz:

— Oi, Dakota, sou eu. Sei que você quer um tempo, mas só estou checando para ver se está tudo bem. Me liga, por favor. — Ela desliga e se mexe no lugar. — O que a gente vai fazer?

Dou uma olhada na cafeteria.

— Vamos atrás dela. — Pigarreando, olho para os meus primeiros clientes. — Ei, pessoal, aconteceu um imprevisto e vou precisar fechar.

Leith levanta a cabeça, a meio caminho de comer um pãozinho amanteigado.

— Está tudo bem?

— Espero que sim. Odeio ter que mandar vocês embora, ainda mais porque apareceram para me apoiar, mas... se importariam de sair?

— Sem problema — Shona diz, juntando todo mundo e os empurrando para a porta.

Mas Leith fica para trás, e quando todo mundo já está fora do alcance, ele pergunta:

— Isso tem a ver com Rowan? Faz alguns dias que não temos notícias dele, e já que ele não apareceu aqui hoje e nem respondeu ao chamado de ajuda para o ônibus, imaginei que vocês dois ainda não tinham se acertado.

— Tipo, não... mas... você não teve notícias dele? — pergunto, ficando cada vez mais preocupada.

— Não, mas é normal de acontecer. Tem dias que ele fica assim sem querer ver ninguém. De vez em quando ele vai ficar lá no chalé da família ao norte. Se vocês dois brigaram, ele deve estar lá.

Ah.

Então... ele só está bravo.

— Tudo bem. — Pigarreio. — Bem, obrigada por me avisar.

Leith me dá um rápido aceno e sai da cafeteria.

Isla me para no balcão e pega minha mão.

— Por onde a gente começa?

Agarro o celular.

— Pelo rastreador do celular.

Abro o aplicativo e já vou logo clicando no nome de Dakota. Isla se inclina, e quando o aplicativo a rastreia, Isla assente ao meu lado.

— Badicaul. Sei onde é. Vamos. Eu dirijo.

— Quer conversar sobre o que aconteceu entre você e Rowan? — Isla pergunta enquanto vamos para o que parece uma praia em Badicaul, a noroeste de Corsekelly. Quando a rastreei pelo aplicativo, Isla me explicou que ela tinha falado sobre esse lugar com Dakota em um de seus encontros. Disse que acha que não havia nada perigoso por lá, nenhum penhasco ou algo do tipo, o que acalma meu coração, um pouquinho. Não que eu ache que Dakota vá se machucar, mas não sei qual é o estado mental dela a esta altura.

Olhando para fora da janela, observo as colinas verdes passarem enquanto balanço a cabeça.

— Na verdade, não. Acho que não tem muito o que conversar, para ser sincera. Já conversei sobre tudo isso com Leith.

— Ele falou que vai ficar tudo bem com Rowan?

— Por aí.

— Pode acreditar, ele tem razão.

Mordo a lateral da bochecha, tentando controlar as emoções. A esta altura, já cansei de chorar. Já derramei lágrimas demais.

— Mas, falando sério, mesmo se ele se acertar, será que o dano já não foi feito? — pergunto, com a mente acelerada de decepção. Será que eu o afastei por estar envolvida demais com meus próprios problemas, assim como fiz com Dakota?

— Será que o dano é tão feio assim que não dá para consertar?

— Não sei — sussurro enquanto seguimos por uma estrada de terra para a beira d'água.

O nervosismo faz cócegas na minha garganta, apertando minhas cordas vocais. Fazemos uma curva e o nosso MINI Cooper fica à vista, assim como Dakota, sentada no chão plano de frente para a costa. Ela está olhando para a água, com os joelhos encostados no peito.

— Ali está ela — Isla diz, com a voz aliviada.

Ao som do carro se aproximando, Dakota olha para trás, e dá para ver seus olhos devastados, avermelhados e fundos. Meu coração se contorce no peito, e antes que Isla possa estacionar, já estou tirando o cinto de segurança.

— Você se importaria de ficar no carro para eu conversar com ela primeiro?

— Sem problema — Isla responde, com olhos compreensivos.

— Obrigada.

Assim que estacionamos, desço do carro e vou na direção de Dakota, que se vira para o outro lado. Não faço ideia se o que vejo é um lago ou o oceano, mas seja lá o que for, é lindo.

Sem dizer nada, me sento ao lado dela e copio sua posição, levando os joelhos ao peito.

— Usou o aplicativo para encontrar meu celular? — ela indaga, com a voz fraca.

— Sim. Que bom que você ficou meio paranoica com essa coisa de me perder quando a gente decidiu se mudar para cá e me forçou a fazer o download do aplicativo, só por via das dúvidas.

— Que bom que foi útil.

Ela fica quieta, e eu permito o momento de silêncio pairar entre nós. De vez em quando a gente só precisa de um amigo ao nosso lado para acalmar a angústia no nosso peito antes que possamos falar sobre isso.

Depois de alguns minutos arrastados, eu a ouço fungar. Olho para o lado e a vejo enxugando os olhos. Suas lágrimas são como um soco no estômago. Dakota é bem durona emocionalmente, quase estoica às vezes, e só a vi chorar algumas poucas vezes. E hoje é uma dessas raras vezes.

Passo o braço ao redor dela quando o vento aumenta, deixando o clima mais fresco do que eu gostaria, e a puxo para perto. Ela vai logo descansando a cabeça no meu ombro e diz baixinho:

— Desculpa, Bonnie.

— Por que *você* está pedindo desculpa? — pergunto, confusa. — Fui eu que ferrei com tudo.

Ela balança a cabeça.

— Não, eu ferrei com tudo. Fiz você acreditar que era você que estava perdida, que precisava se encontrar, quando, na verdade, sou eu que estou perdida. — Sua voz fica apertada. — Não faço ideia de quem eu sou. Me perdi na Isabella, e acho que nunca me recuperei, mesmo que tenha fingido que sim.

— Ei. — Eu a aperto mais forte. — Os relacionamentos não definem a gente, Dakota, eles apenas ajudam a nos moldar nas pessoas que a gente deveria se tornar.

— E o que eu me tornei? — Ela enxuga o nariz. — Não tenho orgulho do que falei para você, de como agi, de como fui negligente quando não estive lá por você hoje, porque estava muito constrangida, com muita vergonha. Não tenho orgulho de quem eu sou quando estou com a Isla, e não é porque tem alguma coisa errada com ela. Ela é perfeita, na verdade, mas fica me lembrando da minha mente ferrada. Eu fico duvidando de tudo. E fico apavorada de que ela vá me julgar, me repreender, me dizer que não é assim que é uma lésbica e como devo me comportar depois de cada conversa que a gente tem. Ela é incrível pra caramba, e, sinceramente, acho que não estou saudável o suficiente para ter esse tipo de relacionamento.

— Um carinhoso? Porque eu acho que é exatamente disso que você precisa. Alguém para cuidar de você, para te fazer lembrar do quanto você é especial e de tudo o que tem a oferecer para o mundo.

— Eu não tenho nada a oferecer.

— Não é verdade, e vou dizer o motivo: porque a garota que está ali sentada no carro agora está morrendo de preocupação com você. Tem tanto amor nos olhos dela, Dakota. Durante toda a viagem para cá, ela ficou me falando o quanto gosta de você, o quanto você a faz feliz, e o quanto ela queria não ter te dado espaço porque está com medo de te perder. — Eu a aperto com mais força. — Você oferece muita coisa e não consegue nem enxergar isso.

Ela levanta a cabeça e enxuga as lágrimas.

— Ela te falou isso?

Assinto, ajudando-a a secar as lágrimas.

— Você pode estar se sentindo arrasada, mas não é assim que ela te enxerga, e nem eu. Vejo você como uma mulher forte, uma gay forte, que se conhece, mas tem medo de confiar na própria intuição. — Pressiono a mão no coração dela. — Esse aí é o seu caminho, o seu guia. Siga o seu coração, Dakota, e não deixe a sua mente dizer o contrário. Você tem valor, você é tudo para mim, para a Isla, e, sim, vai levar tempo para superar o dano que a Isabella causou em você, mas quer saber? Ela não te destruiu, garota... ela só te fez voltar para o armário. Está na hora de sair de lá de novo... com tudo, mas, tipo, do seu jeito...

— Já entendi. — Ela ri e suspira. — Meu Deus, Bonnie, não acredito que disse aquelas coisas para você. Me desculpa. De verdade.

— Me desculpa por ter contado a sua história para a Isla. Eu jamais deveria ter feito aquilo. Agora entendo como é importante, e acho que eu só estava tentando me agarrar a alguma coisa que te manteria por perto. Me senti deixada de lado, e fiquei com medo disso. Eu não queria te perder.

— Eu também me senti deixada de lado — ela admite. — Primeiro com a cafeteria e depois com Rowan. Me senti como se eles fossem mais importantes do que eu, mas em vez de falar com você sobre isso, acabei guardando tudo e escolhi algumas palavras dolorosas para atirar em você, mas eu não estava falando sério.

— Havia um quê de verdade nelas, mesmo que tenham doído. Tinha verdade, sim.

— Mas eu estou orgulhosa de você. — Ela me encara, cruzando as pernas. — Estou tão orgulhosa de você, Bonnie, e não acredito que perdi a inauguração. Foi egoísta da minha parte, errado e...

— Tudo bem. — E estou falando sério. Está tudo bem mesmo. Durante a viagem, eu não estava pensando na cafeteria. Estava pensando que poderia ter perdido minha amiga, meu suporte, a pessoa que esteve comigo em todos os altos e baixos da vida. Não posso perdê-la. — E estou falando sério mesmo. Está tudo bem, Dakota.

Ela me envolve com os braços e me puxa para um abraço.

— Você é muito especial, Bonnie, sabia? Não precisa descobrir o que fazer da vida, porque já é praticamente perfeita do jeitinho que é.

Abro um sorriso trêmulo junto ao seu ombro.

— Ah, se isso fosse suficiente.

Ela se afasta e ergue meu queixo.

— E deveria ser. O que foi que você me disse? "Os relacionamentos não definem a gente, eles apenas ajudam a nos moldar"? O mesmo vale para você. Um emprego, um relacionamento, onde você mora... tudo isso não te define. É como vivemos a vida, tratamos os outros e usufruímos cada momento. — Ela segura meu rosto. — Como agora, depois de tudo o que disse, você ainda está aqui, dando a cara a tapa, me dizendo que não importa o que falamos uma para a outra, nada pode nos separar.

— Nada. Você é a minha melhor amiga — digo, baixinho, enquanto as lágrimas surgem nos meus olhos.

— E você é a minha melhor amiga. — Ela me puxa para mais um abraço e, desta vez, eu a aperto um pouco mais, deixando o abraço familiar acalmar minha alma perturbada.

Depois de mais uns bons minutos de abraço, eu a ajudo a se levantar e chamo Isla. Ela vem hesitante, mas quando dou um empurrãozinho em Dakota para a direção dela, elas logo se abraçam. Dou um pouco de espaço para elas, mas não consigo evitar entreouvir a conversa enquanto olho na outra direção, observando as ondas quebrarem na areia escura.

— Fiquei tão preocupada — Isla diz. — Eu não queria te dar um tempo, mas senti que você estava precisando.

Dakota suspira baixinho.

— Eu não estou... tão saudável mentalmente assim. Isabella fez um estrago e tanto na minha confiança. Quero ser forte para você, Isla, mas ainda não sei como ser e não quero que você fique ressentida comigo por isso.

— Você não precisa ser forte para mim, só precisa ser honesta.

Me mexo de leve, me virando um pouco, porque, *meu bom Deus*, preciso mesmo ver o que está acontecendo. De canto do olho, vejo Isla segurando o rosto de Dakota.

— Estou muito apaixonada por você, Dakota, e sei que enfrentar os seus demônios vai ser uma jornada e tanto, mas não quero que faça isso sozinha. Me deixa estar ao seu lado para lutar contra eles.

Meu Deus, se Dakota não aceitar a Isla, acho que eu vou fazer isso. Ela só pode ter ganhado na loteria.

— Eu não quero que você passe por isso — Dakota responde com teimosia. Estou quase enfiando algum juízo naquela cabecinha quando a corajosa Isla ataca novamente.

— Mas é para isso que servem os relacionamentos: para se apoiar um no outro e guiar um ao outro pelos momentos bons... e os ruins. Você é muito mais do que aquilo que aconteceu com a Isabella. Esse foi só um pequeno obstáculo na estrada, e eu sei que a gente consegue passar por ele juntas, mas você tem que confiar em mim para te ajudar.

— E eu confio em você. Você me mostrou o que é o carinho num relacionamento. Me deu incentivo e força; apesar das minhas inseguranças, dá para ver o quanto você é querida. E o quanto foi importante o tipo de impacto benéfico e positivo que você teve na minha vida. Eu só... estou nervosa. Não quero ser um fardo.

— Você nunca vai ser um fardo para mim. — Isla a puxa para perto. — Você é uma bênção.

Pois é, aqui vem a enxurrada. Não tem nem como bancar a alheia agora. Eu me viro por completo e fico observando, enquanto Isla fecha a distância entre elas e encontra os lábios de Dakota. Olhe só para elas. A felicidade as envolve e brilha através de cada olhar e toque compartilhado. É tudo o que eu poderia pedir para a minha melhor amiga: felicidade.

Mas enquanto as observo se beijando, num abraço apertado, com as testas coladas e falando baixinho sobre o quanto gostam uma da outra, um pensamento invade minha mente: *Será que algum dia vou ter isso com Rowan?*

Depois do que Leith me contou, da ausência de Rowan, de sua raiva enquanto ele gritava para que eu fosse embora, meu palpite é de que provavelmente não.

E isso me deixa incrivelmente triste.

— Estou me sentindo bem esquisita aqui, sabiam? — digo para Dakota e Isla, que estão de mãos dadas e de frente para mim no Fergie, se beijando a cada dois segundos. Depois da nossa grande reconciliação, voltei para Corsekelly no MINI Cooper para que Isla e Dakota pudessem voltar juntas. Não me importei... minha cabeça começou a girar com pensamentos sobre Rowan.

Antes de voltarmos, peguei o celular e mandei algumas mensagens para ele, torcendo para que fossem respondidas, já que hoje era para ter sido o grande dia, mas quando estacionamos os carros, e eu chequei o celular, não havia nada.

Isso está me deixando com um humor esquisito, e ficar sentada de frente para duas pombinhas recém-reconciliadas está me deixando ainda mais triste que antes.

— Acho que já vou indo.

— O quê? Não, fica — Dakota pede. — Não quero que você fique se sentindo esquisita perto da gente.

— Eu não me sinto esquisita perto de vocês. É só que... estou me sentindo um pouquinho triste com toda essa coisa com Rowan, e não quero ser uma estraga-prazeres. Além do mais, vocês duas precisam de um tempo juntas.

— Eu quero passar um tempo com você também — Dakota diz, e dá para ver a indecisão no seu rosto, tentando equilibrar uma amizade e um relacionamento ao mesmo tempo.

Sorrindo para ela, estendo o braço sobre a mesa e pego sua mão.

— Vamos ter muitas oportunidades para passarmos tempo juntas. Só me prometa uma noite nesta semana, está bem?

— Prometo. — Ela retribui o sorriso.

Me viro para Isla.

— Obrigada por cuidar da minha melhor amiga. Muito obrigada mesmo.

— Isso significa muito para mim.

Trocamos um rápido abraço antes de eu ir embora do bar e voltar para o chalé. Sei que tem bolo guardado na cozinha, e tenho um forte pressentimento de que estou prestes a comer tudo. A cidade está quieta, a maior parte do barulho e da atividade vem do bar, com algumas pessoas aqui e ali. Respiro fundo, saboreando a brisa fresca que vem do lago. Nunca imaginei que me apaixonaria por uma cidade, mas aqui estou, louquinha por Corsekelly, e mesmo assim... nada parece estar nos eixos.

Nada tem parecido estar nos eixos desde a minha briga com Rowan. É como se aquela discussão tivesse aberto um buraco oco dentro de mim e eu esteja tentando preenchê-lo com o que posso, mas não está funcionando. Nada funciona.

Estou... triste de verdade. E acho que não é por ele não ter aparecido hoje. E acho que não é por ele não estar me ligando.

Acho que é porque conquistei alguma coisa. Provei meu valor, criei uma sensação, dei vida a alguma coisa, e a pessoa com a qual eu queria dividir tudo isso não me liga de volta e nem responde minhas mensagens, e é tudo culpa minha.

Acho que é porque me apaixonei, pela primeira vez na vida, e o homem por quem me apaixonei não retribui esse amor.

E isso é mais doloroso do que qualquer outra coisa.

Mordo o lábio enquanto vagueio pela cidade, a magia da rua pavimentada de pedra perdendo um pouco do seu brilho. Tudo parece ter ficado desbotado ao meu redor, e sei que é porque amo Rowan. Eu o amo tanto, e se ele não retribui esse amor, então como vou ficar aqui, na menor cidade em que já estive, e agir como se tudo estivesse bem?

Para minha surpresa, eu não falhei no trabalho desta vez, eu prosperei.

Mas o fracasso ainda pesa o meu coração.

O estalo de um galho chama minha atenção para um vulto que está passando.

Espere.

Aquele é...

Aquele é Rowan?

Ele voltou para casa? E não me avisou?

Vou correndo me esconder na esquina do Mercado do Moinho e fico observando, com os olhos fixos nele enquanto meu coração cai num poço de desespero. Não acredito que ele não me avisou que estava aqui. Mas é tudo culpa minha. Eu fiquei insistindo com ele e o afastei.

Quando ele entra no bar, cogito voltar para o chalé, mas me dou conta de que só vou ficar chorando na cama, então escolho ir para a cafeteria. Ao me aproximar, acabo tendo que piscar mais algumas vezes. Finella está parada à porta. Ela parece atordoada, com as mãos no peito e boquiaberta. Outro galho estala, desta vez debaixo do meu pé, e ela se sobressalta, e seus olhos encontram os meus.

Ai, Deus.

Ela voltou para casa mais cedo.

Eu não estava preparada para o seu retorno.

Será que ela odiou o que eu fiz?

Não tive a chance de prepará-la.

Pigarreio.

— Você voltou das férias, Finella. Achei que ficaria fora por seis meses.

— Era esse o plano, mas Stuart quis voltar.

— Ah. — Torço as mãos.

Ela se vira para a cafeteria e então volta a olhar para mim. Engulo em seco, imaginando se ela gostou das mudanças ou se está desejando nunca ter trazido Dakota e eu para cá.

— Shona me falou que você vem trabalhando duro, Bonnie, mas eu não estava esperando algo assim. — Ela balança a cabeça em descrença. — Isto aqui é mais do que trabalho duro, é uma transformação completa.

— Você... gostou? — pergunto, com o coração batendo forte por tantas razões agora.

— Eu amei.

O alívio toma conta de mim quando ela se aproxima e me puxa para um abraço.

— Obrigada — sussurra.

É a gota d'água. Eu a envolvo com os braços e começo a soluçar no seu ombro.

Rowan.

Casa.

Seu silêncio completo e absoluto.

A sensação de já não pertencer a este lugar.

Experimentar o sucesso, mas ter esse mesmo sucesso ofuscado pelas minhas próprias falhas.

Tudo desmorona. Ela me abraça apertado, e esse parece o abraço há muito perdido da minha mãe, que já faz tantos anos que não recebo.

— Shh — ela diz, acariciando meu cabelo. — Está tudo bem, *lass*.

— Desculpa — peço, tentando controlar minhas emoções, mas falhando miseravelmente. Me afastando, enxugo as lágrimas e respiro fundo. — Tudo bem, me desculpa por isso.

Com a cabeça inclinada, ela me analisa.

— Quanto a Rowan...

Prendo a respiração.

— Por favor, Finella, não estou a fim de falar sobre isso. Que tal eu só te mostrar a cafeteria, deixar você familiarizada com tudo? Fizemos algumas mudanças.

— Está bem, querida — ela aceita, resignada.

Pela próxima meia hora, mostro a cafeteria para Finella, ouvindo sua apreciação pelas fotos das vacas peludas. Ela fica louca pelas novas mesas e saboreia cada pedacinho do pãozinho amanteigado que ofereci. Está grata por tudo que mostrei, mesmo as pequenas coisas, como o piso lavado. E apesar da empolgação contagiante dela, não me sinto assim. Só consigo sentir que o fim se aproxima.

Meu trabalho aqui está feito.

Dakota está feliz.

Finella está maravilhada.

Não há mais nada para me manter aqui, ainda mais se Rowan tiver seguido em frente. Só tem uma coisa que me falta fazer, e é... ligar para os meus pais.

Está na hora de voltar para casa.

Capítulo 21

ROWAN

Fios a que estou me agarrando: *três, só tem três fios restantes.*

Quantidade de vezes que chorei desde que descobri sobre o meu pai: *cinco. E posso lembrar muito bem de cada uma delas, como se estivesse vivenciando-as de novo.*

Conversas com meu pai desde que descobri sobre o câncer: *mais do que posso contar.*

E isso já vale mais do que todas as dificuldades que sofri pelo caminho.

— Quer se sentar? — pergunto para Sorcha, a nova enfermeira do meu pai, completamente apavorado com esta conversa.

— Obrigada. — Nós dois nos sentamos à mesa nos fundos do bar.

— Não tem muita opção de comida por aqui, mas recomendo o peixe com batatas.

— Por mim está ótimo. — Ela abre um sorriso gentil e põe uma mecha de cabelo ruivo atrás da orelha.

— Quer beber alguma coisa?

— Água está bom para mim.

Assinto.

— Você se importa se eu pedir cerveja? Vou precisar de uma para ter essa conversa.

— Sem problemas.

— Já volto. — Vou rápido até o balcão e faço o pedido de peixe com batatas e uma cerveja para mim, que Hamish serve depressa, junto com o copo de água para Sorcha. Quando volto para a mesa, entrego a água de Sorcha e me sento, levando o copo de cerveja aos lábios e tomando um gole demorado.

Quando ponho a cerveja na mesa, Sorcha me olha nos olhos.

— Como você está se sentindo, Rowan?

— Meu pai está morrendo. Já estive melhor.

— Você já aceitou essa realidade? — ela pergunta, baixinho.

— Não. — Balanço a cabeça. — Mas ele já.

— É verdade. — Sorcha assente.

Tomo outro gole de cerveja.

— Então, o que devemos esperar?

— Você vai direto ao ponto, hein?

Assinto.

— Não tem por que enrolar.

— Tudo bem. — Sorcha enfia a mão na bolsa e tira um envelope do provedor de cuidados paliativos que escolhemos para tornar os últimos dias do meu pai mais fáceis e menos dolorosos possíveis.

O médico do meu pai foi fundamental para conseguirmos a cuidadora que ficará com minha mãe e meu pai nos últimos dias dele. Já dá para dizer que ela é uma mulher gentil e doce, alguém que estará lá a cada etapa do percurso.

Sei que vamos precisar disso.

— Bom dia — cumprimento, entrando na casa dos meus pais. Sorcha já está aqui, tomando conta do meu pai e se certificando de que ele esteja confortável na cama de hospital que montamos na sala. As grandes janelas têm vista para o lago, deixando entrar uma brisa leve e fresca, e era o que meu pai queria.

— Oi, bom dia — meu pai responde, sentando-se na cama e indo para a beirada. Sua mobilidade está boa. Ele consegue se locomover pelo andar principal da casa com o andador, mas se formos mais longe, precisa da cadeira de rodas.

Minha mãe vem para a sala, toda vestida e pronta para o dia.

— Você veio aqui para pegar a lista do mercado, Rowan?

Assinto.

— Isso. Vou dar uma passada lá no Mercado do Moinho e aí volto para ajudar a Sorcha, como eu disse.

— Obrigada — minha mãe diz. — Vou dar uma corrida lá em Kyle para pegar as receitas de remédios e algumas outras coisinhas. Você precisa de alguma coisa, Sorcha?

Ela balança a cabeça.

— Já tenho tudo aqui.

Minha mãe me entrega a lista e diz rápido:

— Não demore muito.

— Pode deixar. — Com a lista em mãos, vou até a cama do meu pai, dou um rápido beijo no topo de sua cabeça e saio.

Em geral, eu iria andando, mas dadas as circunstâncias, entro na caminhonete e dirijo pela curta distância da cidade e estaciono em frente ao Mercado do Moinho. Quando entro, pego um carrinho e vou direto para a seção de hortifruti, de olho na lista.

Maçãs.

Preciso de maçãs e...

Bam.

A alça do carrinho bate na minha barriga e eu ergo a cabeça e vejo uma Bonnie de olhos arregalados, olhando fixo para mim, nossos carrinhos perpendiculares um ao outro.

Droga.

Quando foi a última vez que a vi? Pensei nela? Retornei alguma ligação ou mensagem?

A resposta para a última pergunta é: nunca.

Vivia pensando nela, antes de o meu pai ocupar minha mente.

Da última vez que a vi... eu a mandei embora.

Fiquei furioso naquele dia, descontei nela e a expulsei da minha vida.

— Desculpa — ela pede, tentando sair do meu caminho. — Não estava prestando atenção.

— Não foi nada. Me... desculpa.

— Acho que nós dois estávamos com a cabeça em outro lugar — ela diz, com a voz vacilante. — Muito bem, acho que já vou indo.

— Bonnie...

— Te vejo por aí. — Ela acena rápido e vai depressa na direção do caixa. Após uma breve conversa com Shona, ela abandona o carrinho e sai do mercado.

Porra.

Arrasto a mão pelo rosto.

O que foi que eu fiz?

E então a ficha cai.

Vou logo tirando o celular do bolso e dando uma olhada na data.

— Porra — murmuro, puxando o cabelo até que a dor irradia do crânio. — Porra. — Aperto os olhos.

Eu perdi.

Eu perdi a droga da inauguração dela.

Não só ferrei com o que tínhamos com aquela demonstração de fúria, como também quebrei uma promessa que significava tudo para ela.

— Está tudo bem aí? — Shona pergunta, aparecendo ao meu lado. — Ficar xingando no meio do mercado é motivo de preocupação.

— Desculpa. — Enfio o celular de volta no bolso. — Só me dei conta de que perdi uma coisa.

— Pois é, a reabertura do Café das Vacas Peludas.

— Como você sabe?

— Só intuição. — Ela balança nos calcanhares. — Eu fui, mas só à tarde. Ninguém apareceu antes disso.

— Por quê?

— Um ônibus turístico ficou preso, aí tivemos que ir ajudar. Ninguém foi na abertura. Isla me contou que Bonnie ficou arrasada. — Meu estômago embrulha. — Não culpe a garota por querer voltar para casa, ela passou por maus bocados, com aquela briga com Dakota, perder você, a cafeteria... e agora que a sua mãe está de volta...

— Espera. — Levanto a mão. — Como assim, voltar para casa? Para o chalé?

— Não — Shona diz, com a testa franzida. — Voltar para os Estados Unidos. — *Para a droga dos Estados Unidos?* — Ela vai embora na terça. Que bom que ela conseguiu se reconciliar com Dakota antes de ir. Acho que Dakota queria ir com ela, mas Bonnie falou para ela ficar com Isla e ajudar sua mãe no café. Hoje de manhã, Finella tentou convencê-la a ficar, mas acho que o coração dela está partido. — Shona me olha de cima a baixo. — Graças a você.

Porra.

Ela vai voltar para casa?

Eu... eu não... porra, ela não pode voltar.

— Minha mãe falou com ela hoje? — pergunto, com a garganta ficando apertada.

Shona assente.

— Bonnie acordou cedo para cozinhar, se preparar para o dia e ensinar tudo o que ela sabe para Dakota. Não sei quanto tempo isso vai durar. Dakota não parece gostar muito de cozinhar, mas está fazendo o que pode. — Ela balança a cabeça. — É uma pena que não tenha dado certo para vocês dois. Bonnie era perfeita para você. Perfeita para esta cidade.

Mordo a parte interna da bochecha, tentando entender tudo o que Shona está me dizendo.

— Aliás... precisa de alguma coisa? — Shona pergunta, seu olhar duro ao me encarar.

Balanço a cabeça.

— Bem, se precisar, sabe onde me encontrar.

Assobiando, ela vai andando casualmente para o caixa, enquanto minha mente fica dando voltas. Dou uma olhada nela, e um sorriso se alarga no seu rosto envelhecido. Que conveniente, percebo, minha mãe ter me mandado para o Mercado do Moinho justo agora.

Minha mãe tentou falar comigo sobre a Bonnie, mas a ignorei todas as vezes, incapaz até de pensar na dor que causei a ela. Cada mensagem, cada ligação... ignorei tudo porque não sabia o que dizer para ela.

E ainda não sei.

Já nem sei se tem alguma coisa a ser dita a esta altura.

Ela vai voltar para casa.

É óbvio que ela está de saco cheio de mim, e não a culpo. Não dei nenhuma esperança a ela.

— Acho que vai chover — digo, enquanto ajudo meu pai a descer da caminhonete e se sentar na cadeira de rodas.

— Deixe que chova. — Ele olha para mim. — Isso significa que Callum está aqui com a gente, não é?

Sorrio de leve.

— Acho que sim. — Indo para trás dele, empurro a cadeira de rodas até o chalé e pergunto: — Por que você quis vir aqui?

Ele levanta a mão para me parar.

— Não quero ir à sua casa. Quero ir ali. — Ele aponta para o meu galpão.

— Pai...

— Não discuta comigo. Me leve para o seu galpão.

Com um suspiro pesado, eu o levo para o galpão, abro bem as portas duplas e o empurro para dentro. Fico olhando, um pouco nervoso, enquanto ele observa tudo, com as mãos cruzadas no colo. Seus olhos vão para as prateleiras, pousam primeiro nos meus trabalhos finalizados, que estão prontos para serem levados para alguma casa, mas não têm para onde ir. Então seus olhos vão para os fundos, onde faço a secagem dos projetos. Aquelas prateleiras estão vazias. E depois ele observa meu local de trabalho. Bagunçado, com respingos de argila para todo lado, é o lugar de criação. A pergunta que não quer calar: será que meu pai enxerga dessa forma?

Prendo a respiração ao observá-lo. Tento avaliar sua reação, tento entender o que está se passando pela sua cabeça. Quando seus olhos se voltam para meus projetos finalizados, os cantos de sua boca se erguem bastante.

— Aquela caneca. — Ele aponta para uma na beirada da prateleira, já esmaltada e saída do forno. — Traz ela para mim.

É claro que ele ia escolher aquela caneca.

Estendo o braço para a prateleira, pego a caneca e a entrego para ele. Com as mãos trêmulas, ele a examina. Seus dedos deslizam pela alça, o emblema de vaca peluda, o formato perfeito que fiz para Bonnie. Ele olha o fundo.

— Você não assina o seu trabalho?

Dou de ombros.

— Não é como se eu fosse fazer alguma coisa com isso.

— Por minha causa — ele diz, baixinho.

— Porque eu fiquei com medo de fazer alguma coisa que fosse trazer mais dor para a família. — Me recosto na parede. — Tenho tantos arrependimentos, pai, mas ter deixado a olaria de lado, no fundo, não é um deles. Por um tempo, achei que fosse. Achei que era para eu fazer alguma coisa com minhas próprias mãos através do meu passatempo. — Balanço a cabeça. — Agora me dou conta do quanto isso é boçal. Eu deveria ter focado em você. Na mamãe. Na nossa reconciliação.

— Nós dois deveríamos ter feito isso. Você não é culpado pela ruptura. Eu não tornei as coisas fáceis para você. E te afastei quando deveria ter te mantido perto.

— Parece que puxei isso de você — falo, baixinho, olhando para as árvores frondosas que cercam o chalé.

— Como assim?

— Bonnie — solto com um suspiro. — A gente estava saindo antes de eu ir para Londres. No dia em que você e a mamãe me contaram sobre… o seu câncer, eu encontrei Bonnie bem aqui, no meu galpão, vendo tudo que eu sempre escondi. Sinceramente, não consigo me lembrar do que disse para ela. Acho que bloqueei essa lembrança. Só me recordo de ter dito para ela ir embora e da expressão horrorizada dela. Desde então não falo com ela e ignorei suas tentativas de entrar em contato comigo.

Ele assente devagar e olha para a caneca.

— Você a ama?

Não preciso nem pensar sobre isso. A resposta é clara como o dia para mim, mesmo através da névoa da doença do meu pai.

— Amo. É a primeira vez que amo alguém assim.

— E você quer que seja a última vez?

Estendo os braços e agarro o topo do batente da porta.

— É, quero, mas acho que já não é uma opção. Ela vai voltar para os Estados Unidos na terça.

— Terça? — Assinto. — Isso significa que você ainda tem hoje. — Ele sorri.

— Pai, eu não posso…

— Qual é o seu maior arrependimento além de mim?

Desvio o olhar.

— Minha briga com a Bonnie.

— Então, o que está te impedindo? O seu orgulho teimoso? Não deixe que um traço de personalidade que você herdou de mim te impeça de conquistar o que deseja. Você a ama, não é?

— Amo.

— Então seja o homem que sei que criei. Peça desculpas, implore para que ela fique. Se teve uma coisa que notei quando a gente falou ao telefone foi a paixão que você sente por essa garota. A mesma paixão que sinto pela sua mãe. É o amor para a vida, Rowan. Não seja idiota a ponto de jogar isso fora.

— Mas, pai, eu deveria focar em você.

Ele semicerra os olhos.

— Eu e você estamos bem onde deveríamos estar. Entende? A melhor coisa que você pode fazer por mim, nestes últimos dias que tenho de vida, é se certificar de que eu parta sabendo que você está cuidando da sua mãe, que é um homem desta cidade e que está feliz. E eu quero dizer completamente feliz. Será que Bonnie pode te dar esse tipo de felicidade?

— Ela é a única coisa que consegue levar embora a dor e me trazer felicidade.

— Então o que raios você está fazendo aqui, conversando comigo, seu imbecil? Vá atrás dela.

— Simples assim? Ir atrás dela e pedir desculpas?

— É. Ajuda se você também tiver uma oferta de paz.

Dou uma olhada na caneca nas mãos dele.

— Na verdade, fiz essa caneca para ela.

Ele sorri.

— Vai servir muito bem. — Ele a ergue e eu a pego dele. Vou para trás da cadeira de rodas, mas ele me impede com a mão no meu braço. — Venha aqui, Rowan.

Me agacho na frente dele, e ele põe a mão no meu ombro, me dando um aperto fraco. Sei que é tudo o que consegue, mas é suficiente para mim, e ponho a mão sobre a dele.

— Preciso te falar uma coisa que eu deveria ter dito anos atrás. — Sua voz fica embargada e ele tosse algumas vezes antes de se estabilizar e me encarar. — Seu talento... está além de qualquer coisa que já vi. Isto aqui — ele gesticula pelo galpão — é o que você deveria estar fazendo, e eu deveria ter feito você perceber isso. Me desculpa, Rowan.

— Pai, por favor, não precisa se desculpar.

— Preciso, sim. Quero que saiba que me envergonho pelo meu comportamento, e eu ficaria honrado… — Sua voz falha, e minha garganta fica apertada. — E eu ficaria honrado se você fizesse a minha urna.

— Pai… — Lágrimas enchem meus olhos. — Eu não posso…

— Faça isso por mim, Rowan. Por favor. Faça a minha urna. Significaria muito para mim. — Ele aperta meu ombro. — Por favor.

Enxugando uma lágrima do olho, assinto.

— Seria uma honra, pai.

Capítulo 22

BONNIE

Fatias de bolo consumidas: *um bolo Dundee inteiro, cortesia da Isla.*

Bolinhos de tattie consumidos: *dois; um estava queimado, cortesia da Dakota.*

Massa de bolo consumida: *pelo menos uma xícara, cortesia dos meus dedos, que não paravam de se lambuzar. Não se preocupe, usei a massa para o meu próprio bolo. O que me leva a...*

Bolo de caixa consumido: *Uma metade minúscula de um, graças aos meus dedos lambuzados.*

Tudo isso porque vou voltar para casa sem a minha melhor amiga e com uma coisa nova: um coração partido.

— Tem certeza de que quer fazer isso? — Dakota pergunta enquanto limpa o balcão da cafeteria, meu voo para casa amanhã pairando sobre mim.

— Não, mas acho que é o que tenho que fazer. Não posso ficar aqui. Não agora que Rowan está de volta. É doloroso demais.

— Mas você não consegue ver o que está fazendo, Bonnie? — Dakota gesticula para a cafeteria agora vazia, mas que ficou cheia o dia todo. — Isso aqui virou uma sensação, graças a você. Você criou um ambiente, não só para os turistas, mas para o pessoal daqui também. Você viu Hamish e Alasdair, eles ficaram uma hora aqui, só conversando e curtindo uns bolinhos de tattie. Você deu vida nova para este lugar. — Dakota chacoalha meus ombros. — Você, Bonnie. Você fez isso. E mais ninguém.

— Eu tive ajuda — digo, corando, enquanto me permito um momento para me orgulhar daquilo que criei. Dou uma olhada na cafeteria, com o coração todo dedicado a esta loja.

Se encontre na Escócia.

E eu me encontrei… e muito mais que isso.

— Você teve ajuda, mas a gente só estava executando a sua ideia. O sucesso da cafeteria é graças a você. E agora vai simplesmente deixar isso para trás?

— Você conseguiria ficar aqui se a Isla não estivesse falando com você?

— Eu pelo menos iria tentar falar com ela antes de ir embora. Por que não fala com ele?

— E dizer o quê? — Jogo meu pano na cesta de roupa suja que guardamos debaixo do balcão.

— Um pedido de desculpa?

— Já tentei fazer isso. Você deveria ter visto a cara que ele fez lá no Mercado do Moinho. Não havia nada lá além do desejo de dar o fora o quanto antes. — Dou a volta pelo balcão e começo a levantar as cadeiras e colocá-las sobre as mesas. — Não tem clima para eu ficar aqui.

— Então você vai voltar para a casa… dos seus pais? — Dakota vem atrás de mim, mas não ajuda.

— Vou, mal posso esperar para ouvi-los falando "eu te avisei" várias vezes, todos os dias, até eles morrerem.

— Tem que haver alguma coisa que a gente possa fazer, Bonnie. Talvez você possa encontrar alguma cidade por aí.

— E fazer o quê? Trabalhar? Na certa vou precisar de algum tipo de visto de trabalho para isso, e acho que eles não vão dar um para alguém que veio aqui só para trabalhar numa cafeteria. Aceite, Dakota, eu vou voltar para a Califórnia, e não tem nada que eu possa fazer quanto a isso.

Terminei com as cadeiras e comecei a voltar para o balcão quando Dakota me impede.

— Eu vou com você, a gente pode pensar em alguma coisa.

— Já passamos por isso. Você não vai voltar comigo, não quando tem a Isla aqui.

— Você não pode voltar para os seus pais, isso vai te deixar infeliz.

— Não tão infeliz quanto me sinto aqui, vendo Rowan o tempo todo, trabalhando para a mãe dele.

Dakota desvia o olhar para o lado.

— Mas você ama trabalhar aqui.

Volto para o balcão e subo nele para que possa examinar o espaço mais uma vez. O arrependimento me preenche. Não quero deixar isto aqui, nem um pouquinho, não quando sinto que encontrei meu propósito, aquilo em que sou boa.

— É, eu sei. Hoje foi incrível com todos aqueles ônibus turísticos passando aqui. Não consigo acreditar que esgotou tudo ao meio-dia. Bem o tipo de despedida de que eu estava precisando.

Dakota fica quieta por um instante, e então se vira para mim, com uma expressão séria no rosto.

— O que vou fazer sem você, Bonnie? Mal consigo me controlar perto da Isla. Eu preciso de você aqui.

— Você não precisa de mim. É muito mais forte do que imagina, e quando se sentir fraca, Isla está aqui para te levantar. Acho que não conseguiria ter escolhido alguém melhor para você. Ela é perfeita, e quando vocês duas se casarem, um dia, porque eu sei que vai rolar, e vocês estiverem de mãos dadas, as duas usando um lindo vestido branco que esvoaça com a brisa, aí vou me lembrar do dia em que você me mostrou o anúncio para duas vagas numa cafeteria e vou saber que foi a melhor decisão que a gente já tomou.

— Mas você vai embora, como pode ter sido a melhor decisão para você?

Sorrio.

— Porque vou embora me sentindo confiante, e já faz um bom tempo que eu não me sentia assim. Vou embora sabendo que fiz uma mudança, sabendo que eu te ajudei, ajudei Finella e Stuart, e pode ser que até tenha ajudado esta cidade. Também vou embora sabendo muito bem como é amar uma pessoa. Sou uma mulher transformada, Dakota. Você tinha razão: eu precisava me encontrar, e a Escócia pode ter sido o lugar para isso. — Sorrio para mim mesma, com lágrimas brotando nos olhos. — Eu me encontrei, e isso vai me ajudar a superar a dor que é perder Rowan. — Pelo menos, é o que espero, porque vai levar um bom tempo para me livrar deste buraco ardente e doloroso no peito.

— Não vou dizer que estou feliz com a sua partida, mas estou orgulhosa de você. Criou um lugar extremamente aconchegante para a cidade e para os turistas. Tenho muito orgulho de você, Bonnie.

— Obrigada.

— E, sério, sei que está magoada agora, mas acredito na sua força para superar Rowan. Sabe como é... se você quiser ficar e dar uma chance.

Rio baixinho e balanço a cabeça.

— Agradeço o incentivo, mas acho que seria demais para mim. Além do mais, Finella me deu o e-mail dela e disse para usá-la como referência. Para os trabalhos futuros. Não sei bem o que vou fazer, mas pelo menos vou ter uma ajudinha.

— É mesmo. — Dakota me envolve com os braços. — Vou sentir saudade.

— Também vou sentir saudade, mas é melhor assim. Falando sério, eu não conseguiria ficar aqui mesmo se quisesse. Agora sei muito bem o que é um coração partido. — Solto um suspiro trêmulo. — Não quero mais falar sobre isso. Que tal a gente comer um bolinho uma última vez?

— E tem algum sobrando?

Eu a cutuco de brincadeira.

— Claro que surrupiei um dos bolos de cereja. Você vai ficar desfalcada amanhã.

— Que maravilha, só porque tive que dar tudo de mim para fazer esses bolos.

Nós duas rimos, descemos do balcão e pegamos o bolo do meu esconderijo no armário.

Abro a embalagem.

— Na minha cabeça, cada uma pega metade, mas que tal a gente ir pegando até chegar na metade?

Dakota alcança os pratos.

— Vamos simplesmente fazer assim. Parte na metade e põe em cada prato.

— E é por isso que eu te amo.

Depois de cortar o bolo bem no meio, sirvo a metade para cada uma, e nós duas nos debruçamos no balcão. Brindamos com os garfos e atacamos, bem quando a porta da cafeteria se abre.

Nossas cabeças se voltam para a entrada quando Rowan surge, fechando a porta ao passar. Seu cabelo está arrumado, a camisa de botão abraça seu torço e a calça jeans está agarrada às suas coxas com as bainhas enroladas, deixando espaço para as suas clássicas botas. Minha respiração fica presa no peito à mera visão dele, e me dou conta de uma coisa: não só que eu o amo, mas também não sei se vou conseguir superá-lo algum dia.

— Rowan — digo, parecendo uma idiota sem fôlego. — O que você está fazendo aqui?

— Posso entrar?

— Hum, Dakota e eu estamos tendo uma noite das garotas.

— Não vai demorar. — Ele atravessa a cafeteria, aquela atitude teimosa e rabugenta pela qual me apaixonei em plena exibição enquanto ele se inclina sobre o balcão.

— Você é surdo? Eu disse que estamos tendo uma noite de garotas.

— E eu falei que não vai demorar, mas se você ficar me fazendo repetir as coisas, vai levar mais tempo.

— Você veio aqui para bancar o babaca, e se é esse o caso... — Bato palmas devagar. — Está fazendo um bom trabalho.

— Ah, então continua sarcástica.

— Não dá para perder o sarcasmo em uma semana. Leva tempo para tirar isso de uma pessoa. Você pode ter partido o meu coração, mas não partiu o meu espírito.

Seus olhos suavizam enquanto Dakota sussurra:

— Ah, boa.

— Obrigada — sussurro em resposta, tapando a boca. — Pareceu uma resposta à altura.

— Foi ótima — Dakota diz, subindo no balcão para se sentar e aproveitar o show.

Rowan coça a lateral do queixo, olhando para nós.

— A audiência vai ficar aqui durante toda a conversa?

Me viro para Dakota.

— Ele quer saber se você vai ficar.

— Não estou a fim de sair. Gosto de quando ele está pouco à vontade.

— Não estou pouco à vontade — ele retruca, dando de ombros. — Só me preparando para mais comentários desagradáveis.

— Fala para ele que ele é um babaca.

— Ela já me chamou assim. — Ele parece mais arrogante do que nunca. Não faço ideia do que ele está querendo agora, mas não está me deixando triste... está me deixando com raiva.

— Eu não estava falando com você — Dakota sibila para ele. Ela gesticula para Rowan enquanto fala comigo. — Vai, fala para ele.

Cruzo os braços.

— Dakota e eu queremos que você esteja ciente do nosso desprezo com relação a você. Já conversamos e concordamos que você tem um micro bilau.

— É, bom saber. — Ele não se incomoda. — Enquanto você fica aí agindo feito criança, eu gostaria de ter uma conversa de adulto.

— Agindo feito criança? — Estou prestes a gritar. — É você que veio como um louco para cima de mim só porque abri o seu galpão. Mandando a real: eu só estava querendo dar mais uma olhada na sua lavadora de alta pressão, não queria invadir a sua privacidade. Caramba, parecia até que eu tinha encontrado a sua coleção de mamilos retorcidos ou algo assim.

— Pelo que ouvi, a reação foi exagerada — Dakota diz.

— Foi mesmo — ele concorda. — Não foi nada justo. Eu descontei toda a minha raiva acumulada na Bonnie quando deveria ter buscado apoio nela.

Apoio?

Por quê?

— Aconteceu alguma coisa? — pergunto.

Ele se afasta do balcão e vai para a porta, abrindo um pouquinho e erguendo uma sacola de papel, que parece que tinha deixado do lado de fora. Confusa, eu o observo se aproximar e levantar a sacola para mim.

— Fiz isto aqui para você antes de eu ser um egoísta e perder a cabeça. Seria legal se você levasse.

Ah... um presente de despedida.

Hum.

Por que será que achei, e até desejei, que ele fosse implorar para eu ficar?

Pego o presente.

— Bem, obrigada. Vou fazer questão de mandar um cartão de agradecimento. — Gesticulo para a porta. — Se você nos der licença, vamos comer bolo aqui.

— Abra o presente, Bonnie.

— Acho que vou guardar como surpresa para depois.

— Abra.

— Acho que ele quer que você abra — Dakota sussurra.

— Eu já sei o que ele quer — sibilo. — Tá bom, vou abrir. — Rasgo o laço do presente e o deixo cair no chão, enquanto enfio a mão dentro da sacola e pego um objeto redondo. Eu o tiro de lá e minha respiração fica presa no peito ao observar a linda caneca feita à mão. Coberta com esmalte branco e com cor-de-rosa escorrendo da parte de cima até o fundo, é toda salpicada e linda, com… ai, meu Deus, aquilo ali é uma vaca peluda estampada no lado?

— Queria te dar uma coisa que te fizesse lembrar de tudo o que você conquistou. De tudo o que fez por esta cidade… pela minha família — ele acrescenta, baixinho, e aquele macho alfa confiante que invadiu a cafeteria vai logo se transformando num ser humano tímido.

— É… linda, Rowan.

— Obrigado. — Ficando sério, ele dá um passo à frente e ergue meu queixo para que eu seja forçada a lhe mostrar as lágrimas que brotam dos meus olhos. — Naquela manhã, o telefonema que eu recebi era dos meus pais. — Ele pigarreia. — Diferente do que me disseram, eles não estavam de férias. Estavam em Londres, consultando um especialista. Meu pai está com câncer nos ossos.

— Ai, Deus — eu e Dakota dizemos ao mesmo tempo.

Dakota desce do balcão, claramente sentindo a mudança no clima.

— Vou dar um pouco de privacidade para vocês. — Com isso, ela se apressa para dentro da cozinha da loja, me deixando sozinha com Rowan.

— A gente pode se sentar? — ele pede, e eu assinto, indo até uma das mesas. Abaixamos as cadeiras e sentamos.

— Seu pai vai ficar bem? — pergunto, segurando a caneca.

Seu pomo de adão fica subindo e descendo enquanto ele engole em seco, cabisbaixo, com as mãos cruzadas.

— Queria poder dizer que vai, mas ele só tem mais algumas semanas de vida. Tem uma enfermeira ficando lá na casa dos meus pais, nos ajudando no processo. Fomos no bar na outra noite, e ela repassou todos os detalhes que devemos esperar nas próximas semanas.

— Ai, meu Deus, Rowan. Meus sentimentos. Como você está lindando com tudo isso?

— Bem, isso me forçou a ter algumas conversas difíceis, que eu jamais achei que teria com o meu pai. Mas estou grato por elas. Passei a última semana ao lado dele, conversando sobre tudo. Significou muito para mim. Mas isso também me fez esquecer de algo importante. — Ele estende o braço e dá uma batidinha na caneca nas minhas mãos. — Era para eu ter dado isso para você na sexta, no dia da inauguração, mas eu não fui. Também esqueci...

— Está na cara que você teve que lidar com coisas mais importantes do que uma inauguração boba, Rowan.

— Não era boba. Era importante para você, então era importante para mim também. E era importante para a minha família. Desculpa por ter perdido, por você ter passado quase o dia todo sozinha. Só de pensar em você sozinha, esperando alguém entrar, já me deixa triste.

— Está tudo bem — digo. Não é verdade, mas não vou acrescentar nada à culpa dele.

— Eu deveria ter vindo. — Ele passa a mão no cabelo. — Droga, eu deveria ter feito muitas coisas por você, Bonnie, e ferrei com tudo pra valer.

— Rowan...

— Não. — Ele balança a cabeça. — Me deixa desabafar, por favor. — Seus olhos estão suplicantes, então eu fico ali... ouvindo. — Desde que Callum faleceu, tenho sentido essa nuvem escura pairando sobre a minha vida. Perdi contato com o meu pai, e até mesmo uma simples conversa com a minha mãe era cansativa. Eu tinha a cidade e os meus amigos, mas nada pareceu o mesmo com eles. Tudo parecia sombrio, e não importava o que fizesse, eu sempre estava estagnado. Todo dia era a mesma coisa. Todo pensamento era o mesmo. Toda interação era comum, no mínimo. — Seus olhos encontram os meus. — E aí você surgiu na minha vida. Uma bola de energia e cabelo loiro pronta para me tirar do sério a cada oportunidade. Você me deixava louco, e, pois é... até me fez agir como o Kilt McRabugêncio. — Bufo, mesmo que meu coração esteja ameaçando sair do peito. — Mas, caramba, Bonnie, você me fez sentir vivo de novo.

Ele pega minha mão, e pela expressão de desespero em seus olhos, sei que já era.

— Eu te amo, Bonnie. Não sei como foi acontecer, ou quando, mas que bom que aconteceu. Você me forçou a sair do meu mundinho estagnado e deu vida nova para o meu corpo. — Ele pigarreia. — No outro dia, quando gritei para você ir embora... porra, não sei onde eu estava com a cabeça. Estava fora de controle e descontei em você. Estava com vergonha demais, raiva demais, cego demais para resolver tudo com você. Eu precisava pôr a cabeça no lugar, e, falando sério, estou por um fio a esta altura. Mas meu pai disse que eu não posso te perder, e ele tem razão. Não posso deixar o amor da minha vida ir embora sem lutar por ele. Então, por favor, não vá embora, *lass*. Por favor, não volte para os Estados Unidos. Eu preciso de você aqui. Quero você na minha vida, na minha cama, ao meu lado... para sempre.

Com os olhos turvos, pisco algumas vezes, mas é inútil. As lágrimas caem feito cascata pelo meu rosto.

Ele me ama. Eu não estou sonhando. Ele me ama de verdade.

Esse homem, que certa vez achei que fosse a criatura mais irritante do planeta. O homem que virou um defensor do meu sucesso. O homem que ajudou a mostrar o quanto sou especial.

Ele me ama.

Sorrio com os lábios trêmulos e ele enxuga gentilmente as lágrimas com o polegar, a preocupação gravada em seu rosto.

Com a voz trêmula, digo:

— Eu também te amo, Rowan. Também não sei quando ou como foi acontecer, mas assim como você disse... que bom que aconteceu.

— Então, você vai ficar, *lass*?

— É claro que ela vai ficar! — Dakota grita, saindo da cozinha e jogando os braços ao meu redor. Solto uma risada, com bolhas de meleca saindo do meu nariz. — Ela ia embora *por causa de* você, seu grande idiota. Mas agora ela não tem nenhuma desculpa. — Dakota está me apertando feito um torno, praticamente subindo no meu colo.

— Eu te amo, Dakota — digo, rindo —, mas será que você pode me deixar terminar o assunto aqui?

— Ah, é, foi mal. — Ela dá uma risadinha e se vira para Rowan. Ela dá um soquinho no braço dele, mas ele nem mesmo recua. — Isso foi por você ter me estressado e quase ter mandado a minha melhor amiga embora. — Ela aponta para ele, séria. — Você me deve uma dessas canecas.

Ele ri.

— Desculpa, Dakota. Vou fazer um conjunto combinando para você e para a Isla. Caneca de casal.

— Ah, já vi tudo, está mirando mesmo no ponto fraco, hein? Aham, já vi tudinho, Rowan MacGregor. — Dakota vai se afastando devagar. — Já vi *tudo*. — Desta vez ela sai da cafeteria, e quando a porta se fecha, Rowan se aproxima.

— Então você vai ficar?

— Depende. — Sorrio. — Se eu ficar, você vai para a cama usando kilt hoje?

— Faço qualquer coisa que você quiser, desde que eu vá para casa com você.

Me levanto, ponho a caneca — com cuidado — na mesa, dou a volta e monto em seu colo. Suas palmas largas se abrem nas minhas costas quando envolvo seu rosto.

— Não consigo me imaginar em outro lugar. — Abaixo a testa na dele. — Eu te amo, McRabugêncio.

— Eu te amo, *lass*.

Levo a boca à dele e o beijo.

Segurando com força, eu o beijo com paixão, com amor, com tudo o que há em mim, porque estou grata por ele.

Estou grata por esta cidade.

E mesmo que eu culpe Dakota por ter me trazido nesta aventura, para início de conversa, estou grata por termos vindo para a Escócia por impulso. Jamais teria encontrado Rowan de outro jeito. Mas, mais importante, jamais teria descoberto quem eu sou e quem eu devo ser.

Epílogo

ROWAN

Noivas desde a última vez que nos falamos: *uma.*

Noivas grávidas desde a última vez que nos falamos: *uma.*

Noivas grávidas e loucas por bolos: *uma.*

Noivas grávidas e loucas por bolos e bilau: *uma.*

Acho que sou um cara de sorte.

— Parece torto?

Bonnie entra no banheiro do nosso quarto de hotel, usando um vestido dourado que se aperta ao redor de seus peitos fantásticos, mas que flui graciosamente sobre a sua barriga de grávida.

Do nosso bebê.

Puta merda, ainda não consigo acreditar. Meu pai faleceu duas semanas depois que Bonnie decidiu ficar em Corsekelly, mas nessas duas semanas, conseguimos levá-lo à cafeteria todos os dias, até os dois últimos dias de sua vida. Ele pôde se sentar e curtir o ambiente, bater papo com Shona, Hamish e todo o pessoal — e saborear pãezinhos amanteigados quando seu estômago aguentava. Ele também conheceu a Bonnie e dividiu todos os seus truques de cozinheiro, que eu já conhecia, mas o deixei contar para ela, de qualquer forma. E no seu leito de morte, um dia antes de morrer, ele segurou minha mão com força e sussurrou que eu precisava me casar com ela. E nunca perdê-la. Ela era a mulher certa para mim. Prometi para ele que não abriria mão dela.

E não abri mesmo.

Só queria que meu pai e Callum estivessem aqui para ver a Bonnie grávida e o nosso casamento no próximo mês. Mas mesmo que não estejam aqui fisicamente, sei que estão em espírito. Pelo menos, eles estavam comigo quando pedi Bonnie em casamento no meu chalé, com um pedaço de bolo e um anel como se fosse a cereja do bolo — porque quando ela disse sim, as nuvens despencaram e a chuva bateu no telhado como aplauso.

— Ai, Deus — Bonnie diz, segurando o peito ao olhar para mim. — Por que Dakota faz essas coisas comigo?

— Faz o quê? — pergunto, voltando ao presente ao me virar e olhar para a minha roupa de casamento. Estou usando um kilt xadrez vermelho e verde da família MacGregor com um terno combinando, colete, camisa branca e gravata vermelha.

— Fazer você usar um kilt. Ela sabe muito bem que é a minha fraqueza. Será que ela quer que eu toque no seu saco durante a cerimônia dela?

— Você vai manter as mãos longe do meu saco enquanto eu cumpro os meus deveres. Está ouvindo, *lass*?

— Estou ouvindo, só não sei se estou entendendo, sabe.

Verdade seja dita: Dakota sabia muito bem o que estava fazendo quando escolheu minha roupa para o casamento. Dakota e Isla, falando nisso. Elas me pediram para oficializar a cerimônia, e eu não recusaria a oportunidade de jeito nenhum. Assim que Isla me falou que pediria Dakota em casamento, eu soube que queria fazer parte da celebração. Não importava como, só queria estar envolvido. E elas me deram a maior honra.

O casamento será pequeno, íntimo, com algumas pessoas daqui e os pais de Dakota, que estão muito animados com o casal feliz. Faz uma semana que eles estão por aqui e já foram em todos os pontos turísticos, o que inclui visitar a Pedra do Bilau e dar uma passada no Café das Vacas Peludas para um café e um pãozinho amanteigado. Os pais de Dakota também compraram umas lembrancinhas e algumas das minhas canecas, que parecem esgotar toda semana. A gente mal consegue dar conta da demanda, ainda mais desde que comecei a fazer alças com formato de bilau para as canecas. Todo mundo quer ser como a Rainha Serpente e reivindicar aquele bilau. Está na cara que foi ideia da Bonnie? Quando ela propôs, era só o que me faltava, ter que ficar moldando pênis todos os dias, mas acabei ficando muito bom nisso e tenho que admitir: até que é divertido.

O que não tem graça é quando Bonnie fica fingindo acariciar as canecas enquanto faz um biquinho horroroso. Vamos dizer que a maturidade dela tem diminuído quanto mais a gravidez avança.

— O que vocês dois estão fazendo aí? — minha mãe pergunta, entrando no quarto. — Dakota está te procurando, Bonnie.

— Fale para ela sossegar. Preciso ficar olhando para o meu noivo por mais um tempinho.

Minha mãe ri e sai na direção da área de cerimônia.

Giro Bonnie e a guio para fora do quarto.

— Você que precisa sossegar — sussurro em seu ouvido. — Se comporta, *lass*, está ouvindo? Nada de levantar o meu kilt.

— Você está usando cueca?

— Estou.

— Então não posso me responsabilizar pelo que farei.

Saímos e viramos a esquina do hotel, onde encontramos Dakota e Isla. Elas estão no pátio com vista para a área de cerimônia, que fica bem em frente a um vasto lago azul que se estende por quilômetros. Estão de mãos dadas e lindas de vestido branco. Dakota tem mais detalhes em dourado para combinar com o vestido de Bonnie, enquanto Isla tem uma faixa xadrez ao redor da cintura e que cascateia nas costas.

— Vocês dois estão prontos? A gente quer se casar logo — Dakota diz.

— Foi você que colocou ele num kilt. — Bonnie vai até sua melhor amiga e dá um beijo suave no rosto dela. Eu a ouço falar: — Estou tão feliz. Vocês merecem tudo isso e mais.

— Não me faça chorar. — Dakota abana a mão na frente do rosto, fazendo Bonnie rir.

— É isso que você ganha por ter colocado meu noivo num kilt. Sabe o quanto eu estou com tesão?

— Que momento mais lindo — digo, inexpressivo.

Isla pega minha mão, e é a minha deixa para começar a cerimônia. Juntos, entramos no espaço, sorrindo para os amigos e familiares agrupados de cada lado, e paramos à beira da água — um lugar onde Dakota e Isla encontram paz, um lugar que elas frequentam bastante, e para onde vão sempre retornar, sabendo que este foi o local que deu início à sua vida juntas.

Dou uma olhada na entrada, enquanto Bonnie e Dakota caminham juntas, de mãos dadas. Bonnie encontra meu olhar e sorri, e a felicidade está transbordando de mim.

Foi meio que uma loucura da minha mãe ter feito aquele anúncio, aceitando duas amigas para administrarem a cafeteria, mas desse dia em diante, foi a maior transformação de vida que ela já fez.

Essa ideia não só deu um futuro que ninguém imaginava ser possível para a cafeteria, como também trouxe o amor para Isla. E me trouxe toda uma nova perspectiva de vida.

Fiz as pazes com meu pai.

Estou apaixonado.

Estou noivo.

E com um bebê a caminho.

Bonnie pode até dizer que veio aqui por puro impulso, mas senti o clima mudar no dia em que ela pôs os pés na cidade. Acho que foi mais do que impulso. Na verdade — olho para o céu enquanto as nuvens começam a se mover —, acho que Callum teve uma pequena participação também.

Agradecimentos

Então... agora a Escócia está na minha lista de lugares para visitar. Fiquei obcecada com a pesquisa para este livro. Tão obcecada que, tarde da noite, minha esposa me encontrou assistindo a vídeos no YouTube sobre turismo, esporte, lojas e receitas escocesas. E a lista só aumenta. Eu até liguei o som para aprender o sotaque escocês e acertar. Tive um sonho em que pus um bando de escoceses em fila e fiquei passando uma vassoura por baixo dos kilts deles. Meu cérebro é uma coisa terrível, mas a Escócia tem um lugarzinho no meu coração agora. Que sorte para a Escócia, hein? Se ouvirem por aí sobre uma moça loira maluca passando uma vassoura por baixo de kilts, já sabem que deve ser eu.

Para Aimee Ashcraft, minha agente, obrigada por dar atenção às minhas mensagens neuróticas e responder cada uma delas, enquanto eu tentava lapidar esta história. Tenho muito orgulho daquilo que a gente conseguiu colocar no papel.

Muito obrigada, Lauren Plude, por torcer por todos os meus projetos, por comprar minhas histórias e amá-las tanto quanto eu. Você torna o processo mais fácil.

Lindsey Faber, seu entusiasmo e amor pelas minhas histórias me faz sorrir e acreditar um pouquinho mais em mim mesma sempre que passamos pelas edições.

Para todos os blogueiros e leitores por aí, não sei como expressar o meu mais profundo amor por vocês. Vocês sempre dão uma chance para os meus livros, e não dá para mostrar o quanto sou grata por isso. Obrigada por serem os melhores fãs que uma autora poderia querer. Vocês tornam este trabalho muito mais divertido.

Agradeço a Jenny por me manter sã, por lidar com tudo nos bastidores e por ser a minha fã número um. Adoro você.

E, por fim, agradeço à minha esposa, Steph. Você é a razão por trás daquilo que faço todos os dias. Você me mantém com os pés no chão, dá tempo e espaço para a minha criatividade e sempre está ao meu lado a cada etapa do percurso. Amo você.